Todos tus nombres

Fernando García Pañeda

Todos tus nombres

SUMA
de letras

Papel certificado por el Forest Stewardship Council®

Primera edición: marzo de 2018

© 2018, Fernando García Pañeda
© 2018, Penguin Random House Grupo Editorial, S.A.U.
Travessera de Gràcia, 47-49. 08021 Barcelona

Printed in Spain – Impreso en España

ISBN: 978-84-9129-223-4
Depósito legal: B-296-2018

Impreso en Rodesa, Villatuerta (Navarra)

SL 9 2 2 3 4

Penguin
Random House
Grupo Editorial

Auferat hora duos eadem
«Que la misma hora nos lleve a los dos»

Publio Ovidio Nasón,
Metamorphoseis, VIII, 709

Prólogo

30 de septiembre de 1943

Los dos hombres que salen del Hotel Hamdorff, en la villa holandesa de Laren, se suben el cuello de sus abrigos y se los abrochan justo antes de abrir sus paraguas.

Un día lóbrego. Llueve. Hace frío, como en cualquier país alejado del hogar. Pero solo uno de ellos está lejos: un hombre joven, alto, que viste un traje oscuro bajo una trinchera Burberry. Ase un portafolio de cuero gastado con su mano derecha y ha venido desde España. El otro, de mayor edad, ataviado con un gabán demasiado amplio sobre un arrugado traje claro y un sombrero fedora a juego, procede de la vecina Ámsterdam. Intercambian un par de frases en francés sobre el camino que han de seguir y se ponen en marcha.

Dejan atrás el gran edificio blanco del hotel y su casi vacío aparcamiento. Enfilan una calle solitaria y encharcada, casi un camino rural, con algunas casas sueltas que no llegan a flanquearla. Después de atravesar la plaza de la iglesia y la calle Naarden, siguen hacia la salida de la villa. En las afueras llegan a una casa de campo muy grande, de ladrillo rojo, ventanales enmarcados en blanco y tejado típico de caña.

Les abre la puerta una mujer muy mayor, caricaturesca, con un delantal y una especie de cofia antigua. Como salida de un cuadro de Brueghel el Viejo. Confirma que el señor Van Meegeren y su esposa les esperan. Recoge sus paraguas y abrigos y les conduce hasta un salón amplio con grandes ventanales y decoración recargada. Sentada en una butaca, Jo Oerlemans —cabello corto, vestido gris perla— les saluda intentando mostrar una sonrisa en su semblante agradable y triste. El hombre del traje arrugado hace las presentaciones. Aclara que su acompañante no conoce el idioma neerlandés y que él acude como mero intérprete.

—Podía haberse ahorrado la molestia. No hay mucho que entender en esta vida —interpela Han van Meegeren desde una esquina en penumbra del salón.

Se repiten las mismas presentaciones. El anfitrión responde con un indolente movimiento de mano y prosigue:

—Lo único importante es que traiga el dinero. —No detiene su discurso mientras vierte licor abundante en un vaso, y por el tono de voz, el aspecto y su precario equilibrio, se deduce que ya ha realizado varias veces esa maniobra—. Lo demás: el arte, la gloria, la vida, todo lo demás es una mierda.

El intérprete, cortés, reconduce el asunto: él y su acompañante han venido a adquirir una serie de cuadros. También informa de que, según el visitante español, se ven obligados a cerrar el negocio con una cierta celeridad.

—Los cuadros están en el piso de arriba. Sírvanse una copa... o las que quieran, a su gusto, aquí tienen. Les dejo al cuidado de Jo, ella les atenderá con la amabilidad que a mí me falta. Ya no me interesa nada de esto —dice Van Meegeren, y sale por una puerta hacia una estancia oscura, añadiendo—: Y no saluden de mi parte a ese condenado alemán. Solo me importa su maldito dinero.

La señora Oerlemans les pide que disculpen a su marido, mejor dicho, exmarido (se acaban de divorciar, aunque solo como una treta legal para salvar su menguante patrimonio). Está atravesando una mala racha en todos los sentidos.

—Pero no quisiera aburrirles con vacuidades de artistas. Acompáñenme y les enseñaré los cuadros —prosigue de repente más animada.

Al subir a la primera planta les guía hasta una habitación sin amueblar. Está oscura, pero ella descorre las cortinas. Con la luz aparecen decenas de cuadros apoyados en el suelo y recostados sobre las paredes, algunos incluso formando pequeñas filas. Pinturas extraordinarias con el estilo e incluso la firma de Vermeer, Hals, De Hoogh, Van Dyck, Ter Borch, Van Uden. Los visitantes apenas pueden disimular su asombro ante ese museo de maestros holandeses y flamencos de valor incalculable. O, más bien, de un valor que sería incalculable si fueran auténticos. Pero no lo son. Todas esas obras son falsificaciones; soberbias, perfectas falsificaciones perpetradas por Henricus Antonius van Meegeren, que le sirven tanto de venganza contra el vano y farisaico mundo del arte como de caudalosa fuente de ingresos.

—Son todos los que tenemos disponibles —explica ella cuando los visitantes empiezan a examinar los lienzos uno por uno, aunque sin excesivo detenimiento.

De regreso al salón, la señora Oerlemans les entrega unos pliegos de papel que contienen la lista de dichos cuadros con sus títulos y sus supuestas autorías, fechas de ejecución y descripciones.

El hombre más joven extrae del portafolio unos documentos, se los entrega a su colocutora y explica a través del intérprete:

—Aquí tiene la minuta del contrato de compra-venta. Redactada en su idioma, por supuesto. Añadiremos como anexo este listado de los cuadros, si no le importa. Como verá, figura el precio convenido, quinientos cincuenta mil florines. Y este otro documento es un aval de la Société de Banque Suisse por el importe total, que el día 4, o sea, el próximo lunes, será transferido a la cuenta bancaria que nos facilite, si estamos de acuerdo. Ese mismo día vendrán a recoger los cuadros unas personas de confianza debidamente acreditadas.

Ella cabecea con una expresión mezcla de estoicismo y complacencia.

—Si está de acuerdo con los términos del contrato puede contactar con nosotros en el Hamdorff. Tómese el tiempo que necesite.

—Muchas gracias —corresponde ella—, repasaré los términos del contrato. Pero no creo que me lleve demasiado tiempo. Mañana mismo podremos firmar los documentos necesarios y el lunes podrán pasar a recoger los cuadros. Si no estoy equivocada, ambas partes tenemos cierta prisa, ¿verdad?

Los dos hombres regresan al hotel. El día oscurece rápidamente. No deja de llover.

En la habitación del joven español redactan el pertinente informe para Grosvenor Street, sede europea de la OSS, la Oficina de Servicios Estratégicos.

I

4 de junio de 1944

La experiencia le dice al suboficial de guardia en la frontera de Behovia que no ha de tener problemas con el ocupante del Opel Olympia gris recién llegado. No tiene comparación con los Mercedes 540K o 770K (algunos incluso portando banderitas con la cruz gamada) que ha visto en la misma situación unas cuantas veces. Pero ocurre que ha cruzado la zona de frontera controlada por los alemanes con una facilidad inusitada, lo que le sitúa al mismo nivel que aquellos otros. Así se lo hace saber a los guardias a su mando, que solo echan una ojeada de compromiso al maletero mientras él, sin mucho afán, comprueba el pasaporte del Deutsches Reich, exhibido por el único ocupante del vehículo, que le identifica como Wilhelm Manfred Bauer, nacido en Múnich el 2 de enero de 1901. El rostro de la fotografía coincide con el del viajero, incluso en el pequeño bigote y en la expresión hermética.

El suboficial devuelve el pasaporte, realiza un saludo militar y ordena con un gesto levantar la barrera y retirar la valla de alambre. Los guardias cumplen la orden con la desgana provocada por la frecuente falta de acción.

Por unos instantes, el ruido del motor que se aleja llega a mimetizarse con el del primero de los incontables truenos por venir. El bochorno de media tarde se extiende bajo un cielo de tormenta inminente.

Bauer ha llegado esa mañana en tren a Hendaya, después de un viaje interminable atravesando de norte a sur las líneas ferroviarias francesas, cada vez más descompuestas por los sabotajes de la Resistencia y los bombardeos aliados. Y desde Hendaya, donde uno de sus contactos le ha facilitado el automóvil, se dirige a San Sebastián.

Aún no ha perdido de vista el puesto fronterizo cuando comienza a llover. Primero, gota a gota. Luego torrencialmente. La marcha se retrasa más de lo previsto. Y tiene que concentrarse en la carretera; ya pensará más tarde en las reuniones previstas con los rufianes que tiene como socios y en cómo encajar los sesenta cuadros que llegarán en unos días.

La red de contrabando de obras de arte que durante años ha montado entre Alemania y España, incluyendo otros países, gracias a sus amistades y contactos con las altas instancias del Reich, le ha sido muy rentable. Y es que antes era mucho más fácil tratar o negociar con las autoridades españolas, con los anticuarios y los coleccionistas, e incluso con la embajada en Madrid. Pero los negocios van de mal en peor desde hace un año y tiene que ir desprendiéndose de muchas piezas al precio menos malo posible ante el sombrío rumbo que ha tomado la guerra.

Y esos sesenta cuadros puede que constituyan la última remesa que pueda conseguir. Obras de arte de diversa índole, desde cuadros hasta joyas, saqueadas en distintos países y que han llegado a sus manos proporcionándole no solo un medio de vida, sino una fuente de riqueza que constituirá su verdadero refugio en el supuesto, cada vez más verosímil, de que Alemania pierda la guerra.

La lluvia intensa, el desconocimiento del terreno y la mala señalización de las carreteras le llevan a equivocarse de camino varias veces. Primero gira a destiempo y llega hasta Pasajes. Luego, al cambiar de rumbo, se desvía hacia Hernani y aparece en el barrio de Lasarte. Como desconoce el castellano, no puede entender las explicaciones que pide. Su humor se va descomponiendo y no puede evitar maldecir durante todo el trayecto.

Cuando ya no le queda más paciencia, por una casualidad encuentra la entrada a San Sebastián retrocediendo por el recién denominado Camino Nacional I. Ya se pone el sol y ha cesado la tormenta cuando consigue llegar a la ciudad y divisa la imponente muralla blanca del Hotel Continental Palace.

El paseo de La Concha, anegado, acrecienta la sensación de languidez que provoca la llegada de un automóvil solitario y con el sonido del motor amortiguado por el agua que salpica los neumáticos. Eso parece sentir Bauer al detener su marcha frente a la fachada principal del hotel. Antes de entrar para descansar en la habitación reservada se queda absorto durante unos segundos contemplando la playa desolada, con sus casetas que se dirían abandonadas durante años, aunque esa misma mañana hubieran estado más animadas que nunca. El cielo, aún cargado de nubes, enturbia el panorama, con una luna macilenta y velada que no llega a descubrirse.

Ante ese panorama y lo vivido en las horas precedentes, no sería extraño que el alemán se preguntara si debe creer o no en los augurios.

***

Han cesado ya las tormentas, pero las nubes no se marchan y ocultan la luz de la luna. Ha refrescado. Aunque no hace mucho frío, la humedad cala hasta los tuétanos.

De Bidegain-Berri, un caserío de Urrugne, parte un grupo de seis personas. Toman la ruta de Ibardin, una pista de montaña que solo utilizan pastores y contrabandistas. Visten ropas oscuras y algunos van tocados con boina. Marchan al abrigo de la noche en fila india y en completo silencio, ya que las alpargatas que todos calzan apenas hacen ruido. Les guía Florentino Goicoechea, un hombretón hernaniarra refugiado en Ciboure tras la Guerra Civil, dedicado al contrabando y que ahora hace de *mugalari* para la Réseau Comète, una organización dedicada a la evasión de pilotos aliados derribados y, ocasionalmente, de refugiados del régimen nazi. Cierra la fila Max (seudónimo de Marcel Roger), un jefe de sección de Comète. Los otros cuatro se muestran cansados, en especial una mujer joven, abatida y cabizbaja.

Ascienden el Mont du Calvaire, aunque su calvario apenas acaba de empezar. Después de un corto descenso y el rodeo de varios alcores, el camino se empina de nuevo hacia el Col des Poiriers. Nuevo descenso. Llevan casi dos horas de marcha cuando oyen un ligero silbido.

—Es Arbide —susurra Florentino a Max.

En un recodo del camino se encuentran con un sujeto cuya estatura contrasta con la del guía, que les saluda con un movimiento seco de cabeza y les comunica:

—Alemanes, ni uno. El paso, libre. Y andar con cuidado, que resbala el suelo.

Al que llaman Arbide se despide con otro movimiento de cabeza y se marcha en dirección contraria. El grupo deja la pista que seguía para tomar una senda apenas visible, que desciende entre retamas y helechos crecidos y se adentra después en una zona profusamente arbolada libre de toda vigilancia.

Avanzan con dificultad durante media hora por el tortuoso tramo que lleva al río Bidasoa, junto al arroyo de Lantzetta, entre una oscuridad que les hace perder el sentido del tiempo y del espacio. Al final, se oye el murmullo de un río y sienten el característico olor estival de las riberas. De repente, salen de la espesura y llegan a una orilla despejada y pedregosa. Bordean el río hacia el este entre grandes cantos rodados, acercándose a una edificación emplazada en la otra margen.

—Comète —se oye a unos metros de distancia.

—Max y Floren —contesta este último.

Como de la nada, aparece un sujeto alto, joven, con ropas negras y el rostro tiznado del mismo color, que pregunta en un castellano a todas luces materno:

—¿A cuántos traéis?

—Cuatro, tres hombres y una mujer —informa Florentino—. Ella viene mal.

—¡Chist! En voz baja, que pueden estar cerca.

—*Salut*, Alphonse —saluda Max con un susurro.

—Me alegro de verte de nuevo —contesta el que es apodado como Alphonse—. Hay que pasar despacio, viene algo más crecido de lo normal en esta época. Supongo que se deberá a las tormentas.

Acto seguido indica en inglés a los cuatro evadidos que se descalcen para cruzar el río, es decir, la frontera, y tengan cuidado con las piedras.

—¿Todos preparados? —pregunta Max.

Los demás asienten en silencio.

—Entonces vamos. Te seguimos, Floren —decide Alphonse.

Vadean el río por una zona poco profunda, en fila india, despacio, afirmando los pies sobre las rocas. La joven, a la que el agua llega hasta las rodillas, resbala al final, pero Alphonse, pendiente de ella desde el principio, evita la caída.

—Tenga cuidado aquí, las piedras son más afiladas —le dice al llegar.

Una vez en la orilla española se calzan de nuevo y se ponen a cubierto junto a un alto edificio en el que se lee, pintado con grandes letras: «San Miguel»; es un maltrecho apeadero por el que discurre el tren del Bidasoa. Allí descansan unos pocos minutos.

—Hoy tenemos que ir con mucho cuidado —advierte Alphonse en francés dirigiéndose a Max, siempre en voz baja—. Hay una patrulla volante de la Guardia Civil que ha pasado por aquí no hace mucho, y quizá no anden lejos.

—Lo que faltaba —se lamenta el otro—. Los tres pilotos ingleses están muy cansados, apenas han dormido, y la joven viene aún mucho peor.

—¿Quién es? ¿Una refugiada?

—No, es una colaboradora de la red, pero la verdad es que no sabemos mucho de ella —comenta Max—. Es belga, valona, su nombre en clave es Nelly y, según dice, es asistente del sector Francia-Norte, pero no trae documentación porque ha escapado por los pelos del Noche y Niebla en Fresnes. Ha conseguido llegar de mala manera desde allí. Al parecer, ha venido andando desde Anglet, sin descansar, para unirse a este paso, que puede ser el último.

—¿Desde Fresnes? Eso es casi París —se extraña Alphonse—. ¿Seguro que es de fiar?

—Sí. Sabe datos y menciona a personas que solo puede conocer alguien desde dentro de la red, por eso llegó hasta la villa de Tante Go y se unió al grupo en el último momento, ya en Urrugne. De otro modo no la hubiéramos admitido. Pero tenemos que averiguar quién es exactamente y en qué nos puede ayudar.

—Averiguar quién es... Más problemas. Bueno, me encargaré de ayudarla. Floren y tú os encargáis de los demás —dispone Alphonse—. Si hay complicaciones nos separaremos y que cada cual decida.

—De acuerdo.

—Por cierto, ¿sabéis algo nuevo sobre Dédée?

A Max se le demuda el rostro.

—Sí...

—¿Y bien? —pregunta Alphonse, alarmado.

—La enviaron a Ravensbrück.

—Mierda. ¡Mierda! —exclama en español.

Todos lo miran, asombrados del exabrupto. Floren, ya levantado, se dirige hacia ellos.

—Es tarde.

—Tienes razón —vuelve a susurrar Alphonse—. En marcha todos. Floren, ya le he advertido a Max que hay una patrulla de la Guardia Civil por aquí cerca. Hay que estar prevenidos.

—Nos ayudará esta noche sin luna —opina Florentino.

—Sin luna ni horizonte —dice para sí Alphonse.

Todos se aprestan para partir. Alphonse se dirige hacia la joven, que se mueve con esfuerzo.

—Nelly, ¿verdad? Si no le molesta, iré a su lado por si necesita ayuda —le dice en un impecable francés.

Ella lo mira contrariada y algo reticente con sus ojos luminosos, de un extraño azul, pero le concede un «Dieu vous le rende» movida por la fatiga.

Después de cruzar la carretera de Irún, Florentino y Max encabezan la ascensión lateral del Pagogaña por el trazado de un antiguo ferrocarril minero; un camino rectilíneo, muy empinado pero fácil de seguir. Los guías no fuerzan el paso para que los evadidos puedan aguantar la marcha. Alphonse y Nelly se van quedando rezagados por las malas condiciones de ella, que parece al borde del desfallecimiento.

Al salir de una pequeña zona boscosa los guías divisan las ruinas de un fuerte construido en la época de las guerras carlistas que subsisten en la cima del monte, donde podrán hacer otro alto para descansar. Florentino, al darse cuenta del retraso que llevan los últimos, deja la guía en manos de Max para comprobar si pueden seguir. Apenas ha descendido unos metros cuando se sobresalta con un grito proveniente de las ruinas.

—¡Alto a la Guardia Civil!

***

En situaciones como esta la consigna es rendirse o sálvese quien pueda. Rendirse en caso de estar a tiro de los fusiles beneméritos, que pueden dispararse con facilidad, tal como les ocurre a Max y a los pilotos británicos; y sálvese quien pueda en el supuesto de ver una vía asequible de escape, como juzga Florentino al volver a tumba abierta por donde han venido.

Alphonse, a un buen trecho de los demás, arrastra a Nelly hacia unas matas cercanas para ocultarse tras el grito de alto. Desde ahí oye nuevos gritos de los guardias sin saber lo que está ocurriendo, y distingue un bulto que se lanza cuesta abajo. Poco después, las voces prosiguen en un tono más bajo, pero apenas logra distinguir algo; además, lo que le preocupa en ese momento es permanecer totalmente ocultos. Durante unos minutos eternos, sus ojos acostumbrados a la oscuridad ven descender a un grupo de personas, cinco o quizá seis, a poca distancia de ellos. Permanecen los dos quietos en su guarida hasta que ya no se distingue a nadie. Moviéndose muy despacio, Alphonse sale para comprobar si hay más guardias acechando. Se convence de que no les han visto, pero es evidente que han detenido a alguien del grupo.

—Me temo que estamos solos —dice mientras ayuda a Nelly a salir de las matas.

—¿Qué vamos a hacer ahora?

—Seguir adelante. Conozco el camino, ya lo he recorrido otras veces. Todavía nos queda mucho hasta llegar a Ergoyen.

A ella se le cae el alma a los pies con esas palabras. Y él lo advierte.

—La buena noticia es que no suele haber más de una patrulla en la misma zona —dice en un tono animado que no surte efecto, y prosigue—: No se rinda ahora. Estoy para ayudarla —le musita acercándose, aunque ella mira con recelo esa faz tiznada e impenetrable—. Le prometo que en unas pocas horas estará descansando tranquilamente en un lugar seguro.

No retoman la pendiente hacia el fuerte de Pagogaña, sino que rodean el monte y toman una senda que conduce al alto de Erlaiz. Este camino requiere menos esfuerzo. Avanzan lentamente, pero sin interrupción, por una suave pendiente. Él procura que Nelly no se detenga en esa tiniebla sin horizonte; en la nada oscura y abrupta por la que ella parece transitar.

En unos barracones que utilizan los trabajadores de mantenimiento de carreteras, próximo a la cima del Erlaiz, hacen un breve descanso. Alphonse ofrece su cantimplora y unas onzas de chocolate a la evadida, pero es tal su cansancio que no puede tragar nada más que un poco de agua, y pronto comprueba que ha cometido un error: Nelly apenas puede abrir los ojos. Con esfuerzo la ayuda a ponerse en pie; por suerte, ella es menuda y está muy delgada.

Después de unos minutos de pasos vacilantes, Nelly se derrumba. Aunque lo intenta con empeño, Alphonse no puede hacer que recobre la conciencia. Mira su reloj de bolsillo: faltan menos de tres horas para que amanezca y tienen el tiempo justo para llegar a su destino. A ese paso no van a poder alcanzarlo.

Toma en brazos a la joven y la carga sobre los hombros.

—Pensaba que me iba a costar más —le dice en broma, aunque sabe que no puede oírle—. Ahora que usted no me oye, le diré que está hecha un puro manojo de huesos.

Retoma el camino, otra pista para carros de bueyes, en dirección a la Peña de Aya. Avanza tan rápido como le permiten sus fuerzas.

—¿Sabe una cosa? Lo cierto es que no pesa más que los equipos con que cargábamos durante la guerra, y en marchas aún más largas que esta —le habla en su lengua para darse ánimos a sí mismo, como si fueran codo con codo—. Ojalá hubieran sido tan ligeros los equipos militares. Y, si me lo permite, tan agraciados.

Alphonse avanza sin pensar mucho, hablando a su «carga» de vez en cuando, aprovechando el terreno bastante firme; busca los tramos con menos desnivel y los que transcurren entre zonas arboladas. Al cabo de una hora llega al mal llamado Castillo del Inglés, menos cansado de lo que preveía en un principio. No se detiene y sigue por el camino de Oyarzun. Pero según transcurre la marcha, el cansancio se hace presente y va creciendo, al tiempo que disminuyen la velocidad y la seguridad de los pasos. No quiere desfallecer.

—Cualquiera diría que no vamos a llegar a este paso, ¿verdad? Pero ya verá como lo conseguimos. Y a tiempo. Ahora, que lo mismo no nos esperan porque nos dan a todos por detenidos o algo peor.

Continúa pensando en voz alta hasta que un sonido, una especie de gemido que emite ella le hace callar y detenerse. Con cuidado, deposita a la joven en el suelo sosteniendo su cabeza con una mano. Nelly parpadea repetidamente hasta abrir los ojos y se incorpora, tambaleante, sin decir nada más que:

—Entonces, ¿continuamos?

Sus simples palabras y la tenue voz cantarina, unidas al estupor, provocan la sonrisa de Alphonse.

—Sí..., claro. ¿Por qué no? Sígame, iré despacio.

—Por cierto, ¿le queda todavía algo de chocolate?

La expresión de la joven ha cambiado. Se diría que sobre la suavidad pálida de su semblante se superpone un gesto de fiereza y desafío; sus ojos parecen avivarse. Alphonse parece absorto ante esa transformación, hasta que ella lo incita con cierta brusquedad.

—¿Qué ocurre? ¿Me ha entendido? Le he preguntado si le queda algo de chocolate o alguna otra cosa de comer.

—Ah, sí, sí. Chocolate. Aquí tiene.

Ella toma las onzas y come con ganas. Él sigue mirándola con incredulidad y manteniendo la sonrisa.

—Ha refrescado, y esa ropa que lleva no abriga mucho. ¿Tiene frío? —se interesa él.

—Sí, pero aguantaré. Cuando quiera —indica ella poniéndose en pie.

No tardan en llegar al recodo de Bostbidieta. A partir de ahí el camino desciende de forma notoria y continua, sin el abrigo de los árboles y rodeando un ancho montículo. La joven empieza a dar de nuevo señales de fatiga, andando con poca seguridad.

—Estamos cerca —la anima él—. Llegaremos a Ergoyen en unos minutos.

Varios resbalones y una hora más tarde, con las primeras luces del día, alcanzan el caserío llamado Sarobe en el barrio de Oyarzun.

Los miembros de la familia Iriarte, dueños y habitantes del caserío, les acogen con muestras de alegría, sorpresa y preocupación. Creían que ya no llegaría nadie a esas horas y no tienen noticia alguna de lo ocurrido.

Mientras Alphonse relata lo sucedido, a Nelly le procuran un asiento cómodo, le quitan las alpargatas destrozadas y le acercan un barreño de agua caliente con sal para aliviar sus pies. De ordinario solo se detienen una o dos horas en el caserío, pero dadas las circunstancias acuerdan que Nelly descanse hasta el anochecer.

Manuel Iriarte afirma que todo está preparado, aunque ya no les esperasen; los Garayar de Alzibar les han asegurado que no hay controles especiales en Rentería. Bajará en bicicleta acompañado de sus hermanas, como siempre, mezclados entre los trabajadores para no llamar la atención. En el garaje de Arizabala le espera el automóvil del cónsul. Así que, sin tardar, Alphonse se dispone a partir.

Antes de salir se dirige a la joven, que por el calor que le proporciona un tazón de leche tibia y por el agua caliente donde ha sumergido los pies, ha empezado a cabecear sucumbiendo al cansancio.

—Necesita comer y dormir, y vendrán a buscarla al anochecer para conducirla hasta San Sebastián. Se queda en buenas manos —le dice en su idioma, para reconfortarla.

Nelly asiente muy levemente, sin poder abrir los ojos.

Alphonse contempla durante unos segundos su expresión, entre serena —por la tranquilidad alcanzada— y algo salvaje —por el cabello trigueño alborotado y el rostro un poco sucio—, que le resulta imprecisamente atractiva. Cuando inicia el ademán para darse media vuelta, oye un exánime «gracias», al que responde con gentileza.

—Se lo ruego, es un placer.

II

7 de junio

La joven se incorpora. Reposa en una cama amplia, con sábanas almidonadas, inmaculadas. Mira con extrañeza el camisón de hilo que lleva puesto, con unas iniciales (BEdM) bordadas con caligrafía inglesa.

El sol se filtra entre los huecos laterales de las cortinas en un piso de la quinta planta en la calle Aguirre Miramón de San Sebastián. En cuanto levanta los ojos aprecia unas cortinas drapeadas en tonos dorados. Después recorre con la vista el resto de la habitación: una cómoda, un espejo, un palanganero, una lámpara de bronce y una mesa de noche con una jarra de cristal llena de agua y un vaso. La penumbra se debilita con la luz. Todo se aprecia antiguo, pero elegante y bien cuidado.

Nota un escalofrío repentino. Tiene frío y no sabe dónde se encuentra. No es, al menos, la sórdida celda en la que ha estado encerrada durante meses y hasta hace solo unos días. Intenta salir de la cama pero se siente débil. Se apoya en la mesilla para no caerse y golpea el vaso contra la jarra. Ella misma se alarma con el ruido.

La puerta de la habitación se abre y entra una mujer mayor, con ropa de trabajo y delantal. Canas, ojos oscuros y rostro afable. Se dirige hacia ella con una sonrisa; la sujeta y la recuesta mientras le suelta una retahíla de consejos y recomendaciones en vascuence y castellano. La joven no entiende nada, pero esa actitud maternal la tranquiliza y se deja hacer.

—Sabina, *Sabina naiz*. Me llamo Sabina —repite la respetable matrona antes de abrir las cortinas.

Sabina sale del dormitorio y vuelve poco después con unos almohadones de plumas y una bata de raso celeste —con las mismas iniciales del camisón— que le coloca sobre los hombros.

Después de dar unos toques en la puerta entra un hombre cuarentón, con buena planta y bien trajeado. Sonríe levemente.

—Perdone, sé que no es correcto entrar así, pero será solo un momento —se excusa en un francés con acento extraño, muy marcado—. Solo quiero que sepa que aquí es donde debía finalizar su viaje y ya no debe preocuparse. Perdió el conocimiento durante el camino y llegó aquí inconsciente. Nos preocupó mucho hasta que el doctor

Bastero la examinó y nos tranquilizó. Vendrá más tarde para reconocerla de nuevo, por cierto. Ahora le traeremos un desayuno. Padece de agotamiento, según el doctor. No dude en pedir todo lo que necesite. Tiene a Sabina y a mí mismo... Bernardo, Bernardo Aracama, para servirla.

Ella lo agradece con una suavidad en parte propia y en parte obligada por su estado físico, ya que se nota muy débil. También siente un gran alivio, porque lo ha conseguido; ha conseguido escapar, ponerse a salvo en este lugar después de tantas penalidades y de creer que sería imposible.

Tras un relajante y deseado aseo con agua caliente y un tazón de leche con un trozo de bizcocho de nata, llega la visita del médico. El doctor Bastero la palpa, la ausculta, mide la tensión arterial y la temperatura. Concluye que su salud no corresponde con su edad. Incluso sin análisis más profundos se adivina que padece una severa anemia, desnutrición en general y, seguramente, algún trastorno hepático. Pero nada que se resista a una buena dieta de fortalecimiento durante varias semanas de reposo absoluto.

Terminada la visita médica empieza de inmediato su cura aun sin pretenderlo. Aunque ha dormido casi veinticuatro horas seguidas, la placidez, el silencio y el estómago templado se alían de nuevo con el sueño.

En duermevela escucha alguna conversación a lo lejos; hablan en español, dos hombres, o quizá más. También el timbre de un teléfono. Unas niñas que cantan en la calle.

El motor de un automóvil rugiendo. Todo confuso y distante, pero vivido desde una calma que se añade a la amalgama de sueño y vigilia en que ha devenido su vida desde hace días. ¿O son ya semanas? No sabe siquiera en qué día vive.

También en calma se suceden un almuerzo, una siesta y un paseo por la casa ayudada por Sabina. Aprovecha para asomarse a un ventanal en la amplia sala de estar desde el que no se contemplan más vistas que el edificio de enfrente, pero al menos recibe la luz del día. Luego reposa en una *bergère* con orejas mientras contempla el salón decorado con el mismo estilo que el dormitorio, sobrio, acogedor.

El carillón del reloj de pared acaba de señalar las cinco de la tarde cuando entran dos hombres por la puerta de la calle. Ella hace ademán de salir de la estancia, pero Bernardo Aracama, uno de ellos, le invita a permanecer en su asiento.

—No se moleste, señorita, está en su casa. Le presentaré a mi buen amigo Luis Lizarosturri. Es el vicecónsul de Bélgica en nuestra ciudad.

El vicecónsul, ataviado con un blazer y unos pantalones blancos, realiza un ágil besamanos y se expresa en perfecto francés:

—Encantado. A su servicio para cuanto pueda necesitar, señorita...

Ella duda unos instantes, no está preparada para esa pregunta.

—De Bissy —titubea, pero prosigue más firme—: Monique de Bissy.

Los dos hombres intercambian una mirada fugaz.

—Insisto en que está entre amigos, señorita De Bissy —dice Aracama—. Estamos para ayudarla. Como el resto de la red.

El tono sincero de su anfitrión, y explícito en cuanto a ese último término, diluye las reticencias y ella sonríe levemente.

—Así que, como estamos para ayudarla, no le importará contarnos algo sobre usted y sobre los motivos por los que ha tenido que escapar.

***

Según se acerca la media tarde, la animación de La Concha cae notablemente. No es jornada festiva, apenas ha empezado la temporada estival y el día es un paradigma de primavera cantábrica: cielo anubarrado, luz blanquecina y brisa del norte que envuelve una temperatura agradable. Una paz gris.

Bañistas fieles y pequeños grupos de jóvenes se mueven a sus anchas en la playa; algunos paseantes aprovechan la bajamar. Por el paseo circulan ayas a la antigua usanza con coches de niño, parejas de novios, grupos de hombres debatiendo y unos pocos solitarios que contemplan el horizonte borrado por la bruma y la mar en calma. Hacia el balneario de La Perla y la zona de hoteles hay más voces y movimiento. Enfrente, las terrazas y salones del Hotel Continental Palace se van poblando con personas que han escapado de la pobreza y el desaliento de los tiempos, luciendo medias galas y aprovechando su edad madura.

Un camarero sirve sendas copas de coñac a tres hombres sentados alrededor de una mesa solitaria junto a un ventanal. Wilhelm Bauer está concentrado en un manojo de papeles; Adrien Otlet expele volutas de humo con un cigarro entre sus dedos; Georges Koninckx, con el ceño fruncido, toma la caja de Grenzmark que está encima de la mesa y enciende uno para sí. Permanecen silenciosos en sus cómodos sillones hasta que el camarero se aleja.

Han charlado de asuntos banales durante el almuerzo. Ahora ha llegado el momento de los negocios.

—No entiendo nada, pero me imagino que estos permisos del gobierno nos dan vía libre —dice Bauer dirigiéndose a Koninckx, quien cabecea mientras da una calada a su cigarro—. Bien, pues aquí está la lista —añade extrayendo otros papeles de un portafolios depositado bajo la mesa—. Sesenta en total. Probablemente los últimos que podremos conseguir de primera mano. A partir de ahora tendremos que aguzar el ingenio.

Otlet toma la lista. Lee los títulos y los nombres (algunos repetidos) de Rembrandt, Rubens, Van Dyck, Goya, Cranach, Van Gogh y otros que desconoce.

***

Sin titubeos ni vacilaciones, Monique de Bissy se explica:

Pertenece a la Réseau Comète desde mediados del año 1941, en que la propia fundadora, Andrée de Jongh, la reclutó en una reunión clandestina de grupos de la resistencia belga en Schaerbeek. Su juventud y su «aspecto angelical», como dijo medio en broma Dédée (así apodan a De Jongh), serían una buena tapadera para actuar. Primero estuvo estudiando y aprendiendo rutas, códigos, medios de traslado o ayudando a preparar equipos, radios de campaña y documentos falsificados para los pilotos evadidos. Tuvo que aprender también algo de inglés para entenderse con ellos. Al caer prisioneros algunos miembros de la red, pasó a responsabilizarse del paso fronterizo en Aulnoye-Aymeries y se la nombró *adjointe* del sector Francia-Norte a finales de 1942.

En una ocasión fue interrogada por miembros de la Zwarte Brigade y después por la GFP, pero su aspecto unido a su capacidad para representar el papel de ingenua y frívola jovencita le impidieron conocer los calabozos. Hasta el pasado mes de enero.

Había asumido cada vez más responsabilidades y realizaba acciones cada vez más arriesgadas dejándose llevar por sus habilidades. Bajó la guardia ante un supuesto nuevo colaborador que se hacía llamar Jean Masson y que actuaba como guía entre Beaumont y Maubeuge. Este apareció un día en la oficina de Aulnoye-Aymeries alegando que la Gestapo estaba tras su pista y que habían estado a punto de atraparle; ella le llevó a una casa segura en Ixelles, donde tomó contacto con otros miembros de la red. Pero en realidad nadie le perseguía, sino que él mismo era un miembro de la Gestapo. Se llamaba Jacques Desoubrie.

Al día siguiente, el 31 de enero de ese mismo año, viajó a París para una reunión de coordinación de sectores y, nada más llegar, fue detenida en una redada en la que casi todo el sector de Bélgica y el sector franco-belga fueron desmantelados. La condujeron a las dependencias de la GFP en el Hotel Cayré del boulevard Raspail, donde fue interrogada varias veces a lo largo de dos días, aunque no especialmente maltratada; al principio no creyeron que fuera una miembro relevante de la red. Pero uno de los detenidos habló demasiado y detalló los cargos y actuaciones de diversos miembros, entre los que figuraba ella. Después la enviaron a la prisión de Fresnes. Allí estuvo incomunicada varios meses sin noción del tiempo, sufriendo interrogatorios sistemáticos que quebraron su salud y su moral, hasta que la Gestapo decidió trasladarla a la prisión belga de Saint-Gilles, donde se vería el alcance de su condena o su traslado a un campo de concentración en aplicación del decreto Noche y Niebla.

Embarcaron a varios detenidos en la Gare du Nord rumbo a Bruselas, pero durante el traslado tuvieron que cambiar de medio de transporte debido al bombardeo intensivo sobre centros ferroviarios belgas. Mientras trasladaban a los prisioneros del tren a unas camionetas se produjo una explosión en la locomotora —un probable sabotaje— que causó un gran desconcierto. En medio de la confusión, casi sin pretenderlo, Monique se quedó sola detrás de uno de los vehículos que no se iban a utilizar. Rápidamente se deslizó hasta el vestíbulo de la pequeña estación donde se habían detenido y en la puerta de salida hurtó una bicicleta. Empleando toda la fuerza que no creía tener, pedaleó cuanto pudo para alejarse de aquel lugar por una carretera llana, extensa, sin horizonte definido.

Al cabo de un buen rato pedaleando se convenció de que nadie la seguía. Pero no sabía dónde estaba ni qué día era. No tenía documentación ni dinero. Sucia, débil, sola. Tomó una decisión muy arriesgada: desviándose de la carretera, se acercó a una granja en medio del campo para pedir algo de comida y poder asearse. Tuvo suerte: sin explicaciones, los dos ancianos que allí vivían comprendieron rápido. Le dieron de comer y beber, le facilitaron un aseo, unas ropas tan viejas como limpias y una cama para descansar. Supo por ellos la fecha, 27 de mayo (los casi cinco meses de prisión le habían parecido cinco años) y que estaba cerca de Troissy, al sur de Reims.

Supuso que en París le quedarían muy pocos contactos libres, si es que quedaba alguno. Además, la GFP y la Gestapo la estarían esperando. Después de su detención y con ficha policial ya estaba quemada como agente de la red, y no podría reintegrarse a sus funciones sin ponerse en peligro a sí misma y a los demás miembros.

Su única opción era escapar de Francia, al menos durante una temporada. Para ello tendría que contactar con el sector Francia-Sur de Comète y sumarse a alguno de los grupos de evasión para cruzar la frontera española. Conocía el lugar de agrupamiento: Villa Voisin, en la *commune* de Anglet; de allí partían algunos evadidos hacia San Juan de Luz primero y, finalmente, a Urrugne, desde donde se realizaban los pasos.

Con esa perspectiva decidió partir al amanecer del día siguiente, no sin antes recibir un copioso desayuno y un puñado de francos. Pero el mayor de los favores que recibió de aquellos ángeles custodios fue que la pusieran en contacto con un transportista de confianza en Épernay, a tan solo unos pocos kilómetros de su granja, que podría llevarla en camión a donde fuera necesario sin preguntas. A cambio, solo le pidieron una oración por su hija, unida en algún lugar de Francia al Armée Secrète.

El buen hombre, llamado Marcel —un apodo, probablemente—, la trasladó sin incidentes en su vehículo hasta Libourne, cerca de Burdeos, durante inacabables horas de marcha por carreteras secundarias. Allí la encomendó a un colega porque al día siguiente, lunes, tenía que hacerse cargo de una serie de entregas y apenas tendría tiempo de regresar. En todo caso, su ayuda fue enorme, determinante para llegar hasta la frontera.

Su colega, menos experimentado, tropezó a las pocas horas de viaje con un control del ejército a la altura de Saint-Vincent-de-Tyrosse, que afortunadamente divisaron de lejos. Ella se apeó del camión y acordaron encontrarse pasado el control, para lo cual dio un rodeo buscando caminos paralelos. Salió de nuevo a la carretera más allá del puesto de vigilancia. Pero, aunque esperó durante mucho tiempo, el camión no volvió a aparecer; no sabía qué había ocurrido, pero sospechando lo peor decidió apartarse de las carreteras.

Con el poco dinero que tenía compró algo de fruta en un puesto callejero, y un billete de ferrocarril de la línea Burdeos-Hendaya. Pero tampoco pudo llegar a su destino. En Labenne observó por la ventanilla que una pareja de hombres, que le recordaban mucho al tipo de agentes de la GFP que la habían detenido, venía —o parecía venir— en dirección a su vagón junto con el revisor. Quizá fue solo aprensión injustificada, pero salió por la puerta trasera antes de que la pudieran ver, descolgándose hacia las vías. Fue peligroso, porque el tren se puso en marcha poco después, pero ella ya se había escondido detrás de otro convoy. De nuevo sin medio de transporte, se decidió a andar en mitad de la noche siguiendo las vías.

Anduvo durante casi tres días. Se escondía entre matas de hierba al pie de los terraplenes para descansar y caminaba por las noches. Rodeó el aeropuerto de Biarritz antes de llegar a Anglet. Por las referencias que tenía supo encontrar Villa Voisin, al amanecer del 4 de junio. Esa casa era la residencia de los De Greef, una familia de refugiados belgas que fue pieza clave en el funcionamiento de Comète. Tante Go (apodo de Elvire de Greef) le comunicó que un grupo de pilotos británicos acababa de partir en automóvil hacia Ciboure para cruzar la frontera esa misma noche.

La desesperación no le permitió esperar al automóvil de regreso y, sin apenas descanso, emprendió una nueva caminata en la dirección que le indicó Tante Go. Llegó pasado el mediodía a la casa de los Aguirre en Socoa, el siguiente apoyo en la ruta de evasión. Les rogó poder unirse al grupo que dirigía Marcel Roger y guiaba un tal Florentino, a quienes no conocía en absoluto. No fue bien recibida hasta que Roger la interrogó y supo dar razón de quién era y por qué estaba allí. Su aspecto desaliñado —desgreñada, con la ropa sucia y los zapatos rotos— y los síntomas de agotamiento añadieron veracidad al relato de su huida.

Tampoco hubo tiempo para más porque debían partir a pie de inmediato hacia un caserío de Urrugne, que estaba a dos horas largas.

Cuando llegó al caserío le proporcionaron unas alpargatas y unas ropas adecuadas para la marcha, pero no pudieron procurarle el descanso necesario.

***

—¿De cuánto podemos estar hablando? —pregunta Adrien Otlet.

—De momento veremos si llegan —objeta Wilhelm Bauer—. Y una vez que los tengamos en nuestras manos veremos lo que ofrecen los del museo. Que sean ellos los que den la cifra de partida.

—¿Por qué dices «si llegan»? —repone Otlet.

—Me preocupa eso que se rumorea sobre un desembarco en el norte de Francia. He estado indagando pero nadie me da una información segura. Unos dicen que ha sido una intentona rechazada, pero otros callan. Me da muy mala espina. Además, los trenes funcionan cada vez peor entre atentados terroristas y bombardeos, y la gasolina empieza a ser difícil de conseguir porque se está reservando para vehículos militares.

—Pero de algo tendrá que servir tu amistad con El Gordo. ¿Le has tocado? —interviene Georges Koninckx.

—¡Claro que sí! ¿De dónde crees que ha salido esta lista? Y yo no le faltaría el respeto al Reichsmarschall con tanta ligereza. Al menos en público —advierte Bauer.

Otlet, inquieto, mira hacia los lados para ver si hay alguien cerca mientras apaga su cigarro en un cenicero.

—No pretendo... —intenta justificarse Koninckx.

—No, claro que no —le corta Bauer—. Ahora dime cómo van esos contactos con los del Prado.

—Ya hemos conseguido que Sánchez Cantón, el subdirector del museo, vea con buenos ojos la operación. Ha sido gracias a José Uyarte, aquel que te presenté la última vez, y que ha resultado ser un buen amigo suyo.

—¿Y no han puesto ninguna pega? No me lo puedo creer —exclama Bauer.

—Bueno, ya sabes, lo de siempre, que certifiquemos el origen, que no sean robados y toda esa mierda. Los americanos están crecidos y se dedican a tocar los cojones al gobierno de todas las maneras posibles. Ahora están con eso de controlar obras de arte que dicen haber sido saqueadas.

Bauer, pensativo, bebe de su copa un trago largo.

—Cada vez les hacen más concesiones, y a nosotros nos miran con lupa —dice Otlet—. Así nos paga ese cabrón de Franco todo lo que hemos hecho por él. Siempre he dicho que los españoles no son de fiar.

—No seas desagradecido —replica Bauer—. No nos ha ido nada mal en todo este tiempo, y por el momento no veo que haya motivo para quejarse. Se pueden hacer muchas cosas todavía, créeme.

—En cuanto se han torcido las cosas nos han empezado a dar la espalda —prosigue con su queja Otlet—. Y seguirán a peor.

Koninckx da una última calada y apaga su cigarro.

—A ver, vamos a centrarnos y a dejar de llorar —contesta Bauer, paciente—. Cuando hay algo interesante, y con dinero de por medio, nadie nos quiere dar la espalda.

—¿Para cuándo prevés que puedan llegar? —interviene Koninckx.

—Si todo va bien, para el 17 o el 18 de este mes. Siempre es mejor en sábado o domingo, lo tengo comprobado.

—Lo digo para ir concretando los términos de la compra. Tendremos que entregar una copia de esa lista y preparar algún informe que acredite su origen legal para que el director del museo le dé el visto bueno. Con un museo es distinto que con los galeristas.

—Pues no sé muy bien cómo preparar ese informe —dice Bauer.

—Yo sí. Algunos anticuarios y galeristas de confianza nos echarán una mano —asegura Koninckx—. Ya has visto que los permisos no son difíciles de conseguir si se piden a través de la persona adecuada —prosigue mientras señala los papeles que Bauer tiene en la mano.

—¿Y has previsto también cómo van a cruzar la frontera? —tercia Otlet—. Son muchos para pasar de una sola vez.

—¿Alguna vez he tenido problemas en ese aspecto? —replica Bauer—. Es lo único de lo que estoy seguro. Mientras Jean Duval siga operando en la frontera no habrá ningún problema.

—¿Y el reparto? —pregunta a su vez Koninckx—. ¿También va a ser igual?

—No hay motivos para cambiarlo —responde Bauer—. Vuestra mitad la repartís como queráis, pero incluid en ella lo que cueste la comisión que se lleve ese tal Uyarte. Y la del director, si es que pide algo.

Como si fuera una especie de brindis tácito, los tres toman sus copas y beben con distinta fruición.

Koninckx divisa a una mujer que ha llegado a la puerta principal del hotel y busca algo o a alguien con la mirada. Se levanta, se arropa con su americana beis y se despide:

—Creo que está todo bastante claro. Si me necesitáis para algo ya sabéis dónde localizarme. Mañana temprano saldré para Madrid y empezaré a mover el asunto.

Otlet toma de nuevo la caja de Grenzmark y se dispone a encender otro cigarro. Bauer se queda con aire pensativo. Koninckx se aleja.

***

Finalmente, Nelly relata lo ocurrido durante la travesía hasta Sarobe. Mejor dicho, cuenta aquello que puede recordar, pues el cansancio y la pérdida de conocimiento durante algunas horas le han provocado lagunas que no puede colmar.

Mientras la joven termina su historia, el vicecónsul extrae de su chaqueta un zippo y un paquete de Craven A; invita a los demás, que declinan el ofrecimiento, y enciende un cigarrillo. Rompe un silencio breve tras la primera bocanada.

—No se preocupe, ya nos han informado de esa parte. Comprenderá que no teníamos ninguna referencia sobre usted y necesitábamos saber algo para situarnos. Además, tendremos que proporcionarle documentos para cuando esté recuperada y pueda reanudar su ruta.

—Sí, lo comprendo perfectamente —reconoce Monique—. Y dígame, ¿qué ha sido del resto del grupo? ¿Saben qué ocurrió?

—Por desgracia, los pilotos fueron capturados junto con Max. Florentino, por suerte, pudo escapar y regresar a Urrugne.

—Oh, lo siento tanto... Estoy desolada. Fue por mi culpa.

—No, señorita, no se culpe. Fue cuestión de mala suerte. Ya sabían que la Guardia Civil patrullaba la zona y tuvieron la desgracia de toparse de bruces con ellos. Les habrán conducido al campo de Miranda, seguramente, y ya hemos puesto en marcha los medios para liberarlos.

—Espero que así sea, que Dios le oiga. ¿Y el otro hombre, el que me llevó hasta el caserío?

—¿Alphonse? —pregunta Lizarosturri.

—Sí, eso es, Alphonse —salta ella—. ¿Está bien?

—No puede estar mejor. Es un gran tipo, y muy duro.

—Creo que le debo la vida.

—Probablemente, pero él nunca lo reconocerá.

En ese momento llaman a la puerta principal. Bernardo Aracama acude a abrir. Se oyen unos saludos en el recibidor y otro hombre aparece precediendo al dueño de la casa.

—Buenos días, Luis.

—Buenos días, Martín —responde el vicecónsul—. Tienes un aspecto inmejorable. No sé cómo lo haces.

—Señorita De Bissy, le presento a un buen amigo, Martín Inchauspe —hace las presentaciones Aracama en francés—. También puede llamarle señor marqués de Santa Clara o vuestra excelencia, como prefiera —añade sonriendo.

—Es un placer, señorita —dice el aludido inclinándose—. Sin duda, tenía yo razón. Le sientan realmente bien —añade al admirar el atuendo de Monique.

—El placer es mío —responde ella, confusa.

—Nuestro Martín es una eminencia en asuntos de moda, masculina o femenina —interviene el vicecónsul—. No hay más que ver el corte del traje que lleva. En todo caso, sepa que es él quien ha proporcionado esas ropas que lleva puestas, además de los vestidos que tiene a su disposición en el armario del dormitorio.

—Debo confesar que no son míos, sino de mi hermana —bromea Inchauspe—. Calculé que serían de la misma talla, y creo que no me he equivocado.

—¿Cómo...? ¿Qué...? —pregunta ella, desconcertada.

—No importunemos a mi huésped —indica Aracama con miradas significativas a los otros dos.

—Tienes razón, Bernar. Yo solo venía para saber si la señorita De Bissy está en condiciones de viajar —repone Inchauspe algo más serio—. Hoy ya es tarde para ello, pero quizá mañana pueda ser.

—Lo consultaremos con Bastero —dice Aracama.

—Antes tendremos que contar con ella, supongo —replica Inchauspe al tiempo que dirige su mirada a la joven.

—Sería un detalle —recalca ella—. ¿Viajar adónde, si puedo saber?

—Pensamos que, como ha ocurrido con los demás evadidos, debería ir a Bilbao, desde donde se puede gestionar mejor su traslado, bien a Gibraltar o a otro destino que crea más conveniente —explica Lizarosturri.

Monique permanece pensativa. Su hospedador y el vicecónsul la miran expectantes. Inchauspe, mientras, hojea un ejemplar de *Signal* con clara muestra de disgusto.

—¿Cómo puedes tener esto en casa? —exclama, y arroja la revista a una mesilla en la que se amontonan otras publicaciones.

—Mejor eso que el *Pravda*, en caso de registro.

—Te regalaré una suscripción al *The Times* para que te pongas al día de lo que realmente ocurre en el mundo.

Ella les interrumpe y retoma la conversación:

—No tenía pensado destino alguno más allá de cruzar la frontera. La verdad es que no tengo a donde ir. No tengo documentación, ni dinero, ni contactos. Ni siquiera sé qué ha sido de mi familia —revela abrumada.

El silencio cae sobre el salón, pero no dura mucho.

—Bien, por suerte sus problemas, o algunos de ellos, son minucias de muy fácil solución —afirma Inchauspe—. Los resolveremos de inmediato. En cuanto a su posible destino, pondré mi humilde casa a su disposición todo el tiempo que sea necesario. No me juzgue mal —añade rápidamente—, yo apenas la importunaré, pero mi hermana Ana Eugenia, que tiene más o menos su misma edad, será una anfitriona, consejera y amiga perfecta, se lo aseguro. Y tendrá todas las comodidades para restablecer su salud en condiciones.

—No puedo sino darle la razón a mi amigo, señorita —afirma Lizarosturri—. Allí podrá estar tranquila y segura.

—Lo mismo digo —remacha Aracama.

Monique hace un gesto de conformidad con los labios: aunque dudara de lo que le dicen, no tiene mucha elección.

—De acuerdo, seguiré su consejo.

—No se arrepentirá —opina Lizarosturri.

—Si a usted le parece bien, vendré a buscarla por la mañana, después del desayuno —propone Inchauspe.

Ella no responde, aunque lo mira fijamente. Él le sostiene la mirada con curiosidad; la misma curiosidad que se adivina en los otros.

—Señor... ¿Inchauspe? —se arranca ella.

—En efecto.

—¿Le conozco a usted de algo?

Él enarca una ceja y sonríe.

—No sé si usted me conocerá, pero si yo la hubiera conocido, tenga a buen seguro que me acordaría perfectamente.

III

8 de junio

Un Hispano-Suiza J12 de color granate circula despacio por el barrio de Neguri. Sus neumáticos blanqueados resaltan sobre el rudimentario pavimento del paseo de los Chopos. Dobla a la izquierda para enfilar la calle de los Tilos.

La primavera siempre demorada en esta arista del mundo no ha llevado todavía la flor a las hileras de tilos que flanquean ambos lados de la calle, pero sí ha verdeado la sombra bajo la que, silencioso, el vehículo avanza durante unos segundos hasta detenerse ante una cochera.

El conductor, Martín Inchauspe, desciende del vehículo y se aproxima a abrir la otra puerta, por la que se apea Monique de Bissy. Este la conduce hacia la entrada de un chalet de grandes dimensiones, sencillo en apariencia y con la riqueza cromática del estilo Old English: muros revocados, hiedras y buganvillas en las fachadas laterales, entramados de madera, tímpanos con ladrillo visto, amplios ventanales y una cubierta muy movida. Todo ello distribuido de forma asimétrica pero proporcionada.

—Así que esta es su morada, tan humilde —bromea ella, que ha venido admirando la peculiar arquitectura del barrio de Neguri, lleno de edificaciones historicistas.

—Sí, esta es. Bienvenida a Villablanca.

Por una galería acristalada a un costado de la fachada principal aparece con aire decidido un hombre mayor, robusto, con chaleco y camisa, sin ceremonia. Sale al encuentro de los recién llegados.

—Buenos días, Reggie —saluda Martín.

—Buenos días, señor. ¿Ha tenido un viaje agradable?

—Inmejorable. Te presento a la señorita De Bissy. Va a ser nuestra invitada durante un tiempo. Señorita, él es Regino, o Reggie, como prefiera, factótum y sostén de Villablanca.

—Mucho gusto, señorita. Sea bienvenida —le saluda con un leve amago de besamanos.

Ella, con aire algo desconcertado, calla y sonríe.

—No entiende cristiano, así que tendremos que hablar en francés con ella —advierte Martín.

—*Et aussi en néerlandais et anglais* —aclara ella mientras sonríe.

Reggie (o Regino Sosa García, según su partida de bautismo) enarca las cejas y extrae el equipaje del maletero. Martín permanece quieto, pensativo, hasta que dice en inglés:

—Es usted una caja de sorpresas.

En efecto, el viaje ha resultado agradable para el conductor, sin contratiempos ni engorrosos controles. El firme de la carretera ha mejorado al haberse reparado varios tramos devastados por acciones de guerra y además se hallaba seco tras casi dos días sin llover.

Para la pasajera, en cambio, ha sido una experiencia chocante por varias circunstancias. La primera, una notoria sensación de peligro durante los primeros kilómetros por la velocidad a la que circulaban, transformada poco a poco en sensación estimulante de placer por efecto de la adrenalina segregada, cambio que se ha manifestado en su rostro. Acostumbrada a las planicies y los relieves poco abruptos, lo arriscado del trayecto paralelo a la cornisa vasca no le ha impedido sentir fascinación ante acantilados, montañas y bosques velados en una bruma verdeazulada. Un paisaje agreste que ha notado dulcificarse a medida que se acercaban a su esencia y se sumían en su interior.

El trayecto ha llevado su memoria hasta la no muy lejana niñez, cuando viajaba con sus padres por el país, o aquellos veranos en los que iban hasta la costa francesa en Boulogne-sur-Mer y Le Touquet; pero la comodidad del asiento tapizado también le ha hecho recordar la terrible huida en camión desde Épernay hasta Anglet, muerta de frío y miedo, durante horas interminables en un asiento de madera o andando a salto de mata. Así lo ha contado, como recordando en voz alta, aprovechando un breve alto en el camino.

Con todo, lo que más la ha removido ha sido el conductor, demostrando ser capaz no solo de conducir de manera veloz y precisa, sino de conversar al mismo tiempo en una lengua que no es la materna.

—No tiene mérito. Mi abuelo paterno era francés, como lo es también mi madre. En mi casa se han hablado ambos idiomas por igual —ha aclarado él.

—Pero esta mañana también le he visto desenvolverse muy bien en inglés. Al menos por teléfono —le ha tirado ella de la lengua.

Esa mañana, antes de partir, Martín había realizado una llamada telefónica; ella le había oído expresarse en inglés durante varios minutos, aunque no había podido entender más que vaguedades.

—De pequeño tuve una *nanny* irlandesa y estuve algún tiempo estudiando en Inglaterra.

Ella ha notado en dos ocasiones, cuando la conversación empezaba a tomar un giro algo más profundo, que él cambiaba el tono y el tema sutilmente, como si quisiera mostrarse más insustancial, menos juicioso. Impresión reforzada por el hecho de saber medir los silencios; saber respetar los momentos en que ella prefería permanecer callada con sus recuerdos, rememorando todo lo sucedido en los días anteriores o simplemente dejándose llevar por una dulce melancolía del presente afortunado que disfruta ahora. Y en un breve descanso a mitad de ruta ha aparecido con más claridad una mirada honda de ojos oscuros, directa, inquisitiva (¿tal vez defensiva?), de difícil encaje en un espíritu banal.

***

SECRETO

8 junio 1944

De: Saint
Para: Baker St. / X-2
Informante: BG-01 (Alphonse)
Objeto: Información
                             persona evadida
Fuente: BG-01
Fecha información: 6 junio 1944

* * * * * * *

Se solicita confirmación de la información concerniente a la refugiada que se incluyó de forma imprevista en el passage de la Red Comète efectuado el 5 de junio pasado. Dicha información es la facilitada por la propia evadida y no hay posibilidad de contactar con la Red habida cuenta de la suspensión de las operaciones.

Datos disponibles:
Nombre: Monique de Bissy.
Nombre en clave: "Nelly".
Edad: 20 / 21.
Nacionalidad: Belga.
Cargo: Adjunta a jefatura de sector Francia-Norte.

Detenida el 3 de diciembre de 1943 en Fresnes; escapada en fecha 28 de mayo.

(Distribución habitual)

***

10 de junio

Los días siguientes transcurren tranquilos. La guerra está lejos, el verano está cerca.

Martín marcha cada mañana a Bilbao porque la Junta de Obras del Puerto, de la que es miembro, tiene prisa por no hacer nada; o, dicho en jerga administrativa, tiene prisa por estudiar y debatir proyectos de ampliación y transformación destinados a convertir el puerto de Bilbao en el de mayor tráfico de Europa. Allí aprovecha para enterarse de primera mano de las noticias sin censura que le proporcionan sus amistades consulares, almorzando en salones privados de la Sociedad Bilbaína o compartiendo algunos cafés en los domicilios de sus correligionarios monárquicos; reuniones deprimentes, ante las escasas perspectivas que existen sobre la vuelta del Rey. Pero hay noticias mejores.

Roma acaba de ser liberada de los bárbaros. Los soviéticos han rechazado hasta más allá de sus fronteras a los alemanes. Los Estados Unidos de América y Gran Bretaña redoblan su presión sobre el gobierno de Franco para dar paso a una restauración y, sobre todo, para mantener la neutralidad española en la guerra. Y el mundo está pendiente de la batalla que se libra en la costa de Normandía. Aunque la omnipresente propaganda alemana dice en la prensa haber aplastado el intento de desembarco de tropas aliadas, *sotto voce* se afirma que se ha consolidado la cabeza de puente y se prepara el avance hacia el sur y el este de Francia.

Regresa por la tarde y cena en compañía de su hermana y su invitada; cena seguida de una agradable tertulia en la que comparte las noticias recibidas y relata con mordacidad los despropósitos de nuevos ricos y políticos arribistas con los que ha lidiado durante la mañana. Aires de superioridad elitista diluida en agudeza y criterio evidentes. Luego aprovecha para acostarse pronto y descansar; los días recién pasados han sido difíciles.

Por su parte, Monique intenta asimilar un sosiego de espíritu y de cuerpo que no conoce desde que se embarcó en actividades clandestinas, hace casi tres años. Sosiego debido, en su mayor parte, a la imborrable sonrisa, las atenciones constantes y la compañía discreta de Ana Eugenia Inchauspe. Una joven de su misma edad, con la misma fisonomía que su hermano —aunque feminizada—, un tanto más baja de estatura y ojos de color miel.

Ana Eugenia —Anita, como la llama su hermano— ha llegado a su vida como un regalo del cielo. Las conversaciones casuales en su refinado francés siempre se deslizan —a diferencia de lo que ocurre con su hermano— hacia ideas inteligentes y profundas que se enlazan sin solución de continuidad. Respeta sus silencios, su intimidad; sabe cuándo levantar su ánimo y su confianza. Hace que combine su descanso en un dormitorio principesco en sencillez y elegancia, decorado en tonos blancos y crudos —que en su día fue de la propia Anita—, con unos cortos paseos por la pequeña ciudad de Neguri para aprovechar el aire fresco en una tregua benigna del clima. En uno de tales paseos ha descubierto la iglesia de Nuestra Señora del Carmen (que su anfitriona se empeña en llamar «ermita»), en la que ha querido rezar. «Tengo mucho por lo que dar gracias». También en el ardor de su fe coincide con su anfitriona.

Incluso se han escapado juntas en un Citroën que utilizan para trayectos cortos hasta la playa de Ereaga, para que Monique disfrutara de algunos rayos de sol y de la suave aura marina.

Ambas jóvenes apenas se diferencian en algún rasgo físico como el cabello, los ojos y la estatura, siendo Ana Eugenia algo más alta. Tan insólita coincidencia de edad, condición, carácter y espíritu es un bálsamo impagable, una transfusión de vida y esperanza que Monique había llegado a creer agotadas.

***

—Al habla Alphonse —responde este al descolgar el auricular del teléfono.

—Ya tenemos los datos de los sujetos que se reunieron en el Continental Palace —afirma sin preámbulos un sujeto al otro lado de la línea.

—Un momento, tomo nota. Ya está, sigue.

—No son de la Gestapo ni de la antigua Abwehr. Son traficantes de obras de arte saqueadas en países ocupados por los alemanes. Apunta. Uno es Wilhelm Manfred

Bauer. Es súbdito alemán, nacido en Múnich en 1901, y casado con una alemana de origen holandés. Reside en Ámsterdam desde 1929. Trabaja como anticuario y marchante. Y atento: entre sus amistades y contactos figuran Hermann Göring y Heinrich Hoffmann, el fotógrafo personal de Hitler. Ha venido desde Ámsterdam y cruzó la frontera en Irún el pasado día 4.

—¿Cómo demonios sabéis eso? —se asombra Alphonse.

—¡Qué preguntas! Sigo. Otro se llama Charles Georges Koninckx, de nacionalidad belga, nacido en Hasselt en 1903. Está divorciado y reside en Madrid desde 1925. Al parecer, viaja con frecuencia a San Sebastián. Supuestamente es agente comercial, pero trafica con obras de arte en colaboración directa con Bauer.

—El tal Bauer debe de ser el cabecilla, ¿no?

—No se te escapa nada. Bien, el tercero es Adrien Otlet, de nacionalidad belga, nacido en Amberes en 1904. Pertenece a la familia Otlet, que es concesionaria de los derechos de explotación de la estación de ferrocarril de Soria. Reside en San Sebastián desde 1940, y es consejero de varias empresas mineras y de ferrocarriles, además de ser representante de una agencia naviera llamada Baquera, Kusche and Martin.

—¿Nada más?

—Pasa la información. Esos jefes tuyos no se podrán quejar, ¿eh?

—No tiene precio —asegura Alphonse.

—No, desde luego que no. Espero que no haya muchos encargos tan difíciles.

—Esperemos que no. Bien, pasa mañana por caja, estarán avisados. Y oye...

—¿Qué?

—Gracias —dice Alphonse, y cuelga sin esperar respuesta.

***

11 de junio

Los Inchauspe de Montenegro y Rochelt, junto con su invitada, han acudido a la misa de mediodía en la cercana iglesia del barrio. Monique no ha querido perderse la celebración de la eucaristía.

—Ya no me acuerdo de la última vez que pude asistir —ha comentado de camino—. Antes de esta maldita guerra asistía cada día de precepto como mínimo.

Al terminar el oficio permanecen en el pórtico. Saludan o conversan con vecinos y amistades, y presentan a su invitada: es una amiga belga de la infancia llamada Sophie Noerdlinger (la identidad que figura en el pasaporte con sello aduanero y resguardo de pasaje marítimo), que pasará unos días en Villablanca. También es presentada la visitante al padre Emerenciano, una especie de director espiritual de ambos hermanos que ha oficiado hoy la misa.

—Mi querida Anita es un verdadero ángel, llena de bondad y de virtudes, pero Martín necesita que Nuestro Señor le ilumine con más fuerza y le arranque toda esa magnanimidad que lleva dentro para derramarla sobre sus semejantes —le informa el buen padre agustino.

Martín traduce literalmente lo relativo a su hermana, pero en lo que a él se refiere lo transforma.

—Dice el padre Mere que tenga mucho cuidado conmigo, porque soy como el peor de los demonios.

Monique se queda desconcertada y Ana Eugenia, acostumbrada a las ocurrencias de su hermano, ríe con ganas.

—No le haga caso, querida —dice aún conteniendo la risa—. Puede que sea como un demonio, sí, pero un demonio torpe y bondadoso a su pesar. —Y le hace saber al padre Emerenciano (Mere, para los conocidos) lo que ha ocurrido, pues apenas sabe francés.

—No puedo estar más de acuerdo con Anita. —Y esta vez sí que es traducido por Ana Eugenia.

Poco después se despiden.

Los Inchauspe están invitados a almorzar en la Sociedad de Golf, que inaugura la temporada de verano. Pero Monique no está preparada para mucho ajetreo con desconocidos y han acordado que se quedará tranquilamente en Villablanca.

Martín se ofrece a acompañarla, pero ella declina la propuesta. Y a la insistencia de él, Monique opone un semblante adusto.

La ven alejarse hacia la calle de los Tilos mientras Ana Eugenia sonríe:

—Me parece que es una mujer indomable.

—Sí —coincide él—. Me recuerda a alguien.

Ella le da un codazo, le coge del brazo y se van caminando en dirección contraria.

Monique pasea lentamente, disfrutando del aire fresco del día, nublado como otros tantos.

Al llegar a la entrada de la casa, Regino le anuncia una visita de cortesía. Ha venido a saludar a los Inchauspe y, de paso, a su invitada.

—Es el vicecónsul Dyer. Es de confianza, según don Martín, así que puede recibirle con toda libertad, mademoiselle. —La tranquiliza el mayordomo al entrar en el salón principal.

En la amplísima estancia espera Arthur Dyer, vicecónsul británico en Bilbao y agente del SOE (Special Operations Executive), una organización de espionaje creada por el gabinete de guerra y desgajada del Secret Intelligence Service para misiones de sabotaje y reconocimiento.

***

Los hermanos Inchauspe van de camino al edificio social de la Real Sociedad de Golf de Neguri.

—Tengo que ir a Madrid de nuevo —dice Martín en voz baja.

—¿Cuándo? —se interesa Ana Eugenia.

—Mañana mismo. A primera hora.

Él mira a su hermana ante su silencio, y prosigue.

—Venga, no pongas morros. Tengo que hacerlo.

—Te está sorbiendo el seso.

—¿Qué? ¿Qué dices?

—Sí, te está sorbiendo el seso aunque tú no lo creas, o no te des cuenta.

—No voy por Clara sino por otro motivo, ya sabes. Además, ya hemos hablado de esto y te vuelvo a asegurar que no es cierto.

—Está bien. Si tú lo dices.

—Y aunque así fuera, ¿qué habría de malo? Es inteligente, guapa, fuerte, de buena familia.

—Sí, lo sé. Y tú le gustas mucho, me consta.

—Entonces ¿cuál es el problema?

—No me gusta.

—¿Por qué?

—No lo sé, pero no me gusta. Hay algo que no sé definir.

—¿No te gusta porque es alemana?

—No, no es por eso, deberías saberlo.

—Y es una buena católica, practicante.

—Eso es lo que dice ella. Lo dirá para halagarte. Y quizá también a mí, de paso. Pero no lo es.

—Tendrías que haberla visto en misa.

—Los nazis no son ni pueden ser buenos cristianos.

—Pero ella no es nazi.

—¿Que no? Quizá no esté en el partido o en sus organizaciones o lo que sea, pero la he oído hablar.

Martín calla, con cara de circunstancias, y ella insiste.

—No me gusta, solo sé que no me gusta. Una mujer sabe estas cosas, aunque no se puedan explicar. Quiero que tengas cuidado.

Se aferra con más fuerza al brazo de su hermano.

—No te preocupes. A estas alturas de la vida ya he aprendido a cuidarme, ¿no crees?

—Prométeme que tendrás cuidado con toda esa gente. Prométemelo.

—Te lo prometo.

—Está bien.

Una pausa silenciosa, breve. Después, ella objeta.

—Pero no te irás mañana.

—¿Qué? ¿Por qué?

—Ya has oído al padre Mere en la misa, ¿o en qué estabas pensando? ¿En el irresistible atractivo de la raza aria?

—No seas mala, que no te sienta nada bien.

—Tienes razón. Pero mañana a las once sale en procesión la custodia del Corpus. Y tú te vienes conmigo como Dios manda. Hasta Monique ha dicho que quiere asistir.

—A ver si eres tú quien le sorbe el seso a esa pobre chica.

—No digas tonterías adrede. De pobre chica nada. Y ella sí que me gusta, mira tú por dónde. Y mucho.

—No me extraña. Sois iguales en todo. Por dentro y por fuera.

—Vaya, vaya, así que te has fijado. Pues si me apuras, te diría que incluso es la cuñada ideal.

—¡Acabáramos! Bueno, entonces definitivamente me iré el martes.

Ella se ríe con ganas.

—Ay, qué tonto eres. Ni siquiera sabes cambiar de tema. En fin, ¿volverás pronto?

—Eso espero. Y quiero. Estaré dos o tres días a lo sumo.

—Amén.

Prosiguen paseando en silencio, con una sonrisa en el rostro. Poco después, el portero del club les saluda y les abre la puerta.

***

Monique está impresionada por las revelaciones del vicecónsul Dyer.

Quizá ha entendido mal a Regino cuando le ha indicado que era de confianza para la familia; por eso ha supuesto que vendría a interesarse por su situación y su posible evacuación a través de las redes empleadas con los pilotos y otros refugiados («El consulado belga no está operativo en este momento», le informó ayer Martín, «así que tendremos que pensar en otra vía para su regularización»). Pero nada menos cierto.

Por toda introducción, Dyer le echa un anzuelo falso:

—Si no le molesta, señorita ¿Noerdlinger?

—De Bissy.

—Bien. Esperemos que no haya más nombres que memorizar para conocerla. Si no le molesta hablaremos en inglés, porque en esta casa el francés se oye..., se escucha demasiado.

Acto seguido, le ha demostrado que saben perfectamente quién es ella y le ha preguntado si conoce las actividades y el modo de ser de su anfitrión. Como está habituada —y escarmentada— a los dobles juegos ha adoptado una prudencia notoria. Y el otro, con el campo libre, se ha explayado.

Según le ha revelado, Martín es un traficante y contrabandista de obras de arte. Ha organizado una red adecuada para tal fin, ya que tiene contactos dentro y fuera del país, así como una clientela bien nutrida. Los cuadros, antigüedades y otros objetos artísticos con los que trafica provienen sobre todo de colecciones privadas y públicas saqueadas por los nazis en los países ocupados. Colabora con Bernardo Aracama, un conocido contrabandista de San Sebastián; con Ramón Talasac, un agente de aduanas de Bilbao; con Juan March, un banquero que le financia algunas operaciones; con algunos galeristas y anticuarios de Madrid, que le sirven de intermediarios; y, sobre todo, con agentes y empresarios alemanes radicados en varias ciudades españolas. Con esas actividades mantiene su tren de vida y el derroche de dinero que exhibe sin pudor, viviendo de fiesta en fiesta y de viaje en viaje.

Además, está ennoviado, o algo por el estilo, con una mujer alemana varios años mayor que él que pertenece a una poderosa familia de empresarios. Van juntos a fiestas, recepciones, a pasar algunos días en la costa de Levante o incluso a esquiar en invierno.

—Una solterona, aunque de buen ver, heredera de una cuantiosa fortuna y con muchas influencias en el régimen actual —ha calificado no sin sorna el vicecónsul—. Para un *bon vivant* es el mejor de los premios.

En definitiva, la descripción que le ha revelado sobre Martín es la combinación de un hombre tan frívolo como ambicioso, sin muchos escrúpulos y movido solo por intereses concretos, especialmente pecuniarios.

—Lo que más nos preocupa es su relación con la colonia alemana en España. En especial, con agentes de la Gestapo o del SD, el servicio de seguridad del Reich —ha finalizado Dyer.

—¿Nos?

—Sí, nos. Ha de saber que soy agente del SOE. Sabe de qué estoy hablando, ¿no es así?

—Sí.

—En efecto, lo sabe. De hecho, ha colaborado con alguno de nuestros agentes en las redes de evasión.

—Parece que lo sabe todo sobre todo el mundo —ha ironizado ella.

—Ese es mi trabajo. Pero, por desgracia, no lo sé todo. Y por eso nos gustaría que volviera a colaborar con nosotros.

—No puedo volver a la línea todavía. Como ya sabrá, estoy quemada como agente.

—Cierto, pero no se trata de volver a Bélgica ni a Francia. Sería desde aquí mismo.

—¿Desde aquí?

—Sí. Será algo fácil. Necesitamos saber más sobre Inchauspe. Sabemos a qué se dedica, pero nos sería muy útil conocer sus movimientos concretos y, a ser posible, con antelación. Sobre todo necesitamos saber no solo si trabaja con los alemanes, sino para ellos. Saber si realmente es uno de sus agentes.

Al final, Dyer le ha pedido que realice breves informes sobre los movimientos de su anfitrión o sobre cualquier cosa que le resulte sospechosa o interesante. Para ello se servirá del buzón exterior de Los Rosales, una finca situada al final de la calle, junto al paseo de los Chopos; allí recogerá la información una colaboradora que trabaja en esa mansión como doncella y que vigila continuamente el receptáculo.

Teniendo en cuenta lo que ha escuchado, no se ha podido negar.

—Ah, y tenga cuidado. Desconfíe si viene por aquí o se le presenta alguien del consulado alemán o del Deutsches Heim. Quizá Inchauspe ya les haya puesto sobre su pista.

A la vista de su expresión, Dyer la ha dejado impresionada. Es difícil imaginar que detrás de tantas atenciones y favores, de tanta educación y respeto, detrás de alguien a quien ha visto rezar en paz y sostener una mirada limpia y abierta, no hubiera más que un siniestro contrabandista colaborador de los nazis.

Impresión y desazón acentuadas al comprobar la dulzura y la bondad de Ana Eugenia, quien adora a su hermano.

—¿Y Anita? ¿Está ella al corriente de todo?

—No. Ella es un alma cándida que tiene a su hermano como un héroe y un dechado de virtudes. Le ciega su pasión familiar.

Después de la inesperada visita, ha estado inapetente en el almuerzo. No ha leído, ni ha sesteado. Solo ha perdido su mirada a través de los ventanales del salón. Alisa la falda de vuelo del vestido perla en organza antes de levantarse y subir al estudio de Ana Eugenia y abrir la tapa del piano, un Érard adquirido hace más de setenta años por la bisabuela Rochelt que expresa una intensa nostalgia con las notas del *Vals Triste* en la menor de Chopin. Es su manera de aplacar el desasosiego causado por la información recibida. ¿Qué hacer? ¿Adónde ir? Lleva demasiado tiempo huyendo; ya no tiene fuerzas para seguir.

***

SECRETO

11 junio 1944

De: Saint,
                        Baker-Grosvenor /
                        X-2
Para: Saint BG-01
Objeto: Información
                        persona evadida
Fuente: Baker St.
Fecha información: 11 junio 1944

* * * * * * *

Confirmación de datos solicitada según información de Baker Street.

Nombre: Monique de Bissy. Nombre en clave: "Nelly". Edad: 21. Nacionalidad: Belga.

Actividad: enfermera de la Cruz Roja y enrolada en la Resistencia belga desde septiembre de 1940. Ha trabajado para diversos grupos resistentes: "Brigade Blanche", "Ailes Brisées" y "Comète". Ha participado en la evasión a España de al menos 30 pilotos británicos y americanos desde la frontera franco-belga.

Se advierte de confirmación de concordancias.

(Distribución particular)

IV

Seis de la mañana. Después de levantarse, asearse, tomar dos tazas de café, besar a su hermana dormida y estibar el equipaje con ayuda —o más bien supervisión— de Regino, Martín se pone al mando de su automóvil con destino a Madrid.

El cielo gris desaparece al ganar la meseta, pero no así el aire gris exhalado por la miseria que aplasta el suelo de España desde los días de la guerra. Martín casi ni repara ya en paredes derruidas, barriadas fantasmas, rimeros de chabolas y campos yermos, curado de espanto por tantas veces que ha recorrido esa ruta. La escasez de vehículos con que se ha cruzado o a los que ha adelantado por el camino demuestra que el embargo de carburantes impuesto por el gobierno de los Estados Unidos empieza a surtir efecto.

Aire gris de miseria que no cambia al llegar a Madrid. En contraste, le espera su acostumbrada habitación, discreta en su lujo y alejada del ajetreo, en el Hotel Palace. Por eso, por estar fuera de ese aura gris que envuelve la mayor parte de su mundo, y tal como Ana Eugenia le hizo prometer desde los primeros viajes («Tenemos que agradecer nuestra suerte cada día, a cada momento»), nada más deshacer su equipaje y cambiarse de ropa va a la cercana iglesia de las Calatravas para dar gracias por llegar sano y salvo, y para encender dos velas a santa Rita de Casia.

Necesita tomar el aire y estirar las piernas después del letárgico viaje, así que atraviesa la Puerta del Sol y desciende por la calle Mayor para almorzar en Casa Ciriaco.

Luego coge un taxi hasta el salón de té Embassy, en plena Avenida del Generalísimo. A esa hora todavía hay poca concurrencia, y la propietaria, Margaret Kearney-Taylor, aristócrata irlandesa, le acoge con una sempiterna media sonrisa. No obstante, Martín se desliza discretamente hacia la trastienda, de donde sale al cabo de unos cuantos minutos. Ocupa una de sus mesas favoritas, un velador muy pequeño, junto a un ventanal que da a la calle de Ayala, con buena vista de la entrada. Toma con parsimonia uno de los escasos cafés que se sirven al día (incluso la clientela nacional se decanta por las variedades de té) mientras echa un vistazo a un par de números atrasados de *The Times*. Cuando el murmullo de cotilleos y chascarrillos de aristócratas, rastacueros y empleados diplomáticos incrementa en número de voces y decibelios, se despide de la señora Kearney-Taylor y regresa al hotel.

***

Moisés Eizen ha comenzado su turno como portero del Hotel Palace. Ese puesto, aunque parezca poco distinguido, es una buena fuente de información y relaciones para un delegado del American Jewish Joint Distribution Committee (conocido como Joint a secas), una organización que ofrece ayuda material a las comunidades judías de todo el mundo y financia operaciones de rescate desde zonas ocupadas hacia América o Palestina, de los refugiados que han conseguido huir a países neutrales como Portugal, España y Turquía.

En ese momento se encuentra en la puerta del hotel con alguien a quien conoce bien.

—Buenas tardes, Moisés.

—Ah, buenas tardes, Alphonse. No le he visto llegar.

—No había empezado su turno todavía. ¿Han aparecido ya Mr. Thomas y Mr. Timothy?

—Mr. Thomas sí, y ha establecido hora de contacto. A las cinco de la tarde, mañana. Mr. Timothy llegará esta noche de viaje.

—¿Desde Miranda?

—Eso creo. Esta noche me dirán si me necesitan para algo o van a llevarlos al Peñón directamente.

—¿Cómo van las cosas con lo suyo?

—Mejor, bastante mejor en los últimos meses. El gobierno le está viendo las orejas al lobo, empieza a cambiar poco a poco de opinión sobre la guerra, y la ayuda que permiten es cada vez mayor y mejor organizada. Pero los que ahora mismo consiguen llegar por la frontera vienen cada vez más desesperados. Los nazis deben de estar apretando muy duro en las zonas que mantienen ocupadas.

—Esperemos que la pesadilla esté a punto de terminar.

—Así sea. Por cierto, dé las gracias, un millón de gracias a nuestra benefactora Myriam en nombre del Joint. No he tenido ocasión de decírselo en estos meses en que no hemos coincidido.

—Lo haré, no lo dude, en cuanto la vea. Y creo que la conozco lo suficiente como para atreverme a decir en su nombre que no se merecen.

—Últimamente ha cedido la afluencia de refugiados y el control de la policía, todo es más llevadero. Pero en estos duros años su apoyo nos ha mantenido a flote y ha salvado muchas vidas.

—Le alegrará mucho saberlo. La verdad es que estoy muy orgulloso de ella.

—Puede, debe estarlo. Ahora no le entretengo más. He de regresar a mi puesto.

—Sí, claro, soy yo quien le está entreteniendo. Muchas gracias por todo, Moisés.

—No se merecen. —Se despide con una amplia sonrisa.

**

Cena y baile en los salones del Hotel Ritz de Madrid organizado por la Nationalsozialistische Volkswohlfahrt (Bienestar del Pueblo Nacionalsocialista) para recaudar fondos. La NSV viene intensificando sus actividades desde hace algún tiempo; la situación económica del Reich está empeorando al mismo ritmo que la Wehrmacht retrocede en todos los frentes y los bombardeos asolan la industria, las infraestructuras y las ciudades alemanas.

La afamada Orquesta de Luis Duque ameniza la velada con más cuerda que viento, y con temas populares españoles y alemanes como «Labios de mujer», «Singapur», *«So wird's nie wieder sein»*, «Lili Marleen» o «Granada» antes de pasar al repertorio de boleros y pasodobles a la hora del baile, aunque los esmóquines, los vestidos de noche y los uniformes (alguno que otro alemán, y de Falange en su mayoría) no le presten atención.

En una de las mesas redondas del salón ya están sirviendo café y té a los comensales. Una de esas ocho personas, Clara Stauffer Loewe, refleja en su rostro un gran entusiasmo; si se sigue la dirección casi constante de su mirada se deduce que la causa es el hecho de tener sentado a su diestra a Martín Inchauspe. Y sin esperar a que les sirvan la infusión, se levanta, deja colgada en su asiento la estola de astracán y le ruega de forma impetuosa:

—¿Bailamos, querido?

—No he venido a otra cosa —responde él poniéndose en pie y disculpándose con el resto de comensales con su mirada.

Se dirigen al salón destinado a pista de baile, aún desierto, mientras suena «A las doce en punto». Serenos y elegantes, hacen caso omiso de miradas y murmullos hasta enlazarse recatadamente y sincronizan el movimiento de sus cuerpos con el bolero.

—Parece mentira. Es que no me creo todavía que estés aquí —dice ella con los primeros pasos.

—Ya sé que no te fías de mis promesas, y haces bien.

—No te burles. ¿Sabes una cosa? A veces me preocupa mucho que te suceda algo malo. —Se nubla su sonrisa.

—¿A qué te refieres?

—Con tanto ir y venir. Hablan de partidas de bandoleros rojos que todavía quedan por algunas zonas. O que tengas un accidente por conducir siempre tan deprisa.

—Es algo muy fácil de solucionar. No pienses en ello.

—¿Por qué no me haces caso y te vienes a Madrid de una vez?

Martín tarda en responder.

—Demasiado ruidoso. Estoy acostumbrado a un pueblecito de provincia muy tranquilo.

Ahora es Clara quien se demora al hablar.

—Perdóname por presionarte tanto. Lo siento.

—No...

—Ya sé que no es por esa tontería. Aunque lo disimules, sé que tienes responsabilidades que no puedes abandonar fácilmente. No debería ser tan...

—No eres «tan». No lo eres. Y ahora hazme un favor tú a mí.

—¿Cuál?

—Quiero que dejes de pensar, de preocuparte, y te dediques solamente a disfrutar de esta velada como lo estabas haciendo hasta hace un momento, ¿de acuerdo?

—Sí.

Una breve pausa y la orquesta se arranca con «Suspiros de España».

—Ahora llévame tú. —Vuelve a dibujar ella su sonrisa melancólica.

El vestido negro de encaje, largo, sobrefalda a modo de volante aflechado y las vueltas de su collar de perlas realzan la altura y la figura de Clara; encajan a la perfección con el esmoquin y los movimientos de Martín, y honran los compases del pasodoble. Quizá por ello otras parejas comienzan a sumarse al baile.

***

Clara Stauffer y Mercedes Sanz-Bachiller se encuentran en la terraza del Ritz que conduce a la salida comentando los resultados de esta acción benéfica, pues esta última, fundadora de Auxilio Social —y años atrás removida de su dirección—, sigue intentando trasladar los modelos de actuación alemanes a las instituciones españolas. Sin éxito. Mientras, sus acompañantes, Martín Inchauspe y Javier Martínez de Bedoya, marido de Mercedes, tienen una conversación intrascendente. Poco después se une al grupo otra mujer para felicitar a Clara como la verdadera alma máter de la velada. Es Carmen de Icaza, la actual delegada nacional de Auxilio Social, quien saluda efusivamente a Martín, con dos besos y una gran sonrisa. Las otras dos mujeres muestran desagrado en sus semblantes; Clara por la excesiva familiaridad mostrada por ambos en el saludo, y Mercedes por antagonismo en ideas políticas y prestigio social. Antes de cruzar palabra, esta última se despide con prisa y con un afectuoso abrazo a Clara.

Carmen invita abiertamente a Martín a la cena que organiza en el Puerta de Hierro la American Oil Mission.

—Me han dado libertad para invitar a quien crea conveniente —se explica ella—. Les interesa ampliar las relaciones con lo mejor de la sociedad para que no les afecte tanto la pelea entre los gobiernos. Y a ti no te invito, te ordeno que nos honres con tu presencia, mi querido marqués.

—Así que no podría negarme, aunque quisiera.

—No puedes.

—Siendo así, acudiré de buena gana. Podré ir acompañado, supongo.

Carmen duda, lanza una fugaz mirada hacia Clara y responde:

—Sí, supongo. Te haré llegar la invitación por la mañana. En el lugar de siempre, ¿no es así?

Martín asiente con la cabeza. Carmen se despide con otro par de besos y un leve gesto hacia Clara; luego regresa al interior del hotel.

—¿Adónde te apetece ir? —pregunta Martín.

—A mi casa. —Los ojos de Clara echan chispas.

—¿No prefieres dar...?

—Yo me voy a mi casa —interrumpe ella—. Tú puedes ir a donde te dé la gana. Con esa buscona adúltera o con cualquier otra mujerzuela con título que tanto te gustan. ¡Sois todos iguales!

—¿Qué te pasa, Clarita? ¿Por...?

—¡No me llames Clarita! Tú nunca me llamas así. ¿No te parece vergonzoso el espectáculo que habéis dado? Esa mujer, casada, abalanzándose sobre ti sin decencia, en público. «En el lugar de siempre» —añade en tono burlón—. Conocerá tu habitación perfectamente, claro. Es que... —Da media vuelta y se aleja hacia la salida a paso rápido; una lágrima se escapa por su ojo derecho.

Martín reacciona poco después.

—Clara, espera. No hay nada de eso, no tienes por qué enfadarte —dice mientras intenta alcanzarla—. ¿Me puedo explicar?

—No me interesan tus explicaciones. —Enjuga con un pañuelo la lágrima rebelde—. Ni tienes por qué darlas.

—Se ajusta la estola y da media vuelta dispuesta a marcharse.

—Permíteme, al menos, acompañarte hasta tu casa.

—No te molestes. Mi tío Konrad y su mujer me llevarán en su coche. Adiós. —Se despide sin volver la vista atrás, sale por una de las puertas del jardín y se la oye reclamar la atención de los Loewe.

Él permanece con aire despistado durante algunos momentos y comienza a caminar hacia otra salida. Cruza la plaza de Neptuno, desierta a esa hora, y desaparece por la puerta principal del Palace.

***

INFORME 9/44

INFORME: Reunión comité secreto
FECHA: 14 junio 1944

Lugar: Madrid, finca propiedad de José María de Areilza en zona C. Hora: 1.00 PM. Reunión del comité nombrado por don Juan de Borbón para su información y asesoramiento desde el interior de España y para promover la restauración de una monarquía parlamentaria entre los elementos diplomáticos y entre militares y civiles relevantes descontentos con la evolución del gobierno provisional presidido por el general Franco.

Asistentes: Conde de Fontanar, Marqués de la Eliseda, Alfonso García Valdecasas, Duque de Francavilla, Marqués de Santa Clara, Conde de Cadagua y el propio Conde de Rodas. (Ver: códigos títulos)

Temas tratados:

1°. En la reunión de esta fecha se ha constatado, habida cuenta de las informaciones proporcionadas por varios miembros, el abandono del denominado "Plan Imoff" proyectado por el Estado Mayor del general Eisenhower de invadir la península como paso previo para entrar en Francia. No obstante, no se abandona la posibilidad de conseguir que las fuerzas aliadas mantengan la idea de invadir la península bien en otro momento posterior o bien en el supuesto de que no prosperen las operaciones militares iniciadas en el norte de Francia.

2º. También se ha puesto de relieve la transcripción del discurso del Premier Sr. Churchill de 24 de mayo del corriente (Cámara de los Comunes), en el cual ha alabado con dos años de retraso la neutralidad española mantenida durante el desembarco realizado en el norte de África especialmente en la expresión: "Los problemas políticos internos de España son asuntos de los españoles". Se ha debatido entre los asistentes la oportunidad y el sentido de tales declaraciones, que en todo caso no son de recibo para la causa común.

3º. El embargo de bienes fomentado por parte del gobierno de los Estados Unidos de América no ha conseguido cambiar en lo más mínimo el rumbo del gobierno ni su permisividad ante los movimientos a plena luz del día de las organizaciones secretas alemanas en todo el país.

4º. Por último, se ha acordado pulsar al ministro de Asuntos Exteriores en torno a las intenciones del gobierno sobre el mantenimiento de su supuesta neutralidad durante estos momentos cruciales de la guerra.

```
Consideraciones: la ausencia de varios
miembros cualificados hace inoperante
este comité.


Estimación: irrelevante.




(Enlace: M. Alphonse)


OS Madrid
```

***

14 de junio

A las siete en punto de la tarde, tal como le había anunciado en la nota que acompañaba a la invitación, Carmen de Icaza y su marido recogen a Martín en el hotel para acudir a la fiesta del Real Club Puerta de Hierro.

—Ya verás. Estará lo mejorcito de la sociedad, desde capitostes del régimen, los Giménez-Arnau, los Bilbao-Eguía, los Santa Olalla, hasta gente de tu nivel como Quintanilla, Fontanar y no sé cuántos más. Me parece que incluso estará tu amigo el de Alba —comenta ella con entusiasmo durante el trayecto.

—¿Jacobo?

—Sí, el duque, y su hermano Hernando.

—Ah, qué interesante. Yo le hacía por Lausana, visitando a don Juan. Y, por cierto, ¿a qué se debe esta fiesta? ¿Qué se celebra?

—No hay un motivo oficial, pero debe de ser para acercar las relaciones entre los gobiernos. Dicen que los americanos quieren suavizar las relaciones con el gobierno, y están dispuestos a relajar el embargo de petróleo —explica el marido—. Lo que no nos vendría nada mal.

—Depende de lo que pidan a cambio —chancea Martín, cuya mirada se pierde entre las heridas abiertas que aún muestran los barrios de Argüelles o la Ciudad Universitaria; heridas que quizá le llevan a sentir las cicatrices que él guarda en su cuerpo de esa infausta guerra.

Carmen se embebece con la mirada perdida de Martín, que tanto contrasta con su actitud más frecuente, jovial y despreocupada, mientras su marido sigue explayándose sobre las relaciones hispano-norteamericanas. Pero pronto aparece la entrada a la gran finca del club y la normalidad se restablece.

El ambiente del cóctel desentona de forma turbadora con esas heridas tan cercanas: desenfado, risas, lujo, todo superficial como el maquillaje de las mujeres y las pajaritas de los hombres. Una fiesta más: tapices, arañas de cristal, platería, maderas nobles, entelados, alta costura, manjares. Las únicas diferencias son el *foxtrot* y el *swing* en el gramófono, y la ausencia de uniformes alemanes y falangistas, compensada por unos cuantos del ejército español.

Martín parece animarse al escapar del asedio de Carmen de Icaza y encontrarse con caras conocidas y algunos amigos como el matrimonio Babbington-Smith Morley, a los que conoció años ha en Londres y han venido a parar a la embajada británica en Madrid; o al artista Sebastián Miranda, que le presenta nada más verlo al doctor Gregorio Marañón; y, sobre todo, al mayor de infantería de marina William Stephens, agregado militar de la embajada norteamericana.

—Y, dime, ¿cómo está tu hermana? ¿Tan adorable como siempre? —le pregunta Stephens.

—Yo diría que *plus encore*. Mejora con la edad.

—Ah. Recuerda que me prometiste concederme su mano el día que me atreva a pedirla.

—No fue más que producto del exceso de ginebra, querido amigo. En realidad, eso es algo que solo a ella le corresponde conceder.

—Pero no me negarás que alguna palabrita tuya en mi favor influiría mucho en su decisión.

—Yo no estaría tan seguro. Si Shakespeare hubiera conocido a Anita no habría escrito *La fierecilla domada*.

Stephens le presenta a su jefe, el embajador Carlton Hayes, y a un hombre de negocios llamado Robert Solborg. Ambos le saludan con una efusión poco habitual. Después también le hace saludar a una esbelta y elegante joven.

—Y esta es mi amiga Aline. O, como tú dirías, Marie Aline Griffith Dexter. Trabaja de contable en la Oil Mission. Aline, te presento a Martín Inchauspe de Montenegro, conde de Rochelt y marqués de...

—No me infles de títulos. Rochelt es mi segundo apellido, pero la condesa es mi hermana —corrige Martín—. Encantado de conocerla, miss Griffith.

—Llámeme Aline, por favor. Si es amigo de Will también es mi amigo.

—Así lo haré.

En ese momento dos *maîtres d'hôtel* pasan anunciando a los invitados que todo está dispuesto para la cena.

***

Ni siquiera es medianoche, pero Martín ha decidido retirarse. No termina de disiparse en su expresión una mezcla de cansancio e inquietud.

A pesar de sus protestas por lo temprano de la retirada, William Stephens organiza cómo tiene que regresar al hotel.

—Un hombre de confianza os llevará a ambos en el coche de Emmet Hughes. El bueno de Hughes volverá conmigo.

—¿A ambos?

—Si no te importa, irá también Aline, que al parecer tiene que madrugar, y así aprovechamos el viaje. Ya sabes que estos malditos americanos nos tienen racionada la gasolina —bromea el agregado.

—Perfecto. Te lo agradezco, Will.

Salen de la finca del club y toman la carretera de La Coruña hacia el centro. Martín, que va delante, no las tiene todas consigo con el conductor: parece excesivamente tenso y también torpe en el manejo del vehículo. De hecho, cuando llevan recorridos apenas un par de kilómetros se desvía equivocadamente hacia la Dehesa de la Villa.

—Se ha confundido, señor. Era a la derecha, siguiendo la misma dirección de la carretera —le advierte.

El conductor no hace caso y sigue adelante.

—Perdone, le he dicho...

Martín deja de hablar cuando el conductor orilla el Chevrolet en medio de un paraje desierto, sale rápidamente e intenta abrir la puerta trasera, que se traba.

—¡Aline, escape! —comprende Martín—. ¡Corra!

Ella sale por la otra puerta y, sin olvidar su *clutch* de raso, huye hacia el solar de escombros junto al que se han detenido. Él sale a su vez e intenta interceptar al sujeto, pero este une la inercia a su corpulencia y le derriba; persigue a la joven, que no puede avanzar mucho a causa de la falda tubo de su vestido y los tacones. No tarda en alcanzarla, y la aferra de un brazo y por el cuello al tiempo que ella abre su bolso. Parece que va derribarla cuando suena un disparo y el sujeto se detiene en seco; poco después suena otro disparo y se derrumba de bruces sobre unos cascotes.

Martín, de nuevo en pie, contempla la escena desde la carretera. Aline regresa con un M1911 en una mano temblorosa. Unos segundos de estupor mientras piensa rápido. Se acerca a la joven y la ayuda a acomodarse en el automóvil, esta vez en el asiento delantero.

—¿Está muerto? —pregunta ella con un hilo de voz.

—No lo sé, ni tampoco me importa mucho —responde él, que se pone al volante y maniobra para retroceder y retomar la ruta.

—De todos modos, sepa que si también intenta estrangularme aún me quedan seis cartuchos —aminora la tensión ella.

—No se preocupe, es un dato que no se me escapa. Es más, creo que me siento más seguro teniéndola a mi lado con ese trasto que tan bien sabe utilizar. Por cierto, ¿le debía usted muchos atrasos de alquiler a su casero? ¿O sería tan solo un sátiro trastornado por sus encantos?

Aline lo mira con una mezcla de estupor y disgusto.

—Cállese.

V

15 de junio

La noche ha sido muy larga.

Martín sigue envuelto en sábanas y pereza. Mira su reloj de pulsera depositado en la mesilla: son más de las once de la mañana. Permanece en duermevela un rato más. Hasta que suena el teléfono.

—Disculpe la molestia, don Martín, pero hay un señor que pregunta por usted —le informa un recepcionista novato.

—¿Quién... quién es? —demanda con voz ronca—. ¿Qué es lo que quiere?

—Me ha facilitado una tarjeta que reza: «Josef Hans Lazar. Agregado de Prensa. Embajada de Alemania». Dice que tenía concertada una cita con usted a las once.

—¡Lazar! Me había olvidado. ¿Qué hora es?

—Son casi las once y media, señor.

—¡Joder! Perdón... Por favor, dígale que tenga la bondad de esperarme unos minutos solamente. Que estaba indispuesto, o algo así. Ah, y haga que me envíen una cafetera llena, si es tan amable.

Quince minutos más tarde se presenta bajo la cúpula de vidrieras del jardín de invierno portando uno de sus trajes norteños en gris marengo. En el casi desierto salón hay un hombre sentado en uno de los cómodos sillones junto a unas columnas geminadas; hojea el ejemplar corriente del *Ya*, el único diario que se atreve a publicar comunicados británicos y norteamericanos sobre el transcurso de la guerra con objetividad —e incluso cierta cordialidad—. Al notar su presencia, el sujeto cierra el periódico y se pone en pie para recibirle. Un hombre peculiar: con un traje tan oscuro y zapatos tan brillantes como los de Martín (aunque el traje mucho más ceñido), el pelo estirado hacia atrás con gomina, un fino bigote y un monóculo que acentúa la penetrante mirada de ojos negro prieto.

A fuerza de tratar con él, a Martín ya no le impresiona la figura de Lazar, creador y organizador de un enorme aparato propagandístico en favor del régimen nacionalsocialista en España; nacido en Estambul, hijo de un austriaco traductor de turco y, según las malas lenguas, con ascendientes judíos.

—Buenos días, señor Lazar. No espero que me perdone este retraso porque es imperdonable. Lo cierto es que he pasado una mala noche, pero no es excusa en modo alguno.

—Buenos días, señor marqués. No hay nada que perdonar entre caballeros —se expresa el otro con un fuerte y extraño acento pero en buen castellano—. Estoy seguro de que hay causas que justifican este pequeño contratiempo. Pero no nos perdamos en cumplidos y vayamos al grano, que el tiempo es oro. Tome asiento, amigo mío.

Lazar palmea y, tras consultar a Martín, ordena traer dos cafés al camarero. Luego retoma la conversación.

—Bien, usted dirá, excelencia.

—Sin rodeos, como bien ha dicho. ¿No ha tenido noticias de nuestros contactos en el extranjero? Hace algún tiempo que no se sabe nada de..., bueno, ya sabe a quién me refiero.

—No, en absoluto. A decir verdad, es algo que también tenía en mente preguntarle a usted, amigo mío. Qué coincidencia —exclama Lazar con una sonrisa.

—Al parecer, se está cerrando el grifo.

—¿Cómo dice?

—Quiero decir que se está agotando el suministro de obras que llegan de fuera. Me temo que nuestros proveedores no ven el futuro muy prometedor y se están reservando para lo que pueda ocurrir.

—Puede ser. Estaba leyendo antes de su llegada esa canallesca aliadófila y, en confianza, creo que desgraciadamente no miente. Si no ocurre algo inesperado, si el

Führer no se saca alguna carta escondida, y pronto, el desastre es solo cuestión de tiempo.

Dejan de hablar en cuanto llega el camarero y mientras este sirve los cafés.

—Anótelo en mi cuenta, por favor —dice Martín, y el camarero asiente con un gesto.

—Muchas gracias, marqués.

—Ahora soy yo quien le pide que se deje de cumplidos, señor Lazar. Es una vergüenza de invitación, comparada con las suyas.

—Solo y sin azúcar, ¿verdad? —incide Lazar cuando se marcha el camarero—. Usted sí que sabe.

—Lo aprendí de usted, como tantas otras cosas.

—Ah, no me adule tanto, amigo mío. No me puedo comparar con todos sus méritos.

Después de probar sus respectivos cafés, Lazar prosigue:

—En todo caso, confiemos en que podamos reanudar nuestra colaboración. Ha de saber que la última remesa fue todo un éxito. Los marchantes de Claudio Coello me los quitaban de las manos, y los dos que reservé para la embajada, el David y ese Van de Velde con el paisaje del Rin, les dejaron..., cómo se dice..., *bocabiertos*.

—Sí, boquiabiertos. No me extraña, porque son realmente magníficos. Lo que no sabía, y me he enterado hace poco, es que estaban destinados a la colección privada del mariscal Göring. Pero nuestro contacto consiguió desviarlos hábilmente hacia su propia red.

—Un acto muy osado por su parte, ¿verdad?

—Y usted lo sabía desde el principio —deduce Martín, mientras Lazar se limita a sonreír—. En efecto, un acto muy osado y para nosotros muy beneficioso.

—El embajador Dieckhoff quiere agradecerle personalmente su colaboración, y espero que pronto haya ocasión para que así sea.

—Será un honor. Inmerecido, por otra parte. El verdadero agradecimiento está en el incremento de nuestra cuenta ginebrina mancomunada. —Martín adopta una pose de cínico que parece excesiva, y el comanditario deja escapar una risa que también parece exagerada.

—Usted siempre con ese espíritu pragmático —dice, y añade tras consultar su reloj de bolsillo—: Por desgracia, tengo que atender otras obligaciones menos gratas y me veo obligado a despedirme. Quedo a la espera de sus noticias porque tengo una lista de compradores deseosos de hacerse con maravillosas obras de arte que sean semejantes a las últimas.

Lazar se levanta, dispuesto a marcharse; Martín le imita.

—Descuide. Si tengo noticias se las comunicaré de inmediato. E insisto en que siento muchísimo el retraso. Póngame a los pies de la señora baronesa.

—De ningún modo, *mon ami*. Si lo desea lo hará usted mismo en persona esta noche en la fiesta que organizamos en nuestra residencia. A la que está invitado, por supuesto. Empezaremos con el cóctel a la hora de costumbre.

—Muchas gracias, señor Lazar. Allí estaré, Dios mediante.

Lazar chasquea.

—No mezcle a Dios con las fiestas de mi esposa, querido marqués —advierte según se marcha—. Buenos días y hasta más tarde.

Martín se sienta para apurar su café. Permanece en actitud meditabunda durante unos instantes y después enfila también el pasillo hacia la salida. Antes de salir, entrega al recepcionista una carta que extrae del bolsillo interior de su chaqueta, junto con un billete de cinco pesetas en el reverso, rogándole que se entregue esa misma mañana. Luego solicita un servicio de taxi, que acude de inmediato.

***

Una estancia muy austera de un piso austero en la calle Alcalá Galiano. Muebles baratos o viejos: una mesa muy grande para reuniones y sillas espartanas, ventanas sin cortinas, un armario con archivadores amontonados y una lámpara de pie. Varias carpetas abiertas, papeles y tazas de café sobre la mesa. La luz de la media tarde que entra por una ventana es apenas suficiente para mantener la claridad.

Cuatro personas alrededor de la mesa conversan en inglés usando sus nombres en clave. Uno es Alphonse, los otros dos se hacen llamar Mr. Thomas y Mr. Timothy; también hay una mujer a la que llaman Butch.

—Pues claro, me dio a entender que el hombre que conducía el Chevrolet era uno de los nuestros —exclama Butch—. Nunca iría acompañada por alguien sin consejo previo.

—Entonces por fin sabemos quién es el jodido topo —dice Mr. Thomas.

—¿Qué topo? ¿Cómo que «por fin» sabemos? —se extraña Butch.

—Sospechábamos que había un topo de la policía española entre los colaboradores externos —aclara Mr. Thomas—. Alphonse notó hace algunas semanas que disponían de información que no deberían saber. También descubrimos a agentes de la secreta que vigilaban movimientos de nuestra embajada y del agregado naval británico en momentos clave.

—Y uno de nuestros agentes lo confirmó con alguna información trampeada —añade Mr. Timothy—. Pero no llegamos a saber quién era exactamente.

—Muchas gracias por advertírmelo —dice Butch con sarcasmo.

—No te enfades. No podíamos imaginar que estuviera en la fiesta —replica Mr. Thomas—. Y dio la casualidad de que no estábamos ni Timothy ni yo para ...

—Bueno, eso ya es pasado, no le demos más vueltas —interviene Alphonse—. Me imagino que habéis tomado medidas con respecto al frito.

—No ha sido difícil, este país está lleno de escombros y de zanjas —responde Mr. Timothy—. Tardarán en encontrarlo, si es que lo encuentran. Le quitamos la documentación y todo lo que llevaba encima.

—Bien. Pasemos al otro asunto que nos concierne, Butch —dice Mr. Thomas.

La aludida toma una de las carpetas y extrae varios documentos que coloca en línea antes de empezar:

—Sí. Estos son cuatro mensajes intercambiados entre Berlín y Madrid que hemos descifrado en las últimas semanas. Mensajes de la VIB2, la oficina para España y Portugal de la SD. En los dos primeros se habla de la compra de animales en Marruecos para ser trasladados a Madrid y Alemania. Al principio no sabíamos a qué se refería esa expresión, hasta que llegamos a la conclusión de que no era un código, sino algo literal: compra de animales. Y, en concreto, monos, tal como se especifica en los demás mensajes.

—¿Animales? ¿Qué sentido tiene? —se sorprende Mr. Timothy.

—Precisamente la falta de sentido es lo que más nos llamó la atención —dice Mr. Thomas—. Los alemanes retroceden, empiezan a perder la guerra y a sufrir más que nunca, y entretanto sus autoridades de seguridad exterior se dedican a comprar monos.

—Sigo —insiste Butch—. El asunto empieza a tener algo más de sentido cuando descubrimos al destinatario último de los mensajes. Venía con iniciales: «FL». Consultamos en la lista de agentes fichados y coincide con un tal Franz Liesau. Franz Liesau Zacharias, exactamente. Además de su edad y su estado civil, sabemos que es doctor en ciencias biológicas y que tiene un laboratorio a su exclusiva disposición en el hospital alemán de la calle Francisco Silvela, al que acude cada día, de lunes a sábado, y permanece allí muchas horas. Lo que no sabemos es qué hace en ese laboratorio y por qué ese interés en Liesau por parte de Berlín.

—¿Hay alguna forma de infiltrarse en ese hospital? —indaga Mr. Timothy.

—Ya lo hemos estudiado, y es francamente difícil —dice Mr. Thomas—. El personal está formado por alemanes o gentes de origen alemán. Tan solo parte del personal subalterno y muy poco cualificado es español, todos excombatientes y del llamado cuerpo de mutilados de guerra.

—Entonces habría que intentar averiguar algo en el entorno directo de ese tal Liesau —prosigue Mr. Timothy—. ¿Sabemos dónde vive, qué amigos tiene, familia, aficiones?

—Sabemos que vive en la calle de Alcalá, con número y piso, porque está en su ficha —expone Butch—. Es un solterón de unos treinta y cinco años y no tiene novia ni amante conocida. En los días que llevamos vigilándolo de forma especial, aunque no son muchos, apenas ha salido con nadie, no tiene vida social.

—Un tipo difícil, ¿eh? —dice Mr. Timothy.

—Sí, un perfecto agente para el servicio secreto —afirma Butch.

Se producen unos segundos de silencio.

—¿Y tú qué opinas, Alphonse? —le interpela Mr. Thomas—. Estás muy callado, y por lo que te conozco sé que eso significa algo.

Alphonse sonríe y se inclina sobre la mesa antes de responder:

—Quizá sea más fácil de abordar el asunto si añadimos algo a la pregunta. Y me explico. En mi opinión, lo que importa es saber para qué hace esa labor Liesau y no exactamente el qué.

—No te entiendo —dice Mr. Timothy.

—Yo sí, creo que sé por dónde va —se sonríe Butch.

—Chica lista —prosigue Alphonse—. Veamos, en estos últimos meses en que los nazis empiezan a ver el futuro negro, todas sus esperanzas están puestas en algún tipo de arma que saque el tío Adolf de la chistera para volver a tomar la iniciativa. Es lo que oigo cada día y lo que ellos llaman *Wunderwaffen*, armas milagrosas. Se habla de algún tipo de energía relacionada con el uranio y también hay rumores sobre otro tipo de arma misteriosa y desconocida.

—¿Arma misteriosa? ¿Qué clase de arma puede ser esa? —pregunta Mr. Timothy.

—Habéis hablado de monos, y los monos son los animales más semejantes a los humanos —responde Alphonse—. Lo que tenemos que preguntarnos es qué clase de experimentos puede realizar un biólogo perteneciente a la inteligencia militar con seres parecidos a los humanos. En realidad, nada que no se haya inventado ya. Un arma tan vieja como la misma guerra.

Se produce un nuevo silencio. Mr. Thomas lo rompe y ríe levemente:

—Eres inclasificable, brillante, insustituible. No sé cómo los ingleses pudisteis dejarlo escapar.

—No me mires, no fue culpa mía —bromea Mr. Timothy.

—Exactamente, de eso se trata —dice Mr. Thomas—. Tenemos que averiguar en qué consiste y en qué grado de desarrollo se encuentra ese proyecto. Podría quedarse en nada o podría cambiar el curso de la guerra. La idea es coordinar y cruzar toda la información que captemos desde la OSS y desde el SOE. Timothy, intentad avivar la red de informadores que tenéis entre el gobierno. Alphonse, recaba como tapado todos los datos que puedas obtener sobre Liesau y su entorno. Butch será vuestro enlace y la encargada de elaborar los memorandos sobre este tema. Antes de marchar os pasará las claves de contacto.

Mientras Mr. Thomas habla, todos toman notas en sus libretas, y este prosigue:

—Ah, Alphonse, también quiero comentarte otro tema, sobre un proyecto de una nueva unidad de investigación de arte robado. Si es que te puedo retener un poco más de tiempo.

—Por supuesto. Me comprometí a trabajar con vosotros con todo lo que suponía, ¿no es así?

Butch y Mr. Timothy salen de la estancia.

—Sí, pero han caído tantos y somos tan pocos, que tenemos que pediros estos esfuerzos adi... —intenta explicarse.

—Y tú sabes que no hay problema en absoluto.

Llaman a la puerta, que se abre sin esperar respuesta. Entra un hombre alto, robusto, de pelo blanco y corto, bien trajeado.

—Ah, Bobby. Adelante —le recibe Mr. Thomas—. Llegas justo a tiempo. Alphonse, te presento al teniente coronel Robert Solborg, jefe de la sección de operaciones especiales que opera desde Lisboa.

—¿Cómo está usted? —saluda Solborg—. Eh..., Thomas me ha hablado mucho y muy bien de sus servicios y su ayuda.

—Es un placer —responde Alphonse—. Entonces sabrá que tiene tendencia a exagerar.

Los presentados se dan la mano de pie. Después se sientan.

—Por lo que me han informado, creo que compartimos el mismo grado —dice Solborg.

—Entonces el placer es doble. Seguro que nos entenderemos bien.

—Seguro —tercia Mr. Thomas—. Pero ahora dejémonos de formalidades tontas. Ya te comenté que se estaba dando vueltas a la creación de una unidad de investigación sobre las obras de arte saqueadas por los nazis a museos y colecciones particulares y que, como bien sabes, se cuentan por miles. Pues bien, parece que el proyecto va a salir, y el gran jefe Donovan está buscando gente que sepa cómo y dónde mirar, que sepa por dónde y con quién circulan. En cuanto contemos con un mínimo de medios empezará a funcionar, y será desde la oficina de Lisboa. Todo el tiempo que perdamos nosotros será tiempo ganado por esa gente, que intentará llenarse los bolsillos con todo lo que puedan como respaldo para después de la guerra.

—Ya entiendo.

—Bobby nos va a dar ahora más detalles.

—Le escucho. —Alphonse se reclina sobre el respaldo de su silla.

***

16 de junio

Durante el viaje de regreso, Martín ha tenido ocasión de repasar y poner en orden —o intentarlo— todo lo sucedido en los días anteriores, sin faltar lo que observó en la fiesta que ofrecieron los Lazar-Petrino la noche anterior, de la que salió demasiado tarde y muy cansado como para elaborar sus pensamientos sobre la almohada, como tiene por costumbre.

Las habituales cenas y fiestas que organizan Hans Lazar y su esposa Elena Petrino Borkowska son una referencia para las clases altas alemana y española de Madrid, así como para empresarios, políticos y periodistas; los sinónimos «dinero, poder e influencias» conforman la esencia de la vida alrededor del exceso y el barroquismo reinantes en el palacete que comparte finca con la imponente embajada alemana. Y Martín es ya un invitado recurrente en tales veladas.

Sin embargo, esta última ha sido distinta. Empezando por su pareja acostumbrada, Clara, que no quiso acudir. La nota que le envió junto con un ramo de rosas por la mañana pidiéndole disculpas y rogándole que le acompañara fue devuelta rota en varios pedazos. «Mejor no insistir con la joven Stauffer», convino su anfitrión al comentarlo con él.

Notó la ausencia de los mandamases de la Gestapo y de la AO que, si bien desconfían del origen turco y medio judío de Lazar, no suelen renunciar a su champán y sus manjares. Asimismo, advirtió mayor presencia de periodistas españoles («El tío Hans está muy espléndido últimamente, sobre todo para tapar desastres y mantenerse en gracia con el gobierno», le dijo un redactor del germanófilo *Informaciones*) y de personal de la embajada donde trabaja Wiebke Obermüller, una colaboradora directa de Lazar con quien había coincidido en más de una ocasión. La señorita Obermüller, más arreglada y mejor vestida que de costumbre, empleó su ondulado cabello largo, rubio, y sus ojos de un azul casi transparente para coquetear con él de manera poco sutil después de la cena y con unas copas de Veuve Clicquot; tan poco sutil como el interés que demostró por las empresas e instituciones a las que pertenece o en las que participa Martín en su tierra natal.

Y aún más llamativo fue el interés de un tal Otto Hinrichsen por las navieras bilbaínas. Este, después de serle presentado por la baronesa de Petrino, no se anduvo con preámbulos:

—¿Sabe que vivo en las Vascongadas desde el año 14? Me establecí con mi hermano en San Sebastián, donde montamos un taller de reparación de motores. Allí me casé y viví hasta que murió mi hermano. Por entonces, con la crisis de los años treinta, tuve que cerrar el taller. Nos fuimos a Bilbao en el 32 y allí sigo hasta hoy —relató el alemán.

—Muy interesante su historia. Lamento que no hayamos coincidido hasta hoy —contemporizó Martín.

—Me he ganado la vida como intérprete y gestionando servicios a tripulaciones de barcos que pasan por el puerto. Tengo entendido que usted trabaja con la Naviera Aznar, ¿no es así?

—Bueno, con Aznar directamente no, pero sí tengo algo que ver con alguna empresa participada.

—A herr Hinrichsen le sería de enorme utilidad y beneficio poder trabajar directamente con alguna consignataria de su ciudad —intervino de súbito Lazar, que venía acompañado por el embajador—. Pero, al parecer, hasta ahora nadie le reconoce sus grandes méritos. Seguro que nuestro amigo Inchauspe podrá hacer algo al respecto.

Tal como le había anunciado el día anterior, fue presentado al embajador, que se mostró cordial por lo mucho y bueno que había oído hablar de él. Tras una exhaustiva relación de virtudes que enunció el anfitrión, Hans-Heinrich Dieckhoff le hizo saber que tendría las puertas de la embajada abiertas para él cuando lo necesitase.

Estos y otros recuerdos han hecho que el viaje haya sido muy llevadero, a pesar de haber utilizado el pedal del acelerador con más calma de lo normal, sobre todo con la tormenta que le acompaña desde que ha dejado la meseta en Pancorbo.

Se empieza a oscurecer y a despejar el cielo cuando da gracias a Dios por concluir el viaje sin problemas frente a las puertas de Villablanca. Poco después disfruta de la sonrisa de Anita y escucha sus amorosas palabras. A continuación saluda a Monique, que acude también a recibirle, sorprendiéndole con una más que notable mejoría de su aspecto; y así se lo hace saber.

—Es un adulador, Martín.

—No, no, me gusta anteponer siempre la sinceridad.

Habla como de modo mecánico y parece embebecido con el iris azul profundo y agudo de sus ojos; con la melena ordenada en una onda hacia la derecha, iluminando el rostro de palidez etérea; con la sonrisa contenida entre los labios.

—De lo que doy fe —interviene Ana Eugenia—. Y de lo que me alegro mucho, especialmente en esta ocasión.

Monique se sonroja. Martín se repone y lanza una mirada suavemente censora a su hermana.

—Ya. ¿Y cómo te fue ayer con lo tuyo? —cambia de tema—. Irías acompañada como te dije, ¿no?

—Sí, claro que sí, tonto. Y salí más contenta que otras veces. El rapapolvo de la vez anterior ha debido de surtir efecto, y están haciendo mejor las cosas y empleando mejor el dinero. ¿Y a ti cómo te ha ido?

—Ha habido de todo, y no es una frase hecha. Todavía estoy intentando comprender algo.

***

Ana Eugenia está con la cocinera terminando de preparar una cena especial, como tiene por costumbre cada vez que regresa de viaje su hermano. Monique y Martín charlan en el salón, sentados junto al ventanal que da acceso al jardín, y entre ambos, en una mesita auxiliar hay dos copas de madeira Sercial.

—Le he comentado a su hermana que temo estar abusando de su hospitalidad —dice Monique en tono casual.

—Algo temerario, por su parte —replica Martín—. ¿No la reprendió severamente?

—Me prohibió volver a tocar el tema en su presencia.

—Entonces es que no se acordó de incluirme expresamente a mí también.

Ella sonríe y se ruboriza mientras prosigue.

—Entiéndame incluido desde ahora en la misma prohibición. Por la cuenta que me trae.

—Pero... ¿hasta cuándo les tendré pendientes de mi situación? Creo que debería buscar algún otro...

—Señorita, por favor, no busque lo que no es necesario. De momento abusará de nosotros hasta que el doctor Bastero le dé el alta. A partir de entonces, quizá hablaremos del asunto.

—¿De verdad que no han pensado nada al respecto?

—¿Pensar? De esas cosas tan enojosas se ocupa mi hermana.

Unos sorbos de madeira; más largo en el caso de él, que prosigue.

—Bueno, no se ponga seria, prometo dejar de frivolizar.

—Hace días que quería preguntarle por el tal Alphonse, o como se llame de verdad. ¿Sabe algo de él? ¿Tienen contacto?

—Sí, sé de él; y a veces más de lo que quisiera. ¿Por qué lo pregunta?

—Es que... a medida que transcurre el tiempo soy más consciente de todo por lo que he pasado en las últimas semanas. Ahora lo voy asimilando, porque mientras lo vivía no tenía tiempo de pensar ni de considerar lo que estaba haciendo. Y el paso de la frontera fue especialmente peligroso.

Se queda pensativa, callada, con la mirada fija en él, que afirma:

—Supongo que lo fue. Tengo entendido que las circunstancias no fueron muy favorables.

Martín retoma su copa, desviando la mirada. Después de otro sorbo se encuentra de nuevo con la mirada fija de ella.

—¿Sabe? Me pesa no haber podido darle las gracias. Estaba tan agotada que no tuve ocasión de agradecerle todo cuanto hizo por mí.

—Descuide, no creo que lo vaya a tener en cuenta.

—Le debo mucho, se lo debo todo. La libertad, el hecho de estar aquí ahora. Le debo la vida.

—¿No exagera un poco?

—No, ni un poco. De no ser por él, me podría haber quedado exánime en pleno monte, sin que nadie se hubiera enterado. Podía haber huido y salvarse fácilmente cuando apareció la Guardia Civil.

Ella hace una pausa y desvía la mirada, que deja perdida.

—Pero no lo hizo.

—No lo hizo. Se esforzó muchísimo, cargó conmigo, se arriesgó demasiado, por eso le debo la vida. Y no pude agradecérselo.

Vuelven a mirarse con intensidad.

—Sí, se lo agradeció.

—¿Y usted cómo lo sabe?

—Lo sé. Créame.

—En todo caso, me gustaría tener otra ocasión para hacerlo como es debido, siendo más consciente de ello.

—Espero que así sea. Ah, el bueno de Alphonse, no es mal tipo, pero está bastante desfasado.

—¿Desfasado?

—Sí, anticuado, *démodé*.

—A mí me parece un héroe y un caballero.

—¿Ve? Precisamente a eso me refiero. Hoy en día esa actitud no trae más que problemas y desgracias.

Monique parece querer rebatir pero no encuentra las palabras, y opta por retomar su mirada, entre curiosa e intensa.

Ana Eugenia entra en la estancia y anuncia:

—Bueno, por fin está lista la cena. Pero ¿qué hacéis ahí tan callados? —añade al contemplar la silenciosa escena.

Ninguno responde. Tan solo él mira de reojo a su hermana, que prosigue:

—Ah, si interrumpo algo vuelvo más tarde.

Hace el ademán de retirarse.

—Pues... —intenta arrancarse Martín.

—No, querida. No nos interrumpes —interviene Monique—. Hablábamos del pasado. De un pasado que se puede enmendar en un futuro que ojalá no sea muy lejano.

—No entiendo nada —exclama Ana Eugenia—. O mi francés se está oxidando o me lo tendréis que explicar más despacio. Ahora podemos pasar al comedor.

***

Arthur Dyer lee en su apartamento de Las Arenas una nota que le ha hecho llegar esa misma tarde su contacto en Neguri:

Informe sobre M. I.
Informaciones obtenidas:
Está muy bien relacionado con las autoridades y es miembro de varios comités o comisiones oficiales: Junta de Obras del Puerto en Bilbao, Junta de Cultura en Vizcaya, Junta de la Cámara de Comercio y Junta para la construcción de un aeropuerto.
También pertenece a las juntas de dirección de varias empresas: Banco de Vizcaya, Vidrieras del Norte, Naviera Bilbaína y Unión Química del Norte de España. En cuanto a esta última empresa, mantiene buenas relaciones personales y comerciales con un promotor alemán llamado Friedrich Lipperheide.
Otros datos recabados:
Viajó el martes pasado, día 13 de junio, a Madrid, sin confirmación de causas. Su hermana ha hecho referencia a un encuentro con una tal Claire Stauffer como motivo probable.
El día 14 de junio recibió una llamada de Bernardo Aracama desde San Sebastián y una visita del alcalde de la localidad, llamado Merino Urrutia.

Está relacionado de algún modo con un hombre llamado Alphonse, dato que, unido a la reunión mantenida en San Sebastián y a mi acogimiento en esta casa, relacionan a M. I. con la red Comète, al menos como colaborador ocasional. ¿Es un infiltrado en la red?

(He tomado notas directas de los documentos en los que he obtenido esta información).

Nota adicional: la hermana, A. E., estuvo todo el día de ayer, 14 de junio, ausente de su domicilio. Alegó vagamente como causa el atender algunos deberes de beneficencia, sin especificar cuáles. Se ausentó muy temprano con el viejo Citroën con el que circulan en trayectos cortos y vestida de una forma inusual para ella: prendas de escaso valor y deslucidas.

Fecha: 15 junio 1944

MdB

VI

18 de junio

Tibi omnes angeli,
tibi caeli et universae potestates:
tibi cherubim et seraphim,
incessabili voce proclamant:
Sanctus, Sanctus, Sanctus
Dominus Deus Sabaoth.
Pleni sunt caeli et terra
majestatis gloriae tuae.

Misa de celebración y acción de gracias con entonación del tedeum concelebrada y presidida por el obispo de la diócesis, Ballester Nieto, en la catedral basílica del Señor Santiago. No falta ninguna autoridad, civil o militar,

local o estatal. Es más, en esta ocasión, a la misa estable-
cida como inicio del «Programa de actos conmemorativos
de la liberación de Bilbao» asiste el jefe de Estado en persona.

Los Inchauspe de Montenegro y Rochelt participan
en el acto litúrgico cómodamente instalados en un banco
hacia la mitad de la nave mayor, mezclados con discreción
en una pequeña multitud de gentes bien vistas por las autoridades que gobiernan la villa desde hace siete años. Discretos: él con traje azul marino; ella viste un traje sastre
de falda larga en bengalina negra y un tocado con velo de
jaula.

Al terminar la ceremonia ambos hermanos esquivan el
apiñamiento que se forma en el pórtico y salen por la portada meridional. Despacio, pero sin pausa, abandonan la zona
de las Siete Calles en dirección al paseo del Arenal y al recién
reconstruido puente de Isabel II, rebautizado como puente
de la Victoria. Allí les espera Regino con el Hispano-Suiza,
que está aparcado junto a otros coches oficiales, para salir
cuanto antes de la ciudad; quieren evitar el desbarajuste que
se va a organizar entre Epalza y el ayuntamiento, desde donde está previsto que Franco realice un paseo en coche descubierto por las calles principales de la villa, que estarán ya
estrechamente controladas por la Guardia Civil y el ejército.
Además, el cielo bilbaíno complicará notablemente cualquier
movimiento si cumple la amenaza de lluvia que presenta.

Caminan con los brazos enlazados y charlando por
la calle Correo.

—¿Has visto? Todo lleno de soldaditos engreídos y tú como un don nadie. Como mañana no vengas con tu uniforme te doy para el pelo —le reprende ella con dulzura.

—Entonces voy a ser uno más de esos soldaditos engreídos.

—No, tú eres un oficial brillante, un héroe de guerra, y todos deberían saberlo. Estoy harta de ver presumir a todos menos a quien puede hacerlo de verdad.

—Lo dices porque te ciega la pasión de hermana.

—¡Ay, Señor!

A la altura del cruce con la calle del Víctor les sale al encuentro un hombre, trajeado con sencillez elegante y cierto aire patricio en su porte; le acompaña un niño de corta edad. Es Ramón Talasac Rastrollo, agente de aduanas del puerto de Bilbao, acompañado de su hijo.

—Buenos días, señor Inchauspe. Me alegro mucho de verlo de nuevo —saluda el hombre—. Buenos días, señorita. Como siempre, es un placer.

—El placer es nuestro, don Ramón —contesta Martín—. Es cierto, hacía tiempo que no nos saludábamos en persona, y es una agradable coincidencia.

Ana Eugenia ríe levemente y se desprende de uno de sus guantes cortos para saludar al hijo.

—Hola, Ramuntcho, ¿cómo estás? —le llama bromeando y acariciando levemente su cabeza.

—Muy bien, muchas gracias, señorita —responde educado.

—Nos vamos casi corriendo —se explica Martín—. El ajetreo de hoy no es para nosotros. Además, tendremos que repetir mañana.

—Por supuesto, por supuesto —replica Ramón—. Nosotros también nos vamos a casa ahora mismo. Solo quería enseñarle algo de interés —añade en voz baja.

Le entrega con disimulo un sobre pequeño. Martín lo guarda en un bolsillo interior de la chaqueta con el mismo cuidado.

—Nos veremos pronto, con más calma —se despide Martín.

—Cuando quiera.

Martín estrecha la mano de padre e hijo; Talasac ofrece una pequeña reverencia a la hermana. Prosiguen en direcciones opuestas.

Ya en el interior del automóvil, Martín cede a Regino la conducción y a mitad del viaje abre el sobre. Despliega la nota que contiene y lee:

Petición de entrada de sesenta piezas por parte de W. B.
21 de junio, pleamar nocturna.
Ruta: puerto de Socoa-puerto de Bilbao.
Contacto con B. A. para más detalles.

***

Arthur Dyer observa a distancia cómo los asistentes a la misa de mediodía en la iglesia de Neguri se dispersan por las calles del barrio.

Entre los feligreses sale la señorita De Bissy. Camina lentamente, la mirada baja. Cuando Dyer reconoce el vestido azul pálido y el bolero en terciopelo (prendas que le ha regalado Ana Eugenia) se le acerca discretamente. Al cruzar la avenida de Lejona, y antes de llegar a la calle de los Tilos, ella se percata, comprueba que no pasa nadie por la calle en esos momentos y se deja alcanzar.

Se saludan con formalidad y entablan una conversación casual en un principio, como si fueran dos simples conocidos que coinciden por la calle. Hasta que el vicecónsul, con voz más baja, cambia el tono.

—Queremos agradecerle en extremo la ayuda que nos está prestando.

—No hay por qué —repone ella con un leve gesto de incomodidad—. Me comprometí a ello y solo lo estoy cumpliendo.

—Cierto, pero no está obligada y su aportación está siendo realmente valiosa. El segundo informe que nos envió sobre las amistades de Inchauspe en Bilbao y Madrid nos ha abierto una vía de búsqueda insospechada.

—Me imagino que no ha venido hasta aquí solo para darme las gracias, ¿no? —interrumpe ella.

Dyer no parece inmutarse, aunque se demora algo en la respuesta.

—No. Queríamos saber si nos puede aportar alguna información sobre una agente desaparecida. *Disparue* —precisa el género en francés.

—¿Desaparecida?

—Sí. En Francia. Trabaja para la línea Comète y para nosotros. Hace algunos meses fue detenida por la Geheime Feldpolizei en la frontera belga. La condujeron a la cárcel de Saint-Gilles, y a partir de ahí perdimos su rastro.

Monique desvía la mirada hacia algún punto indefinido, sombrío y triste. Y desde ese lugar dice:

—Entonces no creo que aparezca.

—Pero no es normal —repone Dyer—. Los detenidos no suelen desaparecer sin más. Les llevan de una cárcel a otra o los deportan a campos de prisioneros. Tenemos informadores por los que sabemos dónde los encierran o a qué campo los envían. Sin embargo, en este caso nadie puede dar razón.

Monique permanece en la misma actitud. Él extrae un papel del bolsillo de la americana que lee con atención y prosigue:

—Se trata de Wendeline d'Oultremont. D'Oultremont-Corswarem, para ser exactos. Es una joven belga. Aristócrata, como su anfitrión —matiza con algo de sorna—. Es extraño que no hayan coincidido operando en el mismo sector, por eso le pregunto por ella.

—No... No la conozco. O no la recuerdo —opone ella con aire dubitativo.

—La detuvieron más o menos por las mismas fechas que a usted. Quizá en la misma redada.

—Sí, es posible. Debimos de caer casi todos por culpa de aquel maldito traidor —endurece el gesto.

—Ah —profiere Dyer tras releer el papel—, su nombre en clave para la red es Nénette.

—Nénette —repite despacio—. Sí, ahora sí que la recuerdo. Coincidimos alguna vez, pocas, en la frontera belga. Es más o menos de mi edad, sí, pero no tengo más datos. Entre nosotros apenas nos conocemos por el apodo, o procuramos que así sea para evitar confesiones y delaciones —explica de manera entrecortada.

—¿No las detuvieron juntas ni coincidieron en Saint-Gilles? Pensamos que, al ser belga y haber sido detenida en la zona norte, la llevarían a esa prisión.

—No, de lo contrario lo recordaría. Y si coincidimos no la vi. Siento no servir de ayuda en este caso.

—Por favor, no se preocupe. Tampoco quiero entretenerla por más tiempo. Muchas gracias por todo, señorita De Bissy. Espero que sigamos en contacto.

Ella asiente con la cabeza.

Se alejan en direcciones opuestas. Arthur Dyer hacia la avenida de los Chopos, donde ha aparcado su Triumph Gloria; Monique hacia Villablanca, lentamente y sin abandonar la sombra de recuerdos en la que ha caído.

***

19 de junio

Desfile conmemorativo en la Gran Vía de Bilbao de las tropas victoriosas en la guerra celebrando la liberación de la villa. Bajo un cielo blancuzco de mediodía y al viento norte ondean docenas de banderas nacionales y del Movimiento en las farolas y las fachadas de los edificios.

Junto al palacio de la Diputación una tribuna acoge a las autoridades del régimen, y preside el acto, por primera vez, el cada día menos cuestionado general Franco; junto a él se sitúan el alcalde, los gobernadores civil y militar, el ministro secretario general del Movimiento y el de la Gobernación, el capitán general de la región militar, el comandante de marina y otros mandos militares de la zona. En el lado opuesto, los asientos de otra tribuna son ocupados por concejales, diputados provinciales, miembros del partido único y personas notables de la industria y la sociedad vizcaínas.

Los Inchauspe de Montenegro, que han asistido ya por la mañana a la misa de campaña en el Arenal, ocupan un lugar poco destacado de la tribuna menor, con la familia Delclaux a la derecha de Ana Eugenia y el cónsul alemán Burbach a la izquierda de Martín.

El desfile se prolonga menos de lo esperado al no haber blindados ni vehículos; tal es la escasez de combustible. Al término, los invitados se dirigen a la recepción oficial en la casa consistorial. Antes, Martín y su hermana toman un refrigerio que el diplomático y nominalmente concejal José Félix de Lequerica ofrece en un piso de la calle Colón de Larreátegui a un selecto grupo de amigos: los Areilza-Churruca, los condes de Cadagua, los Alcalá-Galiano y los Ybarra-Bergé, todos monárquicos alfonsinos. Comentan los últimos acontecimientos en Europa, donde los aliados han consolidado sus posiciones y comienzan a avanzar hacia el sur y el oeste de Francia; también discuten sobre si es pertinente un posible manifiesto de don Juan desde Lausana a resultas de los contactos mantenidos con el gobierno británico; al final, conversan sobre asuntos relativos a sus respectivos negocios.

Después de reponer fuerzas acuden al edificio consistorial. Llegan pasada la una y media de la tarde, pocos minutos antes de que lo haga la comitiva de Franco, quien viene de inaugurar unos bloques de viviendas municipales en la zona de Torre Madariaga.

Por los salones y pasillos contiguos a los de las dependencias de la alcaldía los corrillos se entremezclan y generan un intenso murmullo velado por los tonos oscuros de alfombras, mármoles y maderas, lámparas encendidas y cortinajes, y que decrece en cuanto se anuncia la presencia del jefe nacional del Movimiento.

Discursos de bienvenida y alabanza, parabienes, aplausos, vítores. Luego, el alcalde Joaquín Zuazagoitia va presentando al jefe del Estado a las distintas autoridades locales y a personajes destacados.

Martín divisa al comandante de la Guardia Civil Antonio Escobar, que deambula entre la concurrencia junto al coronel jefe de la Comandancia de Vizcaya; se dirige hacia Escobar ignorando casi por completo al superior.

—Antonio, qué sorpresa —exclama Inchauspe mientras se dan la mano—. ¿Cómo así en actos informales como este?

—¿Cómo que acto informal? —salta el jefe—. Me parece una falta de respeto llamar «informal» a la recepción a nuestro caudillo. Esto es una celebración insigne. Parece mentira que lleve ese uniforme y hable de esa manera.

—Perdone, mi coronel, pero estaba hablando con mi compañero de armas, no con ninguna autoridad —replica Martín—. Autoridad es con la que hablo yo a un compañero con quien me jugué la vida hombro con hombro en Brunete, donde me gané este pequeño adorno —añade estirando con dos dedos una condecoración—. Además, yo ya celebré bastante este día hace siete años exactos a esta misma hora... —consulta su reloj de pulsera—, no, un poco más tarde, izando en ese balcón de ahí la bandera nacional. Nos vemos, Antonio.

Entre las escasas mujeres destaca Ana Eugenia, quien para no pocos concurrentes tiene mucho más interés que cualquier discurso de cualquier autoridad. No es de extrañar, ya que su belleza discreta se ve consumada con una chaqueta blanca en tafetán de seda salvaje con blusa y falda negras, un tocado casquete a juego con la chaqueta y los zapatos bicolor de tacón medio (a contracorriente de la última moda de agujas, algo nada inusual en ella). Pero hay un sujeto con chaqueta blanca y camisa azul de Falange que se excede en sus atenciones, hasta el punto de hacer sentir incómoda a la joven.

—¿Quién es ese camisa nueva que está molestando a Anita? —pregunta Martín al primer teniente de alcalde Javier de Ybarra.

—No me acuerdo de su nombre, pero creo que es el jefe provincial del Movimiento, o algo así. Es de los que se ha traído el gobernador civil para meter a la Falange con calzador en todas partes.

Martín escuda a su hermana y se la lleva al salón árabe, junto a un corrillo compuesto por los amigos con los que han venido más algún otro correligionario monárquico. El jerarca falangista, no obstante, se acerca al grupo con aire desafiante y mirada despectiva. En principio procura ignorarlo, pero al ver que el sujeto intenta aproximarse de nuevo a su hermana, Martín se separa discretamente del grupo y va al encuentro de aquel. Con una dosis de flema mayor de la habitual, se presenta y le pide que le acompañe hacia uno de los pasillos decorados con terciopelos granates y retratos de anteriores alcaldes, cuyas luces están apagadas.

***

El mercante *Hochheimer* ha atracado en Socoa, el puerto del municipio vascofrancés de Ciboure. Está siendo aprovisionado de combustible y víveres. El capitán, un viejo lobo de mar llamado Johannes Rief, dispone que zarparán con la primera pleamar del día siguiente, oponiéndose de firme a la pretensión de Wilhelm Bauer, el fletador, de zarpar cuanto antes, incluso esa misma noche. Rief, muy crispado, cierra la discusión dando la espalda al otro y subiendo al buque por la pasarela a paso rápido.

El piloto acude al camarote del capitán para confirmar los datos de embarque de mercancías y de la zarpa. Este le confiesa que no le gusta nada tener que transportar algo que desconoce absolutamente, máxime cuando van a ser escoltados en su travesía hasta Bilbao por varios destructores ligeros de la Kriegsmarine (la armada del III Reich), y tiene un mal presentimiento, pero la naviera está muy necesitada y ha aceptado a ciegas ese turbio flete.

Por la tarde se detienen junto al *Hochheimer* dos camiones Opel Blitz, a los que espera un grupo de estibadores contratado para llevar hasta la bodega un buen puñado de cajas de madera de diversos tamaños, bien selladas y con una única marca en todas: «W. Bauer». El propio fletador supervisa la estiba repitiendo de continuo:

—*Faites attention! Soigneusement!*

A la caída del sol terminan los trabajos. Vehículos y personas se dispersan. Solo Wilhelm Bauer permanece paseando lentamente a lo largo del muelle con las solapas de la americana alzadas para intentar protegerse del relente atlántico; mira cada poco tiempo el Oyster de su muñeca. Al rato llega un Mercedes 770 conducido por Adrien Otlet que se detiene a su lado.

—Llegas tarde —recrimina Bauer nada más subir al asiento delantero.

—Malas noticias —anuncia Otlet por toda respuesta, y extrae un papel del bolsillo de su chaqueta que entrega al otro.

Es un telegrama de la Comandancia de Marina de Burdeos; anuncia que se retrasa en veinticuatro horas la llegada de la flotilla de escolta por problemas logísticos. Bauer maldice. Piensa durante unos instantes; luego, con gesto desganado, sale del vehículo y sube al mercante. Le comunica al capitán el contenido del telegrama y ambos acuerdan que el *Hochheimer* zarpará un día más tarde.

Otlet y Bauer regresan a Hendaya. Desde allí tendrán que telefonear a sus contactos para comunicar el nuevo plazo de entrega y ajustar la correcta llegada de los sesenta cuadros por vía marítima al puerto de Bilbao.

***

Entran en el pasillo. Nada más cerrar la puerta, Martín se abalanza sobre el otro y le empuja contra una pared. Acto seguido le endosa un puñetazo en la boca del estómago. Según se dobla por el dolor, le levanta la cabeza con el antebrazo izquierdo y la oprime contra la pared.

—Así que no te han enseñado a respetar a una mujer, ¿eh, cabrón? —le espeta, manteniendo con el brazo la presión sobre el cuello—. Pues lo que es a esta, ni te vuelvas a acercar. ¿Me entiendes?

—¿Y a ti qué te importa? Además, no sabes con quién estás tratando —replica el falangista con una voz débil y ronca.

Martín le aprieta más fuerte el cuello.

—Sí que me importa y sé con quién trato. Ese uniforme de opereta me dice que eres un chulo de algarada y un ventajista de tres al cuarto. Pero veo que no me entiendes, y te lo voy a explicar más claro. —Y extrae de debajo de la guerrera una Star IN que enarbola brevemente antes de apoyar el cañón sobre el bajo vientre del otro—. Voy a volarte los huevos como vuelvas a acercarte o a mirar siquiera a mi hermana. ¿Está claro?

—No te atreverás, y menos con todo esto lleno de gente.

—¿Que no? Tú ponme a prueba. Ponme a prueba y a ver qué pasa —le desafía Martín con fiereza en la mirada—. Repito, ¿has entendido lo que te he dicho?

Ante el silencio del otro, Martín baja y aprieta con más fuerza la pistola al tiempo que reclama:

—No oigo nada.

—Está bien —concede por fin el falangista con un hilo de voz, agobiado por la presión en el cuello y la amenaza del arma.

—¿Cómo? Más alto.

—Está bien, está bien.

Relaja la presión en el cuello y vuelve a guardar la pistola bajo la guerrera.

—Escucha. Me parece que eres tú quien no sabe con quién trata. Ni falta que te hace. Solo tienes que saber que como vuelvas a intentar acercarte a mi hermana será lo último que hagas en tu miserable vida. —Martín relaja su expresión y alisa la guerrera y la corbata del falangista—. Y ahora que cada uno lo sabemos todo del otro, vamos a iniciar una coexistencia tranquila. Nos estarán echando de menos en el salón.

Toma de nuevo al otro por un hombro y abre la puerta para regresar al salón árabe. Al entrar, casi se da de bruces con el grupo con el que ha dejado a su hermana. Y se encuentra con que el alcalde les está presentando al generalísimo de los ejércitos.

—Ah, Martín. Pero ¿dónde te habías metido? —le prende por sorpresa Zuazagoitia—. Excelencia, le presento a Martín de Inchauspe, marqués de Santa Clara y hermano de la condesa —añade señalando ligeramente a Ana Eugenia—. Como puede ver, un verdadero héroe.

—Mucho gusto, teniente coronel —saluda Franco con su voz aflautada mientras le tiende una mano, que estrecha un Martín con aire agarrotado.

—A la orden de vuecencia. Aunque me parece que el señor alcalde ha exagerado un poco.

—No lo creo. Esas medallas que adornan su pechera no exageran —opone el general—. Cruz Roja del mérito militar, medallas de la campaña, de sufrimientos por la patria, cruz de guerra... ¿Dónde le hirieron? —pregunta al ver el galón dorado en la manga izquierda de la guerrera.

—En Teruel. En la toma de Alfambra, exactamente.

—¿Y en qué unidad servía?

—En la quinta brigada de Navarra, excelencia.

—Caramba. Con el bueno de Bautista Sánchez. Seguro que es usted un gran soldado. Lástima que esté en compañía de enredadores que poco bien le hacen al Estado en estos momentos —zahiere Franco refiriéndose a los amigos «juanistas» de Martín.

—Compartimos con su excelencia el servicio y la entrega a la patria por entero, puede estar seguro —interviene Ana Eugenia.

—No lo dudo, señorita condesa, pero como dicen los moros del Rif, uno acaba deslumbrándose de tanto mirar a la luz. Señores, si por casualidad se encuentran uno de estos días con el pretendiente, díganle de mi parte que deje de jugar a las conspiraciones con esos fantoches ingleses, que sirva de verdad al interés de España y se una sin tapujos al Movimiento Nacional para ser un digno y verdadero rey.

Sin esperar respuesta, Franco da media vuelta y se dirige hacia otro grupo compuesto de falangistas uniformados.

—Buen intento de jaque. La partida se pone interesante —dice Martín ante el silencio de los demás.

Poco después abandona el edificio acompañado de su hermana y se montan en el automóvil para regresar al hogar.

***

El cielo sigue plomizo, pero las nubes no se deciden a descargar.

Anita y Martín llegan a Villablanca. Ha venido conduciendo ella el Citroën Tracción 7, desprendida de su chaqueta, el casquete y los zapatos de tacón, que ha sustituido por unas abarcas.

Martín ha salido algo taciturno de la recepción en el ayuntamiento. No le agrada —ha pensado en voz alta— que se airee su vida y sus ideas en público, y mucho menos hasta el punto de que el mismísimo jefe del Estado le eche en cara su alineación monárquica.

—No seas bobo —ha rebatido Anita—. ¿O acaso crees que Franco en persona está pendiente de tus andanzas?

—Tiene a quienes lo hacen por él. Cualquier día tenemos a la secreta vigilando la casa y siguiéndonos los pasos.

Ella ha relativizado e incluso ridiculizado sus resquemores hasta ahogarlos en buen humor. Tanto es así que Monique ve llegar desde el salón a través del ventanal a una Anita risueña, despeinada, descalza, con la chaqueta en una mano y los zapatos en la otra; precede a su hermano, que viene con la misma jovialidad y, en cambio, impecablemente uniformado. Esto último la sorprende bastante. Ya dentro de la casa, Anita va a su encuentro y bromean sobre su aspecto. Pero al ver a Martín parece impresionada y calla.

—Qué guapo está, ¿verdad? —dice la hermana.

—Sí.

—Bah, no tiene mérito alguno —opina el aludido—. Dicen que los uniformes sientan bien a todo el mundo.

—Eso no es cierto —contradice Anita—. Y depende de qué uniformes. Algunos son especialmente repulsivos, ¿verdad, querida?

—Lo son, puedo asegurarlo —asiente Monique recobrando el habla pero no la atracción de su mirada—. No imaginaba..., no sabía que fuera militar.

—Y no lo soy, de hecho. Estoy en situación de supernumerario. Aunque en actos oficiales puedo vestir el uniforme.

—¿En situación de qué?

—Supernumerario. Es como una excedencia. Como estar en el desván del ejército.

—¡Por Dios! Te pasas la vida haciéndote de menos —salta su hermana—. ¿Sabes que la humildad excesiva es un pecado igual que la falta de humildad? —Y continúa, dirigiéndose a Monique—: Este señor, mi hermano, es un héroe de guerra como indican esas insignias y medallas del uniforme. Como él es incapaz de darse a valer, yo te explicaré todo.

—Muy bien, pero lo harás en una mesa y ante una buena cena. Yo me muero de hambre y había pensado invitaros a cenar en el Marítimo, más cómodos y relajados —propone Martín.

—¡Perfecto! —aprueba Anita—. Monique y yo nos cambiaremos, pero a ti ni se te ocurra quitarte el uniforme.

—Pero si no...

—Puedes asearte, cambiarte de camisa o lo que quieras, pero como vayas sin él puesto, no te acompañamos. Y después te echo de casa.

Monique se ríe con la ocurrencia y él le dice en tono de falsa confesión:

—Me utiliza para ajustar cuentas con sus mejores enemigos.

—¿De veras? ¿Y qué tiene eso de malo? —contesta ella provocando a su vez la risa de Anita.

Martín enarca las cejas, hace un gesto de resignación y sonríe.

***

Las enormes lámparas y la agradable temperatura producen la ilusión de un verano cálido y lleno de luz en el comedor del Club Marítimo del Abra. No hay muchas mesas ocupadas ese lunes en la acogedora rotonda porque solo es festivo en la capital. En una que está junto a la vidriera con vistas al Abra, Ana Eugenia detalla a Monique, mientras esperan el postre, el cómo y el porqué de esas condecoraciones e insignias que luce el uniforme de Martín.

—Estás listo si creías que se me iba a olvidar.

Además de las estrellas del grado y los cordones dorados con esferas de asistente de general de división, enumera el galón distintivo de herido de guerra y la medalla militar colectiva de las Brigadas de Navarra en la manga izquierda, así como las condecoraciones sobre el pecho: la de ascenso por méritos de guerra, la medalla de la campaña en vanguardia, la Cruz Roja del mérito militar, la medalla de sufrimientos por la patria con aspa roja de herido, la medalla de la campaña en retaguardia y la cruz de guerra.

—¿Es o no es como para estar orgullosa? —concluye la hermana—. Aunque mis angustias me costaron en su momento.

Martín intenta cambiar de tema y Monique, al notarle incómodo con los agasajos, le sigue la corriente.

Prolongan mucho la cena y la sobremesa conversando agradable y desordenadamente sobre mil asuntos distintos. La charla sosegada parece actuar como un bálsamo para los tres. Pero los acordes de melancolía e inquietud que a veces se adivinan en el rostro y en la actitud de Monique no pasan desapercibidos para Ana Eugenia. Por eso, de regreso a Villablanca se ha colado en su dormitorio llevada por la preocupación.

—¿Te inquieta algo, Monique? ¿Hay algo que te disguste? —le pregunta en un aparte.

—No, nada, querida —responde sorprendida.

—Verás, llevo algunos días notándote..., no sabría decir si triste, preocupada o enfadada. Esta misma noche, cuando regresábamos en el coche, te noté ausente.

Monique tarda en responder; la mirada baja.

—Bueno, claro que puedo comprenderlo —prosigue Ana Eugenia—. Estás lejos de tu hogar, en una casa extraña, es lógico que...

—No, por favor, no me hacéis sentir extraña, en absoluto. Vosotros nunca. Sois unas personas maravillosas, lo mejor que me ha ocurrido en muchísimo tiempo, casi diría que en toda mi vida. Soy una desagradecida si es que te doy esa impresión.

—Pero quizá haya algo que pueda haberte causado algún pesar.

—¿Algo como qué? —pregunta Monique, tensa—. ¿A qué te refieres?

—No sé, estos días te hemos desatendido con este asunto de las celebraciones en Bilbao, los preparativos...

—Ah... No, nada de eso. He estado tranquila. Y han sido solo un par de mañanas, tampoco ha sido para tanto. No tienes por qué preocuparte, querida Ana, de verdad.

Con su genio alegre, Anita acaba animando a Monique y terminan ambas riendo y bromeando con sus sombras. Mientras tanto, en su estudio-biblioteca de la planta inferior, Martín lee una nota que Regino le acaba de entregar.

—La ha traído la joven de Los Rosales, ya sabe. Me ha dicho que es un mensaje urgente de don Ramón —explica el mayordomo.

El texto es muy breve.

Retraso en el envío de W.B.
Hochheimer. Consignataria: Lübeck-Wyburger
Dampfschiffahrts Gesellschaft AG
Estimación de entrada: 22 de junio, 7:00.

Antes de darse las buenas noches, Martín le comunica a su hermana:

—Al final no me iré mañana, como tenía previsto. Saldré el miércoles por la mañana.

—Me alegro mucho. —Sonríe Anita, quien le da un beso en la mejilla y se dirige a su habitación—. Buenas noches.

—Dulces sueños.

Desde su dormitorio, con la puerta a medias entornada, Monique contempla la escena con un claro acento en su aire melancólico.

VII

21 de junio

Aunque el solsticio ha llegado, el verano se retrasa. La lluvia ha roto el plan de un paseo por la costa que habían formulado Ana Eugenia y Monique para la mañana de hoy. Ellas solas, ya que Martín se ha marchado a primera hora; algo relacionado con uno de sus negocios requería, desde San Sebastián, su atención personal.

La indolencia que produce la lluvia tras los ventanales abate a ambas jóvenes sobre los divanes adamascados del salón. Recostadas, contemplan los cristales asperjados. Sus vestidos de mañana en tonos pastel producen un matiz floreado y apacible sobre la escala de ocres en que se halla tapizada la estancia.

Ana Eugenia vence su pereza y se acerca a su gabinete llevándose consigo a Monique, a la que deja en una otomana con respaldo mientras ella se sienta al piano.

—Primero yo —resuelve—. Así me siento menos ridícula comparada contigo.

Comienza con la sonata para piano K 545 de Mozart. Se detiene a mitad del primer movimiento y sigue con el segundo, más lírico, que encaja a la perfección con el aire de complacida lasitud que las envuelve.

—Anita, háblame de Martín.

La repentina petición, formulada al terminar la pieza con un matiz tan suave como urgente, provoca en la interpelada una mirada llena de curiosidad. Pero no parece que le resulte un tema desagradable, porque sin hacerse de rogar desata su elocuencia.

Empieza a hablar de él resumiendo su vida en unas pocas palabras: tiene treinta años, casi treinta y uno, pero parece que hubiera vivido sesenta, por la cantidad de cosas que ha hecho y vivencias que ha superado. Es un libro abierto, sincero y cabal. O lo es para ella y quizá no tanto para el resto del mundo.

—De pequeño era muy estudioso, pero también un diablillo. Por lo que dicen, debe de haber salido a sus dos abuelos al mismo tiempo. Y de adulto sigue siendo igual: reflexivo y travieso, tan inconsciente y decidido como prudente y enérgico. Estudió algo que todavía no se enseña en ninguna universidad del país, salvo en Deusto, y que llaman Ciencias Económicas. Es mejor preguntarle a él lo que es porque yo no sabría definirlo. La economía y las teorías en que se basa le encantan, algo incomprensible, pero que le viene de familia. Incluso estuvo durante dos cursos en el King's College de Cambridge, donde hay un profesor, un tal Keynes o algo así, que le tenía, y todavía le tiene, sorbido el seso. Y por él hubiera estado más tiempo, pero en el 34 falleció nuestro padre y tuvo que permanecer junto a mamá ayudándola a mantener las empresas familiares. Ahí demostró no solo lo que había aprendido, sino también una gran visión para el manejo del dinero y los negocios.

»Pero no es que le guste solo la economía y los negocios. Lo cierto es que le apasionan otras muchas cosas, demasiadas: la lectura, los deportes (sobre todo la vela), los viajes, la música... Y a todas quiere dar siempre el máximo de tiempo y dedicación. Ya has visto qué biblioteca tiene; le gusta regatear y hacer travesías con el *Hélène III*, el cúter de la familia, pero solo cuando consigue tripulación dispuesta; pertenece a la Sociedad Filarmónica, aunque apenas acude a algún concierto; ha viajado por medio mundo, aunque últimamente solo lo hace entre Madrid y Bilbao, y por motivos muy concretos. Una sola vida le resulta insuficiente. Vida que aprecia mucho más desde que regresó de la guerra.

La guerra. Un trance que le ha marcado para bien y para mal, como sigue contando su hermana a una atenta Monique.

—El golpe de Estado de los días 18 y 19 de julio le sorprendió a Martín en San Juan de Luz. Había ido aquel fin de semana para supervisar unas obras de reparación en el *petit hôtel* de la familia, mientras mamá y yo preparábamos el equipaje para realizar un viaje estival. Hubo muchas dificultades de comunicación, lo que le angustió enormemente, sobre todo cuando se enteró de que Bilbao no se había sumado a la sublevación y que las milicias populares estaban tomando el control político y militar. —Después de una pausa, como si hiciera un esfuerzo por recordar, prosigue—: Aún no sé cómo lo hizo, pero el caso es que tres días después llegó navegando en el *Hélène III* hasta atracar junto al Sporting, esa casa flotante que se ve al fondo, casi en Portugalete. Esa misma noche vino a Villablanca y nos sacó a mamá y a mí, que nos llevamos solo unas pocas maletas con ropa, las joyas familiares y algo de dinero; aunque dinero nunca nos faltó en esos meses, gracias a su previsión y sus habilidades financieras. Zarpamos también al abrigo de la noche y navegamos a una considerable distancia de la costa para evitar encuentros con la armada, pues desconocíamos el bando por el que había tomado partido. Pero, gracias a Dios, llegamos sin problemas a San Juan, donde permanecimos durante un año, hasta el mes de julio siguiente.

»Poco tiempo después empezaron a llegar noticias espantosas sobre la hecatombe que se estaba produciendo en el país. En septiembre, Martín tuvo noticia del fusilamiento y la desaparición de algunos amigos y de otra gente de quien tenía buen concepto, lo que le afectó mucho. No dijo nada, como tampoco reveló su idea de regresar a España y alistarse en las filas de los sublevados, pues pensaba —al decir de Mola, Sanjurjo, Orgaz y algunos otros— que pretendían estabilizar el país y restaurar la monarquía. Un día de finales de octubre hizo una pequeña maleta y nos dijo que se marchaba. Nos causó un gran disgusto. Intentamos disuadirle con toda clase de argumentos, pero no hubo forma.

»Al final yo lo acepté de mala gana, pero mamá nunca se lo ha perdonado. Para ella no merecía la pena una lucha tan atroz, matarse entre hermanos, matar violando los mandamientos de Dios por defender un gobierno o una idea, aunque supuestamente fuera en nombre de Dios.

»Martín entró en Navarra por el paso de Dancharinea. En Pamplona organizó los trámites para alistarse y le inscribieron como alférez provisional, dada su formación. Resultó asignado en diciembre a la quinta brigada de Navarra, que dirigía el coronel Juan Bautista Sánchez González; este le cogió afecto y le asignó directamente como teniente provisional en el batallón que él mismo dirigía. Faltaban oficiales y efectivos cualificados, y el coronel aprovechó con lo poco que contaba.

***

En el Relais de la Poste de San Juan de Luz almuerzan tres hombres en un pequeño salón apartado del resto de estancias del establecimiento, recién convertido en posada y comedor.

Alphonse, Arthur Dyer y un francés a quien llaman Charles conferencian en voz baja. Este último explica que el *Hochheimer* tiene previsto zarpar a medianoche. Les dice que la vigilancia se relaja en las horas posteriores a la cena, entre las ocho y las diez. A esas horas solo hay dos marineros de guardia, que saben lo que tienen que hacer; mejor dicho, lo que tienen que dejar hacer. También expone un listado de las obras que contienen las cajas, un total de sesenta, con sus nombres, fechas, características y origen. Las cajas de recambio están ya cargadas en los camiones; son parecidas y en todas han inscrito la marca con el mismo estilo.

Dyer indica que por su parte está todo preparado. Solo necesita ser informado en el momento exacto en que zarpe el mercante para dar la señal. Estará pendiente del teléfono. Por su parte, Alphonse pregunta de cuánta gente disponen. Charles contesta que son seis en total, contando con ellos dos. No son muchos, pero sí suficientes; cuanta menos gente haya involucrada, mejor. Son solo trece cajas, y en una hora como máximo puede estar concluido el trabajo.

También les confirma Alphonse los datos de la documentación de los camiones por si hubiera algún control imprevisto, la ruta posterior y la situación exacta del almacén de destino. Asimismo facilita las direcciones donde los voluntarios deben recoger sus gratificaciones. Todos los demás gastos ya están sufragados. «Menos este almuerzo, que lo paga el señor Churchill», comenta mirando a Dyer con socarronería.

Antes de marcharse, convienen la hora y el lugar de reunión en el puerto de San Juan.

La cafetera llena que ha ayudado a relajar el apremio en los preparativos ya se ha vaciado: es hora de irse. Al salir a la calle Gambetta, Alphonse y Dyer van juntos en dirección a la plaza de Luis XIV, y Charles, en dirección contraria.

—¿Los dos marineros a que se ha referido Charles irán como tripulantes? —pregunta Alphonse.

—No lo sé, supongo que sí —responde Dyer.

—¿Y se les ha advertido?

—Apuesto a que no. —Y después de una pequeña pausa, añade—: Ah, no. No me vengas con esas, que te conozco. Esto es una guerra, ¿sabes? Y muy dura. ¿Cómo nos aseguramos de que no se van a ir o que no les tirarán de la lengua? Aunque si quieres damos marcha atrás, aún estamos a tiempo.

—No sabía la forma en que íbamos a realizar la operación. —Duda unos momentos antes de proseguir—. De todos modos hay mucha gente metida en esto, así que seguiremos adelante. Espero que tengan una oportunidad.

***

—Las brigadas navarras fueron enviadas al frente del norte —prosigue su relato Ana Eugenia—. Inconsciente y decidido, Martín entró en combate por primera vez en

Ochandiano, ya en marzo del 37. Después recaló en Elgueta, el primero de los infiernos por los que iba a transitar, donde al mes siguiente hubo combates durísimos. Y casi sin respiro se vio en la punta de lanza en el ataque al monte Gaztelumendi, el preludio a la toma de Bilbao. La quinta de Navarra fue la primera unidad que llegó al centro de la villa, el 19 de junio, y Martín fue de los primeros que entraron con el batallón de Sánchez Bautista; a media tarde izaron la bandera monárquica en el balcón principal del ayuntamiento. Fue el último, y quizá el único acto de entusiasmo que disfrutó. Consiguió telefonear para darnos la noticia y para que preparásemos el regreso. Así lo hice yo, porque mamá no quiso y prefirió instalarse en Biarritz, invitada por su hermana, donde conservaba algunas amistades.

»La campaña siguió durante varios días por la margen izquierda del Nervión y la comarca de las Encartaciones hasta finales de junio. Martín consiguió un permiso para recibirme el 4 de julio. Pero aún me quedaban los peores disgustos. Martín recibió la orden de incorporarse a los pocos días: la quinta de Navarra dejaba el norte para reforzar con urgencia el frente abierto en Madrid; en Brunete, para ser exactos. Allí comenzó un nuevo abismo de tinieblas del que salió vivo de milagro, según él mismo cuenta. Estuve rezando mañana, tarde y noche durante veinte días, apelando al detente que le bordé estando en San Juan, hasta que recibí noticias suyas hacia el final de la batalla porque le concedían un nuevo permiso.

»En agosto se incorporó de nuevo al frente del norte, donde permaneció hasta mediados de septiembre, después de entrar en Santander y casi dejarse de nuevo la vida en el Mazuco y Peñas Blancas, en Asturias. De ahí les mandaron, tras un breve descanso, al frente de Aragón, derechos a una nueva carnicería. Ese año, como el anterior, pasaría la Navidad en las trincheras, con un frío espantoso. En el mes de diciembre las tropas republicanas atacaron y tomaron la ciudad de Teruel. Una de las maniobras que planearon los nacionales para su reconquista fue atacar por el norte, hasta alcanzar una población llamada Alfambra. Durante esa batalla, el 7 de febrero, Martín cayó gravemente herido.

»Lo curioso y triste es que no fue por el fuego enemigo, sino por el bombardeo que unos Junkers de la aviación nacional realizaron sobre el pueblo de Argete, posición que creían todavía en poder de los republicanos pero que la avanzada de la quinta de Navarra había tomado mucho antes de lo previsto en un ataque fulgurante. El fuego amigo causó dos muertos y varios heridos. Martín recibió en su cuerpo fragmentos de metralla: un trozo le atravesó un pulmón, otro casi le deja sin un brazo, otro le rozó la cabeza, y algunos más le causaron heridas menores.

»Llegó muy mal al hospital de sangre, donde consiguieron salvarle la vida *in extremis*. En las siguientes semanas resistió en el hospital de Calamocha por sus ganas de vivir, a pesar de su extrema debilidad y el frío devastador. Cuando tomaron Teruel le enviaron al Hospital Militar de Pamplona; allí me enteré de todo y corrí a su lado, con gran dificultad en medio del desastre. Me dediqué a su cuidado como dama auxiliar, hasta que remitió la gravedad de sus heridas, durante casi un mes, y le trasladaron a un hospital de convalecencia en Estella. Recibió la visita de Juan Bautista Sánchez, ya convertido en general. A este le hubiera gustado que Martín se incorporase de nuevo en la brigada, pero él mismo pudo constatar su lamentable aspecto físico y psíquico: no estaba en condiciones más que de seguir recuperándose durante bastante tiempo. Y gracias a él y a la conspiración con médicos y enfermeras, logré llevármelo a nuestra casa de La Rioja. Allí, en la casona familiar de los Montenegro, entre cuidados y vida plácida, conseguí retenerle durante casi tres meses; en la llaneada serenidad riojana empezó a recuperarse de verdad.

»El general Sánchez, además, solicitó que Martín fuese trasladado a retaguardia una vez dado de alta. Fue destinado a la intendencia general de los servicios de transmisiones del cuartel general de Burgos, el puesto más cómodo que pudo encontrar. Y allí permaneció desde julio del 38 hasta que acabó la contienda. Podía venir a casa con frecuencia y vivía tranquilamente.

»Al finalizar la guerra estuvo varios meses de permiso, tiempo que aprovechó para reflotar algunos negocios y emprender otros nuevos. Esto le animó mucho y le ayudó a recuperarse plenamente. Pero cuando estaba a punto de pedir el pase a la reserva, le llamó el general Sánchez para comunicarle que estaba a punto de ser nombrado capitán general de las Baleares y que le gustaría contar con él como asesor y hombre de confianza. Y allí se fue Martín, más por lealtad que por convencimiento.

»Con Juan Bautista Sánchez conecta muy bien, tanto en carácter personal como en ideas políticas, ya que este es un declarado monárquico alfonsino, o «juanista», como se prefiera. Pero no duró mucho tiempo en aquel destino; los contubernios, las luchas de poder, las atroces represalias contra los perdedores, la falta de medios, la pasividad, demasiadas cosas dificultaban su relación con el ejército. El caso es que el único hilo que le mantenía unido a la milicia, Juan Bautista, se dio cuenta de la abulia dominante en el ánimo y la conducta de Martín; por eso prefirió que soltara amarras antes de echar a perder su amistad de mala manera. Solo le rogó que no renunciara plenamente y dejara, al menos, una puerta abierta a su regreso para «cuando se presenten mejores condiciones», y, cediendo de nuevo a su sentido de la amistad, pasó a la situación de supernumerario.

»Desde entonces se ha dedicado a esos proyectos que emprendió, como ya he dicho: prudente y enérgico, antes de ese paréntesis en su último destino militar y a atender algunas obligaciones de comisiones públicas en las que ha sido nombrado miembro. Y la verdad es que, menos en las finanzas y los cargos, no le han ido muy bien las cosas.

»No consiguió que mamá se quedara con nosotros. Al final de la guerra la trajimos desde Biarritz, pero ella no se adaptó. Su mundo había desaparecido: las amistades perdidas, la muerte de papá poco antes de la guerra, los destrozos, el racionamiento; y su hijo participando en aquella barbarie. Miraba a su alrededor sin ver, sin reconocer. Al regresar de un viaje que realizó a Lisboa hace cuatro años, Martín le propuso instalarse en la villa que una pariente lejana, la marquesa de Pelayo, posee en Estoril, sobre todo si la acompañaba su hermana, que prefirió marcharse de Francia debido a la ocupación alemana. No lo dudó. De vez en cuando vamos por allí a visitarla.

»Y en cuanto a sus lances sentimentales, nunca ha salido bien parado. En sus días de Cambridge estuvo enamorado de una dama de la burguesía rural de Hampshire, muy inteligente y encantadora, aunque no muy agraciada, todo hay que decirlo. Pero cuando tuvo que regresar, ella no se atrevió a venir con él; tampoco él pudo, o no quiso, marcharse a Inglaterra, gracias a Dios. Y desde entonces ha sido un tanto arisco con las jóvenes de por aquí.

»Lo que no te deja en mala posición, querida —concluye Anita.

—¿Qué? —Monique se sofoca y se sonroja.

—Bueno, tranquila. —Anita estalla en carcajadas afables—. De momento hay que quitarle de la cabeza a esa alemana que le ha tomado la medida, una araña que pretende engancharle en sus redes como a un bobo.

—¿Alemana?

—Sí, o de origen alemán. Aunque haya nacido aquí es una fanática nazi. Y tiene más años que Matusalén. No me gusta nada nada. Por eso hace tantos viajes a Madrid.

—Y entonces ¿por qué le gusta?

—Es guapa, lista y rica. Difícil de vencer, ¿verdad? Pero nada imposible para una jovencita tan guapa y tan lista como tú. Y además..., ¿cómo te llamó? Ah, indomable.

***

22 de junio

Poco después del amanecer, el *Hochheimer* cambia el rumbo en vez del oeste al sur, y desde su posición se ve de cerca la costa. Acaba de dejar la enfilación del faro del cabo Machichaco. Está a poco menos de quince millas de su destino. Viaja escoltado por dos patrulleras de la Kriegsmarine, V-402 y V-405, que empiezan a intercambiar mensajes de retorno a la base.

Un par de minutos de latitud al norte, el *HMS Spectre*, un submarino clase S de la Royal Navy, navega por debajo de la velocidad de crucero a profundidad de periscopio, cumplidas las tareas de zafarrancho de combate. El comandante Ian Stewart McIntosh tiene a la vista al mercante y su escolta; comprueba su posición, después mira el reloj una vez, dos veces, y a la tercera ordena fuego por los tres tubos de babor. Segundos después, uno de los torpedos impacta en la popa del *Hochheimer*, otro roza al V-405 y el tercero pasa de largo. Inmediatamente McIntosh ordena disparar por estribor. El mercante recibe un nuevo impacto cerca del anterior, bajo el puente, sin que los otros dos torpedos acierten con los patrulleros.

A través del periscopio el comandante del *Spectre* contempla cómo el *Hochheimer*, tras el segundo impacto, se va a pique rápidamente mientras los patrulleros huyen a toda máquina; manda anotar en el cuaderno de bitácora: hora, 5:40 a.m.; posición, 43°32'N, 2°48'W.

En el mercante ni siquiera tienen tiempo para echar al agua los botes salvavidas; los marineros que no han muerto o no han sido heridos durante las explosiones se lanzan al agua con o sin chaleco. Nadie se apresta a auxiliarlos. De los treinta y dos tripulantes, solo siete conseguirán sobrevivir.

A noventa y seis metros de profundidad queda, para siempre, el *Hochheimer*. En su bodega, los embalajes con el sello «W. Bauer». Embalajes llenos de piedras en su interior.

Unas horas antes, un grupo de seis hombres embozados y con ropas negras había descendido de dos Bedford OX detenidos en el muelle donde estaba amarrado el mercante. Con la anuencia de los dos únicos marineros que se hallaban a bordo, extrajeron todas las cajas estibadas el día anterior y las sustituyeron por otras muy parecidas con el mismo sello del fletador y que contenían un vulgar lastre de piedra. Cargaron en los camiones las originales, entregaron sendos sobres a los marineros y rápidamente se fueron por donde habían venido. Nadie se percató del cambio al zarpar.

***

23 de junio

Apenas son las diez de la mañana, pero se diría que está anocheciendo por la escasa luz que dejan filtrar las nubes.

Un Triumph Gloria Vitesse circula con ligereza por la carretera de la Corniche, entre San Juan y Hendaya, a pesar de la incesante lluvia. Conduce Martín de Inchauspe; a su lado va el propietario del vehículo, Arthur Dyer.

—No va mal del todo este cacharro —dice el conductor—. Es manejable, enérgico. Pero un poco lento.

Dyer sonríe.

—Lo será, si tú lo dices. Pero si apretaras un poco menos el pedal del acelerador lo notarías incluso más cómodo y agradable.

—Tonterías.

Viajan muy cerca de la costa. Los mil tonos de gris que componen cielo y mar parecen atrapar por completo el interés del vicecónsul. Hasta que Martín le arranca de su embeleso.

—Por cierto, Arthur, ¿qué es lo que pretendes tonteando con mi invitada? —Hace una pausa, y continúa al advertir la sonrisa callada del otro—. ¿O qué os traéis entre manos?

—Vaya, has tardado menos de lo que me esperaba en darte cuenta.

—Tengo varios pares de ojos y oídos.

—Lo que tienes es un mayordomo chivato.

—No. Reggie solo controla. No me he enterado por él, precisamente. Así que ya sabes lo que hay.

Dyer deja escapar una risa leve. Luego se decide:

—¿También sabes que ella es de los nuestros?

—¿Qué?

—Bueno, no del todo. No es una agente, sino una informadora. Estuvo pasando información a uno de nuestros agentes camuflados en el norte de Francia durante bastante tiempo, aunque ni los propios belgas para los que trabajaba lo sabían.

—Hay que joderse —protesta Martín en perfecto castellano antes de retomar el inglés—. ¿Era necesario tanto misterio?

El otro se encoge de hombros.

—Y ahora te pasa a ti la información, claro. —Nueva pausa—. Mejor no pregunto.

—Harás bien.

—Lo averiguaré por mi cuenta.

Más tarde, al llegar frente a una cochera en la calle del Comercio de Hendaya, cerca de la estación, Martín se apea y entra en el cobertizo donde está esperando su J12.

—En cuanto sepas algo comunícamelo, por favor —le pide a Dyer antes de despedirse—. Voy a almorzar con Bernardo en su casa, pero estaré ya en Villablanca a media tarde.

VIII

En varias residencias del barrio de Neguri se celebran fiestas a modo de inauguración de la temporada de verano en torno al día de San Juan. Se incorporan familias que mantienen su residencia en Bilbao pero se establecen aquí durante todo el verano; se dispara el número de regatas; se multiplican los festejos en clubes como el Golf, el Sporting y el Marítimo; se alegran los colores de trajes y vestidos. Un panorama refinado, sedoso y colorido que contrasta con el áspero rastro de destrucción y pobreza que rodea el resto del territorio vizcaíno.

Los Inchauspe de Montenegro participan poco del tono festivo general. Suelen celebrar una o dos fiestas en verano, las mismas que en invierno, la mitad de ellas con motivo de los cumpleaños de ambos hermanos. Y el día de hoy coincide con una de esas ocasiones. Villablanca reluce en el atardecer, envuelta en un cielo rojizo que arde entre el monte Serantes y el Cantábrico. Docenas de velas y alguna lámpara eléctrica irisan las copas, provocan el fulgor de joyas y centellean sobre la plata; el susurro de las conversaciones mulle el sonido del piano, trasladado a una esquina del salón, que suena por el buen hacer de algunos invitados con ritmos de *swing*, *boggie-woogie* o *bebop* que han escuchado en emisoras de largo alcance, o en discos de acetato que consiguen a través de diplomáticos o empresarios extranjeros; el jardín trasero, con sus camelios, buganvillas y hortensias rosas en esplendor, transmite frescura al ambiente compensando el calor que irradia la casa.

Ana Eugenia y Martín atienden a sus invitados, no muy numerosos, con la misma sencillez con que se han vestido. Al contrario que en otras fiestas del entorno, en la comida no hay alardes. Se ciñen, como de ordinario, a los alimentos de las cartillas de racionamiento más algunos productos de una huerta cercana, y el pescado que obtienen directamente de un par de barcos de Santurce. Tampoco hay ostentación en las bebidas, que Martín trae de sus viajes a Francia.

—Nunca hay mucha gente en nuestras fiestas —le ha comentado Anita a Monique poco antes de llegar los invitados—, porque solo invitamos a aquellos que nos caen bien, y a algún compromiso especial de mi hermano, y porque nuestro bufé tiene mala fama. No nos gusta acudir al mercado negro para presumir de cocina, como hacen otros por aquí, y nos apañamos con los productos de las cartillas que ponemos en común. Nos critican mucho por ello.

Anita ha ido presentando a su huésped como Sophie Noerdlinger, perteneciente a una familia amiga de su madre. El cónsul británico, Graham; el contraalmirante Suances Piñeiro; el alcalde, Merino Urrutia; el procurador en Cortes, Areilza; el presidente de la Sociedad Bilbaína, José de Urigüen; los vecinos Ibarra MacMahón, Friedich Lipperheide, Eugen Erhardt, así como otros industriales bilbaínos, todos con sus respectivas esposas, van saludando a Monique y la felicitan por ser huésped de tan encantadora familia.

—Me siento como en una nueva puesta de largo —le confiesa a Anita entre presentación y presentación.

Martín, por su parte, va saludando también a los invitados. Al divisar a José María García-Ogara, marqués de Barrio Lucio y presidente del Arenas Club de Guecho, le mortifica:

—Hombre, Chema, ¿tú por aquí? Te habrá invitado mi hermana, porque si por mí fuera... Es que te echaría arsénico en ese vino.

—¡Martín, por Dios! Compórtate —le reprende Anita.

—¿Que me comporte? Si nos acaba de llevar a tercera división. En cinco años nos ha llevado de primera a tercera división. ¿Te lo puedes creer?

—Vaya, tenía que salir el fútbol a relucir —protesta Anita—. Os dejo.

—No se puede hacer nada —replica el aludido—. El cargo me está costando el patrimonio. Y hasta casi el matrimonio. ¿Sabes la cantidad de deudas que arrastra el club? Sigo diciendo que es una vergüenza que hayan consentido hacerse profesionales. Ya no se gana por el juego, sino por el dinero. Tú, que te manejas bien en esto, tenías que estar en el cargo.

—No me faltaba más que esa. Pero no te preocupes, que habrá pronto un golpe de mano. ¡A tercera! Qué vergüenza.

Después de saludar a los demás invitados se lleva discretamente a su estudio a uno de ellos, Ramón Talasac, copa en mano y previo brindis mutuo con un borgoña blanco.

—No sé si hay motivo para brindis —arguye Talasac.

—Siempre lo hay. Y si no, se inventa.

Martín se sienta en un ancho sillón Luis XV bajo una lámpara de pie que enciende y señala otro asiento igual e invita a Ramón a acomodarse.

—Aquí podemos hablar tranquilos. —Da un sorbo y deposita la copa en una mesita baja dispuesta entre ambos—. Le escucho, don Ramón.

El aludido saborea también su chardonnay mientras admira el soberbio escritorio, las librerías altísimas que rodean las paredes donde no hay ventanales y la cuidada sencillez de las tapicerías. Luego se lanza.

—Bauer se la ha jugado bien jugada. A todos, propios y extraños.

Le interroga Martín con la mirada.

—Lo de los sesenta cuadros era tan solo un señuelo —prosigue Talasac.

—¿Un señuelo? No puede ser. Son auténticos a todas luces.

—Sí, lo serán, sin duda. Pero al parecer ese canalla ha sacrificado sesenta obras para poder pasar otras doscientas, que han llegado a Madrid no se sabe cómo. Supongo que atravesando la frontera por un paso menos controlado o más manejable. —Hace una pausa mientras Martín pellizca su barbilla y con la otra mano tamborilea sobre un brazo del sillón—. Lo sé por un colega de Madrid con el que suelo tener tratos y que tiene una estrecha relación con Schenker, una sociedad que se dedica al comercio de arte. ¿La conoce? Los cuadros debieron de llegar a la capital ayer por la noche y los han declarado esta misma mañana. Declarado de aquella manera, por supuesto.

Al ver que Martín sigue meditabundo, Talasac le pregunta por el motivo.

—Sospecho que no es la primera vez que hace esta jugada. Ha habido ocasiones en que los anticuarios madrileños que actúan con los alemanes ofrecían gangas y rarezas que no acertaba a saber de dónde salían. ¡Qué hijo de puta! —concluye Martín—. Con perdón.

Después de otro sorbo bien paladeado, el agente de aduanas prosigue.

—Pero eso no es todo, señor Inchauspe.

—Siga, siga sorprendiéndome —dice después de resoplar.

—Lo haré a mi pesar, en este caso.

Revela que Bauer llegó el día anterior a Bilbao con su familia en automóvil. Y continúa su relato.

—Están alojados en el Hotel Excelsior de manera provisional. Pero además de a su familia se ha traído acciones de diversas compañías y títulos de deuda de varios países por valor de varios millones de pesetas, y también, no se sabe cómo, tres cajas con veintidós cuadros en los que figura como propietario. Después de pasar por el consulado para inscribirse, vino a mi oficina a fin de gestionar la entrada de los bienes de manera legal. Ahora mismo están en un almacén custodiado del depósito franco. Su intención es instalarse en Madrid, no venir de paso como otros hacia América. Por eso ha declarado sus bienes.

»Me he tomado la libertad de hacer una copia de la relación de pinturas —prosigue Talasac—. No la he traído hoy porque no me parecía pertinente, pero mañana mismo se la haré llegar.

—Es un caballero, don Ramón. No se moleste, me pasaré yo por su oficina bien temprano, a la hora de costumbre. Bueno, mañana será otro día. Ahora vamos a disfrutar de este comienzo de verano.

Se levantan, entrechocan sus copas y salen hacia el jardín.

—Pasemos a cosas realmente importantes. ¿Qué tal su familia? El chiqui está muy alto para su edad, ¿no? ¿Y la niña sigue tan bien en sus estudios?

***

26 de junio

Ya ha dejado atrás las nubes. Al llegar a la meseta se coloca unas lentes ahumadas para hacer frente al inclemente sol de mediodía. Los 220 caballos de potencia del Hispano-Suiza J12 son bien aprovechados por Martín por el Camino Nacional I (nombrado así tras el Plan Peña).

La noche anterior lo dispuso todo a ese efecto. Telefoneó a Madrid para tener preparada su habitación en el Palace y a San Sebastián para que Bernardo Aracama se encargase de enviarle con urgencia desde el almacén de San Juan de Luz una decena de cuadros «de los especiales».

Lo cierto es que acabó mal el día, recibiendo un rapapolvo de su hermana:

—¿Acabas de llegar y te vas de nuevo? Cualquiera diría que estás a disgusto en esta casa.

Y también del vicecónsul Dyer:

—¿Qué hace tu invitada rodeada de esos lobos alemanes?

—Son socios de empresas en las que participo.

—Me importa un rábano que sean tus socios, trabajan para el partido y pasan información de todo. Mantenla alejada de esas sabandijas, por el bien de todos.

Quizá esos reproches han motivado la inquietud de su sueño, algo impropio de él. Pero el viaje parece haberle reanimado, y cuando llega al hotel a primera hora de la tarde apenas se limita a un rápido aseo. Hace varias llamadas durante un buen rato y sale después de tomar un café y hacer un encargo en la recepción.

—Buenas tardes, Fulgen. ¿Sigue su novia con ese puesto de flores tan elegante?

—Sí, señor.

—Bueno, pues que se encargue de enviar dos docenas de azucenas blancas a esta dirección, si es tan amable. —Le entrega una nota con la dirección y un billete de cincuenta—. Cuanto antes, mejor.

—¡Muchas gracias, señor! Así se hará.

Después de su acción de gracias en las Calatravas se dirige al Café de Levante, en Sol; un café tranquilo, cómodo, muy decadente ya en esos días de esplendor perdido. Allí se encuentra con un comerciante que le ofreció en su momento adquirir un piso en la calle de Jordán, con vistas a la plaza de Olavide, en un estado solo a medias aceptable pero por un precio irrisorio. Casi sin preámbulos discuten el precio, la forma de pago, los gastos de fe pública y la entrega. No dura mucho la reunión, que termina con un rápido e inexpresivo apretón de manos y una fugaz despedida.

Regresa al hotel y se viste con parsimonia para la cena.

***

Alphonse y Butch conversan alrededor de una tetera y un platillo de sándwiches de pepino en una de las mesitas centrales de Embassy. A media tarde, el salón de té está lleno. Cotorreos de burguesas entradas en años; anécdotas aderezadas con humor por diplomáticos de varios países; dos parejas que tienen toda la traza de ser agentes alemanes situados a ambos extremos del salón.

—No hubo forma de seguir la pista de esas cajas —indica Alphonse.

—Pero no podían desaparecer sin más, como por arte de magia —replica Butch.

—A diferencia nuestra, los alemanes tienen disponible todo el dinero y el personal que necesitan en cada momento. Fue un visto y no visto. De hecho, ni siquiera sabemos qué son, no hay un listado de las obras. En cuanto se tuvo noticia de esas cajas misteriosas acudió a comprobarlo uno de los nuestros en Bilbao. Pero cuando llegó ya no había nada.

—¿Y cómo se «tuvo noticia»?

—A través de un agente de aduanas, Talasac. Tiene muchos clientes alemanes y es una inmejorable fuente de información. Si no fuera de confianza no habría destapado el asunto.

—¿Y no podía haberse encargado él mismo de seguir los movimientos?

—Hace lo que puede. No conviene comprometerle en exceso porque está en una posición delicada y nos interesa mucho que siga ahí para diversas cuestiones.

—¿Diversas cuestiones?

—No sea tan curiosa, señorita —se burla suavemente—. Digamos que se ocupa de otros asuntos.

—Lo siento, no pretendía... —Se ajusta las piezas de su traje de chaqueta en lino verde.

—Lo sé, no se preocupe. Pero creo que, al menos, habría que enviar avisos a los contactos en los puertos de Bilbao, Santander y Vigo para rastrear todo cargamento sospechoso en los buques con destino a cualquier puerto de América.

—¿América?

—Sí, el hecho de que no haya puesto las obras en circulación y no se sepa nada de ellas quiere decir que intenta trasladar los cuadros a algún país sudamericano, a la Argentina probablemente, para venderlos allí. Ha ocurrido en otras ocasiones con varios traficantes.

—De acuerdo. Así se hará.

Se planta ante ellos Timothy, como salido de la nada.

—Buenas tardes. ¿Puedo? —pregunta señalando una silla libre del velador.

—Por favor —concede Alphonse.

—¿No había una mesa menos discreta y más a la vista? —ironiza el recién llegado según se sienta.

—A veces, la mejor forma de ocultar algo es ponerlo bien a la vista —contesta Butch entrando al trapo.

—No somos más que un comisionista y una emplea-
da de la American Oil conversando amigablemente —añade su compañero de mesa.

—Así que comisionista, ¿eh? Bien, bien. ¿Novedades? —pregunta Timothy.

—Las que tú nos puedas traer —repone Alphonse.

—Entonces vamos listos.

Margarita Taylor se acerca a la mesa, sonriente como
es natural en ella. Se dirige a ellos en inglés.

—¿Lo de siempre, señor Creswell? —Y prosigue
cuando asiente el aludido—: Lady Grey solo, sin leche ni
limón. ¿Está todo bien? ¿Le traigo otro té, señorita
Griffith? Cortesía de la casa.

Un intercambio casual de comentarios, y la señora
Taylor acude a otra mesa.

—No tenemos nada seguro, pero hay un alemán que
llegó hace dos días y estuvo conferenciado con Liesau, o
al menos le ha visitado en su casa —expone Timothy en
voz baja—. Ayer acudieron juntos al hospital alemán y no
para visitar enfermos precisamente. Todavía no sabemos
quién es, pero podría ser una pista a seguir.

—¿Esperáis confirmarlo pronto?

—Creo que sí. Está alojado en el Ritz. Nuestro ta-
xista nos ha dicho que llegó en un Mercedes de la embajada junto con otros dos sujetos. Esperamos saber mañana sus nombres y, sobre todo, quién paga la cuenta.

Acuerdan intercambiar informaciones en la próxima
reunión, que concertarán según el procedimiento convenido.

—Será pronto. Si Liesau realmente trabaja en lo que sospechamos, todo lo que esté relacionado con él es importante —concluye Alphonse.

***

El exclusivo salón Recepción del restaurante Horcher está ocupado por una sola mesa con cuatro comensales: Apolinar Sanz, un marchante germanófilo que realiza frecuentes operaciones de compra-venta de antigüedades y obras de arte con la colonia alemana; Federico Urrutia, jefe de propaganda de Falange Española de las JONS; Martín de Inchauspe, y Hans Lazar, agregado de prensa de la embajada alemana que claramente lleva el protagonismo en la conversación. Todos trajeados, a excepción de Urrutia, que viste uniforme blanco de jerarca falangista.

El grupo charla animadamente compartiendo trivialidades y chistes de diversa índole en la calidez de los tapizados rojos y luces indirectas, mientras un grupo de camareros permanece atento en una mesa auxiliar para preparar guarniciones, cambiar cubiertos, escanciar vino. Con notable diferencia de modales van dando cuenta de los arenques a la crema con *Kartoffelpuffer*, ragout de ciervo y ganso a la cerveza negra.

Con los cafés, y rodeados por un bosque de botellas de aguardiente, coñac y calvados, Lazar plantea abiertamente el asunto que les ha reunido.

—Nuestro buen amigo el marqués nos ofrece de nuevo un lote de arte insuperable —dice, o más bien declama con ese aire afectado que utiliza en los negocios que domina—. Aunque no los he podido admirar todavía, las firmas son impresionantes.

Sanz y Urrutia asienten vagamente.

—¿Cuándo ha dicho que los podremos disfrutar? —prosigue Lazar dirigiéndose a Martín.

—Estoy pendiente de confirmar la hora de llegada, pero con toda seguridad mañana al mediodía ya estarán disponibles —contesta Inchauspe.

—¿De cuánto estamos hablando? —salta Urrutia.

—Tranquilidad, amigo mío, antes hay otras cuestiones. Lo primero es comprobar la mercancía y ver cómo canalizarla. Para eso está nuestro querido Apolinar. Y cuando tengamos los clientes que usted nos proponga, llegará ese punto —explica paciente el agregado.

Sin orden, Urrutia habla de posibles compradores y Sanz realiza infladas estimaciones de precio; probablemente por efecto del VSOP Martell.

Martín, impasible, intercambia una mirada de entendimiento con el monóculo de Lazar, quien despacha la reunión:

—Amigos, les sugiero que no perdamos tiempo en acometer cada cual su labor. La experiencia enseña que cuanto antes se resuelvan estos negocios, menos oportunidades tendrán el azar o el enemigo de desbaratarlos.

Todos se levantan y se estrechan las manos a manera de despedida.

—Amigo Apolinar, mañana a las tres en el lugar de costumbre —indica Lazar antes de intercambiar una seña con Martín—. Señor marqués, si me permite unos instantes querría comentar otra cuestión.

Sanz y Urrutia se van escaleras abajo; los otros dos se sientan de nuevo y Lazar ordena otros dos cafés.

—Muchas gracias por la maniobra, señor Lazar. Esto se estaba poniendo insoportable.

—No, muchas gracias a usted por su paciencia, señor marqués. Lamento que tengamos que tratar con esta gentuza, pero de vez en cuando hay que ceder una pequeña parte del pastel a la gente del régimen para que nos dejen operar con las manos libres. Las cosas se vuelven cada vez más complicadas. Pero nada que no se pueda superar o manejar, ¿verdad?

—Cierto. Y ojalá fueran así todos los inconvenientes.

Llegan los cafés y el constantinopolitano rellena las copas de ambos con Père Magloire, un calvados *pays d'auge* del gusto de ambos.

—Debo aclarar un detalle de importancia menor —retoma Lazar la conversación—. Si el asunto llega a buen término, cosa que no dudo, el pago será de nuevo en oro. Ya sabe que la liquidez está fallando estrepitosamente por la intervención del gobierno con su política monetaria. Pero espero que no tenga inconveniente en recibir lingotes con marcas.

—No hay problema. Sé a lo que se refiere.

—Da gusto tratar con gente de su nivel y su educación. Recuerdo que, además, es usted entendido en estos temas económicos, ¿verdad? El caso es que, en lo sucesivo, los pagos han de efectuarse de este modo.

Ambos saborean sus bebidas después del café en un silencio apenas agrietado por el murmullo proveniente de los otros dos salones. No transcurre ni un minuto cuando Lazar pregunta:

—Y dígame, marqués, ¿qué opinión le merece Wilhelm Bauer? Le conoce usted, supongo.

Con una comedida expresión de sorpresa, Martín responde sin tardanza.

—Sí, le conozco, aunque no personalmente. Es asombroso: yo pensaba hacerle la misma pregunta.

Lazar sonríe y asiente.

—No es de fiar —añade tajante Martín apoyando sus palabras con un gesto de la mano—. No me gusta hablar mal de gente que no conozco, pero las noticias que me han llegado sobre sus actividades y sobre sus socios dejan mucho que desear.

—¿Por ejemplo?

—Me sorprende mucho que vaya presentándose como amigo personal y asesor del mariscal del Reich, lo cual puede que sea cierto. Pero también dice actuar en su nombre, lo que es más dudoso. —Y añade previa pausa—: Es más, sé de buena tinta que en ocasiones ha traficado con propiedades de Göring quedándose con las ganancias. En otras palabras, le está estafando. O robando, como se prefiera. Ya le insinué hace un tiempo, si lo recuerda, que había alguien que se estaba aprovechando en demasía de su amistad con el mariscal. Me refería a Bauer.

—Veo que tiene unas magníficas fuentes de información, señor marqués.

—Qué le voy a contar que usted no sepa. Nada del otro mundo. Lo imprescindible para llevar en condiciones el negocio.

—*Mi piace* —concluye con afectación Lazar.

Terminan sus bebidas charlando relajadamente de temas intrascendentes. Cuando Martín solicita la cuenta, el otro le interpela:

—No se le habrá ocurrido la absurda idea de pagar.

—Me corresponde a mí como impulsor de este negocio.

—No me ofenda, marqués, y terminemos como es debido esta agradable cena.

Al salir, coinciden en las escaleras con María Stauffer y su marido Carlos Mahou, que cenaban en el salón Interior con un grupo de amigos. Martín reconoce el vestido de satén negro con falda a capa perteneciente a Clara. Cruzan saludos corteses y ocurrencias triviales, hasta que María lanza un dardo.

—Ya era hora de que tuviera un gesto para con mi hermana.

Él responde con una mirada imprecisa.

—Estaba en su casa, nos probábamos unos vestidos nuevos, cuando recibió esa avalancha de flores —prosigue ella—. Se puso a llorar como una Magdalena.

—Oh, cuanto lo siento, yo no pretendía...

—Lloraba emocionada y llena de alegría en el fondo. Espero que deje de jugar con ella de una vez y se comporte como un caballero de verdad —le espeta con frialdad.

Se despiden todos. Martín rechaza el ofrecimiento de taxi que Lazar le reitera y regresa andando al hotel.

—Necesito estirar las piernas, y el frescor de la noche.

Al entrar en el hotel, el recepcionista le indica que tiene un mensaje; le entrega un pequeño sobre cerrado y perfumado, escrito con grafía elegante y resuelta de mujer culta.

Querido Martín,

Te ruego me perdones mis estúpidos ataques de celos, mis desplantes, mi execrable comportamiento y aceptes venir a almorzar mañana en mi casa. A la hora que quieras y como quieras. Con todo mi arrepentimiento, mi cariño y la esperanza de tu perdón.

Clara

IX

26 de junio

Aunque son ya las ocho de la mañana, la oscuridad es casi total en el dormitorio con las cortinas de cretona forrada cerradas a cal y canto.

Se levanta y las descorre. La claridad amortiguada del patio interior da forma definida a todos los objetos a su alrededor. Sale del dormitorio y de la misma manera se ilumina el saloncito. La luz resalta la blancura de un pliego de papel en el suelo del pequeño recibidor, cerca de la puerta de entrada.

Alphonse lo toma, lo desdobla y lee lo que está escrito en inglés.

Para BG - 01

Alguien está pasando información a los británicos, bien a Baker St. o directamente al Gabinete de Guerra.

Aunque sean aliados, no es de recibo que haya un agujero en el sistema de transmisión de datos.

Hay que poner en común la información disponible para averiguar el origen.

Contacto: Eizen.

MS - Thomas

***

Martín se ha levantado temprano, más por costumbre que por necesidad. Baño relajante, desayuno tranquilo, repaso a la prensa.

Telefonea a Lazar. No está, pero su secretaria toma nota: a las cuatro en el edificio de Hermanos Bécquer. Luego llama a otro número y ordena que los diez cuadros estén en el número 3 de esa calle a las tres y media. Antes de salir, sube de nuevo a su habitación; casi se olvida de llevar consigo un paquete con un colorido envoltorio. Después pide un taxi, que le deja en la plaza de Olavide; prolonga esa mañana apacible callejeando por Chamberí y disfrutando del sol. Toma un vermut en la bodega de La Ardosa, su bar preferido, antes de plantarse ante la puerta del número 14 de la calle Galileo.

En un costado del portal destaca una plaquita con el escudo y los colores de Falange Española y otra con el emblema de Auxilio Social. No tarda en hacerle entrar a la vivienda un sujeto formidable, a quien no había visto nunca, con un traje gris como de mendicante y un parche en el ojo derecho. En el recibidor le espera una sonrisa exultante que destaca sobre un escueto vestido azul oscuro de crepé.

—Temía que no quisieras venir —dice Clara por todo saludo después de un abrazo interminable, mitigando su sonrisa.

—Yo temía que no quisieras verme —reaviva él esa sonrisa.

—Anda, ven. No te quedes ahí plantado. ¿Y esto? —pregunta ella refiriéndose al paquete—. Ah, siempre con un detalle, eres un cielo.

Le coge de la mano para conducirle al enorme salón, decorado austeramente, con muebles sólidos y rectos, una lámpara de bronce sencilla y enorme, sofás de piel y ventanales a la calle principal. Clara le sienta en uno de los sofás.

—¿Un madeira? —le ofrece—. ¿O un...?

—No quiero nada. Quiero que te sientes —repone él palmeando un cojín del sofá.

Ella obedece sin dejar de sonreír y de devorarlo con la mirada. Y sin poder contenerse:

—¿Qué has estado haciendo? ¿Dónde te has metido? Te llamé dos veces y me dijeron que estabas de viaje. Pero también pensé que no querías hablar conmigo.

—¿Me has llamado? ¿Cuándo?

—El domingo pasado. Y también el viernes anterior. Tu hermana me dijo que estabas de viaje y que no sabía cuándo ibas a regresar. ¿O no era cierto?

—Sí…, estuve en San Juan. Preparando la casa —responde titubeante.

Un breve silencio que rompe Clara.

—¿Por qué? ¿Por qué no le gusto a tu hermana? Las veces que hablamos se muestra amable, y aquella vez que estuvimos juntas fue encantadora, pero puedo percibir que en el fondo le desagrado. Como si me odiara.

—No, no es así. Anita no te odia en absoluto. Puede que se haya mostrado recelosa, eso sí puede ser. Pero son recelos de hermana, ya sabes. Creo que a veces se siente como si fuera mi madre más que mi hermana.

—Ah… —Suspira—. Si pudiéramos vivir cerca todo sería mucho más fácil, sin malentendidos ni disgustos. Sabría que no quiero robarte, que no quiero separarte de ella. Estoy convencida de que tu hermana acabaría apreciándome, como yo a ella.

Martín es quien rompe el silencio ahora.

—Bueno, hoy, ahora, disfrutemos de lo que esté en nuestras manos. Mañana ya veremos.

Clara se anima de nuevo.

—Sí, querido, tienes razón, como siempre.

—Por cierto, ¿quién es ese cíclope que me ha abierto la puerta?

—Es Jervos, mi asistente —le informa ella—. Ah, claro, no le conocías. Le contraté el mes pasado, y no he tenido ocasión de presentártelo.

—¿De dónde lo has sacado? ¿De la Isla del Diablo?

—No te burles. Ha venido de Alemania, acogido por el Winterhilfswerke. Después del último bombardeo de Münster por los americanos lo perdió todo: su familia, su hogar, su trabajo. Ahora está en mi casa acogido por un acuerdo con Auxilio Social. Luego te lo presento. Pero ahora dime, ¿me llevarás a bailar esta noche? A donde tú quieras. Dime que sí.

—No.

Ella lo mira sorprendida, apenada.

—No —repite Martín con una sonrisa—. Iremos a donde tú quieras. Eso o nada. Y ahora que me acuerdo, ¿quién habló sobre un almuerzo para hoy? Porque me muero de hambre.

Clara desata su risa. En ese momento aparece un niño de unos cinco años corriendo desde el pasillo.

—Hola —saluda el pequeño con voz candorosa pero firme.

—Hola, Hermann, ¿cómo estás? —dice Martín al tiempo que se levanta y le tiende la mano.

—Bien.

—Toma, esto es para ti.

Martín le tiende el paquete, y el niño rasga el papel de colores sin contemplaciones. Extrae una caja de cartón plana y alargada que en su parte superior tiene un dibujo de unos niños que juegan con una grúa en miniatura y un rótulo que dice Meccano.

—Mamá te enseñará a jugar y a hacer construcciones como todo un ingeniero. Espero que te guste.

—Claro que sí. Haremos unas cosas formidables juntos —afirma Clara—. ¿Qué le dices a Martín?

—Muchas gracias.

—De nada, caballero.

Clara se levanta para preparar la mesa en el comedor contiguo.

—Y ahora vamos a almorzar juntos. Os llamo en un minuto.

***

Nada más llegar al piso de la calle Alcalá Galiano —tomando todas las precauciones para comprobar si ha sido seguido—, Alphonse saluda a los presentes y entra en la sala de reuniones insonorizada y con un novísimo invento antiescucha.

—Si es que no sabéis qué excusa inventar para matar el tiempo —dice a Mr. Thomas, el único ocupante de la mesa.

—Algo hay que hacer —contesta el otro después de dar una calada a su cigarrillo—. Ya sabes que esto es muy aburrido.

—A ver, ¿qué es eso de que uno de los nuestros pasa información a los amigos? No tiene ningún sentido. ¿O es que nos espían esos amigos?

—Deberías saber que en estos asuntos no hay amigos —dice Mr. Thomas levantando la mirada hacia su compañero—. Hay que reconocer que es extraño. Lo es. Pero accidentalmente hemos captado un mensaje de Madrid a Baker Street en el que dan cuenta de algunos de nuestros movimientos.

—¿Accidentalmente? —pregunta con sorna Alphonse, y el otro enarca las cejas—. Joder, sí que es cierto que no hay amigos que valgan.

—Y concretamente movimientos tuyos.

Silencio de largos segundos introspectivos y dubitativos.

—Tradúceme eso —pide Alphonse.

—No, no dudamos de ti, no te preocupes. —Sacude el cigarrillo sobre un cenicero—. Más bien pensamos que tienes a alguien cerca contándoles a otros lo que haces y con quién andas. Aunque mientras sea solo a los británicos, no vamos mal.

El recién llegado pierde el humor y se muestra preocupado.

—No te caigas, hombre —le anima Mr. Thomas—. Vamos a hacer una lista de nombres y a descartar algunos. Bueno, en concreto la vas a hacer tú, y a ver si coincide con lo que yo opino. Si es así, empezaremos a tomar precauciones distintas. Si te parece bien, como sueles decir tú.

Alphonse mira su Breitling: son casi las tres y cuarto; luego se desprende de la americana, que cuelga en un perchero de pared, y propone:

—Tengo tiempo. Empecemos.

***

Martín es recibido en el palacete de la calle Hermanos Bécquer anejo a la embajada alemana por la secretaria del agregado de prensa, quien le conduce a una sala espaciosa, casi vacía, en la que hay diez cuadros expuestos sobre unos tableros. Hans Lazar, Apolinar Sanz, otro anticuario germanófilo llamado Felipe Sánchez y el agregado aéreo Eckhardt Kramer, hombre de confianza de Lazar, hacen comentarios admirativos sobre las obras.

—Ah, señor marqués, ya está aquí. Tan puntual como siempre.

Lazar deja caer su monóculo del ojo derecho cuando acude a saludar a Martín con un efusivo apretón de manos. Luego realiza las presentaciones, incluso a los conocidos. Se muestra complacido con el Vermeer, los dos Van Dyck, el Boucher, los dos De Hooch, los dos Holbein y algo menos con el Van Gogh y el Bronzino.

—No escatimaremos lo más mínimo en el precio, ¿verdad, amigos? —afirma dirigiéndose a los marchantes.

—No, señor. Estos nos los van a quitar de las manos —confirma Sánchez.

—Usted dirá dónde tendremos que hacer la entrega del precio, ya sabe —pregunta esta vez a Martín.

—Aquí está indicado —contesta el aludido al tiempo que le entrega una tarjeta en la que se lee: «Calle de Jordán, 23, 4º».

Acto seguido, Lazar autoriza a los marchantes a llevarse los cuadros esa misma noche. Por su parte, ellos le indican que en cuanto hayan acordado la venta le pagarán en moneda española, más la comisión habitual del quince por ciento. Tienen ya una lista cerrada de posibles compradores.

Dejan a buen recaudo los cuadros y salen. Sánchez y Sanz se marchan a pie en dirección a sus locales de negocio en Claudio Coello, Kramer hacia la embajada, mientras que Lazar y Martín se dirigen en automóvil oficial hasta el Ritz, donde el primero ha organizado un té benéfico a las cuatro y media a favor de la organización de ayuda Obra Madre y Niño englobada en Auxilio Social.

De camino, el agregado le informa acerca de un asunto pendiente.

—En cuanto al negocio pretendido por ese tal Bauer, le voy a dar mi opinión y le diré lo que he podido saber al respecto.

Poco después, llegan ante la puerta principal del Hotel Ritz.

El salón Felipe IV del hotel está ocupado solo a medias, ya que muchos asistentes han salido al jardín. Mercedes Sanz-Bachiller y Pilar Primo de Rivera le expresan su pesar por la ausencia de Clara, aunque comprenden que está muy ocupada con la reorganización de su casa y los preparativos para acondicionar un espacio dedicado al WHV (Winterhilfswerke). Pero, si bien es cierto que Clara no escatima esfuerzos en pro del WHV, esa tarde se ha quedado en casa preparándose para la cita de la noche, cosa que convenientemente calla Martín. Conversa también con el padrino de Clara, Johannes Bernhardt, y Antón Wahle, los magnates alemanes más poderosos en el territorio español. Discute sobre arte con Fernando Álvarez de Sotomayor y con Francisco Javier Sánchez Cantón, director y subdirector, respectivamente, del Museo del Prado.

Después de realizar un donativo, Martín sale —o se escapa, más bien— por la puerta de la calle Felipe IV y en el cruce con el paseo del Prado se encuentra con el agregado aéreo Kramer, al que acompañan Paul Winzer, agregado de policía en la embajada alemana, ataviado con un uniforme gris de Sturmbannführer-SS, y Franz Liesau, quien le es presentado como médico y biólogo. Entabla una charla casual y se interesa por el trabajo de Liesau, sobre todo cuando le informa de que está poniendo en marcha una sociedad de investigaciones y aplicaciones industriales; Martín le sugiere poder comenzar algún tipo de relación con empresas en las que participa como consejero en Bilbao, facilitándole una tarjeta de presentación. Winzer, acerando unos penetrantes ojos oscuros a través de sus gafas, corta la conversación alegando que tienen prisa y prosiguen en dirección al domicilio de Liesau en la calle de Alcalá.

***

—Estar contigo me sienta muy bien. Me hace feliz —musita Clara al oído de Martín.

Bailan al son de un bolero al que la Orquesta Ferrer, gobernante musical de las veladas en el salón *The del Palace*, torna irreconocible por lo mortecino de su ritmo. Se mueven lentamente, arrastrando los pasos sin apoyar el peso sobre el suelo, quedándose casi en el mismo sitio. Las manos enlazadas; el brazo izquierdo de Clara se ciñe algo más de lo preceptivo sobre el hombro de Martín, y su boca se desvanece en susurros quietos.

—A mí me hace feliz hacerte feliz —confiesa él.

El vestido rojo coral en punto de seda se funde con el negro del esmoquin; el largo de la falda se agita envolviendo los pies de Martín a cada paso, dando a la pareja la sensación de flotar sobre la pista.

—¿Hasta cuándo estarás aquí?

—Tenía pensado marcharme mañana.

—Oh... —Se entristece Clara.

Él mantiene el silencio con una sonrisa. Por poco tiempo.

—Pero uno debe saber corregir sus errores, así que no será mañana.

—Te ha surgido algún imprevisto, supongo.

—No, me han surgido unos ojos azul oscuro que necesitan una cura urgente de alegría y agitación. Así que he de ponerme a su entera disposición de inmediato.

Clara se ruboriza al tiempo que crece una sonrisa tierna en su rostro. Retoma su voz susurrante:

—Afortunada ella.

—No tanto como se merece, ni mucho menos.

—Yo me conformaría con la mitad de esa disposición, con tal de que fuera mía de verdad —suspira Clara, aunque rectifica de inmediato—. No, no, qué digo. No me hagas caso, soy una ingrata. Sí que soy afortunada, y mucho. Tengo más suerte que cualquier otra mujer. Todos y cada uno de los días que tengo la dicha de poder verte. Ahora, en este mismo instante, unidos, sin que importe el resto del mundo.

Siguen bailando, más lentamente, un poco más cerca el uno del otro, sin seguir el compás, mirándose intensamente.

—Soy yo el afortunado. Digas lo que digas, toda la suerte es mía.

Los de la orquesta cambian de tercio; terminan con las cadencias pausadas y acometen un *swing made in* Count Basie.

—Y ahora vamos con esa cura de agitación —se arranca Martín.

Toma a Clara de una mano y le hace dar una vuelta completa; luego la coge con el otro brazo por la cintura y la guía al ritmo de *«Don't you miss your baby»*. La esclavina que cubre la espalda de Clara y los godets de la falda vuelan formando una nube de coral en el centro del salón. Ella ríe y se muestra felizmente escandalizada.

—¡Estás loco!

—Sí, claro. Y ya verás como acaba por gustarte.

—Terminaré tan loca como tú —responde ella aún entre risas.

Después de «*Honeysuckle Rose*» y «*One o'clock jump*» retornan a su mesa y un camarero acude a llenar sus copas de Lanson etiqueta negra que reposa en la enfriadera. Brindan sin palabras y apuran el champán con sedienta apetencia. Martín le ofrece un pañuelo de hilo para secar las perlitas de sudor que aparecen en su frente y en la abertura de su escote halter, y él hace lo propio con otro pañuelo sobre su frente.

Charlan, ríen, beben y bailan de nuevo.

—No recuerdo la última vez que fui tan feliz y me divertí tanto —admite ella en un descanso, tras otro sorbo largo de Lanson—. Bueno, sí que me acuerdo. El año pasado, en Denia, durante aquellos días.

—Sí, fueron perfectos, de verdad.

—Dime —hace una pausa, inquieta—, ¿podríamos repetir este año? Mi padrino estará encantado de recibirte de nuevo. Le causaste una magnífica impresión. ¿Irás?

—No veo por qué no.

Ella se lleva las manos a la boca y sus ojos, decididos y vehementes, se abren antes de preguntar:

—¿Cuándo? ¿Cuándo podríamos ir?

—No lo sé todavía, pero pronto. Lo prometo.

Clara dibuja una enorme sonrisa, suspira y se abalanza sobre Martín para abrazarle.

—Gracias, gracias.

—Eh, señorita —bromea él acariciando levemente sus brazos—, que tengo que velar por su reputación.

—Ahora mismo no me importa nada lo que piensen, lo que digan, lo que hagan los demás. Ni siquiera mis amigas. Si murmuran, será por envidia.

Él ríe y contagia a Clara. Se sientan de nuevo cada cual en su silla.

—Me gusta cuando te muestras avasalladora y radiante como en este momento —la halaga Martín—. Pero esas gracias sobran, ¿entendido? El privilegio lo es para mí.

Ella lo mira embelesada y él se rinde:

—Bueno, al menos lo he intentado.

En ese momento suenan los primeros compases de «*Corner Pocket*». Martín se levanta y toma a Clara de las manos con aire de humilde altivez.

—Y ahora vamos a bailar otra vez.

Enlazan las manos y él la coge de la cintura, pero antes de moverse ella derrama todo su fervor.

—Cómo me gustas.

—Lo sé —contesta Martín—. Casi tanto como tú a mí.

La noche se va deshaciendo en sus manos y sus ojos y se infiltra en los meandros de sus memorias. Un hoy que busca ser siempre.

X

1 de julio

Ataviadas con zapatos planos y vestidos estampados mucho menos atractivos de lo que acostumbran, Ana Eugenia y Monique se desplazan en el Citroën conducido por Regino a una zona de Bilbao llamada Torre Madariaga. En ese término se están construyendo unas casas para familias de clase trabajadora que carecen de vivienda digna. Antes han pasado cerca de otras zonas de extrarradio donde cada vez más personas viven hacinadas en chabolas sin las menores condiciones de salud y dignidad, cuando no bajo los puentes o en covachas abiertas en taludes y desmontes. No hay recursos para albergar la avalancha de gente que ha perdido sus hogares o que viene a Bilbao en busca de algún trabajo en las fábricas que poco a poco van funcionando y prosperando. Se promueven intentos de solucionar el problema, como el que van a visitar, pero son absolutamente insuficientes.

En los días anteriores, Ana Eugenia explicó a su amiga, que ya no es solo una mera huésped, los trabajos que se llevaban todo el tiempo que no le dedicaba a ella; y le prometió que un día le mostraría, al menos desde fuera, el maremágnum en el que estaba enredada. Ese día ha llegado. Una de tales actividades, la más ardua («encomendada por el sinvergüenza de mi hermano»), es participar en el seguimiento de la construcción de viviendas por parte de una sociedad creada por el Ayuntamiento de Bilbao, y de la cual han suscrito un buen número de acciones. No realizan ese control por interés económico, ni tampoco obtienen beneficio alguno, sino porque en estos tiempos las obras públicas no son nada fiables, dada la escasez de materiales y de mano de obra con un mínimo de capacitación profesional. Lo toman como parte de la obra social que llevan a cabo al sentirse agraciados y agradecidos con su buena fortuna.

—¿Cómo es que te ha encargado esto tu hermano? —se ha extrañado Monique—. ¿No es él el experto en cuentas y en gestión de empresas?

—Es que no se trata de controlar las cuentas, sino de la ejecución de las obras —precisa su amiga.

—¿Cómo? ¿Las obras? No me digas que eres arquitecta.

—No, no lo soy.

Ana Eugenia explica que estudió ingeniería industrial en la Escuela Superior de Ingenieros de Madrid durante cuatro años. La guerra le impidió completar los estudios y aunque se han reabierto el edificio y el dictado de asignaturas, no ha tenido ocasión de continuar, dadas las circunstancias.

—Quizá algún día termine y consiga mi título de ingeniería, pero no es algo que me preocupe —concluye.

Al llegar al lugar de las obras se encuentran con Ricardo Bastida, uno de los autores del proyecto de viviendas, y con Germán Aguirre, el arquitecto municipal, además de un grupo de funcionarios y representantes de la Obra Sindical del Hogar. Durante casi dos horas permanece Ana Eugenia tomando notas, comentando cuestiones sobre los nuevos bloques en construcción; al mismo tiempo, para que no se aburra demasiado, le enseña a Monique algunas de las viviendas terminadas —o casi— que inauguró el caudillo días atrás.

Luego, un té y un bocado dulce en La Suiza sustituyen al almuerzo; no hay tiempo para más ya que Ana Eugenia debe asistir a una sesión de la Junta Provincial de Beneficencia, de la que es vocal.

—Las damas de beneficencia no somos muy dadas al debate y la reflexión, aunque las reuniones se prolongan a base de cotilleos —se ha burlado Ana Eugenia—. Pero yo siempre me escapo de la cháchara a tiempo, así que no tardaré más de lo que tú tardes en tomar otro té.

Monique, sin embargo, prefiere dar un paseo a lo largo de la Gran Vía para entretenerse.

Después, Regino las ha conducido hasta el barrio que llaman La Casilla. Allí, en la plaza de Calvo Sotelo visitan el Asilo de Huérfanos, del que los Inchauspe son destacados benefactores.

—Pero no patronos, porque no queremos figurar. Hemos tomado a un grupo de niños directamente a nuestro cargo, al igual que otras familias —explica Ana Eugenia—. Pero, a diferencia de esas otras familias, venimos cada poco tiempo y sin previo aviso a comprobar cómo se encuentran y si tienen todo lo que les proporcionamos. Con el racionamiento, el mercado negro y otras plagas que ha traído la guerra no se respetan ni a los niños, y menos aún a los huérfanos. En su día ya tuvimos algunas sorpresas desagradables, y a fe mía que no se van a repetir.

Entre ambas y con la ayuda del mayordomo descargan del automóvil varias cajas de dulces que ha encargado Ana Eugenia en la pastelería La Suiza; los reparten entre el parvulario que sale alborozado a su encuentro, reservando unos cuantos para sus protegidos, entre los que también reparte algunas muñecas Mariquita Pérez, así como tres balones de fútbol conseguidos a través del marqués de Barrio Lucio.

Charlan con el médico. Dejan una nota para la dirección, que no está presente, en la que se comprometen a seguir aportando fondos para el pago de salarios y compra de libros, amén de los gastos de sus apadrinados directos. Luego juegan y bromean con algunas niñas durante un buen rato.

Cuando se acerca la hora de la cena deciden regresar. Llegan a Villablanca casi de noche.

Monique le cuenta su visión del día durante la cena. Está impresionada por lo que ha aprendido y visto.

—Sois gente maravillosa, —dice entusiasmada.

—No, tan solo somos conscientes de la suerte que tenemos y devolvemos apenas una pequeña parte a los que no la tienen. Otro día iremos con el doctor Bastero a visitar un poblado de chabolas en Monte Cabra. Ahí hay que echarle más valor.

Ana Eugenia se interrumpe al escuchar el motor de un automóvil que se detiene junto a la casa.

—Ese es... —susurra antes de levantarse y salir apresurada hasta la puerta de la calle; al ver a su hermano que entra por la cancela corre hasta él y se le echa al cuello—. ¡Qué alegría! Pensaba que ibas a venir la semana que viene. Qué cansado estás. Seguro que no has comido en todo el día, y yo sin nada preparado. Anda, vamos a cenar lo que hay. ¡Mira que no avisar! No me vuelvas a hacer esto.

***

3 de julio

En un velador al fondo del café La Concordia, casi desierto en ese lunes a las nueve de la mañana, Ramón Talasac y Martín Inchauspe conversan en torno a dos tazas de café.

En cuanto ha llegado, Talasac ha extraído de un portafolio un atado de papeles que ha entregado a Inchauspe antes de explicarle su contenido. Es una descripción de los cuadros consignados a nombre de Wilhelm Bauer en el depósito franco, así como una relación de los demás bienes declarados por el alemán.

—Es una copia hecha de mi puño y letra y con la máxima reserva, por supuesto —concluye.

—Se lo agradezco encarecidamente, don Ramón. Es mucho más de lo que cabría esperar. ¿Y alguna otra novedad al respecto?

—No, me temo que no. Al menos, no de la que haya tenido noticia.

—Esperaremos entonces. Por cierto, que no ha hecho referencia a mi indumentaria. —Se refiere Martín al jersey azul, unos pantalones de mahón y unos zapatos náuticos—. Es usted un ejemplo de discreción.

—Será por deformación profesional. —Se ríe Talasac—. La verdad es que nunca le he visto de esa guisa, pero me he imaginado que irá después a realizar alguna actividad náutica o algo similar.

—En efecto. Aprovechando que hace buena temperatura y no parece que vaya a llover, he prometido a mi hermana y a nuestra invitada hacer una salida breve con el *Hélène*, así que para ganar tiempo ahora me iré directamente al Marítimo.

Tras las sencillas formalidades de despedida entre ambos, Martín intenta acortar en lo posible el tedioso trayecto hasta Las Arenas con el J12, oteando los tímidos rayos de sol que tratan de abrirse paso entre ásperas nubes. Al llegar al lugar donde se halla fondeado el cúter se encuentra con que su hermana y Monique, ataviadas ambas con chaquetas de punto y pantalones, están ayudando a preparar la maniobra de zarpa y han estibado las cestas de comida y demás enseres para pasar el día.

—Ya se está levantando el norte —le informa innecesariamente Jaime de Alcalá-Galiano, quien siempre acepta un paseo o una regata en el cúter clásico más marinero de todo el norte; este, junto con Piloto (un marino empleado del club con quien simpatizan todos) y los Inchauspe forman la tripulación habitual del *Hélène III*.

—Va a ser un bonito paseo —le dice Ana Eugenia a Monique desde el timón, una vez sueltas las amarras.

Durante la travesía, Martín recibe noticia de los lugares que ha conocido Monique en distintas salidas, como el Puente Palacio (o puente de Vizcaya, como le llama ya la mayoría), la antigua mansión de los Montenegro en el muelle nuevo de Portugalete o la catedral y otras iglesias de Bilbao. Le cuentan su presencia en la improvisada fiesta ofrecida por Eugenio Erhardt, uno de sus socios en Naviera Bilbaína, fiesta en la que les han presentado a otros ciudadanos alemanes residentes en Bilbao que alegaron ser buenos conocidos de Martín, como los empresarios Wilhelm Plohr y Edouard Bunge y el agregado militar Rolf Konnecke. Y también se entera de la implicación de su invitada en las actividades benéficas de las que se encarga Ana Eugenia.

—Creo que deberías darle una vuelta más a la idea de colaborar con Auxilio Social —le comenta Martín a su hermana—. Además de ayudarles a asentarse mejor en esta zona en la que andan muy pobres, saldrían ganando tus iniciativas con...

—Que no —corta Ana Eugenia tajante, en castellano y con aire indignado—. Te he dicho que no quiero colaborar con esas nazis. Y no me vengas otra vez con que no tienen nada que ver y que son muy buenas cristianas y toda esa farsa, empezando por tu amiga alemana, que es más atea que el mismísimo demonio.

El incómodo silencio que se produce es roto por la propia Ana Eugenia, aún acalorada.

—Perdona, querida —dice pasando de nuevo al francés y dirigiéndose a Monique, que la mira extrañada—, pero a veces no sé dónde esconde su inteligencia mi hermano.

Acto seguido rompe a reír suavemente, relajando el ambiente y contagiando a los demás, excepto a Martín. Luego empieza a ejercer de patrona:

—Venga, vagos, un poco más atentos. ¿Es que no habéis dormido esta noche? A ver quién caza esa cangreja como es debido.

El resto de la jornada transcurre de manera apacible.

**

4 de julio

Arthur Dyer acaba de llegar al balneario de la playa de Ereaga en su Triumph, que aparca en un espacio reservado junto al edificio. Se acomoda en un velador con vistas a la bahía del Abra y encarga un Martini seco, dicho así para que le entiendan y se lo sirvan tal como ha enseñado a prepararlo a medio Bilbao. Después abre el sobre que le ha entregado su contacto en el barrio de Neguri.

Informe sobre M. I.
Información obtenida: lista de personas con las que está relacionado dentro de la colonia alemana en Bilbao y la actividad o cargo que desempeñan cada una de ellas. De todos se dice que pertenecen o trabajan para los servicios alemanes de espionaje.
 –Friedhelm Burbach. Cónsul de Alemania, muy influyente y con gran poder de mando.
 –Rolf Konnecke. Agregado militar, miembro del NSDAP/AO. Impenetrable y desconcertante.
 –Friedrich Wilhelm Plohr. Jefe del NSDAP/AO en Bilbao.
 –Edouard Bunge. Empresario con negocios poco claros o que no he podido especificar.
 –Joseph Boogen. Empresario de maquinaria industrial.
 –Eugen Erhardt. Consignatario y socio de Inchauspe en diversos negocios.

Fecha: 3 julio 1944
MdB

***

Ese día, al regresar del paseo de ida y vuelta hasta el puerto del barrio pesquero de Algorta que los Inchauspe y Monique de Bissy han disfrutado por la mañana, se disponen a descansar en la galería acristalada. Regino les informa como única novedad de la llegada del correo, entre el cual, advierte, hay un telegrama.

—¿Un telegrama? —se extraña Ana Eugenia, que está cerca de la mesita auxiliar donde se halla la bandeja plateada con el conjunto de cartas y notas.

Se quita los guantes, extrae el pliego azul, comprueba el remite y su semblante se ensombrece al instante.

—Es de tu amiga de Madrid —dice lacónica arrojando el telegrama en la bandeja.

—¿Qué amiga? —pregunta él.

Ana Eugenia se limita a mirarlo con una intensa expresión de disgusto. Monique, ante la palmaria tensión que se ha generado en el ambiente, alisa su vestido de día y se acomoda en la esquina del sofá más alejado tratando de mantenerse al margen. Pero Ana Eugenia la ve y se sienta junto a ella.

Al cabo de unos momentos, con el telegrama desplegado en la mano, Martín anuncia:

—Clara me ha invitado a pasar unos días en Denia. En casa de Bernhardt, como el año pasado. El telegrama es para comunicarme que está allí.

Nadie responde. Martín se pasea a lo largo de la estancia, en medio del silencio. Regino aparece con una bandeja portando tres copas con la medida justa de jerez y se retira con discreta rapidez. Ana Eugenia entrega una copa a Monique, toma otra para sí y brinda.

—Por ti.

—Por nosotros —repone Monique, vacilante.

El almuerzo transcurre entre la desatención de Ana Eugenia para con su hermano, los intentos de Martín por mantener una conversación y el evidente apuro de la invitada, en cuya actitud parecen mezclarse pesar y decepción. La situación, que se prolonga después de pasar al saloncito anejo con el café, provoca que Martín se retire taciturno; su intención primera es salir a la calle en busca de un paseo solitario, pero las nubes que han ido acaparando el cielo hora tras hora amenazan con precipitarse sobre la tierra sin tardar, así que se encierra en su estudio.

Antes de que desaparezca en la estancia, su hermana le pregunta:

—¿Cuándo te vas?

—Mañana —responde Martín, que añade después de cierto titubeo—: pero no muy temprano. He pensado hacer noche en Cellorigo para ver cómo está la casa y saludar a doña Vega. Hace mucho tiempo que no la veo.

Ante el silencio general, cierra la puerta del estudio.

Ana Eugenia contiene una lágrima rebelde.

—Soy una miserable por tratarle así —se lamenta—. Me odio por lastimarle, pero creo que debo hacerlo. Por su bien.

Monique se acerca, la coge por el brazo y con aire meditabundo le pide:

—Háblame de ella.

—¿Cómo?

—Sí, háblame de ella. Me produce mucha curiosidad saber qué clase de mujer es capaz de seducir a un hombre como tu hermano.

En realidad no es mucho lo que puede decir personalmente de esa tal Clara Stauffer; solo las impresiones que le produjo la única vez que estuvo con ella, durante unos días de esquí en las laderas de Navacerrada. Pero entre lo que ha visto y oído, más lo que le ha contado Martín, cree tener una idea bastante cabal de esa mujer.

Físicamente es rubia, de ojos azules, alta y de complexión atlética, todo un arquetipo de la raza aria. Es fuerte, animosa, muy deportista; ha sido campeona de natación y formó parte del equipo femenino de esquí en la Olimpiada de Garmisch a principios del 36. Además, aunque no lo aparenta físicamente, es dura y valiente. Ha recorrido media Europa en una motocicleta, ella sola, y en su casa la llaman «la novia de los motores» o algo por el estilo; Martín la ha visto arreglando el motor de un automóvil, y lo hace también con su motocicleta, e incluso sabe y puede cambiar un neumático ella sola.

—Lo cierto es que en eso, en la atracción por los motores y las máquinas, he de decir que coincidimos —reconoce Ana Eugenia—. También es culta y elegante; al parecer lee mucho y toca el piano mejor que yo, aunque otras cosas, como Liszt, Schumann y todo eso. Se diría que lo tiene todo.

»Pero sus ideas son otra cosa. Aparentemente es una falangista irreductible, pero coincide con el ideario nacionalsocialista. Y es que se siente alemana, aunque sea española de nacimiento; se educó en el país de origen de sus padres y solo regresó después de completados sus estudios. Por lo que he podido escuchar de sus propias palabras, es una nazi radical, por mucho que vaya a la iglesia con la jerarquía de la Sección Femenina de Falange y diga sentirse muy cristiana. Pero no puede ser una buena cristiana quien piense que hay personas inferiores a otras por su raza o sus ideas y justifique los crímenes que están cometiendo sus admirados camaradas en toda Europa. Por no hablar de su modo de vida y su moral.

»¿Sabes que tiene un hijo aun siendo soltera? Un niño pequeño, de cuatro o cinco años.

Monique no reprime un ademán de sorpresa.

—¿Y a Martín eso no le importa?

—El muy santurrón dice que él no es quién para juzgar a nadie por lo que haya hecho en su vida anterior. Claro, ha conocido al niño y le puede la ternura y la piedad. Y, la verdad, en eso tiene razón.

Después de una pequeña pausa, Ana Eugenia prosigue.

—Y no me gusta su mirada, con esos ojos de un azul muy claro, pálido, acerados.

—Como yo, más o menos.

Se ríen juntas, quizá tratando inconscientemente de relajar la tensión.

—No, nada de eso. Los tuyos, más agrisados, son cálidos. Tú preguntas y agradeces con la mirada, no escrutas ni demandas. Los tuyos resaltan y se abren en tu rostro soleado, no se ocultan en la piel pálida, casi blanca de esa alemana.

Ana Eugenia se detiene, pensativa.

—Pero Martín también tiene amistades alemanas un tanto parecidas por aquí, y no les tienes tanta ojeriza —observa Monique.

—Sí, pero son negocios. No se va a comprometer con ninguno de ellos hasta que la muerte los separe.

—Oh, claro. —Monique inclina la cabeza—. ¿Y crees que sí va a hacerlo con esa mujer?

—No lo sé —reconoce Ana Eugenia—. Al principio pensé que solo tonteaba con ella, pero ahora no lo sé.

—¿Y ella? ¿Crees que ella lo quiere?

—O mucho me equivoco o ella le adora.

Monique, aún cabizbaja, hace un ademán de hablar y se detiene, dubitativa; pero al final se decide:

—¿Y Martín? ¿Él la quiere?

—Tampoco lo sé —contesta sin tardanza—. Ya no sé qué pensar. Y no creas que no se lo he preguntado. Solo una vez, y fue poco después de tu llegada, por cierto.

—¿Y qué te respondió?

—Nada. No me dijo nada concreto. Me soltó una evasiva, se salió por la tangente para cambiar de tema. Puede que lo hiciera por no disgustarme, o quizá ni él mismo lo sabe. —Una pausa y cierra su opinión—: Y quiero creer que se trata de esto último, porque si no lo sabe es que no la quiere.

Ana Eugenia sonríe y Monique, que la estaba mirando fijamente, se une con otra sonrisa un tanto melancólica.

—Vamos, anímate —la exhorta Ana Eugenia—. Mira, al final no va a llover. Me parece que vamos a aceptar la invitación al té de la Careaga. Nos vendrá bien el paseo y la charla intrascendente. Por cierto, ¿sabes que Pilar sí que tiene la titulación de ingeniería? Fue la primera mujer que lo consiguió en España.

Sigue charlando mientras suben a cambiarse para la visita. Al separarse, Monique se detiene un momento en el rellano de la planta antes de dirigirse al estudio de Martín. Da un par de leves golpes en la puerta y se asoma. Antes de que él pueda decir nada, ella le pide:

—Tenga cuidado, Martín, por favor. Tenga cuidado.

Con la última sílaba se marcha apresuradamente y se encierra en su dormitorio.

***

11 de julio

Clara se zambulle, nada y juega con aire alegre en la piscina de la villa Tossalet de Oliver; Ellen Wiedenbrüg, la esposa del potentado alemán Johannes E. F. Bernhardt, la mira divertida, con aire maternal.

En Denia, las horas y los días transcurren apacibles en azul: el azul insondable del mar, los ojos matinales de Clara, el permanente azul cálido en el cielo de la mañana, el dormitorio encalado en azul que disfruta Martín. Transcurren entre el calor y la brisa, calas rocosas, palmeras y salitre. Días de mar quieto a la altura de los ojos; noches de luna grande, rumor de olas, aroma de jazmín; días mediterráneos de intenso verano calmo.

Un lugar «mágico y sereno, donde es posible olvidar», dice Clara, que atesora cada minuto de incipiente felicidad exprimida desde que vino Martín; antes incluso, cuando llegó ella con dos días de antelación para disponerlo todo al gusto de ambos, que no pocas veces coincide.

El anfitrión Bernhardt ha dado varias muestras de complacencia para con el huésped, quien ya se ganó su respeto el verano anterior y en las ocasiones en que desde entonces se han encontrado. Bernhardt es el director y propietario nominal del sesenta por ciento del capital social del consorcio de empresas Sociedad Financiera Industrial, denominado comúnmente Sofindus, que agrupa a numerosas empresas dedicadas al comercio de productos agropecuarios, a los transportes marítimos o terrestres y a la extracción y comercio de materias primas, especialmente hierro y wolframio; lógicamente, es uno de los alemanes más influyentes en España. En varias ocasiones ha podido comprobar el talento comercial y financiero de

Martín, apreciar algunas de sus opiniones o aprovechar alguno de sus consejos, especialmente en la situación confusa y precaria de la economía mundial.

En estos momentos, mientras toman el aperitivo en el jardín de su villa dianense en la partida La Florida, a escasos metros del mar, conversan sobre las consecuencias del embargo de petróleo y trigo al que los aliados han sometido a España por no prestarse a suprimir las exportaciones de wolframio con destino a Alemania. Acuciado por la escasez de productos tan básicos, el gobierno español ha cedido, rebajando a casi la mitad las exportaciones de ese mineral necesario para la industria de guerra alemana. Esto ha supuesto un duro golpe para Sofindus, ya que sus empresas de minería constituyen el núcleo básico del consorcio.

Martín le recomienda potenciar unas líneas industriales, rebajar otras comerciales y mantener las exportaciones de mineral al máximo nivel legalmente posible para no tener problemas con los respectivos gobiernos y sostener el equilibrio financiero del *holding*. El magnate, visiblemente admirado, mantiene silencio, observa pensativo la copa de jerez (obsequio de su invitado) que sostiene en el aire, e inopinadamente cambia de tema.

—Quiero preguntarle algo, joven —prosigue la conversación con su fuerte acento alemán—. ¿Por qué se empeña a veces en fingir esa pose frívola de sinsustancia? Es usted un hombre cabal, y me parece buena persona. Siente la cabeza. Podría dejar ese juego que se trae con Clarita y formar una familia con ella. ¿Es por su hijo?

—No, en absoluto.

—Entonces decídase. Serían felices y harían algo grande. Piénselo. Pero no demasiado, que ya tienen ambos una edad. —Y después de una breve pausa y un sorbo de jerez añade—: Bueno, y hablando de otro tema, le diré que me gustaría hablar con usted de esos proyectos que ha comentado sobre Sofindus. Y, llegado el caso, podríamos hablar de una posible colaboración.

—Le escucho, señor Bernhardt.

***

```
                          SECRETO

                                    11 julio 1944

De:                       Saint, Baker-Gros-
                          venor / X-2
Para:                     Saint BG-01
                          (Alphonse)
Objeto:                   Rectificación de
                          información previa
Fuente:                   Baker St.
Fecha información:        10 julio 1944

              *   *   *   *   *   *   *
```

Confirmación negativa de concordancias respecto de datos de persona evadida.

En fecha 11 de junio se solicitó información respecto de la agente de la resistencia belga Monique de Bissy, nombre en clave Nelly, que fue incluida en el pasaje de evasión verificado por la red Comète el día 5 de junio anterior y se encuentra refugiada en España.

No obstante, la confirmación de concordancias resulta negativa. Según información contrastada, la resistente belga Monique de Bissy fue detenida en el mes de mayo de este año por la RSHA-Gestapo y se encuentra actualmente recluida en la prisión holandesa de Maastricht.

Se pone en conocimiento el asunto a MG-01 central para seguir el procedimiento más conveniente.

(Urgente)

(Distribución particular)

***

13 de julio

En una pequeña cala junto a Punta Negra, bajo el que se diría eterno sol dorado, frente a los mil tonos verdemar de la costa, una pareja adulta se divierte entre las rocas y el agua como un par de chiquillos: se persiguen haciendo equilibrios sobre las puntiagudas rocas, se salpican, juegan con ermitaños y estrellas de mar, acosan a un pequeño pulpo, recolectan erizos con un guante y juegan sin tregua.

El atrevido, sencillo y negro atuendo de nadadora de Clara pone de manifiesto un cuerpo cuidado y atlético, más incluso que el de Martín, apenas cubierto con camiseta y pantalones recortados de remero cantabrigense. Él se despoja de su camiseta y sus alpargatas; ella de sus gafas de cristales ahumados y del sombrero chino con que se protege del sol. Los dos se zambullen, nadan, se sumergen, flotan. Cuando, al cabo de un buen rato, salen, se sientan de cara al sol y disfrutan del silencio amplificado por el suave oleaje.

Muy juntos, aún con gotas saladas en el rostro, enlazan el claroscuro de sus ojos. Clara los cierra y, muy despacio, deposita un beso suave, espontáneo, en los labios de Martín.

—Cómo me gustas —susurra. Abre de nuevo sus ojos, pone un dedo índice sobre la boca de él y añade—: Chitón. Tú no digas nada. Ahora no. —Y repite el beso.

Pasan los minutos, aunque no para ellos. Felicidad, en los gestos, en los ojos. Poesía cantada en los labios de Clara.

Über meines Liebchens Äugeln
Stehn verwundert alle Leute
Ich, der Wissende, dagegen,
Weiß recht gut, was das bedeute.
Denn es heißt: ich liebe diesen
Und nicht etwa den und jenen.
Lasset nur, ihr lieben Leute,
Euer Wundern, euer Sehnen!
Ja, mit ungeheuren Machten
Blicket sie wohl in die Runde;
Doch sie sucht nur zu verkünden
Ihm die nächste süße Stunde.

Regresan. El almuerzo y la siesta sobre una hamaca en el jardín de Tossalet de Oliver prolongan las horas más allá de lo concebible.

Tiempo reposado al que suceden los preparativos para acudir a una fiesta organizada por unos amigos de Bernhardt. Y es que este cálido rincón mediterráneo ve crecer en su seno año tras año a una nutrida colonia de ciudadanos alemanes, y españoles de origen alemán.

Antes de salir, Martín telefonea a su casa, como cada dos días, y también pide conexión con otro número.

—¿Dónde te habías metido, hombre de Dios? —le increpa una voz masculina al otro lado de la línea—. Bueno, me da igual dónde estés. Sea lo que sea lo que estés haciendo, déjalo. Más te vale que aparezcas enseguida.

XI

15 de julio

Madrid, calle de Alcalá Galiano, número 4, piso quinto, a medianoche.

—Este es el informe que hemos recibido de Grosvenor Street, después de que tú no les respondieras —dice Mr. Thomas plantando un papel sobre la mesa.

Alphonse lo coge y lo lee; los demás aguardan en silencio. Al cabo de un rato, deposita el papel sobre la mesa de reuniones al tiempo que Mr. Thomas apaga el cigarrillo que estaba fumando en un cenicero medio lleno.

—Es decir, que no sabemos quién está viviendo en Neguri como una marquesa —ironiza Butch.

—Menos coña, señorita —replica Alphonse.

—¿Perdón? —dice sobresaltada.

—Que no seas tan irónica, Butch —aclara Mr. Thomas—. Bien, el caso es que necesitamos averiguar quién es esa falsa Monique de Bissy. Tú eres el único que ha tenido contacto con ella, y ella tiene motivos para confiar en ti, así que eres la persona idónea para hacerlo. La cuestión es cómo.

—No veo el problema —dice Butch—. Un interrogatorio bien llevado tiene que dar resultado con esa pipiola.

—¿Pipiola? No es mucho más joven que usted —replica Alphonse—. Además, no creo que sea lo mejor.

—¿Por qué? —pregunta Mr. Thomas.

—Puede parecer una jovencita frágil y apocada, pero no tiene nada de lo uno ni de lo otro. La he visto en condiciones durísimas aguantar como una leona y salir adelante. Además, contó una historia sobre su fuga tan llena de detalles que no parecía inventada. Hay algo que no encaja.

—En tal caso, quizá haya que apretar un tanto —propone Mr. Thomas.

—No —corta Alphonse.

Largo silencio de escasos segundos.

—Hay una forma mejor de llevar el asunto —prosigue Alphonse—. No tan rápida o directa, pero seguramente dará mejores resultados. No solo no sabemos quién es, sino que tampoco qué es. Todos pensamos en primer lugar en una agente enemiga, y si lo es puede salir volando y dejarnos con un palmo de narices. Pero también pudiera ser otra cosa que ahora no se nos ocurre.

Butch, con la vista fija en la mesa, emite un sonido con retintín y sonríe. Pero es Mr. Thomas quien habla:

—Alphonse, no quisiera ver algún interés, digamos, personal en tu actitud. Pero ya sabes que no s...

—Todo es personal en esta vida. Si yo estoy aquí sentado es por una cuestión personal. Pero no, no te preocupes, no hay nada de eso que estáis pensando. Voy a ser más claro. Sé de alguien que ha tenido varios contactos con ella. Es uno de nuestros amigos ingleses que va un tanto por libre. O le dejan ir.

—¿Cómo? —se extraña Mr. Thomas—. Pero si son ellos quienes nos han advertido del engaño.

—Seguramente la información no ha venido de Baker Street directamente, sino del MI9 o alguna otra fuente —dice Alphonse—. La persona de quien hablo me ha asegurado que es una de sus agentes informadoras. Ya sabes, nuestros amigos siguen la máxima de san Mateo: que no sepa tu mano izquierda lo que hace la derecha.

—Esta es buena —salta Butch—. ¿Cuántos contactos más tiene guardados por ahí?

—Los justos y necesarios —replica él.

—Bueno, Butch, esa habilidad es uno de los motivos por los que quisimos reclutarle —dice Mr. Thomas—. Y dime, ¿crees que ese contacto nos dará la clave para destapar a esa mujer?

Alphonse retoma el informe en sus manos y tarda unos segundos en echarle un vistazo. Mr. Thomas extrae un cigarrillo de la caja de Lucky Strike que está sobre la mesa y ofrece otro a Butch; esta acepta y enciende ambos cigarrillos con un zippo.

—Sí, salvo que a él mismo le haya engañado y ella sea una agente doble —contesta Alphonse—. Es algo que se me acaba de ocurrir. Esperad a que contacte con él. Si ese algo que no encaja no termina de aclararse, yo mismo me encargaré del asunto.

—Amén, como tú sueles decir —concede el otro—. Pasando a otro asunto, la oficina de Lisboa se ha interesado por los cuadros del tal Wilhelm Bauer retenidos en Bilbao.

—Antes de seguir con ese tema, ¿se sabe algo nuevo sobre ese doctor Mabuse? —se interesa Alphonse.

—¿Quién? —exclama Butch.

Mr. Thomas se ríe. Ella, ya levantada y dispuesta a marcharse, trasluce un gesto de contrariedad.

—Eres un caso, Alphonse —dice Mr. Thomas—. Se refiere a Liesau.

—No, no ha habido forma —dice ella con frialdad—. Estamos en blanco todavía.

—Hum... Veremos lo que se puede hacer —concluye Alphonse.

—Vaya, no sé lo que haríamos sin usted.

—Muchas gracias, señorita. Me acordaré de traerle unas flores el próximo día.

—No, gracias. Mejor resérvelas para quien ya sabe.

Ella se va dando un portazo.

—Voy a tener que llamarte al orden como sig... —dice Mr. Thomas.

—¿Qué me decías de esos cuadros?

**

16 de julio

A las cinco y cuarto de la tarde, en pleamar, el cúter *Hélène III* se aproxima a la flotilla de embarcaciones que ha zarpado desde el puerto pesquero de Santurce, guiada por una lancha con la imagen de la Virgen del Carmen a la que el cielo parece bendecir con un amplio claro.

La procesión marítima se detiene entre las puntas del contramuelle de Algorta y del dique de Santurce. Al igual que en otras naves, desde la *Hélène III* se lanzan flores al agua en memoria de las almas arrancadas de sus dueños por el inclemente Cantábrico y se entona la Salve Marinera.

> *¡Salve!, estrella de los mares,*
> *de los mares iris, de eterna ventura.*
> *¡Salve!, ¡oh, fénix de hermosura!*
> *Madre del divino amor.*

En ese momento, los mercantes y los cruceros *Navarra* y *Almirante Cervera*, atracados en los muelles del puerto exterior, hacen sonar simultáneamente sus sirenas creando un formidable estrépito. Poco después, las embarcaciones de la procesión ponen rumbo a puerto.

Los Inchauspe y su invitada regresan a Villablanca. Se cambian para la cena que han concertado con un grupo selecto de amistades a la salida de la misa dominical.

La cena en el Club Marítimo transcurre, como es costumbre en ese grupo de amigos, con calidez y parsimonia, pocas palabras huecas y no pocos sobreentendidos, alternando el francés con el castellano en las conversaciones «por deferencia a la señorita De Bissy», quien va demostrando una asombrosa rapidez en el aprendizaje del español. Al retirarse los postres y pasar al salón trasero con las infusiones y los licores, la reunión se divide por sexos y lenguas. Las mujeres se sitúan en una mesa redonda junto a un ventanal; los hombres se retiran a una mesa cuadrada en un rincón y cambian opiniones sobre temas de interés común: los rumores sobre un posible golpe contra el gobierno dirigido por militares monárquicos; el lento pero seguro avance de los aliados en Francia e Italia, que la prensa nacional se empeña en negar; y, cómo no, el desastre de la caída a tercera división del Arenas Club y los posibles remedios para los males del equipo.

Aunque regresan de madrugada a casa, ni ellas ni él tienen ganas de retirarse. Ana Eugenia sigue entusiasmada (con la única excepción de las fugaces lágrimas que ha provocado su emoción durante la ofrenda floral en la procesión de la tarde) desde que Martín apareció de improviso a medianoche, varios días antes de lo previsto. Monique confiesa estar muy complacida por las atenciones y la cordialidad con que la reciben sus amigos y no recuerda la última vez que se sintió tan sana y tan feliz. Martín empieza a superar el cargo de conciencia por el disgusto que su regreso precipitado ocasionó a Clara gracias a ese entorno alegre que las dos mujeres insuflan al hogar, y sube a su estudio para recoger unos libros comprados en la madrileña Cuesta de Moyano que ha traído de regalo para ambas. Al regresar se detiene en el umbral del gabinete de su hermana, arrobado por la escena que presencia.

Ana Eugenia, fresca como una flor con su estampado ikat en azul y negro, se ha sentado al piano y mantiene su firme sonrisa y sus ojos miel sumergidos en la partitura de *Rêverie*, que interpreta con dulzura y confianza; embebida en la música debussyana maneja los pedales a través de la melodía sobre un *ostinato* suave y crea un sonido como de ensueño.

Quizá menos acostumbrado, la vista de Martín se entretiene más en Monique: sentada en un diván tras el ventanal, sostiene sobre el regazo de su entallado vestido de encaje gris un libro que lee con placidez en su rostro, aislada del resto del mundo; reconoce la portada, es un ejemplar de *Les Amoures*, de Ronsard, una admirable edición de Georges Crès & Cie de 1914 que le regaló su hermana en uno de los veranos juveniles en San Juan de Luz. Sus ojos en azul templado, en azul de atardecer, fluyen lentamente entre los versos; sus manos pálidas y tersas, realzadas por la manga larga del vestido, pasan con gracilidad una página como si la acariciara, como si fuera una lámina fragilísima de cristal; su melena rubia y corta, con un mechón del flequillo cayendo empecinado hacia delante y reconvenido suavemente hacia atrás, parece titilar al ritmo de la ondulación de las pequeñas llamas.

El frescor nocturno, que entra en el salón acompañado por el aroma de las flores a través del ventanal abierto al jardín, se entrevera con la calidez de la casa impregnada con los perfumes de las dos jóvenes, quienes se encuentran al abrigo de la luz áurea de dos candelabros y varios apliques de pared.

Martín se queda un buen rato mirando, admirando una escena que convierte los pensamientos en sensaciones que le hacen adentrarse en una especie de sueño; hasta que Monique levanta la vista al terminar uno de los poemas y sus ojos se cruzan. Tras un leve titubeo de ambos, las miradas se sostienen; la de él parece fascinada, la de ella más bien curiosa. Ana Eugenia, en el último compás de *Rêverie*, se percata de la situación; sonríe complacida y dice en su idioma:

—Cayeron de sus ojos como unas escamas, y recobró la vista.

—¿Perdón? —inquiere Monique.

—Nada extraño, querida. Mi hermano ha visto la luz —contesta Anita retomando el francés.

El rostro de Martín se nota ruborizado a pesar de su piel atezada por el sol y el mar, y su mirada vacila mientras entrega los regalos, que son recibidos por ambas con ostensibles muestras de agrado y cariño.

—Es curioso —asevera Monique mientras hojea sus libros.

—¿Le parecen curiosos, realmente? —se extraña Martín.

—Me refiero a usted —repone ella—. Me resulta extraño que aún sea capaz de ruborizarse por una sencilla broma después de las cosas terribles que ha tenido que ver, por las que ha pasado.

Él parece incapaz de reaccionar, pero a su hermana se le ensancha la sonrisa y le augura:

—Me parece que con ella te va a resultar muy difícil esconderte de ti mismo, como tienes por costumbre.

***

19 de julio

La silueta de un DC-3 de las líneas aéreas británicas se recorta sobre la mole oscura del peñón entre el fulgor de las baterías de reflectores que, en prevención de la presencia de aeronaves enemigas o sospechosas, iluminan el aeropuerto de Gibraltar.

Alphonse es uno de los pasajeros del vuelo que sale a las once en punto de la noche hacia Lisboa. Es el segundo avión al que ha subido hoy, ya que partió horas antes desde el aeródromo de Cuatro Vientos de Madrid en un aeroplano de uso exclusivo de la embajada de los Estados Unidos de América en dirección al enclave británico.

De madrugada aterriza en el aeropuerto de Portela, donde le espera un imponente Packard Super Eight con chófer que le lleva hasta el Hotel Avenida Palace, junto a la plaza de Rossio. Descansa unas pocas horas en una suite de la cuarta planta.

Cuando entra al bar del hotel a las diez de la mañana ya le está esperando el teniente coronel Robert Solborg en una esquina discreta, leyendo un ejemplar de *O Seculo* frente a una taza de café vacía.

—Escuche —le pide el americano, que va traduciendo del portugués según va leyendo el diario—. «En el presente están divididas fundamentalmente las tres principales naciones aliadas, oscureciendo el horizonte y sin que nadie que no tenga un espíritu superficial pueda pensar que de su choque resulte una decisión armónica. ¿Qué resultará de esta guerra, que ya ha consumido millones de vidas humanas y de riquezas acumuladas en siglos de labor incesante? El remolino asustador de la guerra va arrasando todo sin saber quizá para qué, de ahí que las perspectivas de la paz se presenten tan sombrías». Nosotros tratando de incidir en el enemigo para derrotarle y llegar a la paz, y este es el panorama que auguran. Quiera Dios que se equivoquen.

Ya con otros dos cafés sobre la mesa, Solborg le entrega un ejemplar de *Diário de Noticias* («Yo ya lo he leído, y le informará mejor que los de su país») y charlan sobre diversos temas. Alphonse aprovecha para ponerse al corriente de la marcha de la guerra en Europa: los aliados han tomado Capriquet, Saint-Lô y Caen, y avanzan hacia el sur desde Normandía; en Italia los americanos han liberado Siena y Arezzo, y hay planes para apretar más la tenaza; en el este los rusos arrollan un día tras otro a las divisiones de la Wehrmacht. También hablan sobre los rumores que circulan en torno a un cambio de gobierno en España, sobre la conferencia que se está celebrando en Bretton-Woods, sobre los restos que quedan del New Deal y sobre el futuro del presidente Roosevelt.

—Sí, se presentará de nuevo a la reelección. Y la ganará, téngalo por seguro.

Con el segundo par de cafés entran en materia. Solborg le confirma que la Comisión Roberts para la protección de los monumentos y el arte ya ha aceptado la propuesta realizada por el general William Donovan, director de la OSS. Se va a formar una unidad de investigación sobre el saqueo de obras de arte, bien por confiscación o bien por transferencias legales o con mera apariencia de legalidad, que los nazis están llevando a cabo por toda Europa con el fin de inventariar todas las obras que se recuperen y restituirlas a sus legítimos poseedores o, en el caso de los monumentos, a sus emplazamientos originales. Los trámites y las dudas habituales sobre la organización y la composición de esa unidad retrasarán durante un par de meses o más su puesta en marcha. Pero Wild Bill (Donovan), que tiene mucha mano con el presidente, no está acostumbrado a someterse a la burocracia y ha decidido empezar con los operativos; así que ha dado órdenes de empezar a actuar y ofrecer resultados nada más crearse la unidad de forma oficial.

Por su parte, Solborg ha pensado en comenzar por el lote de cuadros que ese tal Wilhelm Bauer quiere legalizar en España. Los holandeses les han informado de que ese sujeto compró bajo coacción varias colecciones y otras muchas obras de arte aisladas durante los primeros años de ocupación alemana; hablan de millares de cuadros y otros objetos. En concreto, esos veintidós cuadros deben de pertenecer a la Colección Goudstikker.

Jacques Goudstikker era un marchante y coleccionista holandés, hebreo por más señas, que poseía casi un millar de cuadros, en su mayoría de renacentistas holandeses, flamencos e italianos, expuestos o guardados en el castillo de Nyenrode del Vecht, cerca de Utrecht. Murió a causa de un absurdo accidente cuando huía de Holanda con su familia hacia Nueva York al producirse la invasión nazi. Aprovechando la situación, Bauer compró a su viuda la Galería Goudstikker, sociedad titular de las obras de arte. Pagó la colección con dos millones y medio de florines obtenidos mediante el cambio de marcos-papel; sin embargo se estima que su valor era el doble de esa cantidad o incluso más.

El americano le informa de que el gobierno holandés en Londres ha dado instrucciones a su embajada en Madrid para que envíe una nota verbal al gobierno español, avisando de los expolios cometidos por Bauer y solicitando que los cuadros sean retenidos hasta comprobar su origen. Y la embajada americana hará lo mismo unos días después, para presionar más sobre esa solicitud. Pero Solborg explica que saben que les van a dar largas y harán lo posible por retardar el asunto y no incomodar demasiado a un amigo personal del mariscal Göring; entre tanto, este se las ingeniará para hacer desaparecer los cuadros como ya ha hecho con los doscientos que consiguió pasar hace poco sin que se sepa todavía nada de su destino. Por eso, la primera medida a poner en marcha será realizar un seguimiento de esos cuadros: saber dónde están en cada momento y qué pretende hacer Bauer con ellos. Y han pensado en Alphonse, dados sus contactos y su situación, como la persona idónea para llevarla a cabo. Sería la primera de una serie de colaboraciones aún por concretar; y es que el número de agentes disponibles es muy escaso y hay que atender distintos frentes con los medios disponibles.

Alphonse, por su parte, no pone ninguna pega a todo lo que le explica Solborg. Se queda con la información disponible e irá facilitando informes según vaya conociendo los datos requeridos o detecte algún movimiento especial o sospechoso al respecto. Ultiman los detalles de contacto y después salen del hotel.

—Le ruego acepte mi invitación para almorzar. Me gustaría seguir charlando sobre los asuntos de que hablábamos al principio —propone el agente español.

—Bueno, dispongo de algo de tiempo. Y conociendo su buen gusto, seguro que acierto aceptando esa oferta.

—¿Conoce Tavares?

—He oído cosas buenas de ese lugar, pero todavía no he tenido el placer de comprobarlas por mí mismo.

—No está lejos de aquí. Llegaremos dando un paseo.

Van por la Calçada do Duque hasta la calle Misericordia y entran en el restaurante Tavares, que es como entrar en un dieciochesco salón veneciano, con todos los dorados, espejos, bronces, mármoles, arañas brillantes y asientos tapizados en terciopelo granate. Solborg admira el aire decadente de la estancia, la disposición de la mesa reservada por Alphonse y, al poco de sentarse, afirma:

—¿Sabe? Me parece que este puede ser el comienzo de una entrañable amistad.

***

20 de julio

Jardín de Villablanca, al mediodía.

Ana Eugenia ha salido con Regino y la cocinera para conseguir verduras y pescado. Monique se ha quedado leyendo tranquilamente. «Hoy te toca reposar», le ha ordenado la anfitriona. Pero cuando una de las domésticas le anuncia la visita de Arthur Dyer su tranquilidad se rompe.

—¿Qué hace aquí? ¿Es que se ha vuelto loco? —le increpa ella.

—No se ponga tan nerviosa, señorita De Bissy —repone Dyer con flema—. Ya sabe que soy amigo de la familia, así que no es una visita indecorosa. No es la primera vez.

Ella no se inmuta. Silencio breve. Él continúa:

—Y si es por Martín, no se preocupe. Lo sabe todo.

—¿Qué quiere decir con eso? ¿A qué se refiere?

—Sabe lo que tiene que saber. Nada más. Insisto en que no debe preocuparse innecesariamente, y menos en su estado.

Dyer se sienta en un sillón de mimbre tapizado, justo enfrente del balancín donde ella está tendida.

—Dígame, ¿a qué ha venido?

—Necesitamos cierta información que a buen seguro nos podrá proporcionar.

—¿Información sobre qué?

—Después de las últimas detenciones, las redes de evasión y de sabotaje han quedado desestructuradas. Y aunque las cosas pintan bien en Normandía, es preciso que sigan funcionando todavía durante algún tiempo. Para eso necesitamos ayudar y coordinar a los agentes que sigan operativos y empezar a funcionar lo más pronto posible.

—Y han pensado en enviarme de nuevo a mi sector.

—¡Se equivoca! ¿Quiere que los Inchauspe me saquen los ojos? Además, ciertamente no está en condiciones de volver a colaborar. Es información lo que quiero de usted. En concreto, información sobre los agentes con los que trabajaba habitualmente, los lugares de refugio y los puntos de reunión para los *passages*. Y, si puede ser, también sería conveniente tener conocimiento de los colaboradores ocasionales, fuentes de financiación u otros datos que considere relevantes.

Monique permanece inescrutable y sosteniendo la mirada del inglés, hasta que rompe el breve silencio con una mueca burlona.

—¿Para quién me ha dicho que trabaja? ¿Para la Gestapo?

—No sea tan irónica.

—No lo soy. Esa es la clase de preguntas que te hacen cuando caes en sus manos.

—Sí, pero en este caso se trata de todo lo contrario. Nos sería de enorme utilidad para recomponer lo que ellos desmantelaron. Por eso le pido, le ruego, que nos facilite esos datos, todo lo que recuerde, para empezar cuanto antes. Supongo que tendrá que hacer memoria y tomarse algún tiempo para ello, así que me puede avisar en dos o tres días por el conducto habitual, ¿de acuerdo?

De repente se oyen voces y ruido en el interior. Al poco entra Ana Eugenia. Arthur Dyer se pone en pie en el acto.

—Ya estamos de vuelta —anuncia Ana Eugenia—. Ah, señor Dyer, qué sorpresa. Agradable sorpresa, quiero decir. Veo que congenia bien con mi amiga.

—Sí, es muy agradable conversar con la señorita De Bissy. Pero, precisamente, me estaba despidiendo.

—No, por favor, quédese un poco más —le pide Ana Eugenia—. No le he ofrecido nada, soy un desastre.

—Nada más lejos de la realidad, señorita Ana. Solo había pasado a saludarles ya que tengo una cita en Ereaga dentro de unos minutos.

—¿Romance?

—Asuntos exteriores.

—Oh, en tal caso le permitiremos ausentarse, ¿verdad, Monique?

—Por supuesto.

—Le acompaño a la salida —se ofrece Ana Eugenia.

La anfitriona va por delante y, antes de seguirla, él se despide de Monique y susurra:

—Recuerde lo que le he pedido.

***

21 de julio

Alphonse espera paciente en la estación de Cais do Sodré la salida del tren de las siete y media de la mañana, línea de Cascais. Y a las ocho y cuarto desciende en el apeadero de San Juan de Estoril con una pequeña maleta por todo equipaje. A la salida le espera un taxi que le lleva al Hotel Palácio, donde pide una habitación sencilla y tranquila.

Al cambiarse de ropa opta por un fino traje en *glen plaid* para ir paseando hasta el Casino bajo un cielo lleno de enormes masas algodonosas resquebrajadas por el azul celeste. En el bar le recibe el doctor Samuel Sequerra, un prominente judío perteneciente a la comunidad de Lisboa, delegado en funciones del Comité Internacional de la Cruz Roja y emisario del American Jewish Joint Distribution Committee. El sefardí le informa de las próximas acciones que el Joint ha previsto llevar a cabo en España; acciones que, afortunadamente, van en continuo descenso, paralelo al retroceso de los nazis en los frentes europeos. Le entrega un primer informe de tales actuaciones para hacer llegar a la señorita Myriam, una de las principales benefactoras del Joint en España a través de los fondos que aporta y de alguna acción de rescate en el campo de internamiento de Miranda de Ebro; y también le entrega otro más detallado para los responsables de la OSS y del MI9, el departamento de inteligencia militar, en Madrid.

Al cabo de unos minutos de charla pasan a la terraza, donde almuerzan con la marquesa de Pelayo, los vizcondes de Rocamora y el matrimonio Ortega y Gasset-Spottorno. Después de comentar las escasas noticias que se han publicado sobre el fallido atentado contra Hitler cometido el día anterior, la situación de España y su futuro próximo se convierte en el principal y casi único tema de conversación.

—La desventura de España es la escasez de hombres dotados de talento. No hay más que testarudos, y no es fácil tratar con la gente testaruda. No hay argumento que valga, solo la lucha continua y tenaz. Pero también es cierto que ninguna encina se derrumba al primer hachazo, y que una gotera puede quebrar la peña más dura. —Es algo que ha señalado don José Ortega y Gasset casi al final de la sobremesa.

Alphonse se excusa al marcharse antes de los cafés porque tiene una cita ineludible. Un taxi le lleva por la rua Dom Afonso Henriques hasta la entrada de Vila dos Crisântemos, la residencia de Anna-Victoire de Rochelt, marquesa de Saint Cassin-Tonnerre, viuda de Pedro Martín Inchauspe de Montenegro. La marquesa y su hermana le reciben con notorio afecto.

—Ah, hacía ya demasiado tiempo...

XII

25 de julio

Monique se ha despertado bajo los efectos de la migraña; por eso se ha quedado descansando a oscuras en el dormitorio.

Los Inchauspe, que tenían intención de acudir a la misa mayor en la catedral de Santiago, se han quedado en la iglesia del barrio para estar cerca de su huésped. Regresan pronto a casa, ya que pocas de sus amistades acuden a la primera misa de la mañana. Después de improvisar un almuerzo con la cocinera, Ana Eugenia cambia su vestido por una túnica recta en tul para cuidar con más comodidad a su amiga, que se debate silenciosamente entre punzadas de dolor y náuseas. Solo se despega de ella durante unos minutos para compartir mesa con su hermano.

—¿Cómo se encuentra nuestra invitada? ¿Ha mejorado? —pregunta Martín según se sientan.

—No es nuestra invitada, es nuestra amiga —le señala ella—. Y va poquito a poco.

—¿Crees que sería apropiado por mi parte visitarla?

—¡No, en absoluto! Se moriría de vergüenza. Ya te avisaré cuando esté en condiciones. Mientras, ya le haré saber que te preocupas mucho por ella. —Sonríe, y añade ante el ceño de su hermano—: ¿O acaso no es cierto?

—Sabes mejor que yo que no se trata de eso. Depende de cómo se digan las cosas.

—Y también depende de lo que una quiera ver o no ver. De todos modos, hablando en serio, es una suerte haber conocido a una mujer como ella. En el poco tiempo que lleva aquí se ha convertido en una amiga, y casi diría que en mi mejor amiga. Eh, ¿a qué viene esa cara?

Martín se toma unos segundos para responder.

—Pero, Anita, ¿sabemos quién es?

—¿Que si sabemos quién es? ¿Qué clase de pregunta es esa? Claro que sí. Nos ha contado toda su vida.

—Sabemos que llegó cruzando la frontera con los de Comète, pero sin referencias ni contactos. Sabemos lo que nos ha dicho ella, nada más. No hay un dato fehaciente, un papel, o algo tangible que diga quién es.

—Tonterías. Eso no me importa. He estado con ella durante muchas horas al día en estas últimas semanas, y hablamos, nos miramos a los ojos. Sé cómo es, y eso me basta.

—O podría ser una actriz consumada. Dicen que así deben de ser los espías.

—¡Por favor! ¡Los espías! Cada vez dices tonterías más grandes. Claro, a no ser que...

Ana Eugenia da un sorbo lento a su copa de agua. Martín sonríe ante esa provocación, pero no deja de estar expectante, y al fin concede:

—Está bien, está bien. ¿A no ser qué?

—A no ser que te guste.

—¿Qué?

—A no ser que te guste y no lo quieras reconocer.

—¡Cómo no he podido verlo antes! He de admitir que cada vez voy cayendo más en tus trampas.

—Reconócelo, es tu tipo: elegante, culta, ingeniosa, fuerte y con carácter, con mucho carácter. Y además, agraciada. Quizá no tanto como esa alemana, cierto, pero lo compensa con estilo y apostura. Es perfecta.

—Por supuesto. Y por si fuera poco, se llevaría a partir un piñón con su futura cuñada.

—Ahí es nada. Pensaba que ya no quedaban mujeres así.

—Aparte de ti.

—Se sobrentiende. ¿Y sabes una cosa? Me estoy acostumbrando a su presencia, a tenerla en casa. Antes me sentía un poco sola cada vez que te marchabas de viaje, pero desde que la trajiste es como si tuviera una hermana. La voy a echar mucho de menos cuando se vaya, si es que la dejas marchar.

—Yo no soy quién para retener a nadie.

—Contra su voluntad, no. Pero estoy segura de que si se lo pides, no se irá.

—¿Cómo lo sabes? —pregunta, pero al ver la ceja enarcada de su hermana que toma el último bocado del postre en ese momento, él mismo se contesta—: Ah, claro. Me parece que hoy estoy muy obtuso.

—Pues espabílate, que lo necesitas.

Ana Eugenia se lleva la servilleta a la boca antes de levantarse de la mesa.

—Y ahora, si me disculpas, tengo una hermana a la que atender. Cuando termines, haz el favor de avisar a Fabiola para que recoja la mesa.

***

26 de julio

Ramón Talasac y Martín de Inchauspe conferencian en un rincón de la sala de lectura en la Sociedad Bilbaína. Aquel le informa de las últimas noticias en torno a los cuadros de Wilhelm Bauer. El gobierno los ha bloqueado *sine die*, al parecer debido a la intervención de las embajadas norteamericana y holandesa.

—Hay sospechas fundadas de que sean obras robadas o conseguidas por algún medio ilícito, y un director general del Ministerio de Asuntos Exteriores llamado...

—Talasac consulta sus notas— Navasqüés le ha pedido por escrito aclaraciones sobre el origen de las obras.

—Conozco a Emilio Navasqüés —asegura Inchauspe—. Es de lo poco honrado que circula por los albañales del gobierno.

—Entonces será alguien a tener en cuenta —advierte Talasac—. Tendrá que mover las influencias que tenga en Madrid, ya que hay otro dato que no he confirmado pero parece bastante creíble, y es que si le impiden quedarse con los cuadros, Bauer tiene intención de venderlos al Museo del Prado. Si no todos, al menos una parte. Y eso ya no estaría mal visto por las autoridades.

—Menudo cabrón está hecho. Con perdón.

—A través de un tal... —consulta de nuevo sus notas— José Uyarte, pretende contactar con el director del museo para tasar las obras y negociar una posible venta.

—Bueno, en todo caso no debe preocuparnos ese flanco del tablero. En la confianza que le tengo, don Ramón, le diré que conozco a Sánchez Cantón, el subdirector del museo. Y el retrato de Anita que cuelga en la biblioteca de nuestra casa lo pintó un amigo de la familia, Fernando Álvarez de Sotomayor, que es el director.

—Válgame Dios, señor Inchauspe. ¿Hay alguien en este país a quien no conozca o con el que no tenga algún contacto?

—Es posible. Quizá buscando mucho se podrían encontrar una o dos personas que me resulten desconocidas. Pero, en tal caso, seguro que serían conocidas de mi hermana.

Ambos ríen sutilmente. Terminan sus aperitivos mientras comentan las noticias que llegan cada día sobre el intento fallido de golpe de Estado que varios oficiales de la Wehrmacht han intentado llevar a cabo hace unos días, y cuyo éxito hubiera supuesto un final imprevisto de la guerra.

—Lástima que ese desdichado conde no hubiera colocado la bomba un metro más a la izquierda —opina Inchauspe.

—Sí, es una lástima. Y una pérdida de vidas y de tiempo.

Antes de subir a almorzar al restaurante en la planta superior acuerdan mantener en lo sucesivo contactos telefónicos, una vía de comunicación más segura y efectiva que las notas escritas o los desplazamientos entre Bilbao y Neguri.

—Tenemos que hacernos como sea con esos cuadros —concluye Inchauspe.

En ese momento un ordenanza se acerca a ellos y les interrumpe respetuosamente:

—Perdonen, señores, pero hay una llamada para el señor Inchauspe de Montenegro. Ha insistido en que es urgente.

Al ponerse al aparato en la pequeña cabina, Martín recibe el mensaje:

—Han detenido a Floren.

—Mierda —susurra—. ¿Quiénes? ¿Cuándo ha sido?

—Los alemanes. Hace unos días, cuando regresaba él solo de un paso.

—¿Se puede hacer algo?

—Puede que sí. Me ha dicho Crook que está en el hospital de Bayona. Al parecer, le han herido.

—Seguro que tienen algún plan en mente. Habrá que...

—Espera un momento. Tú ya tienes varias cosas que hacer, así que iré yo esta vez. Tengo la excusa perfecta.

***

Alphonse descuelga el auricular del teléfono reservado a las operaciones especiales y oye la voz de Butch informándole de las últimas novedades:

—Hemos confirmado que se han producido varios contactos entre Franz Liesau y el agregado policial de la embajada alemana, que también es el jefe de la Gestapo en España, Paul Winzer.

—Era de prever que tuviera contacto con algún pez gordo. Bien hecho.

—Hemos interceptado parte de algunos mensajes enviados desde Berlín; la clave utilizada no es la habitual y no han podido ser descifrados hasta la fecha, pero el destinatario era Winzer. Solamente se sabe que uno de los mensajes hace referencia al término... eh... *clostridium botulinum*. Según uno de nuestros asesores, se trata de la bacteria que causa el botulismo.

—Eso es un tanto impreciso —observa Alphonse.

—Lo sé. En cuanto el personal especializado nos facilite más datos al respecto, ampliaremos la información.

—También Mr. Timothy puede movilizar a los suyos, ¿no?

—Afirmativo. Ya les hemos comunicado estos datos. Pero hay más, y es importante. También hemos interceptado mensajes de Madrid a Berlín por un remitente desconocido aunque creemos que es Paul Winzer. Hace referencia a un transporte marítimo a realizar próximamente desde el puerto de Bilbao hacia Alemania, vía Francia.

—¿Está relacionado con lo anterior?

—No lo sabemos a ciencia cierta. Se están analizando los mensajes para establecer la relación entre ambos tipos de datos.

—Bueno, mientras intentéis obtener alguna certeza, haremos averiguaciones sobre los fletes previstos para las próximas semanas desde Bilbao por buques de navieras alemanas o bien con trato habitual con empresas alemanas.

—Bien pensado —dice Butch.

—Nos informaremos mutuamente, espero.

Cuelgan sin más trámite.

***

Al regresar a Villablanca, antes de la cena, Martín se encuentra a Monique leyendo plácidamente en el jardín, a solas. Ana Eugenia ha salido para asistir a una reunión, en casa de alguien que no recuerda, por un asunto de la Junta de Beneficencia que quiere dejar organizado antes de la próxima sesión.

—Mi hermana siempre adelantándose a los acontecimientos. La verdad es que tiene ese don.

—Entre otros muchos —agrega Monique.

—Cierto, entre otros muchos —coincide Martín, y después de una pausa añade—: Y uno de los que más aprecio es el don de conocer a las personas. Quiero decir, saber reconocer a quienes merecen la pena, distinguir a la gente honrada de la indigna, a los sinceros de los mentirosos.

—Conocer a las personas. Ese sí que es un gran don. Supongo que evitará muchos disgustos, muchas decepciones.

—No, no evita, pero sí previene. Uno no puede evitar sentirse decepcionado por alguien, o disgustarse, pero al menos sí puede verlo venir. Digamos que reduce los daños.

Una nube pasajera ahoga la luz del jardín, como una decepción del día declinante. No obstante, alguien enciende desde dentro de la casa las luces encubiertas en setos y enredaderas.

Sentada en la mecedora colgante, ella sostiene la mirada de Martín; este la observa de pie, las manos en los bolsillos del pantalón, reclinada la espalda sobre un pilar de la pérgola, a poca distancia. Monique le ofrece asiento a su lado, pero él rehúsa alegando pasar demasiado tiempo sentado cada día.

—Desde aquí la aprecio mejor —añade—. Una vez más, he de decir que le sientan a la perfección los vestidos de Anita. Y los tonos azules.

Ella agradece con la mirada el cumplido, alisándose la sobrefalda del vestido en otomán estampado, siempre con poco escote.

Regino aparece en el umbral de la puerta acristalada con una bandeja, portando dos pequeñas copas y una botella de madeira, y se detiene esperando una petición. Martín agradece y Monique declina sonriendo. Cuando el mayordomo escancia el aperitivo y desaparece, ella retoma la conversación.

—¿Y tiene usted el mismo don que Anita?

—No. Por desgracia, no es algo congénito, y no lo poseo. Pero ella me suele servir de guía infalible. ¿Y usted? Apuesto a que sí lo tiene.

—Entonces perdería la apuesta. Tampoco tengo esa virtud. Ni siquiera poseo esa intuición que tanto se suele atribuir a las mujeres.

—Quizá no se valora a sí misma lo suficiente.

—Puede creerme. La experiencia me lo ha demostrado unas cuantas veces.

Martín se acerca a la mesita donde Regino ha servido el Sercial, da un sorbo, regresa con la copa en una mano a su postura inicial y pregunta de forma indirecta:

—Por mi parte, espero no ser una muestra más de esa experiencia.

Ella desvía la mirada por primera vez y un rubor súbito aparece en su rostro.

—Perdóneme, no quería molestarla —añade él apresurado—. Lo siento mucho, era solo una especie de broma.

—No, no. No me ha molestado en absoluto. —Sonríe levemente y añade—: ¿Lo ve? Otra de mis carencias. Demasiada simpleza.

—Bueno, yo más bien diría que es decoro o naturalidad. Y no me parece un defecto.

—Lo es en estos tiempos.

—Ah, puede que sí —concede Martín algo dubitativo—. En todo caso, retiro mis palabras.

Monique duda durante unos segundos y replica:

—No, no tiene por qué. Pero, volviendo al tema del que hablábamos, me gustaría responderle con sinceridad.

Él hace un gesto de asentimiento con la mano y ella prosigue:

—Lo cierto es que he oído cosas sobre usted no muy agradables. Hay quien le tacha de ser un insustancial, de excesiva frivolidad, de ir de flor en flor sin mucho sentido. Y es cierto que a veces da esa imagen, sobre todo en público. También he oído hablar de negocios poco limpios... —Se detiene.

—¿Poco limpios?

Ella vacila, pero decide continuar:

—He oído hablar de contrabando y de tráfico de obras de arte. De cuadros, en concreto. Que tiene tratos con los nazis de Bilbao y de Madrid para comprar o vender cuadros robados en otros países. Incluso he oído que su amigo el señor Aracama es un contrabandista, y que ese señor Talasac hace lo mismo en la aduana.

—Vaya, en tan poco tiempo ha conseguido unas inmejorables fuentes de información.

—¿Y todo eso es cierto? Ya sé que soy una ingenua al preguntarlo, pero me gustaría saber la verdad.

Martín responde con tiento.

—Digamos que la gente oye cosas, y le gusta adornarlas y añadir o imaginar otras. No son buenos tiempos para prosperar honradamente y todo acaba siendo muy confuso. Yo, a su vez, le preguntaría qué opina de todo eso que dicen por ahí.

—Si le soy sincera, al principio me desanimó pensar que quien tan bien me trata y me acoge en su hogar, con su familia, sea alguien tan poco recomendable. Pero ahora tengo la misma guía que usted para conocer a las personas. Anita le adora, le considera un hombre admirable y no tiene para con su hermano más que halagos y palabras de cariño. Y también me ha contado cosas bien distintas.

—Ah, espero que no se haya excedido en sus ponderaciones. ¿Y usted tiene algún criterio propio al respecto?

Monique no responde. Martín da un sorbo a su copa y espera paciente.

—Sí, los ojos. Esa mirada que sostiene y que le delata sin remedio —acaba por expresar—. Creo que es alguien en quien se puede confiar.

Ahora es él quien tarda en dar la réplica.

—Yo que usted no estaría tan segura. Y, por lo que respecta a mi hermana, he dicho que su criterio es infalible, pero hay una excepción. No es nada objetiva ni imparcial tratándose de mí.

Ella ríe y se mece levemente.

—Siempre tiene que decir la última palabra en su propia contra, ¿verdad? Se diría que le desagradan los elogios.

Martín se encoge de hombros y sonríe.

—Ahora es su turno —exhorta Monique—. Me gustaría que me dijera qué opinión le merezco. Y le ruego que sea sincero, como yo lo he sido.

Él desvía la mirada y tarda en responder, por lo que ella añade:

—Salvo que le sea absolutamente indiferente y no tenga nada que decir, claro está.

—No, no es eso —objeta él—. Como le he dicho, mi norte para valorar a las personas es Anita, que también la envuelve a usted en palabras de elogio, aprecio, afecto.

—Anita es un ángel, no he conocido a nadie como ella en bondad, en alegría, en humildad. Pero a veces creo que me sobrevalora. Es casi demasiado buena.

—Pero no lo es con todo el mundo, ni mucho menos. Ya la habrá oído despotricar de alguien, a buen seguro.

—Sí, eso también es cierto. —Sonríe ella—. Pero, volviendo a mi pregunta, quiero saber lo que piensa usted, sin tener en cuenta a su hermana.

Martín parece pensar o elegir las palabras.

—Me parece una mujer muy valiente, y fuerte. Fuera de lo común.

—Oh, ¿usted cree?

—No lo creo, lo sé. Lo he comprobado.

—¿Cómo que lo ha comprobado?

—Eh..., por su estado, quiero decir por el estado en el que se encontraba cuando vino a nuestra casa y la forma en que se ha recuperado, y por todo lo que hubo de pasar para llegar hasta aquí, según lo que usted misma contó al llegar.

—Entiendo. Pero ¿en cuanto a la forma de ser?

—Me parece amable y, con unas maneras y una educación extraordinarias, aunque con carácter enérgico. Ah, y algo que también me gusta es su sentido del humor.

—Me va a hacer sofocar con tanto elogio. ¿Tendré por casualidad algún defecto?

—Tendrá que señalarlo usted misma.

Monique ríe abiertamente.

—Es usted muy listo, Martín.

—¿De veras? Es la primera persona a quien se lo oigo decir.

—Lo dudo, pero aunque así fuera, me reafirmo en lo dicho.

Declina el día. Empieza a oscurecer y a refrescar.

—Si le parece bien, pasemos al salón —ofrece él—. Me imagino que Anita estará al llegar, y la cena preparada.

—Sí, será mejor —concede ella, pero antes de levantarse pregunta—: Permítame saber una cosa más. ¿Cree que soy una persona en quien se puede confiar?

La sonrisa mengua en el rostro masculino.

—Mi hermana me dice que así es, y yo la creo.

—Pero yo insisto. Me gustaría conocer su propia opinión.

Esta vez él no duda.

—Como usted, la miro a los ojos y eso me basta. Su mirada clara, sostenida, es más que suficiente para saber lo que piensa en cada momento, para saber si lo que dice es realmente lo que piensa.

Monique sonríe y se levanta con la ayuda de un brazo de Martín. Sus miradas se enredan. Hasta que oyen un carraspeo femenino: Anita y Regino les contemplan desde la puerta del comedor. Este anuncia:

—La cena ya está preparada. Cuando gusten.

—¡Vaya par! —exclama Anita—. ¿Tan ensimismados estáis que no me habéis oído llegar?

***

28 de julio

A primera hora de la tarde un Chevrolet Master se detiene al inicio del Campo de Volantín, cerca de la casa consistorial de Bilbao. Allí espera Alphonse, que entra en la parte trasera del sedán. Conduce el mayor Stephens y lleva a otros dos pasajeros: Mr. Thomas y un sujeto algo desgarbado y de aire intelectual al que le presentan como

Walter Kirstein, conservador del Metropolitan de Nueva York. Alphonse les guía hasta un edificio situado al principio de la Alameda de Mazarredo, en el que se alojarán durante los dos días siguientes.

Los tres americanos vienen a inspeccionar y fotografiar los cuadros de Wilhelm Bauer retenidos en el depósito franco para contrastar la veracidad de la denuncia de los holandeses sobre la ilegalidad de su adquisición. Cuentan con la autorización del Ministerio de Asuntos Exteriores.

—Walter es el verdadero experto y redactará el informe con ayuda de la documentación de que disponemos. Yo me he informado sobre Goudstikker y su colección, y aquí tu amigo Stephens se encargará de la seguridad por si hubiera algún contratiempo —explica Mr. Thomas por el camino.

—Tenéis que saber que habrá también un par de amigos al quite por si hubiera algún movimiento de los alemanes —informa Alphonse—. Bauer no cuenta con la simpatía de la embajada ni de las autoridades oficiales alemanas en España, pero a saber cuántas voluntades puede comprar o ganarse con sus astucias.

La fecha de la inspección de los cuadros y el interrogatorio a Bauer está fijada para el día siguiente a las diez de la mañana. Traen todo preparado: el plan de examen y las preguntas que le van a realizar.

Kirstein se muestra sorprendido de la rapidez con que han conseguido los permisos para la inspección, ya que al principio les habían asegurado en el ministerio que el trámite sería bastante largo.

—Hay que tener buenos contactos, nada más —explica Alphonse—. Empezando por el ministro Paco Jordana, que es un buen amigo, casi tanto como algún otro cargo por debajo de él. Eso, sinceramente, facilita mucho las cosas. Bien, señores, hemos llegado.

Se acomodan en el amplio apartamento puesto a su disposición. Alphonse les facilita las llaves, les explica los aspectos básicos de intendencia y se despide de ellos alegando compromisos personales ineludibles, y les desea buena suerte para las gestiones del día siguiente.

—Ya me informarán de los resultados antes de regresar a Madrid.

***

29 de julio

Ana Eugenia se ha pasado toda la mañana del sábado preparando su equipaje. Tal como le ha contado a Monique, el lunes partirá rumbo a Estoril, como cada año, para visitar a su madre, que reside con su hermana en una villa propiedad de la marquesa de Pelayo. En realidad ese viaje lo efectúa en el mes de junio, pero este año lo ha retrasado en atención a su amiga. Siente dejarla durante ese par de semanas, pero está segura de que Martín la atenderá como un perfecto anfitrión y caballero.

—Además, creo que es un buen momento para que empecéis a conoceros mejor.

—¿Te he dicho alguna vez que eres una bruja? —replica en voz baja Martín, presente en la conversación.

—Sí, unas cuantas. Pero aunque te repitas, no me importa. Siempre me gustan tus halagos.

La sobremesa es plácida, al revés que el estado atmosférico, más propio de otoño que de un día de mediados de verano. Pero el timbre del teléfono instalado en el salón rompe la armonía silenciosa.

—Es don Ramón —le comunica Regino a Martín—. Quiere hablar con usted.

Ana Eugenia se lleva a Monique a su gabinete en la segunda planta mientras Martín escucha la nueva que le refiere Talasac:

—Lo que oye, señor Inchauspe. No ha comparecido hoy a la entrevista con los delegados americanos. Estos han tomado notas, han fotografiado los cuadros y han examinado la documentación que ha presentado Bauer para legalizarlos, pero no le han podido interrogar.

—¿Y no han ido a buscarle? —pregunta Martín desconcertado—. Tienen registrado su domicilio, ¿no es así? Podrían haber enviado a las autoridades para hacerle comparecer.

—Lo más probable es que tampoco le hubieran localizado. Según me han dicho, aunque no sea una fuente del todo fiable, se ha trasladado a Madrid con su familia. Al parecer, va a instalarse allí de manera definitiva.

Martín lanza un par de imprecaciones y agradece la información a Talasac antes de cortar la comunicación. Luego anuncia que ha de salir; seguramente pasará la noche fuera.

—¿Algo grave? —pregunta con calma Ana Eugenia.

—No, no hay que preocuparse. Pero es urgente. Me quedaré por comodidad, por no regresar tan tarde. Mañana estaré de vuelta a primera hora. O, a más tardar, para la misa de mediodía, como siempre.

***

SECRETO

30 julio 1944

```
De:                   Saint
Para:                 HQ / Lisboa
Informante:           BG-01 (Alphonse)
Objeto:               Orion
Fuente:               Madrid
Fecha información:    29 julio 1944
```

* * * * * * *

Se concreta información relativa a las obras de arte introducidas en España por el súbdito alemán Wilhelm M. Bauer durante el pasado mes de junio.

Los cuadros que se investigan se dividen en varios grupos:

1. El primer grupo está depositado en el puerto franco de Bilbao. Hay 22 cuadros embalados en tres cajas de madera marcadas como "Aduana Central París". El anexo A de este informe es la Lista de Aduana española que describe estos cuadros, y de él se deducen los siguientes hechos: once cuadros están claramente etiquetados como provenientes de colecciones privadas: uno de la colección M. van Valkenburg, Laren, Holanda; y diez de la colección Goudstikker, Ámsterdam. Todos ellos tienen los números originales de la colección. De los otros, a cuatro les han arrancado las etiquetas aunque se observan números parecidos a los de las etiquetas Goudstikker, por lo que también pueden pertenecer a la misma colección. Uno lleva el nombre "De Wild",

y otro tiene la etiqueta "Gemente Museum von Amsterdam" (Museo Comercial, Ámsterdam). Hay cinco cuadros que no tienen marca o etiqueta alguna.

En las etiquetas o en los envoltorios de los cuadros aparece el siguiente listado literal de nombres de los artistas:

Jan PORCELLIS

PERRONNEAU

Sir Thomas LAWRENCE

Van DYCK

Cornelis BUYS

F. BOLS

EL GRECO

PALMA VECCHIO

Thomas CRESWICK

DAVID

A. de GELDER

COROT

MAINARDIE

Dos de las obras son claramente identificables: el PORCELLIS (*Paisaje marino*), que tiene una marca de haber estado

en la Exposición Paisaje Marino Nacional,
Luick, 1939; y el PERRONNEAU, *Retrato de
una dama*, que era el número 93 de la Exposición Quentin de la Toury los Paste-
listas Franceses de los siglos XVII y
XVIII, Hôtel JeanCharpentier,1927.

2. La información relativa al segundo
grupo, que se estima en un total de 60
cuadros, es todavía muy confusa. No hay
información definida en cuanto a su ubi-
cación. De unos se dice estar en Madrid,
en la Embajada alemana (informe británico); otros en el apartamento de Bauer
(informe holandés); otros como si hubieran sido confiscados en Francia antes del
21 de mayo; y otros en posesión del traficante Duval, de quien se dice que los
ha robado a Bauer (informe americano).
En relación con este grupo de 60 cuadros
se mencionan los nombres de los siguientes artistas, con alguna indicación literal:

REMBRANDT
RUBENS
Van DYCK
Jan STEEN

TERBORCH

BROUWER (paisaje)

VERMEER (Magdalena) (?)

CRANACH

GOYA (2 robados por los rojos durante la guerra)

VAN GOGH

CEZANNE.

Se ha informado que los cuadros son en realidad propiedad de GÖRING y tienen tasaciones de entre 100.000 y 500.000 pesetas, y algunos aún más. También se informa de que el Museo del Prado puede estar interesado en el VERMEER "Magdalena" por dos millones de pesetas.

3. En cuanto al grupo de 200 obras introducidas por Bauer a través de "Schenker & Co.", no ha habido progreso alguno en la investigación de su paradero. La consignataria alemana asegura que el propio Bauer se hizo cargo de todas ellas sin el correspondiente permiso, por lo que ellos se desentendieron del asunto. El único rastro que se puede seguir es el

de las posibles transacciones que reali-
cen sus socios ocasionales Adrien Otlet
y Georges Koninckx, a quienes se recomienda poner vigilancia. No obstante, lo
más previsible es que Bauer intente en-
viarlas fuera del alcance de las autoridades españolas o aliadas, e incluso de
las alemanas.

Se seguirán contrastando datos con información complementaria de otras fuentes.

(Distribución especial)

XIII

1 de agosto

La luz del ceniciento amanecer empieza a expandirse por las vidrieras del recibidor en Villablanca. Martín, con una maleta a los pies y un portatrajes en un brazo; ella, más cerca de lo habitual, cara a cara.

—Me siento mal. Le prometí a mi hermana que cuidaría de usted, y esta no es forma de hacerlo.

—Por Dios, Martín, no se preocupe —replica Monique—. Ya sabe que puedo cuidarme bien yo sola, ¿no es así? Será duro, pero creo que podré soportar con resignación su ausencia durante algunos días.

Él sonríe antes de reafirmar:

—Pero sepa que realmente es necesario y urgente que trate un par de asuntos imprevistos en Madrid.

—Como siga insistiendo seré yo quien me vaya. Haga lo que tenga que hacer, por favor. Además, ¿qué es lo que me puede ocurrir?

Se toman leve y fugazmente de las manos a modo de despedida y él promete:

—Volveré lo antes que pueda, se lo aseguro.

Sale por la puerta principal, desciende los pequeños escalones de acceso a la casa y está a punto de entrar al automóvil.

—Martín —le llama Monique desde el umbral y, cuando este se vuelve, le pide—: Tenga cuidado, por favor.

Él asiente con la cabeza, entra y arranca.

El cielo plomizo bajo el que parte se torna en viaje plúmbeo al cruzar la meseta. Carretera casi desierta sobre la que reverbera un sol de justicia que golpea los ojos aun detrás de las gafas de cristales oscuros. Calor que apenas aplaca un termo *stanley* de agua cada vez menos fresca.

El ciego sol, la sed y la fatiga.
Por la terrible estepa castellana.
Polvo, sudor y hierro...

Recita para sí los versos sueltos de un poema que tantas veces ha oído recitar a su hermana desde pequeña cada vez que viajaban por tierras castellanas, pero que él nunca ha aprendido del todo.

Ciego sol, real y metafórico. Ciego sol del que proteger mente y alma, fascinante y devastador. Sol que le sigue deslumbrando en sus pesadillas recurrentes de Brunete y Teruel. Sol que le acompaña hasta embocar la avenida del Generalísimo. Sol cegado para el momento en que entra en su habitación del Palace. Un sol de inquietud; inquietud cauterizada por la cena, un baño relajante, el almidón de sábanas limpias y la acción de gracias que precede al sueño cada noche.

***

2 de agosto

Un agente de la OSS en Madrid capta y graba la siguiente conversación telefónica:

OTLET: Me acabo de enterar de que se ha marchado a Madrid con todo lo que tiene y con su familia. Eso es que no piensa venir por aquí como había prometido.

KONINCKX: ¡Maldito cabrón! Se ha estado burlando de nosotros todo el tiempo. Nos dejó empantanados con lo de los sesenta cuadros sin explicación alguna, pasó otro lote enorme sin decirnos nada y ahora nos la vuelve a jugar con los valores que nos había prometido como pago.

OTLET: Parece que por fin te convences.

KONINCKX: Sí, tenías razón. Teníamos que haberle seguido más de cerca.

OTLET: Demasiado tarde. ¿Y ahora qué?

KONINCKX: A lo mejor no está todo perdido. Déjame hablar antes con mis contactos de Bilbao y de Logroño. Si de verdad las cosas son como me has dicho, ya verás cómo averiguamos dónde se encuentra.

OTLET: Y en tal caso, ¿qué podemos hacer?

KONINCKX: Quizá no lleguemos a recuperar nada, pero por lo menos ese cerdo no se irá de rositas. Estoy seguro de que no somos los únicos a quienes ha engañado.

OTLET: Sí, seguramente. Y ahora que lo dices, voy a comprobar si es cierta esa relación directa que decía tener con el mariscal. Lo mismo nos llevamos otra sorpresa.

KONINCKX: Si es así, haremos que también se vuelva en su contra. Bueno, te llamaré en cuanto sepa algo.

OTLET: Haré lo mismo.

Sin otra despedida, se corta la comunicación telefónica.

***

Martín sube a su habitación para descansar después de haber almorzado con Fernando Álvarez de Sotomayor, director del Museo del Prado y conocido de la familia, que como buen sibarita no se ha resistido a un convite en el *restaurant* del Palace.

—Son cuadros robados, don Fernando —explica Martín—, al igual que otros muchos con los que trafica ese truhán. Sus contactos y proveedores, relacionados con el ejército y las SS, saquean colecciones privadas o extorsionan a sus propietarios para comprarlas a precios irrisorios y más tarde venderlas al mejor postor en países neutrales como Suiza, España, Portugal, o en Sudamérica.

—Entonces ¿por qué nos ha ofrecido a nosotros este lote? Sabe, o debería saber, que no hay fondos suficientes para pagar mucho por ellos.

De forma resumida, Martín expone los hechos que han ocurrido en los días precedentes en torno a ese asunto y Álvarez de Sotomayor toma buena nota de todo ello.

—Las cosas están cambiando. Cada vez les quedan menos cosas que ofrecer y cada vez hay menos compradores, por lo que tienen que bajar los precios. Los gobiernos aliados están reaccionando y tratando de evitar este pillaje en la medida que puedan. En este caso se ha detectado el origen ilícito de los cuadros por alguna delación de los colaboradores de Bauer.

Al final, se han interesado por sus respectivas familias y se han despedido afablemente.

Esta gestión compensa los pequeños disgustos de la mañana. Primero se ha visto obligado a depositar el J12 en un taller de confianza —que le ha costado encontrar—, ya que durante el viaje notó que le hacía ruidos extraños, y han de revisar el sistema de mezcla. «Mínimo dos días, y como haya que reponer piezas, ni se sabe; con lo difícil que se ha puesto encontrar nada», le ha explicado el mecánico. Más tarde ha intentado entrevistarse con Emilio de Navasqüés y Ruiz de Velasco, director general de política económica del Ministerio de Asuntos Exteriores, y no lo ha conseguido porque estaba reunido con el ministro en San Sebastián, si bien ha concertado una cita con él para mañana; todo ello con dos horas de espera, lo que le ha hecho llegar tarde al almuerzo.

Luego de una siesta generosa, contacta por teléfono con Villablanca («No tiene por qué preocuparse tanto, Martín, pero gracias, muchas gracias por llamar»), y en casa de Clara le comunican que todavía no ha regresado. Se pasa por las Calatravas para cumplir, aunque sea con retraso, su promesa de cada viaje. De ahí se acerca a sus cafés habituales en Sol; será difícil que no encuentre a algún conocido. Tiene tiempo por delante. Más del que le gustaría, probablemente.

***

3 de agosto

Aunque sale con premura de las oficinas del ministerio en la calle de Serrano esquina con la de Ayala, Alphonse se fija en un tipo atocinado con un fino bigote, traje marrón y sombrero, al que, por los gestos, un policía parece estar dando explicaciones sobre alguna dirección. Le sigue observando con atención al pasar a poca distancia, sin que el sujeto parezca atento más que a las palabras del agente.

Alphonse sigue por Ayala y cruza la avenida del Generalísimo, pero no dobla en Amador de los Ríos como sería lo lógico, sino que prosigue por Fernando el Santo para acceder luego a Zurbano; al doblar la esquina ladea casi imperceptiblemente la cabeza para comprobar que le sigue a cierta distancia el tipo con sombrero. A la altura del número 10 ve abierto un portal en el que se adentra.

El tipo gordo, tras dudar un momento, también entra en el portal y se ve sorprendido por una patada en el bajo vientre y un golpe en la nuca según cae al suelo, que le deja aturdido. Alphonse le extrae la americana a medias, de modo que el otro no pueda mover los brazos y le registra: encuentra una pistola Astra y una cartera en la que aparece una placa metálica con un escudo nacional y el lema «Dirección General de Seguridad». Le arroja encima la pistola y hace lo mismo con la cartera después de insertar un billete de cien.

—Espero que esto te ayude a olvidar quién te ha asaltado. Te pillaron de improviso, ¿entendido? Pero, como por casualidad te acuerdes, te juro que te romperé los cojones a patadas antes de volarte la cabeza. —Le arrea otra patada y termina—: Esto que te sirva de recordatorio.

Sale del portal. Comprueba que no le siguen. Dobla en la calle Orfila y vuelve a comprobar que nadie le sigue. Continúa a paso rápido hasta Monte Esquinza y realiza la misma operación. Luego emboca Alcalá Galiano y se detiene ante el portal del número 4. Vigila con cuidado la calle: nadie a la vista. Abre la puerta con una llave previamente extraída de un bolsillo de la chaqueta y sube hasta la quinta planta.

***

Frente a la verja exterior de Villablanca se detiene un Mercedes Benz 230 de aspecto algo descuidado, sin duda deteriorado por un uso intensivo. El comandante Escobar desciende y se ajusta el uniforme y el tricornio antes de llegar hasta la puerta de la casa. Regino le hace pasar al recibidor y le hace saber que los Inchauspe han salido de viaje y tardarán algunos días en regresar.

El aire contrariado de Escobar se transforma en expresión de sorpresa cuando Monique cruza un distribuidor aledaño y se los queda mirando. Presenta un aspecto peculiar, con una blusa grande, unos pantalones de mahón y un delantal por encima. Lleva en las manos una paleta y unas tijeras de podar.

Regino le presenta a Sophie Noerdlinger, invitada de la familia.

—Antonio Escobar, subjefe de la Comandancia de Vizcaya, para servirla —se presenta a sí mismo, sombrero en mano y postura de firmes—. Fui compañero de batalla, que no de armas, de Martín Inchauspe. Y desde entonces un leal amigo suyo.

El mayordomo le explica que ella no entiende bien el castellano y que sus anfitriones hablan con ella en francés.

El militar se excusa mal que bien; ella no le da importancia y se despide, y atraviesa una puerta acristalada en dirección al jardín para atender los camelios y las hortensias.

En cuanto ella sale, Escobar pregunta si conoce alguna forma de comunicarse con Martín de manera reservada. Regino le facilita el número telefónico del Hotel Palace en el que puede dejar un mensaje para la habitación 242.

—¿Y él tiene previsto llamar en alguna ocasión? —pregunta Escobar.

—Es más que probable, comandante.

—Bien. Tengo entendido que puedo confiar en usted. —Mira hacia los lados con algún recelo, baja la voz y se acerca al mayordomo—. Verá, me han informado que los de la Brigada Social, la secreta, ya me entiende, están investigando asuntos en los que está relacionado. No me han podido concretar de qué se trata, pero el caso es que le siguen el rastro, o están a punto de hacerlo. Si habla con él antes que yo, dígale que ande con cuidado. Mientras tanto, me enteraré de algo más.

—Pondré sobre aviso al señor Inchauspe en cuanto tenga ocasión.

Cuando se dispone a despedirse, Escobar repara en Monique, de pie, inmóvil, en la puerta acristalada, mirándolos. Regino se vuelve, siguiendo la mirada del otro. Ella se pone en movimiento, entrando en la casa.

—*Désolée, j'ai oublié mon chapeau. Aujourd'hui, il y a trop de soleil* —se explica según avanza y sube las escaleras en dirección a su dormitorio.

Cuando ella desaparece escaleras arriba, Escobar pregunta:

—¿Ha dicho que no entendía el castellano?

—Carece de las mínimas nociones, señor —asegura Regino.

El militar se lo queda mirando, y concluye con ironía:

—Necesitaría a alguien como usted en la comandancia.

***

Después de la pertinente comprobación, Butch franquea el paso a Alphonse.

—¿Cómo es que viene de improviso y a esta hora? —se extraña ella.

—Buenos días, señorita. Yo estoy bien, muchas gracias, ¿y usted? Ahora avise a nuestro amigo, si es tan amable.

Poco después llega Mr. Thomas y se juntan en la sala de reuniones.

—No nos tengas en ascuas —pide Mr. Thomas—. ¿De qué se trata? ¿Cómo has venido sin avisar?

—Me acabo de enterar. Ha muerto Jordana mientras estaba en San Sebastián. No hará más de tres o cuatro horas.

—¿Quién es Jordana? —pregunta Butch.

—Francisco Gómez-Jordana, el ministro de Asuntos Exteriores —aclara Alphonse.

—¿Cómo ha sido? ¿Algún atentado? —pregunta Mr. Thomas.

—No, ha sido natural. Algo repentino, no se sabe por qué todavía. Un ataque cardiaco, quizá.

—¿Y qué se prevé?

—Nada, que se sepa. Es demasiado pronto, el cadáver está todavía caliente. En cuanto se corra la voz empezará la carrera de ratas, así que tenemos que aprovechar la ventaja y salir de los primeros.

—Entiendo —coincide Mr. Tomas.

—No creo que los serranistas y afines tengan ya opciones. Lo normal sería que le sustituyera otro aliadófilo, pero a veces Franco es imprevisible —opina Alphonse—. Y tampoco sabemos qué postura tomarán algunos ministros.

—Se lo comunicaremos de inmediato al embajador Hayes —determina Mr. Thomas mirando a Butch—. Tendrá que tomar cartas en la designación del nuevo ministro. En todo caso, ¿hay algún nombre que suene para el cargo?

—No lo creo. Ha sido demasiado repentino como para que hubiera postulantes. Y, por supuesto, sería conveniente que también lo sepan los británicos. La presión conjunta en estos casos siempre es más efectiva.

En ese momento llega el mayor William Stephens. Se sirven cafés en tazas grandes. Mr. Thomas enciende un Lucky, acerca el paquete al agregado y coloca un cenicero en la mesa.

—Voy a redactar el comunicado interno —dice Butch, disponiéndose a salir.

—Un momento —pide Alphonse—. Hay más.

Los demás le interrogan en silencio.

—Me están siguiendo —revela tras unos segundos y un sorbo de café—. Por cierto, ¿cómo le llamáis a este brebaje?

—Café —contesta Butch entrando al trapo.

—Aquí le llamamos purgante. ¿Lo bebéis con frecuencia?

—¿Qué es eso de que te están siguiendo? —corta Mr. Thomas—. ¿Quién?

—Brigada de Investigación Social. O sea, la secreta —explica Alphonse—. Ese tipo me venía siguiendo hasta que le pedí amablemente que dejara de hacerlo y arreglamos el asunto como caballeros.

—Ya. Le dejaste tu tarjeta de visita —ironiza Stephens.

—¿Sabes desde cuándo lo hacen? —inquiere Mr. Thomas.

—No, ni idea. Me di cuenta porque el muy lerdo se dejó ver mientras desayunaba, y al salir de las oficinas de la subdirección —aclara Alphonse.

—¿Lo habrán hecho a propósito? —tercia Butch.

—No, es simple torpeza. Era un gordo sudoroso que sería incapaz de seguirme de lejos o de pasar inadvertido. Y, desde luego, si me hubiera vigilado con anterioridad me habría dado cuenta.

—Pero antes te ha podido seguir otra persona —objeta Stephens.

—En todo caso, debe de ser algo reciente. Como mucho, desde ayer —dice Mr. Thomas.

—Eso sí que me intriga de veras —contesta Alphonse—. Pero creo que podré averiguarlo.

***

No se le ha dado bien esa noche con el teléfono. Además de las dificultades de comunicación, no ha recibido respuestas gratas ni alentadoras.

Primero ha llamado a Tossalet de Oliver, en Denia. Clara no se podía poner al aparato.

—Ha salido, y no regresará hasta muy tarde según nos ha dicho —afirma una de las sirvientas.

—¿No le han dado el aviso de que la llamaría hoy? —pregunta con aire indignado.

—No lo sé, señor.

—¿Puede ponerse el señor Bernhardt?

—También ha salido, señor. Pero no ha dicho cuándo volvería.

Después ha conseguido contactar con Villablanca. Pregunta por el estado de Monique, que es satisfactorio, lo que en principio le deja tranquilo. Pero después Regino le ha informado de la visita del comandante Escobar y sus revelaciones; su desazón aumenta. Y tampoco hay noticias de Ana Eugenia. Cuando estaba a punto de colgar, oye la voz de Monique al otro lado, que le saluda y se interesa por él, aunque también le muestra cierta inquietud.

—Martín, ¿por qué ha venido la Guardia Civil a su casa? —le pregunta con voz firme pero alarmada—. Reggie dice que es solo la visita de un amigo, pero no sé si creerle.

—No se preocupe. Se puede fiar más de él que de mí. Y que no le oiga Reggie decir eso, que le va a ofender.

—No quisiera causarles problemas. Me horrorizaría que por mi culpa se vieran envueltos en dificultades con la policía.

—Verá, Antonio es un buen amigo desde que luchamos juntos en la guerra —le explica Martín—. Y ahora que está destinado en la Comandancia de Bilbao viene a visitarnos de vez en cuando. Haga el favor de estar tranquila.

Pero tanto el semblante de él como el de ella parecen preocupados al colgar los respectivos auriculares.

***

4 de agosto

Wilhelm Plohr, jefe del NSDAP/AO en Bilbao, entra en el despacho del consulado alemán con vistas a la plaza de Federico Moyúa, asignado al agregado militar Rolf Konnecke, que viste uniforme de oficial de las Allgemeine, las fuerzas paramilitares de las SS.

Conversan en medio de la humareda que forman los cigarrillos Makri que ambos fuman.

—¡Entonces es cierto! —exclama Plohr—. Reconozco que tiene una intuición extraordinaria.

—Para eso estoy —reconoce Konnecke.

—¿Van a seguir adelante, entonces? —se interesa Plohr.

—Por supuesto. Nos la vamos a llevar. Además, el momento es el mejor. Está sola, sin el amparo de ese petimetre. Creemos que tiene mucha información sobre los movimientos terroristas en Bélgica y el norte de Francia. Fue capturada durante una redada que se hizo en enero, pero se fugó antes de que se supiera qué cargo tenía y se le aplicara un interrogatorio a conciencia. Si está escondida con el nombre de otra conspiradora es que hay algo importante.

—¿Cómo y cuándo?

—Mañana, o pasado mañana, según estén disponibles los medios. Y los agentes. Sí, antes de que digas nada, eso ya está previsto. Van a venir dos agentes de San Sebastián, Dencker y Beisel, que se van a encargar de ello. Ya están enterados, y también su jefe. Se la llevarán allí para pasarla por la frontera.

Plohr se queda en silencio repasando los datos del informe que le entregaron ayer. Repite como para sí algunos de esos antecedentes:

—D'Oultremont-Corswarem. Baronesa.

—Sí, al final los de su calaña siempre se juntan —dice Konnecke con acritud.

***

Hans Lazar le ha invitado a almorzar con unos amigos en Horcher. «Comentaremos algunos asuntos sin duda muy interesantes, señor marqués». Dado que no tiene otro compromiso más que esperar, a la hora indicada se ve sentado en una mesa del habitual salón Recepción junto a Hans Thomsen, jefe del NSDAP-AO en España, y Erich Gardemann, consejero de la embajada, que en realidad es un agente enviado por Von Ribbentrop para contrastar la realidad de la política exterior del gobierno español.

Como es costumbre, las propuestas se realizan durante los postres. Gardemann le pide a Martín su opinión sobre un posible cambio en la política exterior española tras el fallecimiento de Gómez-Jordana, y si conoce movimientos de los sectores monárquicos o de la llamada Falange Auténtica en ese sentido.

—No tengo, por desgracia, tanta influencia ni tantas fuentes de información —repone Martín.

—No me negará que tiene muy buenas relaciones con militares y civiles afectos al pretendiente don Juan, ¿no? —interviene Gardemann.

—En efecto, no puedo negarlo —concede Martín—. Pero son relaciones de amistad, sin actividad política de por medio.

—En todo caso, no tendría inconveniente en comentar con nosotros lo que pudiera llegar a sus oídos, ¿verdad, señor marqués?

—Bueno, ya sabe que lo mío son los negocios. En cuestiones de política no me suelo meter, y prefiero no saber nada —replica Martín en tono insustancial.

En ese momento interviene Thomsen con un pequeño discurso en alemán, mirando fijamente a Martín; concluye en un difícil castellano con un fuerte acento.

—Entiendo español pero no me expreso bien.

—Herr Thomsen quiere decir que quizá sea hora de que se involucre más en los asuntos de su país —traduce Lazar—. Como ya hizo en su día, y esto es añadido mío. Además, quizá el fin de la guerra no esté tan cerca como se está diciendo, y hasta puede que a corto plazo pueda dar un giro radical. Alemania, con su Führer al frente, no ha dicho todavía su última palabra ni ha mostrado todas sus armas. Así que este es el momento de comprobar quiénes son realmente nuestros amigos.

Thomsen y Gardemann no tardan en retirarse sin la menor efusión, y Lazar lleva la conversación con Martín hacia el negocio del arte. Pero no hay mucho que comentar al respecto. Ni el uno ni el otro han tenido noticias de sus respectivos contactos; los sabotajes y los bombardeos sobre centros neurálgicos y de comunicaciones en suelo francés están acabando con los vínculos y el tráfico en casi toda Europa. No obstante, no todo son malas noticias.

—A pesar de todo, hay un muy buen negocio que, si salen las cosas como espero, podremos aprovechar convenientemente —revela Martín—. Y sin tardar mucho.

—Me alegra oír eso, señor marqués —contesta Lazar—. Esperaré sus noticias. Ah, sepa que he conseguido hace poco veinte lingotes, sin cuño, que tengo que hacerle llegar cuanto antes. No me gusta estar tan retrasado con mis pagos. Lo envío al lugar de costumbre, ¿cierto?

—Sí, por supuesto. También es una alegría para mí.

**


```
        SECRETO


                        4 agosto 1944


  De:                   Saint, Baker-Gros-
                        venor / X-2
  Para:                 Saint BG-01
  Objeto:               Información perso-
                        na evadida
  Fuente:               Baker St.
  Fecha información:    3 agosto 1944
```

* * * * * * *

Confirmación de datos relativos a persona evadida.

De acuerdo con los datos recabados por las fuentes belgas, la agente que se incluyó en el pasaje de Comète en fecha 5 de junio responde a los siguientes datos:

Nombre: (Baronne) Wendeline Cornelia d'Oultremont-Corswarem.
Nombre en clave: Nénette.
Edad: 21 (nacimiento: Soignies, 7 agosto 1922).
Nacionalidad: Belga.
Cargo: Adjunta a jefatura de sector Francia-Norte.

Según información contrastada, se confirma la detención de dicha agente en fecha 31 de enero por la RSHA-Gestapo y recluida en el presidio de Fresnes, perdiéndose su pista en el mes de mayo cuando iba a ser trasladada a otra prisión en Bélgica. Se desconocen las circunstancias de su liberación.

Se pone en conocimiento el asunto a MG-01 central.

(Distribución particular)

XIV

5 de agosto

Hospital del viejo barrio de Saint-Léon de Bayona. Un Mercedes Benz W 21 negro con matrícula de las SS y una motocicleta Zündapp con sidecar se detienen junto a uno de los soportales de entrada. Del automóvil desciende rápidamente un hombre con uniforme de Obersturmführer, un teniente de Waffen-SS, y acto seguido un suboficial con rango de sargento, Oberscharführer; les alcanzan los dos *Schütze,* soldados tiradores, de la motocicleta y entran todos al edificio. Un soldado, tocado con gorra de visera y de aire andrógino, permanece al volante del Mercedes con el motor al ralentí.

Después de reclamar en francés la lista de personas ingresadas y localizar una inscripción que reza «Florentino Goicoechea», se dirigen a paso rápido al primer piso. Una de las estancias está vigilada por dos soldados regulares; estos se cuadran al ver dirigirse hacia ellos al oficial, que entra decidido sin hacerles caso. En la única de las camas ocupadas yace inconsciente un hombre fornido al que una enfermera está atendiendo. El oficial hace un chasquido con los dedos y señala al paciente; de inmediato, los dos soldados de las SS entran, apartan a la enfermera y sacan de la cama al enfermo; con dificultad, lo cargan sobre sus hombros sin escuchar las protestas de la enfermera y se dirigen a la salida.

Ya en el pasillo les sale al encuentro un médico y otra enfermera, que les piden autorización para llevarse al paciente y advierten airadamente del peligro que corre al moverlo de esa manera, pues ha sufrido varias heridas de bala. El Obersturmführer pregunta: «¿Autorización?», y sin esperar respuesta desenfunda su Luger, la monta, apoya el cañón en la cabeza del médico y prosigue imperturbable, frío: «Aquí la tiene».

Los *Schütze* siguen cargando al fornido hombre, que arrastra los pies, hasta la salida y con ayuda del suboficial le depositan en el asiento trasero del automóvil y regresan a la Zündapp. El oficial deja de apuntar al médico y sale del edificio a paso ligero para entrar en el automóvil, que sale derrapando a gran velocidad, seguido a duras penas por la motocicleta hacia la carretera de la costa.

***

—Buenos días a todos. ¿Por qué tan temprano? ¿A qué se debe tanta urgencia? —pregunta Alphonse al entrar en la sala de reuniones.

—¿Café? —le ofrece Butch.

—¿De ese? No, gracias.

Mr. Thomas le enseña varias fotografías y un breve informe. Mientras Alphonse observa las imágenes y lee, Butch se sirve un café, Stephens enciende un cigarrillo y Mr. Thomas simplemente espera.

—¿Nebulizadores? —demanda Alphonse al cabo—. ¿Qué demonios son esas cosas? ¿Esta especie de ventiladores? —añade señalando una de las fotografías.

—Son aparatos capaces de esparcir un líquido en partículas finísimas, como si fuera una nube —explica Mr. Thomas—. Es lo que nos ha explicado un ingeniero de la oficina de Grosvenor.

Alphonse tamborilea suavemente con una mano alrededor de los documentos, su modo de pedir más.

—Aunque parezca algo trivial, son documentos de alto valor por el hecho de haber sido obtenidos en Mittelwerk, la fábrica secreta de armamento de los nazis —precisa Butch.

—En ese lugar no se dedican a construir nada bueno para nosotros —continúa Mr. Thomas—. De hecho, es donde se supone que se diseñan y fabrican las *Wunderwaffen*.

—Pero eso son cuentos —replica Alphonse—. Es un bulo que han difundido ellos mismos para que las tropas y la gente mantengan la esperanza de que a última hora Hitler les saque del atolladero como un Sigfrido de opereta.

—Sabes que es nuestra misión comprobar si hay algo de verdad —señala Mr. Thomas—. Y si lo hubiera, averiguar de qué se trata y sabotearlo. Pero es que hay algo más.

Butch le acerca a Alphonse un pequeño frasco que deposita sobre la mesa; contiene un líquido transparente con una especie de ligeras sombras hasta la mitad de su capacidad, y en el bote se pueden leer algunos caracteres: «F.L. – Madrid – TbB».

—Esto fue sustraído hace unos cuantos días del laboratorio de Franz Liesau —prosigue Mr. Thomas—. Lo ha analizado uno de nuestros especialistas venido de Barcelona y ha averiguado que se trata de una concentración de bacilos que contienen... —consulta sus notas— *clostridium botulinum*, toxina botulínica. Esta toxina es la causante del botulismo y, atento, es un tóxico potentísimo. Unos escasos gramos de esta toxina concentrada pueden matar a miles de personas.

El americano hace una pausa para beber de su taza y Stephens le acerca la cajetilla de Lucky Strike.

—Creo que me estoy perdiendo —dice Alphonse examinando el frasco al trasluz.

—¿Recuerdas que tú mismo dedujiste que Liesau podría estar trabajando en una posible arma biológica?

—Sí.

—Hemos captado varias comunicaciones entre Berlín y Madrid en las que se menciona dos veces el término *clostridium botulinum* y se habla de un transporte especial por vía marítima —interviene Butch.

—¿Vas hilando?

—No estoy seguro —duda Alphonse.

—Los analistas de la central piensan que el sistema de nebulizadores podría servir para esparcir masivamente ese veneno entre tropas enemigas o entre la población civil —explica Mr. Thomas—. Una especie de bombardeo biológico, que provocaría más daños incluso que las bombas convencionales.

Un momento de silencio. Alphonse mira fijamente a Mr. Thomas, y este concede:

—Sí, la idea es acercarse de una vez al círculo de Liesau e intentar averiguar lo que sea posible sobre ese asunto. Y pronto. Si las sospechas de que estén creando un arma secreta son ciertas, no tardarán mucho en ponerla en práctica, porque se les acaba el margen de maniobra.

Alphonse medita y acaba concluyendo:

—Hay algo en todo esto que no me encaja. No sé decir qué, pero no termino de verlo claro.

—Será la falta de sueño —bromea Stephens.

—Sin duda —admite Alphonse—. Pero, en fin, haremos todo lo que podamos, como siempre.

***

A la altura de Chassin, en Anglet, se detienen en una casona con un cobertizo a modo de cochera para cambiarse los uniformes por unas ropas campestres. Los dos motoristas y el que iba vestido de suboficial sacan a Florentino del Mercedes y le acomodan en el asiento trasero habilitado en un Triumph Gloria Vitesse que estaba oculto en la cochera; después conducen los vehículos hacia el sur. El falso oficial y la conductora (es una mujer, no un soldado) entran en el Triumph y siguen la ruta hacia Biarritz.

Al cabo de unos minutos llegan a la casa de Charles Gaumont en el barrio de Les Halles. Este, un electricista colaborador de la hermandad Confrérie Notre-Dame Castille, les está esperando para acoger a Florentino, que viene inconsciente.

—El doctor Spéraber está de camino y le examinará de inmediato —les informa Gaumont.

—Sí, creo que es necesario, tal y como le hemos traído —conviene la joven.

—Ayúdeme, señorita... —duda Gaumont.

—Myriam —dice ella—. Aquí soy solo Myriam.

—Perdón, no me acordaba. Ayúdeme a llevarlo al dormitorio. Al menos tiene el camisón puesto. Ya veo que no se han andado con miramientos, ¿no es así, señor Crook?

—Era la única forma —interviene el aludido como Crook—. Permítame a mí, que no es fácil cargar con este hombretón —le pide a ella en inglés.

—¿No está Alphonse? —pregunta Gaumont según depositan al guía en la cama.

—No, está en... Está con otros asuntos —aclara ella.

Cuando llega el médico, los dos visitantes se marchan.

El Gloria Vitesse, conducido por ella, circula por la carretera de Hendaya, bordeando la costa.

—Al final ¿qué van a hacer con los vehículos? —pregunta Ana Eugenia rompiendo un largo silencio tranquilizador—. Los estarán buscando.

—Sí, pero los estarán buscando en París y alrededores, que es donde los robaron —responde Dyer—. Además, no creo que se les ocurra buscar en el fondo del lago Marion, que está muy crecido.

Ella sonríe y hace ademán de volver a hablar, pero él se adelanta.

—Los uniformes estarán a estas alturas ardiendo en el fogón de un taller de Bayona. Sí, estamos en todo. Son ya varios años de experiencia. Y como siempre llegas a última hora, y no te preocupan los detalles...

—Eh, yo n...

—Ah, estamos llegando a San Juan.

—Nunca sabéis cambiar de conversación.

—Nunca.

—Y no me gusta que me interrumpan.

—Pero sí que te tomen el pelo.

—Hasta cierto punto. Además, lo que iba a decir, aunque me horroriza reconocerlo, es que te sentaba muy bien ese uniforme negro de teniente nazi.

—A mí todo me sienta bien. Hasta las penas del infierno. A todo esto, ¿te importa que paremos a almorzar?

—¿Almorzar? ¿Quién piensa en almorzar? Ahora no me entraría nada, aunque sea la hora.

—Sabes que son los nervios y se va pasando. Está todo controlado, no te preocupes. Si quieres podemos ir a un lugar excelente y muy discreto, uno que a tu hermano le gusta mucho.

—Ah, entonces seguro que merece la pena.

—Además, tienes tiempo de sobra. Recuerda que hasta media tarde no zarpa el barco para Santander. Lo que tenemos que confirmar es la hora de salida del enlace para Lisboa.

—Bien. ¿Habrá llegado ya mi equipaje?

—El equipaje ya está en casa de tu madre, descuida. Ha ido por un paso seguro a través de Galicia. Y he conseguido que el ferry haga una pequeña parada técnica en Cascais, antes de llegar a Lisboa. El capitán se ha avenido rápido a razones de carácter, digamos, económico. Ah, es por ahí, gira a la derecha y luego todo recto.

Ana Eugenia sigue las indicaciones de Dyer hasta llegar al Relais de la Poste y, nada más detenerse junto a la posada y apagar el motor, suspira:

—Eres encantador, Arthur. Un sinvergüenza, pero encantador.

—Gracias. Me tienes que decir eso más a menudo. A ser posible, todos los días que me resten de vida.

—Lo haré. Pero ya sabes que tenemos que esperar.

Él asiente con la cabeza.

—A propósito, ¿qué crees que dirá tu hermano cuando por fin sepa lo nuestro?

—Ya lo sabe.

—¿Cómo? ¿Le has contado algo?

—No, pero tengo la sensación de que lo sabe o lo sospecha al menos. Y no me ha dicho nada, lo que es buena señal.

—Vaya, vaya, con el bueno de Martín. Es incluso más taimado de lo que aparenta.

—Sí, os parecéis mucho en eso.

***

Al terminar su desayuno, algo más tarde de lo habitual, Martín ha recibido una nota remitida por Franz Liesau de manos de un botones. Le invita «si le es posible y tiene la bondad» a tomar el té en su casa para explorar «una posible colaboración en sus respectivos negocios», algo que quedó pendiente en su último encuentro. Y ha devuelto el recado aceptando la invitación «con sumo gusto».

Luego ha estado un buen rato intentando comunicarse por teléfono con la residencia de Johannes Bernhardt en Denia. Cuando por fin lo ha conseguido, ha sido el propio Bernhardt quien ha descolgado el auricular. Le ha dicho que Clara se marchó ayer de forma repentina.

—Por la estima en que le tengo, quiero creer que su comportamiento tiene una justificación, señor Inchauspe —ha insinuado el alemán.

—Espero tener ocasión de explicarme en persona ante Clara y usted mismo —ha respondido imperturbable.

«Tengo el octavo mandamiento reducido a cenizas», ha dicho para sí al colgar. Después ha tratado de comunicarse con ella en el piso de la calle Galileo, recibiendo un «la señorita Clara no se encuentra» por toda respuesta.

Más tarde, a la hora convenida con Liesau, se presenta en el número 52 de la calle Alcalá. Es recibido por una doméstica, una mujer amable, de aspecto y atuendo rigurosos, que le conduce por un piso austero y ordenado a un amplísimo salón-comedor. No se sorprende al ver que le esperan tanto el doctor Liesau con su habitual porte algo desaliñado, como el agregado policial Paul Winzer con su uniforme gris de servicio, sentados en unos sillones tan viejos como confortables, algo que comprueba cuando le invitan a sentarse.

Casi sin preámbulo, Liesau le explica que está tramitando la creación de una sociedad anónima dedicada a la comercialización de máquinas, especialmente de tecnología avanzada, porque prevé que el desarrollo industrial en España será muy importante a corto o medio plazo. Para lanzar la empresa necesita asociados, contactos serios, solventes, y por lo que le han contado, la familia Inchauspe tiene una trayectoria envidiable en tal sentido.

—Habla usted muy bien el castellano —elogia Martín.

—Vivo en España desde hace más de quince años —aclara Liesau.

Entonces Martín le expone un breve resumen de los negocios en que interviene, especialmente con los hermanos Lipperheide, que son sobre todo los más interesantes para su futuro negocio. Liesau toma notas sobre la información recibida e improvisa con entusiasmo en voz alta unos primeros pasos a dar.

La mujer que le ha recibido entra con una enorme bandeja con el servicio de té y un plato de dulces que dispone en una esquina de la mesa del comedor y se retira cerrando la puerta. Los tres hombres se sientan y Liesau sirve.

Winzer, en silencio hasta ese momento, toma la iniciativa. Lo hace en un francés un tanto tosco y con fuerte acento.

—Queremos pedirle una ayuda, o un servicio si lo prefiere. Se trata del envío de una carga por mar hacia Burdeos o algún otro puerto seguro. Antes ha señalado que entre sus negocios cuenta con una empresa naviera, ¿no es así?

Las gafas redondas del alemán parecen brillar especialmente bajo su amplia frente y sobre su boca de piñón.

—Bueno, tengo una participación, pero la empresa no es mía —matiza Martín en el mismo idioma.

—No me importan los detalles —le corta Winzer—. Nos interesa hacer un transporte, pero de forma discreta, sin burocracia y desde un puerto seguro en que no haya mucha gente, ni preguntas, ni murmuraciones.

—Entendido.

—Y tiene que ser pronto. ¿Es posible que usted nos ayude?

—Sí, creo que es factible —asiente Martín—. Aunque en los envíos reservados es muy difícil controlar a la tripulación.

—La tripulación es cosa nuestra.

—Ah, en tal caso no creo que haya problemas.

—Es un material sutil y de manejo complicado —advierte Liesau.

—Si lo desean, nos haremos cargo del seguro del flete.

—Nos complace —concluye Winzer—. Franz se pondrá en contacto con usted sin tardar mucho para fijar la fecha y el lugar. Ya sabe, ante todo, la mayor discreción.

El oficial de las SS apura con rapidez su taza, se levanta, estrecha con fuerza la mano de Martín, saluda a Liesau y se dispone a marcharse.

—Pueden ustedes terminar tranquilamente. Yo tengo asuntos pendientes en la embajada.

—Un placer, señor Winzer —se despide Martín.

—Le acompaño a la salida —se ofrece el anfitrión en alemán.

Solo en la estancia, Martín suspira, da un sorbo de té y mastica pensativo una pasta de mantequilla. Cuando Liesau regresa, aquel pregunta en tono anecdótico:

—Dígame, señor Liesau, ¿no es usted médico?

—Soy doctor en ciencias biológicas, exactamente.

—Oh, sí, eso es. Lo preguntaba porque me choca encontrar a un biólogo metido en negocios de maquinaria.

—Comprendo. Pero eso no es más que un medio para prosperar —explica el alemán—. En el hospital he tenido ocasión de conocer y trabajar con máquinas de tecnología cada vez más precisa y compleja, máquinas capaces de realizar cosas asombrosas. Y, como he mencionado antes, creo que el futuro pasa por ahí, es algo que será imparable. Pero mi vocación es la ciencia, la biología, ahí es donde me siento cómodo y con lo que se satisface mi espíritu.

—En el hospital tendrá posibilidades de desarrollar esa vocación, supongo.

—Por supuesto, es un privilegio trabajar con la libertad que me conceden, y con un laboratorio magnífico —afirma Liesau con vehemencia.

—Le imagino capaz de realizar investigaciones y descubrimientos extraordinarios, viendo su entusiasmo.

—Gracias, muchas gracias. —Se sonroja el biólogo—. No quiero parecer vanidoso, pero sí que he obtenido algunos resultados notables con mis trabajos de laboratorio.

Sin tardar, Martín acaba escuchando hasta la hora de la cena algunos de los experimentos que Liesau lleva a cabo habitualmente.

***

A media tarde Monique camina a paso ligero por entre los tilos de la avenida del Triunfo, en dirección a Neguri, después de haber hecho el camino a la inversa unas horas antes. Aprovechando que el día ha amanecido soleado y la mejoría de su estado de ánimo, ha decidido dar un paseo hasta Las Arenas para beneficiarse de la vitamina del sol y ejercitar algo su forma física tan abandonada. Pero en poco tiempo el cielo se ha cubierto de nubarrones y se ha levantado viento de galerna, que amenaza con terminar en un aguacero sin tardar mucho. Por eso ha acelerado el paso en un intento de llegar a Villablanca lo menos empapada posible y evitar resfriarse, a lo que es muy propensa.

El viento arrecia y la temperatura ha descendido casi de golpe. Tiene que sujetar algo la falda de su conjunto de día para que no vuele demasiado el crepé de lana.

El paseo está desierto y apenas circula algún vehículo por la carretera paralela. Un desvencijado tranvía pasa en dirección a Las Arenas con su habitual estrépito. Sonríe, quizá al recordar que Anita le dijo hace algunos días que «los van a sustituir por modernos trolebuses». Pero la lluvia que comienza a caer con fuerza desdibuja la sonrisa.

Cuando termina de pasar el tranvía, un Opel Kadett de color burdeos se detiene unos metros por delante de ella, en un acceso transversal de la calzada al paseo. Dos hombres en mangas de camisa se apean. Al notar que van en su dirección, se detiene un instante y echa a correr, pero ellos la alcanzan enseguida y la sujetan cada uno de un brazo, arrastrándola fuera del paseo. En medio del aguacero ella se resiste, se echa hacia atrás, sacude los brazos, intenta darles patadas, obligándoles a emplearse a fondo para inmovilizarla y empujarla hacia el vehículo.

Al llegar junto a la puerta trasera, Monique redobla su resistencia. Uno de ellos la abofetea con fuerza para intentar reducirla. Pero nadie ha reparado en una Horch 901 (una de esas camionetas traídas a España en su día por la Legión Cóndor) que se ha detenido detrás del Opel.

—¡Alto a la Guardia Civil! —grita un sargento asestando un subfusil Coruña hacia los dos hombres y al que sigue el agente conductor igualmente armado.

Los dos secuestradores cesan en su forcejeo y levantan las manos; Monique, empapada y dolorida por los golpes recibidos, se apoya en la puerta del vehículo.

—Me van a explicar qué sucede aquí —exclama el sargento dirigiéndose a los hombres sin dejar de apuntarles con el arma, mientras el agente se interesa por ella.

***

Después de varios cortes de comunicación, demoras y equivocaciones, Martín consigue contactar con Antonio Escobar en la Comandancia de Bilbao.

—Regino me ha dicho el mensaje que viniste a darme a casa —le comunica en primer lugar—. Una vez más, te estoy muy agradecido, Antonio. Tendré muy en cuenta tu advertencia. Y como soy de los que le ofrecen una mano y toman el brazo entero, quería pedirte otro favor.

—Lo que esté en mi mano, ya lo sabes.

—Necesito que eches un ojo a mi invitada, creo que ya la conoces. Yo estoy de viaje y no puedo ocuparme de su seguridad.

—¿Qué peligro corre?

—No lo sé exactamente. Es probable que ninguno, pero podría haber movimiento a su alrededor.

—Estamos buenos. ¿También está la secreta sobre ella?

—No. O no lo sé. Más bien serían alemanes. ¿Podría rondar una patrulla por la zona? Ya sabes, no de manera oficial.

—Lo tengo que hacer al margen de la jefatura. Si supiera que estás tú detrás de ello o que se trata de tu casa, el coronel no lo consentiría ni borracho. Pero creo que podré apañármelas. Cuenta con ello.

—Muchas gracias, Antonio. No sé cuántas te debo ya.

—No digas bobadas. En todo caso, ten en cuenta que no podrá ser antes de mañana. A estas horas ya no puedo organizar nada en condiciones.

—Cuando se pueda, por supuesto. Aunque espero que al final no sea necesario.

—Bueno, sea como sea, tú vuelve cuanto antes, y así mejor para todos. Ah, y no me extraña que esa invitada tuya se meta en líos, porque me pareció bastante curiosona.

—¿Qué quieres decir?

—Se dedicó a escuchar la conversación que mantuve con tu mayordomo.

Martín se ríe levemente y contesta:

—No te preocupes. No entiende bien el castellano.

—Sí, eso me dijo Regino. Pero en mi oficio se aprende a desconfiar siempre y de todo el mundo. A ver si entiende más de lo que imaginas...

***

Pasada la hora de la cena suena el teléfono en Villablanca.

—Residencia de Inchauspe y Montenegro —contesta Regino.

—Buenas noches, Reggie. ¿Cómo va todo?

—Buenas noches, señor. Estaba a punto de llamarle porque estoy preocupado.

—¿Qué ocurre? ¿Se trata de la señorita De Bissy?

—En efecto, señor. La señorita se fue de paseo hacia Las Arenas después de la siesta pero no ha regresado todavía. No sé qué pensar, ni tampoco qué hacer.

Martín piensa antes de responder.

—No hagas nada, ni llames a nadie, ¿de acuerdo? Ya me ocupo yo. Si aparece, a la hora que sea, localízame en el hotel, pero no hagas nada más. Voy a intentar averiguar algo por mi cuenta.

—Quiera Dios que no sea nada.

—Amén.

***

6 de agosto

Conversación telefónica.

A un lado de la línea, el agregado militar Rolf Konnecke:

—¿Que no la tenéis? ¿Qué demonios ha pasado?

Al otro lado, el agregado de policía y jefe de la SiPo, la policía política, en San Sebastián, Anton Pock:

—Ha sido mala suerte. La siguieron durante toda la tarde, y esperaron al momento oportuno, sola y sin testigos alrededor. Estaban a punto de llevársela cuando apareció como de la nada una patrulla de la Guardia Civil y desbarataron la operación.

—No me lo puedo creer. Y no lo entiendo —dice enfurecido Konnecke—. La policía española nunca se entromete en nuestros asuntos.

—Pero ellos no son la policía —replica Pock—. Es un cuerpo mili...

—¡Me da igual! ¿Seguro que era la Guardia Civil? Lo mismo eran esos cabrones de ingleses disfrazados.

—Déjame terminar. Los llevaron a todos a un cuartel cercano y los interrogaron. Cuando los nuestros se identificaron, los trasladaron a Bilbao y se pusieron en contacto con el cónsul. Lo demás ya lo sabéis, me imagino.

—Pero ¿qué ha pasado con ella? ¿Dónde está? Con nosotros no han soltado prenda. El muy cabrón del jefe de la comandancia dice que no es asunto nuestro y que ellos se ocupan.

—Es lo que estamos tratando de averiguar.

—Veo que lo tendremos que hacer nosotros una vez más. No sé si saldréis bien de esta. Y me alegraré, puedes estar seguro.

Konnecke cuelga de golpe el auricular. Un ademán de mal humor le cubre el rostro, el cuerpo entero. Extrae de un cajón de su escritorio cerrado con llave una libreta que abre y consulta. Se sitúa de nuevo ante el teléfono y se dispone a realizar varias llamadas.

***

Después de intentar averiguar algo a través de sus conexiones policiales, diplomáticas y de servicios de inteligencia sin conseguir resultado alguno y de dormir poco y mal, Martín opta por vestirse adecuadamente, escuchar la primera misa en las Calatravas y tomar un café. «Café y misa. Es todo a lo que se puede aspirar en este puñetero país cuando llega un domingo», piensa en voz alta.

Tampoco consigue localizar al comandante Escobar porque se encuentra libre de servicio y no está en su domicilio.

Casi a mediodía contacta con Arthur Dyer en Bilbao, que le informa de su último éxito y de la partida de Ana Eugenia hacia Lisboa. Cuando Martín le comunica la desaparición de Monique, el inglés opina:

—No entiendo nada, no tiene sentido. Si quieres que te sea sincero, es muy confuso todo lo que rodea a esa joven. En todo caso, tú mantente localizable y te informaré de inmediato si consigo enterarme de algo.

Las horas transcurren muy lentamente hasta que cae la tarde y le pasan una llamada de la Guardia Civil. Las noticias, por desgracia, no son las mejores.

***

Anochece. Un viejo Fiat 514 abandona la carretera de Irún a Madrid a la altura de Miranda después de cruzar el puente sobre el Ebro. Bordea la estación de ferrocarril con su entramado de vías y llega a la entrada del campo de concentración. Después de acreditarse, pasa con soltura el control, le abren la puerta y el conductor se detiene a los pocos metros junto al edificio de la comandancia.

Del vehículo descienden dos efectivos de la Guardia Civil; después, ayudada por estos, sale también una mujer que es conducida a la Oficina de Información e Investigación. Un suboficial presenta el informe sobre la detenida.

—Wendeline Cornelia d'Oultremont-Corswarem. —Lee con dificultad el encargado de la oficina—. ¿Correcto?

Ella no responde.

—*Est-ce correct?* —inquiere el suboficial que la ha traído.

—*Oui, c'est moi* —contesta al fin.

—Alega nacionalidad belga, indocumentada. —Continúa leyendo el encargado—. Evadida de prisión civil.

La fichan y le requisan la pulsera de oro y los pendientes de perlas, sus únicas posesiones. Después la conducen al barracón asignado.

El campo, un recinto rectangular rodeado por un muro rematado por alambradas de espinos y vigilado por centinelas cada pocos metros, aparece como una explanada árida, desolada a la luz de unos mortecinos reflectores que se acaban de encender. Hay dos hileras de quince barracones separados por un pasillo a la izquierda y unas instalaciones a la derecha que resultan ser almacenes, talleres, aseos y duchas.

Es conducida a uno de los más alejados, en la zona del llamado «campo aliado».

—Aquí es. Belgas, canadienses y apátridas —dice el policía que la ha conducido.

Entra en el edificio: suelo de tierra, paredes desconchadas, un piso entablado con un altillo y decenas de escuetas literas de madera, algunas con colchones rotos, otras solo con el armazón y las menos con mantas y precarias almohadas. Y ahí se queda plantada, con un extraño aire entre orgulloso y enfermo.

Al cerrarse la puerta acuden solícitas dos mujeres, que la saludan en su mismo idioma, la conducen a una de las literas con un colchón de aspecto aceptable, la proveen de un chaleco de lana y dos mantas.

—Está aterida, pobrecilla, solo con ese vestido. —Oye decir a una mujer al tiempo que la arropa.

Ella parece agradecer las atenciones, pero el cansancio (físico y anímico) y la fiebre provocada por el destemple acaban venciéndola; se recuesta y pierde el conocimiento.

XV

La sarta de dicterios que ha escupido frente al mecánico se veía venir, ya que Martín se ha mostrado tenso e impaciente desde que se ha despertado de un corto e inquieto sueño. Pero de nada sirve: uno de los carburadores, que ha visto desmontado, no mezcla bien el aire con la gasolina; hay que sustituir una pieza y, por muchas influencias que tenga con los de Industria, tardará por lo menos dos o tres días en llegar.

También ha dejado el desayuno a medias y se ha mostrado impaciente ante la tardanza del jefe de recepción en abrir su caja de seguridad; conductas contrarias a su buen apetito y su buena educación.

Respira antes de marcar un número de teléfono.

Su suerte empieza a cambiar cuando al otro lado de la línea responde el agregado William Stephens.

—Quiero pedirte un favor, Will. Un favor urgente y muy especial.

—Si está en mi mano cuenta con ello. Tú dirás.

—Tengo que hacer un viaje y necesito que me acompañes.

—Ya veo. Un viaje fuera de todo programa, ¿no?

—Sí, no tiene que ver con la embajada ni con la Oficina.

—*Whew!* Ya sabes que me juego la carrera.

—Lo sé. Eres el único a quien se lo puedo pedir. El único que es capaz de jugarse la carrera y más por un amigo.

—Venga, no sigas por ahí y dime de qué se trata.

—Tengo que ir hoy mismo a Miranda, pero no tengo vehículo disponible.

—¡Joder! ¿De quién se trata?

—Es la resistente belga que tengo alojada en Villablanca. La Guardia Civil la ha sorprendido sin documentación y la han detenido.

—¿Y no puede esperar al cauce normal?

—Me consta que algún agente de la Gestapo va a ir a buscarla. Además...

Martín hace una pausa, como buscando las palabras.

—Además, es una buena amiga.

Stephens sonríe al otro lado.

—Bien. Pero necesito más o menos una hora para disponer algunas cosas antes de ir a recogerte. Tú vete preparando la documentación.

—Ya la he sacado de la caja de seguridad. Estoy listo. Ven cuando quieras. Cuando puedas.

Cincuenta minutos después un Chevrolet Master color ocre de cuatro puertas se detiene frente a la entrada principal del Palace. Martín, atento desde una de las ventanas de la planta baja, desciende la pequeña escalinata y se dirige a la puerta del conductor.

—Si me permites, conduciré yo. Tenemos que llegar cuanto antes.

—Como quieras —concede Stephens—. Mientras salgamos con vida, claro.

—Ya verás como sí salimos con vida.

***

Más pronto de lo habitual, Rolf Konnecke llega al despacho consular de Wilhelm Plohr. Llama a la puerta pero entra sin esperar respuesta.

—Ah, ya está aquí, capitán. Adelante.

—He venido en cuanto he recibido su aviso. ¿Hay novedades? —pregunta Konnecke antes de sentarse en uno de los sillones Luis XV situados frente al escritorio.

—Sí. Ya sabemos el paradero de esa aristócrata fugitiva. La internaron ayer en el campo de Miranda de Ebro.

—Mierda. Si todavía tuviéramos allí a Winzer sería más fácil actuar. Nos la entregarían directamente.

—¿Qué quiere decir? ¿Que no podemos hacer nada?

—No, no es eso. Solo que sería más fácil. Ahora tenemos que ir hasta allí y aguantar que mareen la perdiz hasta que podamos tenerla en nuestras manos.

—Pero contamos con gente en esa zona que podría hacerlo, ¿no?

—No me fío de ellos, y sobre todo no me fío de su jefe.

—¿De Lubs? ¿Por qué?

—¿No le conoce? Es un maricón histérico y borracho. Tiene influencias en la policía española porque se aprovechan de él. Es de lo peor que tenemos. Deme unos minutos para organizar el asunto.

—Lo que haga falta.

—Igual necesitamos el Mercedes. Voy a ver a quién tengo disponible y hoy mismo iremos a por esa putilla del marquesito.

—No sé por qué le tiene tanta ojeriza a ese figurín. Es inofensivo, e incluso un tonto útil para nosotros.

—No se fíe. Yo no me fío nada de los aristócratas. Mire, si no, lo que organizaron en julio, queriendo asesinar al Führer. No me fío nada de ellos en general, y menos aún de ese en particular. Tiene tratos con demasiada gente, y especialmente con ese turco medio judío de Lazar. Dime con quién tratas y te diré quién eres.

***

Más tarde, transitando por las kilométricas rectas de la provincia de Burgos, Martín evoca los detalles de la detención tal como ayer los relató el comandante Escobar.

Una patrulla de la Guardia Civil, que realizaba el traslado de un vehículo recién asignado al cuartel de Las Arenas, observó que dos individuos trataban de introducir a una joven en la parte trasera de un automóvil. Les dieron el alto y les pidieron la documentación. Aunque los dos sujetos se identificaron como agentes de la SiPo, el jefe de la patrulla dedujo sin esfuerzo que se trataba de un secuestro, tanto por la situación que habían contemplado como por lo que encontraron en el maletero: porras, morfina, cloroformo, cuerda y algodón; así que fueron detenidos y llevados al cuartel de Las Arenas primero, y al Gobierno Civil después.

Ella, sin embargo, no tenía documentación alguna. Como no se pudo entender con los miembros de la patrulla la llevaron también al cuartel. Cuando encontraron a alguien que pudiera interrogarla, negó que tuviera una residencia en España; se limitó a escribir su nombre y alegar que era una refugiada belga evadida de la ocupación nazi. Insistió una y otra vez en que no conocía a nadie ni vivía en lugar fijo alguno desde que había cruzado la frontera. Aunque su vestimenta parecía indicar otra cosa, a falta de otros indicios y por su empeño en negarlo todo, le aplicaron el régimen de los espías y extranjeros sin permiso: se ordenó su traslado al campo de Miranda de Ebro a la espera de aclarar su situación.

Antonio Escobar se enteró con tardanza y por casualidad, así que no pudo evitar el traslado; no obstante, estaba presente cuando alguien del consulado alemán se interesó a la mañana siguiente por lo sucedido y por el paradero de la joven. Incluso sugirió que no la trasladaran. Pero no se avinieron con la jefatura de la comandancia; además, ya la habían trasladado.

Al tiempo que lo recordaba se lo ha ido contando a Stephens, hasta concluir:

—Ha sido mortificante no poder hacer nada durante tanto tiempo. Seguramente irán a por ella.

—Pienso que quizá haya sido mejor así —repone Stephens—. Me da la impresión de que hubieras ido tú solo si hubieras podido.

Martín, con la mirada fija en la carretera, no responde y su frente se arruga levemente. Stephens tarda unos momentos en tomar de nuevo la palabra:

—A ver, Martín, ¿me vas a decir qué significa esa mujer para ti?

El aludido frunce más todavía la frente y responde lacónico:

—No lo sé.

—Pues lo que has de saber es que ese *affaire* es la comidilla de todas las secciones. Si todavía no se ha enterado Wild Bill en persona, poco le faltará.

Martín continúa en silencio, enfrascado en pensamientos que no quiere o no debe expresar. Y Stephens reconoce:

—Yo confío en tu criterio. No me interesa lo demás.

—Gracias, Will. Espero poder corresponderte.

—Pues para empezar podrías hacer un pequeño alto en el próximo pueblo que encontremos. Tú estarás acostumbrado a este calor, pero me estoy deshidratando y daría el brazo izquierdo por un botijo con agua fresca.

—Descuida, no tardaremos en hacerlo.

—Por cierto, ¿has pensado en alguna estrategia para cuando lleguemos?

—No, ni falta que hace. Como decía Nelson, lo importante no es la estrategia, sino atacar con decisión. Y a fe mía que es cierto.

Es casi media tarde. Nada más cruzar el puente sobre el Ebro abandonan el Camino Nacional I, ya en las afueras de Miranda. Transitan por la Ronda del Ferrocarril y dejan la estación a la izquierda. Se encuentran con un control policial en el que exhiben sus pasaportes. Después, al final de una recta sin asfaltar, llegan a las puertas del campo de concentración.

***

El día ha transcurrido entre el desaliento y la indisposición, bajo un sol ciego, inclemente y calcinador contra el que poco pueden hacer las sombras; un día largo y absurdo. Solo gracias a la encargada jefe del grupo belga, que la acogió nada más llegar, ha tragado el día, y también algo de comida, mal que bien.

Nunca había despertado a toque de corneta; ni había sido obligada a realizar el saludo fascista mientras se izaba la bandera.

—Levanta el brazo. Hazlo, o te aislarán y te raparán la cabeza.

Tampoco había concebido siquiera que le pudieran plantar una taza de achicoria maloliente y un gran trozo de pan negro como desayuno, que ha dejado casi intacto para alegría de otros.

No ha podido prolongar el paseo de la mañana más allá de unos pocos minutos: se encontraba demasiado cansada y febril. Y tampoco ha podido asearse en todo el día a causa de una obstrucción del depósito de agua. El estómago apenas le ha admitido en el almuerzo un poco de pan y sopa aguada de sabor indefinido. Al final, para excusarla de la arriada de bandera y otros deberes, la jefa del grupo ha conseguido que la trasladen a la caseta que hace las veces de enfermería.

Así que, postrada en un camastro no mucho mejor que los de los barracones, se dispone a terminar el primer día de muchos en ese campo. Llevada por la fiebre, se deja deslizar hacia la inconsciencia, hacia un sueño que no ha podido disfrutar en los últimos días. Hasta que la voz potente de un guardia la sobresalta:

—¡Wendeline d'Oultremont!

Ella apenas puede levantar la cabeza y entreabrir los ojos. Nota que alguien la zarandea, le mueve los brazos y la cabeza, pero todo ello con suavidad; luego oye voces fuertes en castellano que no entiende. Al final consigue abrir un poco los ojos, solo lo suficiente para vislumbrar una figura masculina que se agacha hacia ella y le dice con voz suave:

—*Joyeux anniversaire, joyeux anniversaire.*

No llega a abrir los ojos por completo, pero reconoce la voz y a la persona, y con dificultad susurra:

—Alphonse...

Pero sus ojos se cierran y no ve ni oye nada más.

***

Francis Pickens Miller: delegado de la Cruz Roja Internacional y asesor de la embajada de los Estados Unidos de América, pasaporte norteamericano. Alphonse de Saint Cassin-Tonnerre: asesor del Ministerio de Asuntos Exteriores del gobierno belga en Londres, pasaporte belga.

Así se han acreditado William Stephens y Martín Inchauspe tanto en la Oficina de Extranjeros como en la Oficina de Mando. Han pedido información sobre el estado de una ciudadana belga recién internada: la baronesa Wendeline Cornelia d'Oultremont-Corswarem. Al cabo de un buen rato les indican que se encuentra en la enfermería. Martín suspira hondo y Stephens, con ostensibles señales de alarma, exige verla de inmediato.

—¿Está el oficial médico? ¡Que se presente! —exclama en correcto castellano ante la sorpresa de su amigo.

Un suboficial se dirige en busca del oficial apelado, pero al poco regresa y les comunica que no está visible. Stephens le conmina a que le conduzca a la enfermería:

—Soy doctor en medicina y tengo derecho a examinarla —añade.

La estancia, en penumbra, es un espacio pobre, descuidado, de paredes encaladas, techo bajo y con un puñado de camillas, de las que solo una está ocupada.

—¡Fuego de Cristo! —musita Inchauspe.

Stephens se dirige hacia la joven recostada y con medio cuerpo tapado por una sábana; el cabello torpemente recogido, el rostro lívido, ridículamente ataviada con un chaleco ajado de lana marrón sobre un vestido de crepé rosa; junto a la cama, unos zapatos planos. Le toma el pulso en una muñeca, toca su frente, le mueve suavemente la cabeza y palpa con los pulgares algunas zonas del cuello.

—Esta mujer tendría que estar en un hospital —concluye en tono brusco ante una supuesta enfermera que acaba de llegar y el suboficial que los ha acompañado.

—Es ciudadana belga y reclamo su libertad inmediata para ser hospitalizada —añade Inchauspe en el mismo tono, y adoptando un acento afrancesado.

El oficial médico, apostado en la entrada, da muestras de embriaguez:

—Por mí se la pueden llevar cuanto antes. Está más muerta que viva —añade en tono burlón—. Les haré los papeles y así un muerto menos para el registro.

Stephens llega hasta él, le coge por el brazo, le conduce fuera y le conmina:

—Ahora mismo, entonces, o provocaremos un incidente muy serio para su gobierno y sobre todo para usted. ¿Conoce al ministro Blas Pérez? Yo comparto mesa con él muchos días, y sepa que puedo hablarle muy bien o muy mal de todo esto.

—Que le den por culo al ministro, a vuecencia y a la roja esa que han venido a buscar —rezonga el médico.

—¡Vamos! —le arrastra Stephens hacia las oficinas.

Como si quisieran huir de ese lugar comprometedor, los demás también abandonan la enfermería. Solo Inchauspe se queda con la joven, se acerca a ella y entona en voz baja:

—*Joyeux anniversaire, joyeux anniversaire...*

Ella entreabre los ojos, que brillan por un instante, y susurra:

—Alphonse...

Pero los párpados parecen pesarle demasiado. Inchauspe retira la sábana que la cubre, la coge en brazos, se hace como puede con los zapatos y sale por la puerta.

—Siguen sentándole muy bien los vestidos de Anita, pero de ese chaleco mejor no hablar —le dice aunque ella no pueda oírle.

Alcanza la Oficina de Extranjeros, que atraviesa sin que nadie se decida a impedírselo, abre con dificultad una puerta trasera del Chevrolet y la deposita con cuidado en el largo asiento.

—Solo un minuto más y estaremos a salvo —le dice.

Cierra la puerta y se dirige a la Oficina de Mando, en la que Stephens se halla tramitando la liberación urgente por causa de grave enfermedad.

—Tenemos que despachar de inmediato el asunto, Will. Aún no me creo que no hayan venido antes los alemanes —le susurra.

—Remitan los papeles a la embajada —apremia el americano al oficial de guardia en la oficina—. Ahora debemos ir al hospital de Miranda y no tenemos tiempo que perder.

Mientras tanto, Inchauspe reclama al encargado de extranjeros las pertenencias de la recién liberada.

—No hay nada. No traía nada consigo cuando llegó —asegura el encargado.

—¿Está seguro? Mire usted bien —insiste, extrayendo de su cartera y deslizando disimuladamente un billete.

El otro guarda el billete, se acerca a una estantería y al poco regresa con un sobre de papel que entrega al supuesto asesor belga.

—Vaya, ha debido de ser un error. Al parecer traía esto solamente.

Al abrir el sobre, Inchauspe encuentra unos pendientes de perlas y una pulsera de oro: un regalo de puesta de largo y otro de cumpleaños que hizo a su hermana años antes. Los guarda en un bolsillo de la americana y sale.

Stephens le espera fuera, a punto de entrar en el automóvil.

—¿Nos vamos de una vez?

—Arranca.

Inchauspe se sienta en la parte trasera para atender a la baronesa, que se debate débilmente y hace esfuerzos inútiles por abrir los ojos.

—Me parece que va a seguir siendo mi invitada por algún tiempo.

***

Rolf Konnecke conduce un Mercedes cedido por el jefe del NSDAP/AO de Bilbao; le acompaña Wilhelm Spreter, un agente de operaciones de su unidad. Llega tranquilamente al control previo al campo de concentración. Presenta la identificación de ambos y el policía de control, casi con solo percatarse del tipo de acreditación, les deja pasar enseguida.

Ya ha franqueado el control cuando se cruza con un automóvil de color llamativo. No recuerda su marca, pero deduce que es americano. Tampoco reconoce al conductor y único pasajero.

Le abren las puertas del campo para llegar con el vehículo hasta la Oficina de Mando, en la que entra seguido por Spreter. Allí pregunta por una interna de nacionalidad belga que debió de ingresar el día anterior.

—D'Oultremont, debe de ser esta —señala el encargado de relevo al consultar la lista de internos—. Sí, lo es. Ingreso: 6 de agosto. Pero ya no está.

—¡Cómo que no está! —grita indignado Konnecke—. Me acaba de confirmar que llegó ayer.

—Sí, aquí lo pone. Salida: 7 de agosto. Hoy mismo.

—Pero ¿cómo es posible?

El encargado al que acaban de relevar, movido por los gritos con acento alemán, entra y consulta la lista. Al comprobar el nombre, confirma:

—Ah, esa. Acaban de llevársela un delegado de la Cruz Roja y un diplomático belga. Aquí están los nombres: no sé qué Miller y Alfonso Saint Cassin. Pero ha sido ahora mismo. Un poco más y se cruzan en la entrada.

—¡Maldita sea! ¡Vamos! —apremia furioso a su adjunto—. Ahora conduce tú, que para eso has venido. ¡Y rápido!

Salen deprisa y se montan en el vehículo, que arranca sin perder tiempo. Atraviesan la recta de entrada a toda velocidad y cruzan el control sin detenerse a pesar de los gritos de los guardias.

—¿Por dónde vamos? —pregunta Spreter, sin dejar de pisar el acelerador.

—Por la carretera de Burgos, por donde hemos venido. Vayan a Bilbao o a Madrid, tienen que tomar esa carretera, y con ese cacharro que llevan deberíamos alcanzarlos pronto.

Konnecke abre un pequeño compartimento, extrae una Walther P-38, que amartilla y pregunta a Spreter:

—¿Dónde está la tuya?

—Yo no ando con tonterías, he traído algo mejor —contesta el otro, que señala el hueco bajo el asiento que ocupa ahora Konnecke.

Este mira y descubre un MP 40; deja aparte su pistola y sopesa el subfusil entre las manos. Mientras examina el arma apremia:

—Más rápido.

***

Poco antes de llegar al control policial de salida, avistan un Mercedes 540K de color negro que acaba de realizar el trámite de entrada y enfila la recta hacia el campo.

—¡Agachaos! —exclama Stephens—. Esos vehículos suelen ser de la Gestapo.

Martín obedece: recuesta rápida y suavemente a la aún inconsciente joven y él se esconde en el hueco tras los asientos; pero se asoma ligeramente por la ventanilla izquierda y ve de refilón el perfil romo de Rolf Konnecke al volante del Mercedes.

—¡Mierda! Tienes razón, es el jefe de la Gestapo de toda la zona norte.

Se vuelve a enderezar para cruzar el control, esta vez sin más trámite.

—Ahora pisa a fondo, Will —conmina Martín a su amigo—. Seguro que vienen a buscarla.

El Chevrolet descorre el camino de ronda y alcanza el Camino Nacional I. Martín, que mira atento por la luna trasera, cree vislumbrar por un instante el Mercedes negro a lo lejos, atravesando el control a toda velocidad, y avisa:

—Ya nos siguen. Acelera.

—Hago lo que puedo —alega el conductor mientras adelanta temerariamente a un camión.

—Vaya mierda de vehículos que os traéis. Y encima con este color chillón, que se ve de lejos.

Martín vuelve a mirar hacia atrás y piensa en voz alta:

—Nos van a alcanzar. Es un 540, y puede llegar a los ciento setenta por hora.

—¿A ciento setenta? —exclama sorprendido Stephens.

—Kilómetros, no millas.

Se da media vuelta y mira hacia delante con ansiedad. A la altura de un pequeño letrero que indica «Orón» ordena:

—Gira a la izquierda. Ahí, en ese cruce.

Atraviesan el pequeño casco de población por su única calzada, trazada en dirección este.

—Pero estamos regresando a Miranda —observa Stephens.

—En cierto modo. Ahora déjame a mí —pide Martín al llegar a un tramo de calzada libre.

Ya al volante, ajusta el retrovisor y el asiento antes de salir derrapando, y añade:

—No creo que nos sigan por aquí. Se imaginarán que vamos hacia la carretera de Burgos, y cuando salgan del error no sabrán dónde estamos.

—Buena idea.

Antes de cruzar de nuevo el Ebro, gira a la derecha y por el camino de Tirgo sale a campo abierto.

—Creo que es por aquí.

Acelera sin tregua apurando al máximo la velocidad en las curvas. Al cabo de unos pocos kilómetros llegan a otro letrero que indica «Sajazarra».

—¡Sí, es por aquí! —profiere con entusiasmo Martín—. Después de los años no me falla el sentido de la orientación.

—Muy bien, pero ¿no podrías ir un poco más despacio? —sugiere tímido Stephens—. No nos sigue nadie, tenías razón.

—Vaya, vaya. Yo que creía que los de Brooklyn erais todos unos tipos duros.

—Bueno, los del sur de Prospect Park lo somos un poco menos.

—Ah, lo tendré en cuenta. ¿Cómo está nuestra baronesa?

—Sigue dormida, pero está bien. Ahora parece tener menos fiebre y respira con normalidad.

Desacelera unos momentos, pero no por la recomendación de su amigo, sino porque parece buscar un camino que encuentra a mano derecha y se introduce en él. Es un camino tortuoso y sin asfaltar debidamente, lo que no impide al conductor seguir apretando el acelerador alegremente.

Llegan a un pequeño pueblo situado sobre un cerro y que parece cobijado al pie de unas enormes peñas que forman una cresta aserrada, tras la que parece arder el mundo; el efecto que produce el rojo carmesí de la puesta de sol.

—¡Santo cielo! —Stephens se asombra ante la espectacular vista—. ¿Qué es esto?

—El pueblo de Cellorigo. También conocido como Peñaluenga, por esas moles rocosas.

—No, desde luego que no nos encontrarán por aquí.

Llegan al caserío de Cellorigo y el Chevrolet se introduce por la callejuela alta hasta que se detiene en un caserón de tres plantas y con un sencillo escudo nobiliario en la fachada. Golpea la aldaba del portalón principal. Al poco se abre la puerta y aparece una mujer de unos cuarenta años que se alegra al comprobar quién llama con tanta firmeza.

—¡Si es el señorito Martín! —suelta justo antes de abrazarle con efusión—. ¡Qué sorpresa, después de tanto tiempo!

—Muy buenas, señora Vega. Vengo sin avisar y algo apurado. Necesitaremos las tres habitaciones. Traigo a una amiga enferma y a un invitado. La señorita ocupará la de mi hermana.

—Como usted diga. Solo falta preparar la de huéspedes, que estará lista enseguida. ¡Cuánto me alegro de verle de nuevo por aquí!

Martín y Will se encargan de llevarla, ya medio consciente, hasta el dormitorio.

—Señora Vega, si es tan amable, encárguese de acostar a la señorita... Nénette. Utilice lo que haga falta de mi hermana. Mi amigo Will puede esperar a que esté lista su habitación.

Martín sale a la calle y, antes de entrar de nuevo en el automóvil, advierte a su amigo:

—Tengo que ir a buscar a un médico. Conozco a uno bueno y de confianza en un lugar cercano. Así que no tardaré.

Arranca el Chevrolet y se pone en ruta. Llega a la ciudad de Haro; entra a pie por su casco antiguo hasta llegar al Pasadizo de la Iglesia, donde reside el doctor Arnáez. Después de llamar a su casa, le hacen pasar.

—Buenas noches, doctor. He de pedirle un gran favor.

—Si yo tuviera que devolver todos los favores que su familia me ha hecho, no tendría tiempo suficiente en dos vidas. Dígame de qué se trata.

***

SECRETO

8 agosto 1944

De: Madrid-Butch
Para: Saint / X-2
Informante: Brown-CE
Objeto: Informaciones topo
Fuente: OSS / Butch
Fecha información: 8 agosto 1944

★ ★ ★ ★ ★ ★ ★

Agente de información en la policía española confirma que las delaciones del topo depurado el pasado mes fueron superiores a lo que inicialmente se estimó.

Confirma que reveló las identidades de los dos informadores en la zona noroeste, así como la identidad del agente Nemo (Madrid) y posiblemente también la del agente Alphonse (Bilbao). Hasta el momento no había movimiento en torno a estos agentes, probablemente debido a la ausencia de su informante, pero dada cuenta de que su delator no aparece han debido decidirse por someterlos a vigilancia.

El agente Nemo, dada su condición de diplomático, no corre peligro de ser detenido, pero los agentes del noroeste y, en su caso, Alphonse podrían tener serios problemas; este último confirmó el día 3 de agosto que había sido sometido a vigilancia por la policía española.

Se recomienda relevar a los agentes cuya identidad ha sido descubierta y, en todo caso, reforzar las medidas de autoprotección.

(Distribución urgente)

XVI

9 de agosto

—Pero ¡cómo demonios se os ha ocurrido hacer eso! ¿En qué estabais pensando? ¿Tenéis idea de la que habéis liado?

Mr. Thomas abronca al mayor Stephens nada más entrar por la puerta.

—Se trataba de rescatar a una resistente que los alemanes estaban a punto de secuestrar y deportar —se justifica el otro.

—No se puede exponer a varios de nuestros agentes por una sola persona, y menos todavía poner en riesgo el equilibrio que tanto nos cuesta mantener para que los españoles sigan acercándose a nosotros.

Stephens parece querer replicar, pero calla en el último instante.

—Bastante problema tenemos con las ensoñaciones lascivas de Alphonse como para que tú le sigas el juego —continúa Mr. Thomas.

—No hay nada lascivo en este asunto. Y es un amigo y compañero —defiende el mayor.

—¡Una mierda! Es inaceptable. Y deja ya de defenderle, y preocúpate algo más por tu situación. ¿Qué te ha dicho Hayes?

—¿El embajador? Nada todavía. Me ha citado para esta tarde.

—Buf. No apostaría ni un centavo por tu continuidad en el puesto.

—No creas. Aguantaré la bronca con aire compungido y apaciguaré ese corazoncito blando que esconde detrás de sus gritos.

—Te veo demasiado tranquilo.

—Y yo a ti excesivamente alarmado. Ten en cuenta que no conocen la identidad de los que fueron allí. Dimos nombres falsos y tomaron nota de documentación falsa.

—¡Ya, para enfangar más el asunto! Además, no solo nosotros estamos enredados. ¿Qué van a decir los belgas de todo esto?

—¿Los belgas? ¿Se van a escandalizar porque hemos liberado a una ciudadana suya? Y de la Resistencia, por más señas.

—Sin su consentimiento ni aviso previo. Y sin el procedimiento establecido.

—¡No me jodas con los procedimientos! ¿Por qué no hacen nada para sacar a los que quedan allí?

—Esa no es la cuestión, y no se hable más del asunto —zanja Mr. Thomas—. Esperaremos a ver qué nos dicen desde Grosvenor, y mientras tanto todos bien quietos, incluido Alphonse. Sobre todo Alphonse.

—No hay problema. Va a estar fuera de circulación durante unos días.

—En compañía de su amiga, claro.

Stephens ignora la mofa.

—Oficialmente está de viaje —explica—. Los de la secreta española le tienen echado el ojo y es probable que también la Gestapo.

—Lo que faltaba.

—Sabrá componérselas, ya verás.

—Pues tendrá que aparecer y dar la cara. Ya haremos lo necesario para arreglar su situación —concluye Mr. Thomas, y añade—: Y solo tú sabes dónde está, así que tendrás que traerlo de vuelta.

**

En la cocina del caserón, Martín corta rebanadas de una hogaza mientras doña Vega, una viuda vecina que mantiene en orden la casa, le acerca un tarro grande de confitura a la mesa antes de limpiar algunos cacharros de cobre y latón. Distintos sonidos envuelven la estancia: el piar de los pájaros, alguna esquila lejana y el tintineo de una cucharilla removiéndose en el tazón de café con leche.

Wendeline ha entrado silenciosamente a la estancia y desde el umbral saluda en un nebuloso castellano:

—Buenos días. ¿Dónde *es que* estamos?

Martín se vuelve y la recibe con una sonrisa. Las hebras y mechones de su melena filtran y doran la luz del pasillo a su espalda, y ese contraluz ateza algo su palidez.

—Ah, mire, señora Vega, nuestra *belle au bois dormant* ha despertado.

—Buenos días, señorita. Qué bien se la ve a usted hoy.

La joven estira los brazos hacia los lados, se mira con aire divertido y pregunta:

—*Qu'est-ce que c'est ça?*

Se refiere a una prenda en la que se ve sepultada: una especie de vestido talar de lino blanco con mangas largas, abotonado hasta el cuello y ceñido bajo el pecho, claramente antiguo.

—Es un camisón, probablemente de alguna tía o tía abuela alta y robusta —le explica Martín—. Es lo que la señora Vega juzgó más conveniente.

—A la señorita Ana le gustan mucho esos camisones y se ve muy graciosa con ellos —comenta doña Vega, quizá adivinando lo que piensa la joven.

—Yo no..., yo no estoy...

—Estás perfectamente, porque estás en su casa. Y fue la señora quien te atendió y te cambió, no te preocupes.

—No me preocupo.

Ella se dirige hacia la mesa; tiene que recoger la cola del camisón para no arrastrarlo.

—Iba a desayunar en este momento. ¿Te apetece acompañarme o prefieres esperar?

Ella cabecea, se recoge unos mechones por detrás de las orejas, mira el pan, el negrísimo café y después a los lados de la mesa.

—Oh, lo siento —entiende él—. Por el momento no tenemos té, pero sald...

—No importa, gracias. Tomaré leche —resuelve ella antes de remangarse las mangas, tomar un trozo de pan, untar confitura y dar un buen mordisco.

—Estupendo, qué buena señal —aprueba Martín, que guiña un ojo a doña Vega, y esta le facilita un tazón y vierte una generosa medida directamente del cueceleches.

—Mmm, delicioso. ¿Es de albaricoque?

—En efecto, buen gusto.

—Pero ¿dónde estamos? No sé lo que ha ocurrido, no puedo recordar con claridad —se extraña, aunque sin preocupación aparente.

—Calma. Vete tomando tu desayuno mientras te cuento cómo ha ido todo —modera él la curiosidad antes de terminar su rebanada y proseguir—. Estamos en una de las casas familiares, o más exactamente en una casa propiedad de Anita. Nadie sabe que estamos aquí, así que no van a venir a buscarnos. Necesitas descanso y convalecencia durante unos días, y a eso en exclusiva nos dedicaremos.

—Bien. Pero me gustaría que me contaras todo, Martín. ¿O es Alphonse? Perdón, no sé cómo debo llamarte. Ah, y puedes tutearme, si quieres —aguijonea ella antes de seguir comiendo—. Mmm, delicioso.

Él la contempla con una sonrisa. Da un sorbo a su café y concede:

—A estas alturas y después de lo que hemos pasado, creo que podemos tutearnos como compañeros de fatigas. Y sí, también creo que tienes derecho a recibir algunas explicaciones. Pero con ello estaré poniendo algo más que mi vida y mi libertad en tus manos.

Ella se sorprende. Permanece pensativa, hasta que asiente con su mirada intensa y un leve movimiento de cabeza. Retoma su desayuno.

En realidad, todo comenzó en 1933. Al terminar sus estudios en Deusto, Martín obtuvo permiso familiar para realizar un viaje a los Estados Unidos de América en los meses de verano. Estando en Manhattan, y durante una visita programada a las oficinas de algunas agencias creadas al amparo del New Deal del presidente Roosevelt, conoció a William Herbert Stephens, un funcionario que con apenas dos años más de edad gestionaba los presupuestos de dichas agencias. Stephens le explicó las peculiaridades políticas y económicas del sistema de vida americano y le acompañó en algunas escapadas a lo largo de la Costa Este y algunas zonas de la región de los Grandes Lagos. También asistieron juntos a una disertación sobre el auge de las dictaduras en Europa que realizó un importante miembro del Departamento de Justicia llamado W. J. Donovan (quien, con el tiempo, fue el inspirador y creador de la OSS) y que impresionó a ambos.

Martín y William forjaron una rápida amistad y sostuvieron posteriormente una trayectoria vital parecida: Martín se enroló en el ejército nacional en 1936, y Will consiguió ingresar en la academia de West Point tres años después, tras la invasión de Polonia. El azar hizo que Will, reclutado para la OSS por el mismísimo *Wild Bill* Donovan, y destinado en la embajada de Madrid como agregado militar, coincidiera con Martín en el transcurso de una pequeña fiesta que el salón de té Embassy celebró por su décimo aniversario en diciembre del 41.

Para entonces Martín ya colaboraba activamente con la red de evasión Comète, porque en agosto de ese mismo año su líder, Andrée de Jongh (Dédée para todos los miembros), se puso en contacto con él por consejo de Bernardo Aracama. Se habían entrevistado en Bilbao con el vicecónsul británico Arthur Dyer para pedir soporte financiero y logístico con que poder hacer llegar hasta Gibraltar a los pilotos derribados en suelo francés o belga, a quienes ayudaban a cruzar la frontera española. Como el vicecónsul les diera largas después de dos entrevistas, Aracama puso en contacto a Dédée con los Inchauspe, quienes la alojaron en su casa («Sí, en la misma habitación que ocupa usted») en tanto durasen las negociaciones; y Martín se ofreció para mediar con los miembros del consulado. Por entonces estaba empezando a estrechar su relación con Dyer y gestionaba otras dos entrevistas con el cónsul Graham. Pero, instigado por la tenacidad de la *petit cyclone*, encontró la solución para desbloquear las negociaciones: acudió a su amigo Michael Creswell (alias Mr. Timothy), agregado de la embajada británica, para que sir Samuel Hoare, embajador a la sazón, diera el visto bueno a la petición y enviara instrucciones al consulado para acceder a las demandas de la resistente belga.

Martín se ofreció a llevarla de regreso a San Sebastián, y allí marcó su futuro. Cuando se encontraron con Aracama, este, sin rodeo alguno y en presencia de la propia Dédée, le propuso colaborar con la red recién creada. «Tienes dinero, contactos, facilidad de movimientos, una casa en San Juan de Luz y experiencia militar: eres el miembro perfecto»; y ella, con los ojos muy abiertos, ya que le había tomado por un simple presumido que se había dignado a hacerles un favor, le impetró esa colaboración. Aunque en ese momento él se limitó a un «ya veremos», ella añadió: «Le necesitamos y le estaremos esperando. Y si puede traerse consigo a Dyer, mucho mejor». Y así empezó su relación con el sector sur de la red con el sobrenombre de Alphonse.

Al año siguiente, en uno de sus ya frecuentes viajes a Madrid para coordinar el traslado de evadidos con Creswell ocurrió su encuentro con Will Stephens. Después de contarse sus vidas y tantearse en el lapso de dos cafés, el americano le requirió una conferencia más reservada para el día siguiente. En esta ocasión, aquel le expuso a calzón quitado que trabajaba para la naciente OSS, muy necesitada de apoyo cualificado en un país descuartizado y suspicaz, y que él reunía las condiciones perfectas para prestar una colaboración sencilla: nada especial, solo información y asesoramiento. «Además, ya habrás hecho tus pinitos con los de Comète. Sí, procuramos informarnos a conciencia». Con el parabién del jefe de sección Mr. Thomas y la autorización de la dirección europea, radicada en el 7 de Grosvenor Street, en Londres, empezó a prestar sus servicios para la inteligencia norteamericana como agente BG-1 y el mismo sobrenombre. Su cometido principal era proporcionar información sobre las actividades de políticos y empresarios alemanes en España, y especialmente de los establecidos en el norte.

—Pero lo que hiciste por mí el día del *passage*, o el otro día en Miranda, es algo más que una mera colaboración —aduce Wendeline—. Eso es trabajo de campo.

—Sí, es cierto. Al principio fue así, pero tras la caída de varios agentes de la OSS y de Comète a finales del año pasado mi participación se ha ampliado un poco. El *passage* en que nos encontramos era el cuarto en el que había intervenido. Y el último hasta la fecha, claro. Y con los americanos tengo algún otro asunto.

Mientras dan buena cuenta del desayuno, Martín ha ido desgranando estas revelaciones que, si bien han podido interesar a la baronesa, no parecen haberla sorprendido lo más mínimo.

—Entiendo —afirma ella con una sonrisa, y apura su tazón de leche—. Creo que empiezo a encajar algunas cosas que no concordaban con mi percepción, mis presentimientos, o con lo que Anita me contaba. Por cierto, ¿sabe ella algo de todo esto?

Él se ríe antes de contestar, volviendo a posar sobre la mesa el tazón de café con leche que se disponía a terminar.

—Ana Eugenia de Inchauspe es mucha Ana Eugenia. Aunque la saque ocho años, parece que ella me lleva diez a mí. Sería imposible ocultarle nada.

Durante los días que pasó en Villablanca, Dédée casi intimó con su hermana hasta el punto de reclutarla como colaboradora ocasional a espaldas de Martín, que solo lo supo mucho tiempo después.

—Mi hermana profesa una religiosidad católica muy profunda, aunque algo a su medida —expone Martín—, y por ello aborrece a los nazis, los falangistas, los comunistas o cualquier otro movimiento que se imponga con brutalidad o propugne el odio a los semejantes.

—Lo sé. En eso somos iguales —confirma ella.

—En eso y en otras muchos detalles, sí. Por ejemplo, en participar activamente en, ¿cómo lo has llamado?, ah, trabajo de campo.

—¿Trabajo de campo? —se sorprende Wendeline.

—A decir verdad, no han sido muy frecuentes. Pero, sin ir más lejos, ¿recuerdas el viaje a Estoril que emprendió el día 1? Pues bien, en realidad embarcó unos días más tarde. Antes participó con gente de la OSE y de Comète en una acción de rescate. Florentino, el guía que nos condujo desde Urrugne, fue herido y apresado en un *passage* que realizó en solitario para llevar cierta documentación a un agente de San Sebastián. Como yo no estaba disponible, Anita no dudó un segundo en presentarse a completar el equipo para un plan de rescate disparatado que ideó Dyer, pero gracias a Dios salió bien. Suele ejercer de conductora.

—Ah, claro, eso le viene que ni pintado —admite ella.

Además, según sigue explicando, su hermana colabora desde el principio de la guerra con el Joint. Algunas de sus actividades de beneficencia sirven de tapadera para confundir patrimonios y desviar fondos con que financiar la ayuda a refugiados judíos. Fue un judío sefardí que reside en Lisboa, amigo de la hermana de su madre y llamado Samuel Sequerra, quien tocó su fibra sensible en uno de los viajes anuales de visita a Vila dos Crisântemos.

—Cada día que paso con los Inchauspe de Montenegro trae una nueva sorpresa. Pero hay días en que estas se acumulan —reconoce Wendeline.

—No podemos evitarlo.

—Pero son siempre admirables o exquisitas. Sois un regalo del cielo.

—Bueno, Anita lo es, pero a mí espera a conocerme un poco más y podrás opinar con mejor criterio. Eh, ahora te dejo para que te arregles y te acomodes a tu gusto. Si te parece bien, podemos salir a conocer el pueblo, que también te sorprenderá. Y te vendrá bien un poco de aire puro. En el armario encontrarás vestidos que usa mi hermana cuando viene por aquí. Son un tanto... distintos de lo habitual, pero no llamarán la atención y te sentarán tan bien como cualquier otro.

Cuando Martín termina con su tazón, prosigue:

—Por cierto, ya sé que es algo anómalo y no del todo apropiado alojarnos solos bajo el mismo techo pero, como comprenderás, era urgente y será solo por unos días. Aquí estaremos a salvo hasta que estés plenamente recuperada. Esta vez no te dejaré sola. No volveré a dejarte sola.

Wendeline se queda como absorta, con la mirada perdida.

—Martín —dice de forma súbita, con la misma expresión.

—¿Sí?

Ella no contesta. Lo mira brevemente y acto seguido sale de la estancia. Asoma la cabeza un instante para anunciar:

—Enseguida estaré lista.

***

11 de agosto

En tan solo tres días la recuperación ha sido espectacular, tanto en su apariencia como en su ánimo; menos consumida, desaparecida su palidez extrema, más activa y risueña. Wendeline d'Oultremont parece una persona distinta de la que Martín recuperó en el campo de Miranda de Ebro, e incluso de la que se despidió en Villablanca hace nueve días.

Los paseos diarios por el pueblo y por los campos cercanos dan paso a un apetito como no ha conocido en mucho tiempo, para regocijo de doña Vega, tan buena cocinera como persona.

Tenía razón el doctor Arnáez cuando, después de reconocerla a conciencia, dictaminó:

—No hay por qué preocuparse. Solo tiene una fatiga mayúscula y una tensión igualmente agotadora. También síntomas claros de anemia y está algo desnutrida. Descanso, serenidad y buenos alimentos es lo único que necesita. Creo que está en el mejor de los lugares y en las mejores manos para obtenerlo.

Quizá el ir de sorpresa en sorpresa es una de las causas del ánimo renovado. La impresión de conocer al verdadero Alphonse, o la verdadera identidad de Martín, dio paso al asombro causado tanto por la vestimenta de su anfitrión —ropa campestre muy sencilla en tonos oscuros salvo la camisa, siempre blanca— como la suya propia —vestidos-bata largos y abotonados por delante.

—Me choca tanto verte vestido así —le dijo la primera vez a Martín.

—Lo entiendo. Pero tú, como Anita, tampoco te ves nada mal. Pareces una auténtica cellorigana.

—¿Anita se viste así cuando viene?

—Por supuesto. Y le encanta. En el fondo tiene un espíritu bastante rústico.

—En todo caso, no me pareces una persona distinta, como tampoco me lo parecería Anita. El hábito no hace al monje.

En uno de los primeros paseos, caminando por las eras hacia el sur, se quedó fascinada al contemplar en perspectiva el pueblo: un conjunto de casas apretadas, entre las que solo destaca la robusta y cuadriforme torre de la iglesia, que trepan lentamente por una loma y se acurrucan al pie de un pequeño macizo compuesto por varios peñones de gran altura. Un espectáculo propio de la forja de una Castilla extrema y dura; un refugio de luchadores aferrados con uñas y dientes a la mera supervivencia. Y en una de esas casas, como una verdadera refugiada y luchadora, ella también se aferra a la vida, bajo el mismo techo que su benefactor, en la casa riojana de los Montenegro de Agudo, como atestigua el pequeño escudo de piedra que figura sobre el portalón de entrada: ocho estrellas de ocho puntas puestas en tres palos en campo de plata.

—Esta era una casa secundaria, como la de Portugalete —le ha explicado Martín—. La principal está cerca de Estella, en Navarra. Por algún motivo la abuela Blanca le tenía mucho cariño e hizo que fuera un legado directo para Anita. Según la leyenda familiar, la abuela dijo: «Esta casa será para mi nieta, que seguro la cuidará y la mantendrá en buen orden, y no para el golfo de su hermano, que tiene toda la traza de ser un vividor que la malvenderá por unos reales para vicios». Y es evidente que acertó.

—Sí, lo vio muy claro tu señora abuela —ha afirmado ella.

—Como atestiguan algunos retratos, Anita es la viva imagen de la abuela Blanca de Montenegro. Y, según dicen, debe de tener su mismo carácter indómito y alegre.

Más que sorprendida, se ha visto complacida por las atenciones de Martín, su escolta por las calles del pueblo, por las sendas que discurren hacia los arroyos o las que rodean las peñas; ha disfrutado también de sus explicaciones sobre la verdadera historia y las leyendas generadas acerca de tan singular emplazamiento. Y, más que complacida, se ha visto envuelta en la actitud de su anfitrión: recto, sereno, de conversación pausada y reflexiva, empático y sencillo; un anfitrión distinto del que tenía en Villablanca, pero que ella de algún modo ya vislumbró bajo la careta de floreo y cinismo que —ahora le consta— oculta su identidad.

Hoy, pasada la media tarde, cuando el calor ya no sofoca, ni ciega el sol, pasean por el borde superior del pueblo, entre las últimas casas y el pie de las formidables peñas, a lo largo de una senda que conduce a su cara norte y muestra las siluetas de los Montes Obarenes y la Sierra de Cantabria. Hay en la zona baja campos de cereales ya recolectados cuya propiedad atribuye Martín a su hermana, y que son arrendados por un precio simbólico a una familia lugareña desde tiempo inmemorial. Más allá de los campos ven alzarse la ermita de Santa María de Barrio, en pie desde el siglo XII, pero a la que una terrible tormenta desencadenada hace dos años derruyó su techo de madera y algunos elementos de la fachada. A Wendeline le llama la atención y deciden descender para visitarla.

Por el camino, después de una pausa en su casi continua conversación, ella se arranca con cautela:

—El otro día me dijiste que Arthur Dyer es un buen amigo tuyo, ¿no es cierto?

—Sí, lo es. Y lo digo porque lo he comprobado.

—Ah. Ese es un buen criterio —afirma atusando y recogiendo su melena ondeante.

Avanzan unos metros y a Martín parece vencerle la curiosidad.

—¿Por qué me lo preguntas?

—Es que..., no sé si... —Ella duda y refrena su marcha, mirando al suelo. Se detiene y le mira de nuevo a los ojos—. Creo que debes saber que al poco de llegar a tu casa me pidió que le informara de todos tus movimientos y relaciones, de todo lo que me pareciera relevante o sospechoso sobre ti. Me pidió que te espiara para él. Por eso no me encaja que le consideres un buen amigo.

Martín se ríe, primero con disimulo y luego abiertamente, hasta que susurra en su idioma: «¡Qué cabrón está hecho!». Ella le demanda:

—¿De qué te ríes?

—Y tú aceptaste —se desvía él.

—Se presentó como agente del SOE y sabía casi todo sobre Monique de Bissy y sobre otros colaboradores en

Francia y Bélgica —explica con un dejo de indignación, aunque se va dulcificando poco a poco—. Yo apenas acababa de conoceros, y él me dio a entender que colaborabas con los alemanes a través de tus actividades, de tus empresas. Y también estaba lo de los cuadros, ya sabes. ¡Era tan fácil sospechar de ti! Pero tampoco tenía adónde ir, ni fuerzas para seguir huyendo. Por esa desconfianza seguí con la mentira de llamarme Monique de Bissy en vez de revelaros mi verdadero nombre. Según pasaban los días y le transmitía algunos informes, me sentía cada vez peor, traicionando la bondad de Anita... y la tuya. Aunque todo me llamaba a desconfiar de vosotros, mi instinto me decía que no podíais ser mis enemigos. Vosotros no. Algunos detalles o algunos gestos os habrían delatado en algún momento. Me avergüenzo tanto ahora.

—No te preocupes. Solo lo hizo para ponerte a prueba, estoy seguro. Yo me guío por la actitud de las personas y el criterio de mi hermana, pero los agentes como Dyer no se fían ni de su sombra. Y hacen bien. Pero cuéntame detalles, si eres tan amable. ¿Qué cosas te contó sobre mí?

—Oh, Martín, no seas cruel, por favor.

—Es que me ha hecho mucha gracia la ocurrencia.

—Me moriría de vergüenza. Pero, en todo caso, quiero que sepas que todo lo demás es cierto. Todo lo que conté en la casa de Aracama y después a vosotros, todas las actividades en las que intervine con la Red y con el SOE, todo lo referente a mi captura y a la fuga es completamente cierto.

—Lo sé —afirma escuetamente Martín con su voz pero intensamente con los ojos.

Mientras se acercan a la ermita consigue arrancarle algunos pormenores sobre el método y los encuentros a solas con Dyer. Casi a punto de llegar, ella termina de explicarse, pero él sale con una pregunta inopinada.

—Wendeline, ¿por qué no dijiste nada a la Guardia Civil cuando intentaron secuestrarte? ¿Por qué no dijiste que eras Sophie Noerdlinger y que vivías con nosotros? Te hubieras ahorrado ese mal trago.

—¿Y por qué fuiste a sacarme de Miranda? Te has buscado problemas que no tenías, te has complicado la vida de forma innecesaria.

Él parece pillado a contrapié. Ella prosigue con indecisión.

—Yo no quería... No quería causaros más problemas. Me habéis colmado de atenciones y yo solo os he devuelto complicaciones. En esos momentos pensé que ya había sido bastante carga para vosotros, y que si desaparecía de vuestras vidas os ahorraría nuevos quebraderos de cabeza.

—Vaya, pensaba que eras incapaz de decir tonterías, pero me acabas de demostrar lo contrario.

Ella lo mira algo sorprendida, pero se encuentra con una sonrisa cálida. Martín prosigue:

—En ningún momento nos has causado el menor problema. Más bien, todo lo contrario. Has sido un estímulo, un aliento para nosotros, puedes creerme. Has vivificado nuestras vidas. Y especialmente la mía.

Wendeline se sonroja intensamente y sigue caminando. La puerta de la ermita está cerrada y algo desencajada. Martín la fuerza y entran con cuidado, santiguándose por instinto. Ante sus ojos se aparece un panorama desolador; hay restos de tejas y madera de la techumbre en las esquinas, apenas quedan vestigios de los frescos, no queda ningún adorno. Un silencio emocionante.

Como ha hecho con otros edificios singulares, Martín le explica su origen y le señala algunas rarezas como el arco de herradura en la puerta del lienzo norte y sus capiteles de alabastro.

—Estos son elementos mozárabes, posiblemente de la ermita originaria del siglo décimo, el mismo en que se consolidó el pueblo.

El sol cae por detrás de los montes cercanos; la luz crepuscular confiere al pequeño templo un tono misterioso, un matiz de color dorado, un aura seráfica.

Wendeline recorre el perfil del arco mozárabe con dos dedos con aire soñador, el mismo con que ha atendido las explicaciones de Martín. Este se coloca a su lado, casi hombro con hombro, y sigue con la mirada la curva que trazan los dedos con su gracilidad. Al terminar el gesto, se vuelven casi al unísono el uno hacia el otro y se contemplan en silencio. El tiempo avanza.

—Todavía no le he dado las gracias a Alphonse —dice ella casi en un susurro—. Hace unos días dije que me había salvado la vida, había salvado mi libertad, pero ahora lo ha hecho ya dos veces. Le debo todo lo que soy.

Martín calla. Ella prosigue, musitando:

—Me sigue pareciendo un héroe, un caballero, una bendición. Y no tiene nada que objetar, no lo permitiré. No tiene más que escucharme y ser sincero para reconciliarse consigo mismo.

En el crepúsculo, Martín parece embebecido en los iris celestes, tan brillantes y hondos como los recuerda en la orilla española del río Bidasoa recién cruzada la frontera, o en los momentos a solas en el jardín de Villablanca.

—¿Lo ves? —Sonríe ella—. Solo has de ser tan sincero en tu mente como lo eres con esos ojos. —Reconviene unas hebras doradas que se rebelan contra el flequillo antes de proseguir—: Así que dime, ¿por qué te arriesgaste hasta el punto de ir a buscarme a ese maldito lugar?

—Era mi deber. La Gestapo fue a por ti apenas unos minutos después, para deportarte. O algo peor, seguramente —responde él sin vacilar antes de añadir con una leve sonrisa—: Y eso, Anita jamás me lo hubiera perdonado.

Wendeline lo sigue mirando con intensidad, escrutando sus ojos. Espera.

—Y porque no quiero..., no quiero que salgas de mi vida —continúa él después de comprender—. No de esa manera.

—No de esa manera. ¿Y de otra, quizá?

—Solo si tú lo deseas.

—Lo que yo deseo es no salir nunca de tu vida, porque tú ya no saldrás nunca de la mía. Aunque no pueda estar a tu lado, siempre te llevaré conmigo. Cada noche doy gracias a Dios por haber cruzado nuestros caminos, por la dicha de que tus ojos me miren, se claven en mí de esa manera.

Pero la mirada de Martín parece flaquear y ensombrecerse; incluso se desvía un momento hacia el suelo antes de volver a mirarla y expresarse:

—No estoy acostumbrado a sincerarme, a revelar mis sentimientos. Cuando siento algo de veras es cuando menos hablo. Soy muy torpe y no encuentro las palabras cuando las necesito.

Ella sonríe y replica:

—¿Sabes una cosa? Mi abuela Cornelia me dijo el día de mi puesta de largo que la mayor declaración de amor es la que no se hace. Quien siente mucho hace mucho y habla poco. Y tú lo has hecho todo por mí. —Pausa de miradas urgentes—. Sé que tú nunca lo harás, por respeto o por lealtad, así que me corresponde a mí.

Lo besa. Un beso limpio, efímero, suave; repetido, alargado y correspondido una, dos veces.

Cesan las palabras, solo hablan los ojos al marcharse de la ermita y en el camino de regreso, aferrada ella al brazo izquierdo de Martín. Apenas profieren un saludo a doña Vega al llegar a la casa y un buenas noches mutuo antes de retirarse a sus dormitorios. Pero les cuesta separarse. Hasta que él decide:

—Esto sí que me corresponde a mí —suena resignada su voz.

A oscuras, la piel morena de su mano contrasta sobremanera con la palidez del rostro femenino cuyos ojos se cierran con la caricia y el beso que ahora inicia él, limpio, suave, sostenido. Lentamente, Martín se despide sin palabras, da media vuelta y se encierra en su cuarto. Cuando la puerta se cierra, Wendeline hace lo propio en el suyo.

***

12 de agosto

Mediodía. Wendeline marcha junto a Martín en los últimos lugares de la procesión que, después de la misa, recorre el medio kilómetro que separa el pueblo de la ermita de Santa María de Barrio. Los ciento treinta habitantes de Cellorigo van desde la iglesia de San Millán hasta la ermita portando imágenes de la Virgen y de Santa Ana entre salves y cánticos. Y a la procesión se han sumado ambos, integrados casi por completo en la vida de la villa en unos pocos días, a pesar de esa irregularidad de vivir en la misma casa y gracias al buen recuerdo que se guarda de la familia Montenegro.

Después de las bendiciones, la oración en la ermita y la restitución de las imágenes a la iglesia, vuelven a casa para el almuerzo. Pero, antes de entrar, Martín anuncia:

—Se acabó la tranquilidad.

—¿Perdón? —se extraña ella.

Él se limita a señalar con el índice un vehículo que avanza con precaución por el camino de acceso al pueblo; concretamente, un Hispano-Suiza J12 de color granate.

—¿No es ese tu coche, Martín?

—Buena vista. Lo es.

Esperan en la puerta hasta que el auto se detiene junto a la casa y William Stephens desciende con su acostumbrado aire jovial.

—Hola, Martín. La verdad es que no anda nada mal este trasto.

—¿Qué hay, Will? Espero que lo hayas tratado bien —responde el aludido y, dirigiéndose a Wendeline también en inglés, añade—: Le presento al mayor William Stephens, agregado militar de la embajada de los Estados Unidos de América y, a pesar de ello, un buen amigo.

Tomándola de la mano e inclinándose levemente, Stephens termina la presentación:

—La baronesa Wendeline Cornelia d'Oultremot, ¿verdad? Yo sí tengo el placer de conocerla.

Ella lo mira extrañada y Martín le explica:

—Gracias a él y su Chevrolet pudimos sacarte de Miranda. Todo ello con sus credenciales falsas y poniendo en peligro su carrera y su seguridad.

—Se lo agradezco mucho, señor —reconoce ella—. Se lo agradezco de corazón.

—Bah, Martín siempre exagera, menos cuando se trata de él, claro. La idea fue suya y es él quien más arriesga en todo esto. De hecho, soy más bien un aguafiestas. Tengo noticias que me temo van a acabar con esta especie de luna de miel.

Wendeline se ruboriza intensamente, pero lo mira con un mohín de reproche y replica:

—Entonces mejor haría marchándose por donde ha venido.

—Ah. No es de las que se callan —admite Stephens tras un momento de sorpresa.

—No lo es —advera Martín, que sonríe y relaja la tensión—. Bueno, el caso es que llegas a tiempo para comer. Lo tenías calculado, ¿no es así? Vamos, entremos y a ver si no nos amargas el guiso que ha preparado la señora Vega.

Tras la comida y con el café (y el té) sobre la mesa, el agregado cuenta las novedades surgidas mientras ellos dos estaban fuera del mundo.

Lo primero: el incidente de Miranda ha traído cola, como era previsible. El gobierno español ha protestado contra los belgas y contra la Cruz Roja por la intromisión en la política penal interna; y aquellos se han quedado de piedra, lógicamente, y han rechazado cualquier implicación en el asunto. Carlton Hayes le ha abroncado hasta quedarse afónico, pero eso no es nada con lo que le espera a Martín cuando se lo echen a la cara. De todos modos, en el fondo, tanto norteamericanos como británicos se han divertido con este enredo.

—Por otra parte, has de saber que la policía ha registrado tu casa —añade Stephens cambiando de tema—. Me lo han contado tus amigos británicos. ¿Habrán encontrado algo?

—Nada de nada —asegura Martín—. No guardo nada en casa, ni siquiera en la caja fuerte. Tengo otros lugares donde hacerlo que nadie se imaginaría. Ni siquiera los conoce mi hermana.

—Eso te salvará un tanto. Pero ¿crees que pueden estar detrás de ese registro los alemanes? Quiero decir, por el hecho de haber alojado a la señorita D'Oultremont. Quizá buscando algo comprometedor para ella, y de paso para ti.

Wendeline tensa el cuerpo y mira alarmada a uno y otro.

—No lo creo —contesta Martín devolviéndole con la vista un gesto tranquilizador—. Los nazis han actuado por sí mismos. Tengo entendido que últimamente se están perdiendo mucho las relaciones entre la policía y la Gestapo, y solo los falangistas contumaces mantienen relaciones abiertas con ellos. Me tiene intrigado este acoso. No sé a qué se debe, la verdad. Pero pienso averiguarlo y darle fin.

También ha habido novedades en el asunto de los cuadros de Wilhelm Bauer. Al parecer, el Ministerio de Asuntos Exteriores ha pedido información a la embajada en La Haya sobre la legalidad de la venta de la colección Goudstikker por parte de la familia y a la embajada belga en Madrid sobre la existencia de pruebas de expolio. Bauer, a su vez, ha intentado vender los cuadros al Museo del Prado sin éxito, y se rumorea que tratará de sacarlos de España en breve.

—Las instrucciones del teniente coronel Solborg son impedir dicha salida a toda costa —recalca Stephens.

—Tengo alguna idea al respecto —anuncia Martín—, pero habrá que seguir sus movimientos para estar preparados, saber esperar y, sobre todo, aprovechar el momento adecuado, que es la clave de la vida. Y con respecto a lo anterior, ¿se sabe algo sobre un nuevo ministro de Asuntos Exteriores?

—Ah, sí, se me olvidaba. Las cosas no van bien. Han nombrado a un tal Lequerica.

—¿Lequerica? —exclama sorprendido Martín—. ¿A José Félix de Lequerica, el embajador en Francia?

—El embajador de la Gestapo, querrás decir, porque se le tiene considerado como un destacado filonazi. Al parecer, despacha casi a diario con el jefe de la Gestapo en París.

—Creo que no tenéis buenas fuentes de información, al menos en este caso —repone Martín—. Lequerica es solo filolequerica y embajador de sí mismo, porque carece de ideología y de principios.

—Como tú, más o menos —ironiza Stephens.

—Parecido. Yo no tengo ideología porque tengo una gran biblioteca, pero Lequerica es el pragmatismo en persona. Si estuviera en Moscú despacharía a diario con el jefe de la NKVD, y si estuviera en Londres lo haría con el director del MI5. Es un auténtico zorro este Franco, siempre poniendo una vela a Dios y otra al diablo. No son malas noticias, y si no, al tiempo.

También hay movimientos en torno a Franz Liesau. Está planeando realizar algún viaje, pero se ha detectado un cierto nerviosismo en las idas y venidas de los cabecillas del partido. Y también se ha captado un mensaje de Berlín intimando la realización de un envío con destino a Nordhausen (en cuyas afueras está emplazada Mittelwerk, la fábrica secreta de armas), cuyo contenido no se ha podido especificar.

—Me parece saber lo que ocurre —comprende Martín—. En cuanto regrese, hay que estar alerta porque el envío en cuestión se va a realizar pronto. Y debe de tratarse de lo que estaba investigando Liesau.

—¿Cómo?

—Me pidieron que lo gestionara con un barco de confianza —revela desviando la mirada con sorna hacia el techo.

Stephens ríe y, mirando a Wendeline, bromea:

—Acabo de saber que tengo amigos con influencias en las altas esferas de la Gestapo. ¿Cree que debería preocuparme?

—No, en absoluto. —Ella le sigue la corriente—. Tratándose de monsieur Inchauspe, lo mejor es dejarse llevar y no preocuparse de nada.

El americano silba mirando de reojo a Martín, y este se muestra impasible.

—Bien, seguiré su consejo.

Por último, Stephens relata las mejores noticias, que vienen de Francia: los aliados avanzan sin intermisión y los alemanes se están replegando hacia Bretaña. Ya han sido recuperadas Rennes, Nantes y Le Mans, y a este paso es solo cuestión de días que lleguen a París.

—Vamos a brindar por esos éxitos y, sobre todo, por un próximo fin de este infierno —propone Martín trayendo a la mesa una botella de aguardiente y tres vasitos, y así lo hacen.

Después el agregado se retira a descansar por consejo de su amigo, que le acomoda en uno de los dormitorios libres del piso superior.

—No se me ha escapado el tuteo. Y menos aún la confianza ciega en monsieur Inchauspe.

—Eres un lince. —Se encoge de hombros Martín.

—Te puedes burlar, pero no puedes negar la evidencia.

—Y tú puedes descansar. Luego te enseñaremos el pueblo. —Martín sonríe antes de cerrar la puerta y bajar.

En la cocina, doña Vega y Wendeline están fregando la vajilla y recogiendo la mesa y los servicios. Cuando terminan, Martín conferencia unos momentos con la matrona y liquida con generosidad los gastos de mantenimiento. Luego se reúne con Wendeline en el salón.

—¿No te apetece una siesta? —ofrece él, aún de pie bajo la enorme lámpara de ocho brazos.

—No, hoy no. Prefiero aprovechar las últimas horas en este lugar inolvidable. —Se reclina levemente en el sofá situado junto a la chimenea.

—¿Últimas horas?

—Tú mismo lo has dicho antes. Se acabó la tranquilidad. —No reprime un tono de voz y una expresión de sutil melancolía—. ¿No es así?

Martín calla, reflexiona. El silencio de media tarde es profundo, denso, tan solo se oye el viejo reloj de péndola marcando el tiempo de manera irremisible.

—Nos iremos mañana, a primera hora —aclara él—. A Madrid. No nos conviene llamar la atención.

—¿Stephens y tú?

—Sí, Will también irá, pero hablo de nosotros. —Se sienta junto a ella en el sofá—. Te dije, te prometí, que no volverías a quedarte sola.

—Pero no quiero ser una carga para ti.

—De eso nada. Vendrás para ser mi ayuda, mi sostén. Y mi protectora.

—Ya era hora de que te dieras cuenta. —Se aferra a su brazo y reclina la cabeza sobre su hombro—. No quiero ser otra cosa.

Sus labios se juntan fugazmente, tanto como huyen las horas.

XVII

14 de agosto

Duermen. Ella en la cama del único dormitorio, decorado con sobriedad y sin carácter; él en el sofá-cama, una ingeniosa invención traída de América el año anterior, emplazado en el salón. Es un piso grande, muy austero y con habitaciones vacías, situado en la calle de Jordán: el refugio madrileño de Martín de Inchauspe.

Llegaron ayer, al amparo del crepúsculo, después de salir de Cellorigo más tarde de lo previsto.

—Ni hablar, no pienso despertarla. Necesita descansar todo cuanto pueda. Ah, y a las nueve hay misa —decidió Martín ante un resignado Stephens.

Almorzaron por el camino y, al llegar, guardaron el automóvil en una cochera encubierta facilitada por Moisés Eizen.

—Quiero pedirte disculpas porque no es nada acogedor —se justificó Martín poco antes de entrar en el piso—. No es lo que mereces. Pero casi nadie sabe que existe y nos conviene pasar lo más desapercibidos posible.

—Vaya por Dios, vamos de mal en peor. Y otra vez solos en el mismo piso, ¿no? Qué desvergüenza —bromeó Wendeline, pero como él no respondía, prosiguió en otro tono—: Tengo mucho más de lo que merezco. Me basta y me sobra con estar aquí, ahora, y el mejor sitio que concibo es allí donde esté contigo.

Poco antes de las siete de la mañana, Martín se despierta. Pliega el sofá-cama, se asea y se viste con uno de los trajes de un pequeño guardarropa para lances de fortuna antes de salir del piso. Cuando regresa, al cabo de hora y media, ella sigue durmiendo. Abre con sigilo una habitación siempre cerrada con llave y se asoma brevemente; al parecer, todo está en orden. Después prepara una cafetera y pone a hervir el té que ha conseguido junto con un paquete de churros, unos *scones* y un tarro pequeño de confitura de frambuesas.

Wendeline se levanta algo más tarde: ojos de sueño, desgreñada, con un pijama enorme y masculino, pero con una sonrisa.

—Me voy superando, ¿verdad? —dice mostrando el pijama con las mangas sobradas.

—No cabe duda.

Desayunan en silencio, con el fondo de ruidos y voces de la vida cotidiana. Después, mientras ella se arregla, tocan a la puerta: un mozo le entrega un paquete porta-trajes y una nota escrita en inglés.

Solo he podido encontrar estos dos que sean elegantes y de la misma talla que usa mi querida Ana Eugenia. Ya veremos más adelante. Para lo demás no ha habido problema alguno.

Espero verle pronto.

M.

Cuando Wendeline termina su aseo, tiene dos vestidos y varias prendas interiores esperándola tendidos sobre la cama ya hecha. Aún en albornoz, sale un momento para mostrarse algo más que admirada.

—No hay nada que no se pueda conseguir con dinero y amistades —responde él a esa mirada al tiempo que se encoge de hombros—. Estamos cada vez más al este del Edén. Elige el que prefieras y acudiremos a nuestra primera cita.

Ella lo hace con rapidez y salen a la calle.

—¿No me preguntas adónde vamos?

—No me hace falta —asegura ella—. Ya te he dicho que me basta y me sobra con ir a tu lado.

***

Aunque Paul Winzer llega puntual a la cita, cuando desciende la pequeña escalinata que lleva a los jardines del

Hotel Ritz ya le está esperando Martín de Inchauspe en un velador del ala sur.

—Nos extrañaba su ausencia —comenta el comandante de las SS después de los saludos—. Nadie de los que le conocen nos podía dar señales de su paradero.

—Tengo bien enseñados a mis amigos. —Ríe levemente Martín—. El caso es que unos asuntos personales me han retenido más de lo previsto al otro lado de la frontera. Pero entre ellos hice un hueco para el encargo que me confió en nuestro último encuentro.

—Perfecto. Precisamente por eso quería localizarle. ¿Ha realizado usted alguna gestión sobre el asunto?

—Absolutamente. Todo está dispuesto. El buque, el lugar de embarque, un práctico de confianza en origen y en destino, el seguro. Todo. Solo falta que me indique la fecha.

—A eso le llamo yo eficiencia. Todavía no tenemos con seguridad esa fecha. Calculo que será la próxima semana, pero tendré que confirmarlo, y entonces haré que se lo comuniquen.

—Con tal de que nos lo confirme con dos o tres días de antelación nos bastaría para disponer la zarpa.

—Tendré listos todos los datos dentro de unos días, y se los haré llegar personalmente o a través de alguien debidamente acreditado.

Un camarero les sirve el amontillado que Martín ha pedido con antelación.

—Y además se ha fijado en mis gustos —señala Winzer con satisfacción—. Lo cierto es que tenía razón Lazar cuando me recomendó contactar con usted. No me fío de ese viejo zorro medio judío, pero a veces no me viene mal hacer excepciones.

—Me halaga en exceso, comandante. No hago sino llevar mis asuntos de la forma que considero más adecuada para satisfacer a los clientes.

—Es un empresario íntegro y competente. Este país necesitaría muchos más hombres así para salir adelante. *Prost!* —Winzer olisquea el vino con su nariz puntiaguda y alza su copa para brindar.

Martín sonríe a modo de otorgamiento. Ambos beben. Martín mira de reojo a Wendeline, que se halla en una mesa cercana («A veces, cuanto más cerca esté uno del enemigo, más resguardado se está»).

—Verá, yo también quería hablarle de otro asunto —retoma la palabra Martín—. Menos agradable, por cierto. Quizá me meta donde no me llaman, y si es así no tiene más que decírmelo y cerraré la boca.

Winzer da un último sorbo a su copa, que deja sobre la mesa con ademán intrigado, e insta:

—Veamos de qué se trata.

—Se trata de ciertas actividades que realizan algunos miembros de su consulado en Bilbao, y en concreto de los tratos que mantienen con los del consulado británico.

El agregado alemán se ha tensado notoriamente, y Martín reitera su prevención:

—Si está de más lo que digo o no es de mi...

—¿Qué tipo de tratos? —interrumpe Winzer.

—Información —responde Martín sin inmutarse—. Lo descubrí por casualidad hace algunas semanas, por uno de mis socios alemanes. Por ejemplo, ciertas informaciones un tanto reservadas de una empresa química que vamos a poner en marcha en las afueras de Bilbao con la ayuda de varias familias alemanas y con el conocimiento del consulado, habían llegado a manos del vicecónsul inglés en esa ciudad. Y también ocurrió que desde el consulado se pidió información sobre el mercante *Hochheimer* en la naviera a la que pertenecía poco antes de ser hundido. Si cosas como estas han llegado a mis oídos sin el menor esfuerzo, uno puede sacar conclusiones.

—¿De quién hablamos?

—No pude saber a ciencia cierta quién fue, o quiénes fueron, pero salieron a relucir los nombres de Wilhelm Plohr y Rolf Konnecke.

Muy serio y con la mirada perdida, Winzer se acaricia el mentón durante unos instantes; vuelve a fijar en Martín su mirada penetrante y demanda:

—Cuénteme más.

***

Luego de almorzar con ligereza en Casa Ciriaco, se han presentado en el piso franco de Alcalá Galiano a la hora en que estaba convocada una reunión conjunta de agentes del SOE y la OSS, para sorpresa de todos. Después de nombrar el equipo de intervención, fijar los siguientes pasos y señalar la agenda de reuniones, ya a media tarde, el comité se disuelve. Aline Griffith (Butch) y Wendeline d'Oultremont (Nénette) abandonan el alojamiento rumbo a Embassy, donde esperarán a los demás mientras toman el té. Pero Herbert Douglas McLoughlin (Mr. Thomas), William Stephens (Nemo), Arthur Dyer (Crook), Michael Creswell (Mr. Timothy) y Martín de Inchauspe (Alphonse) permanecen en la sala de reuniones. El jefe de grupo, Mr. Thomas, ha retenido a los demás con la intención de poner firme a Martín.

—Todo esto es muy irregular, no me gusta —exclama Mr. Thomas dirigiéndose a Alphonse—. Y pone en peligro todo el plan operativo Black Death.

—¿El qué?

—Se me olvidó decírtelo. «Black Death» es el nombre en clave que le hemos dado al plan de interceptar el envío de esas toxinas a Alemania —le informa Nemo.

—Y todo ese plan está ahora en peligro —insiste Mr. Thomas.

—Absurdo —se limita a contestar Alphonse.

—No se puede dar entrada a nadie sin que se verifique y se autorice desde Grosvenor, y lo sabes —repone el otro.

—Vamos a ver. Primero, la baronesa está más estudiada y analizada que cualquiera de nosotros, y tiene un expediente así de gordo de informes desde que llegó a España. Segundo, no hay nadie en Grosvenor que se haya tenido que escapar tres veces de la Gestapo, incluso cruzando Francia de parte a parte, ni que haya estado dos años jugándose el pellejo para ayudar a escapar a nuestros pilotos. Y tercero, ha sido sometida a prueba por el doctor Crook aquí presente y ha salido bien parada, cosa de la que muchos de nosotros quizá no seríamos capaces.

—Cierto, hay que reconocerlo —asiente Crook.

—¡No estamos de broma! —salta Mr. Thomas.

—¿Quién lo está? Ella viene conmigo y entra en el grupo. Será la otra conductora.

—¿Qué? ¿Conductora? —sigue alterado Mr. Thomas.

—Sí, es casi tan buena como mi hermana. Si no, aquí el mayor te lo puede confirmar. Ayer tuvo ocasión de verla conducir hasta la altura de Aranda.

Stephens asiente con la cabeza.

—Si no es así, no contéis con ninguno de los dos —previene Alphonse—. Y esto tampoco es broma.

—¡Qué verdad es que los españoles sois difíciles de organizar! —exclama Mr. Thomas—. Indisciplinados, caóticos, incapaces de cumplir las normas más sencillas.

—Se agradece el cumplido. Así es como funcionamos, improvisando. Nos las ingeniamos para hacer el papelón, como he tenido que hacer con Winzer esta mañana para encarrilar el asunto.

Se produce un breve silencio.

—Hay que reconocer que también eso es cierto —interviene Crook.

—De acuerdo. Pero no tiene nada que ver lo uno con lo otro, y no deja de ser una chapuza que te hayas presentado con ella así, de repente. No tenías suficiente con montar el follón de Miranda, que además has tenido que traer a la misma persona a la que deben de estar buscando por todas partes, al lugar más arriesgado, enseñarle nuestro piso franco e introducirla con calzador en nuestro grupo —concluye Mr. Thomas.

—Donde menos esperarían encontrarla es en pleno centro de Madrid —rebate Alphonse—. Y conste que ella ha luchado y arriesgado más que cualquiera de nosotros.

—Más vale que tengas razón.

—¿Crees que An... que Myriam llegará a tiempo para entrar en el grupo y estar preparada? —cambia de tema Crook con desparpajo.

—Sí. Me encargaré de avisarla y en el máximo de una semana estará dispuesta. Y, si no, la traéis en avión vía Gibraltar, y listos.

—¡Cómo eres!

—Y hablando de conductoras, han llegado dos cochazos que utilizaremos en la operación, un Lincoln y un Packard, casi nuevos —indica Mr. Thomas, algo más relajado—. Espero que sepan manejarlos.

—Antes de llegar a Burgos los tendrán dominados —sostiene Alphonse.

Sin nada más que discutir ni llegar a poner en claro, Dyer, Stephens y Martín se reúnen con Aline y Wendeline en una mesa redonda de Embassy que ya contiene ser-

vicios Wedgewood de té y una sugestiva fuente de paste-
lillos.

—Así que Black Death, ¿eh? —Martín se dirige a su
amigo Stephens—. Suena a Apocalipsis. Al caballo ama-
rillento de la muerte, por lo menos.

—A mí no me mires —se exime el americano—. Habrá sido alguna mente calenturienta de Grosvenor. O alguno de los irregulares de Baker Street.

—Seguro. ¿No temes que te puedan ver en público,
y con tan malas compañías? —cambia de tema Dyer sin
inmutarse, dirigiéndose a Martín.

—Mis enemigos nunca se acercan por aquí.

—Bueno, enemigos o no tan enemigos —prosigue
el inglés en el mismo tono.

Martín lo fulmina con la mirada, pero en ese momento se aproxima la dueña del salón de té y reclama su
atención discretamente.

—Muchas gracias de nuevo por su diligencia y su
rapidez, Margaret. Son vestidos discretos y elegantes.
Como ve, le sientan de maravilla —le dice en inglés, mientras ambos contemplan el vestido azul claro entallado con
dos botones hasta el escote y falda de vuelo que luce la
joven.

—No tiene importancia, Martín. Viendo a su amiga,
me resulta difícil pensar en algo que le pueda sentar mal,
al igual que ocurre con mi querida Anita. Lástima que solo
pudiera conseguir esos dos, pero en un par de días seguro
que podré adquirir algo mejor.

—No se preocupe, de verdad, no será necesario. Saldremos pronto de regreso. Es usted un ángel.

—Su amiga sí que lo es. En unas pocas frases que hemos cruzado me ha demostrado ser elegante, culta e ingeniosa. Y, si me permite un consejo, no debe usted pasar por alto la forma en que lo mira.

Al notar que ambos la están mirando, Wendeline se ruboriza y da un breve y lento sorbo a su taza.

Martín vuelve a la mesa, en la que reina una charla distendida con alguna punzada irónica de la señorita Griffith hacia Wendeline y Martín, que este último, para variar, deja pasar sin inmutarse.

Poco antes de despedirse, un botones del Palace entra y pregunta a la dueña por Martín de Inchauspe, al que en voz baja le refiere un «de parte de don Moisés» y le entrega una nota.

Don Juan Bautista Sánchez ha preguntado por usted en la recepción, y al saber que no está alojado en el hotel ha dejado un mensaje en el que dice que estará localizable a cualquier hora en la residencia de mandos del Cuartel General.

—Muchas gracias, chico —agradece Martín entregando una generosa propina al botones y, poniéndose de pie, comunica a los presentes—: Si me permiten, he de hacer una llamada telefónica a un amigo. Solo serán unos pocos minutos.

***

15 de agosto

Martín y Wendeline se han puesto en camino de regreso a Villablanca después del almuerzo.

—Llegaremos de noche —indica Martín mientras conduce—. Es más discreto, tanto para los amigos como para los menos amigos. Reggie está avisado y nos tendrá preparada una sencilla cena. Mañana descansaremos todo cuanto queramos.

—¿De noche? Quién lo diría, a esta velocidad —bromea Wendeline.

—Suelo ir más rápido cuando voy solo. Y no temas, que estamos bajo la protección de Nuestra Señora.

—No seas blasfemo.

—No, no lo soy. En misa he rezado a la Virgen del Camino para que nos proteja. —Como nota que ella lo mira reticente, añade—: Te doy mi palabra.

El camino continúa relajado, con un calor ligeramente más soportable que en otras ocasiones. El termo de agua fresca ya ha sido rellenado varias veces desde que salieron de Madrid, y ahora vuelve a vaciarse.

> *El ciego sol, la sed y la fatiga.*
> *Polvo, sudor y hierro...*

Martín recita los versos de Manuel Machado, y los traduce como puede al francés. «*L'aveugle soleil*», repite Wendeline, que contempla en silencio el paisaje gris, a veces devastado por el sol, a veces roto por los todavía visibles estragos de la guerra. El mismo sol ciego, implacable, devastador.

Antes de llegar al paso de Pancorbo, después de girar hacia el oeste, ella se extraña:

—Ya sé que has recorrido este camino muchas veces y no quiero poner en duda tu pericia, pero ¿por qué hemos dejado de lado las indicaciones hacia Bilbao?

Martín sonríe antes de contestar.

—No se te escapa una, ¿verdad?

—Verdad.

—Vamos por una carretera que va más directa hacia Castro Urdiales y el embarcadero de Saltacaballo. Voy a elegir un punto adecuado donde interceptar el envío de Liesau y Winzer. Donde se ejecute Black Death.

—¿Por qué ese nombre?

—Black Death es como llaman los británicos a la peste negra que produjo millones de muertos en el siglo catorce. Uno de cada tres europeos murió en aquella plaga.

—Es macabro —opina Wendeline, y se sume de nuevo en la silenciosa contemplación de la dura y extrema llanada burgalesa.

Después de superar el puerto de Los Tornos, que da acceso a la provincia de Santander, Martín detiene el V12 al llegar a una curva no muy cerrada, en un recoveco situado bajo un conjunto de árboles y la entrada a una pista de ganado.

—Aquí —señala Martín después de salir ambos del vehículo—. Demasiado lejos del origen como para que llegue la alarma, pero tampoco demasiado cerca como para ser descubiertos.

—¿Cuántos serán?

—No lo sabemos, pero no los suficientes, puedes estar segura. Si es algo tan reservado no implicarán a mucha gente. De todos modos iremos armados, pero solo como amenaza, y actuaremos de una forma u otra según el vehículo que sea. Espero saberlo con antelación, claro.

Mientras Martín examina los alrededores en ambas direcciones de la carretera, ella lo observa con curiosidad. Antes de reemprender la marcha es él quien pregunta.

—Cuando doblen la curva se encontrarán con la carretera cortada y nosotros saldremos desde atrás. ¿Te parece un buen lugar para interceptarlos? ¿Crees que dará resultado?

Ella se sorprende solo durante un instante y contesta como si la respuesta fuera obvia:

—No puede fallar.

***

17 de agosto

—¿Está seguro de que son ellos? ¿Seguro que esa mujer no es su hermana? —pregunta Rolf Konnecke al individuo que le está informando en plena plaza de Federico Moyúa, cerca de la puerta del consulado alemán de Bilbao.

—Sí, no hay ninguna duda —responde el otro en perfecto alemán, aunque carece de rasgos germánicos.

—Muy bien, mantenme informado —concluye Konnecke, que extrae un Makri de la cajetilla y ofrece uno al otro, que acepta y enciende con una cerilla los dos cigarros antes de marcharse.

El oficial de las SS entra en el portalón del edificio y es recibido por la secretaria del cónsul. Entonces le dan la noticia: se cree que el cónsul Burbach y el jefe del NS-DAP/AO Plohr han sido llamados con carácter de urgencia por la embajada. Pero, más concretamente, han sido llamados por orden del agregado policial Paul Winzer.

Konnecke se demuda. La simple mención del apellido Winzer ya impone respeto, si no temor, en oídos de quien le conoce o conoce su poder. ¿Cómo? ¿Cuándo? ¿Por qué? Fue mediante una llamada telefónica efectuada por el propio Winzer ayer por la tarde, y ahora mismo deben de estar de camino. El motivo no se sabe, ya que fue el cónsul quien recibió la orden en persona y se limitó a decir que tenía que viajar a Madrid; de hecho, se sabe que llamó Winzer porque así se presentó a la secretaria que descolgó el teléfono. Por su parte, Plohr ni abrió la boca.

Konnecke sale de inmediato del consulado. Ya en la calle titubea sobre qué dirección seguir. Contempla unos instantes el cielo cubierto por nubes de blanco agrisado. Finalmente se pone en marcha despacio, pensativo, en dirección al domicilio de Otto Hinrichsen, un agente de la Abwehr que le debe favores, en la calle del Músico Ledesma. Nada más ser recibido por este, le ruega con tono de exigencia:

—Necesito tener disponible un coche esta misma tarde, y con gasolina suficiente para hacer un viaje largo. Quizá no lo utilice, pero puede que sea necesario. Sin preguntas.

✳✳✳

—¿Cómo está usted, señorita? *Comment allez-vous?* —saluda el comandante Escobar cuando Martín le presenta a Wendeline.

—Encantada de conocerle —responde ella en castellano, con no poca malicia.

—Pero ¿no os...? —Martín se interrumpe al ver los semblantes travieso de Wendeline y confuso de Escobar—. Eh, bueno, sentémonos.

Se han reunido para tomar el café en una mesa del Café y Restaurante Moderno, en el Casco Viejo de Bilbao, donde Wendeline y Martín han almorzado. Este pide al *maître* dos copas de coñac y ofrece a Escobar un doble corona de Romeo y Julieta de su cigarrera.

Martín comenta, sin entrar en detalles, la acción de Miranda y su paso por «un pueblo de La Rioja» y Madrid, hasta que le llega el turno al comandante.

—¿No será algo expuesto el haber venido tan pronto?

—A ver, tú mismo me dijiste que podíamos venir —arguye Martín.

—Sí, tienes razón. Pero no me imaginaba que lo hicieras tan pronto. El caso es que las cosas están más relajadas y te han dejado de lado. Al menos por el momento.

—Eso te creí entender —asiente Martín—. Como también creí entender que había algo más.

—Sí. He conseguido averiguar, y no me preguntes de qué manera, quién ha movido los hilos para que la secreta te haya investigado.

—Apuesto a que no han sido los alemanes.

—Desde luego que no. Es algo más burdo. Al parecer, aquel falangista con el que tuviste unas palabras el día de la recepción al caudillo presentó una denuncia reservada contra ti algunos días más tarde.

—¿Cómo sabes que tuve unas palabras con ese tipo?

—Martín, ya sabes a qué me dedico. Vi cómo salías con él y vi que regresaba blanco como la cera.

—Ya. ¿Y qué alegaba en la denuncia?

—No sé los términos exactos, pero se te trataba como enemigo del Movimiento y conspirador contra el jefe del Estado. Al principio no se lo debieron de tomar en serio, pero el fulano tiene aldabas y desde la Dirección General de Seguridad se dio orden de activar el seguimiento. Y, por algún motivo, se relacionó a la señorita —hace un gesto hacia Wendeline— con esa perversa trama conspirativa.

—Hay que ser idiotas.

—Aunque no me consta, puedo adivinar que también metió a los alemanes de por medio con respecto a ella. Lo que estos encontraron no lo sé, pero ha de ser algo gordo como para intentar llevársela sin contemplaciones, y en el momento más oportuno para ellos.

Silencio. No es tenso, ni turbado. Los dos hombres aprovechan para saborear sus coñacs y los habanos. Escobar prosigue:

—Pero parece que ha habido instrucciones para dejar el asunto archivado sin más trámite. —Hace una pausa—. Y ahora soy yo quien apuesta a que tú sabes algo al respecto.

—¿Yo? No tengo la menor idea. Sabes que no me muevo en esas instancias del gobierno.

—En esas no. ¿Y en otras?

—¿Es que va a haber que decirlo todo? Sí, tengo algún conocimiento en algún que otro lugar. O puede que tenga algo que ver con mi reciente nombramiento como jefe de asuntos económicos de la Capitanía General de Baleares.

—No jodas... Con perdón, señorita. ¿Baleares? Eso es cosa del general Sánchez, ¿no? Eres un caso, Martín.

—Psss, hago lo que puedo. Estoy esperando a que llegue de un momento a otro la notificación. Por cierto, ¿quién es ese *miles gloriosus* que tanto interés se ha tomado por mi bienestar?

—Es un tal Juan Gil Bazán, secretario del jefe provincial del Movimiento. Según dicen, es un chanchullero y un tiralevitas, y para hacer méritos es más falangista que nadie. No sé qué le harías o dirías, pero la tomó contigo.

—Pues ahora me parece que voy a ocuparme yo de él.

—¡Ni se te ocurra! No estás en situación de meterte en líos gratuitamente, por mucho amparo que puedan darte.

—Tienes razón de nuevo. Entonces haré que se ocupen de él.

El comandante suspira antes de continuar.

—De todos modos, tendréis que seguir teniendo cuidado con los alemanes. Hasta ahí no llego, ni creo que llegues tú.

—¿Quién ha dicho eso? Ya estoy poniendo remedio por esa vía.

—¡Diantre! Es que no me lo puedo creer. ¿Cómo te las arreglas para ir siempre varios pasos por delante de los demás?

—No siempre. Ya has visto que a veces necesito ayuda.

—Conque a veces, ¿eh? Ahora dime, ¿tengo que preocuparme por algo en especial?

—¿A qué te refieres?

—Sobre lo que decía el camisa nueva. ¿Hay algo de eso? Sería muy grave, Martín. Es sabido que te rodeas de gente afecta al pretendiente y a veces eso puede dar que hablar. Y algo más que hablar.

—No, no hay nada de eso. Ni lo habrá. Lo cierto es que don Juan no parece tener intenciones de promover un golpe de mano. No hay apoyos claros de los aliados, y en esas condiciones podría volver a repetirse lo del 36. Franco se está forjando buenas agarraderas, y el país está empobrecido y agotado a más no poder. Sinceramente, no creo que vaya a haber nada por parte de nadie. Y el que lo intente, será un loco o un gran necio.

—Que así sea. Y por lo que se refiere a la señorita baronesa, prefiero no preguntar ni saber nada. O nada más que es una invitada de la familia, y punto. Eso ya es cosa tuya, y veo que te las compones bastante bien.

—Muchas gracias, Antonio. Aunque una pareja de guardias que se pase con alguna frecuencia por los Tilos no vendría nada mal.

Escobar sonríe y vuelve a su coñac y su habano, al igual que Martín; y este resume a Wendeline lo hablado entre ambos.

Poco después se despiden y salen del restaurante espaciadamente. En la calle ven algo más de animación por las fiestas en honor a la Patrona de la villa. Pero es una animación desvaída bajo un cielo agrisado por el sirimiri. Un panorama que provoca la sensación de pérdida de algo desconocido, o de algo que se desconoce poseer, que incita a recobrar y caer en una melancolía oculta en el fondo del alma, una especie de impaciencia, mezcla de languidez y desasosiego. Vivir en Bilbao le produce a Martín, según sus propias palabras, esa sensación de la que los ingleses entienden bastante y que llaman *spleen*. Por eso, tras dar un breve paseo, propone:

—Volvamos a casa.

—Lo estoy deseando —aprueba ella.

De regreso a casa todo es distinto. La placidez se impone sobre cualquier otra sensación sombría. Aprovechan la apertura del cielo para aislarse en el jardín, ella con Ronsard y él con *La Gaceta del Norte*, hasta que las nubes de poniente se encienden y el sol enrojece mientras cae por detrás del monte Serantes.

Al entrar en la casa, Wendeline se dirige al gabinete de Anita y se sienta al piano. Poco después, atraído por la belleza del *Nocturno número 2* de los *Op. 9* de Chopin, Martín accede a la estancia; sin dejar de contemplarla, se sienta de medio lado en la silla del escritorio. Cuatro minutos y medio comunicándose en si mayor; ella sobre el teclado, él sobre las inflexiones de su rostro en adornos y contramelodías de la pieza. Cuando termina, se miran efusivamente; tanto que Regino, que venía a anunciarles la disposición de la cena, se detiene y vuelve sigilosamente sobre sus pasos.

—No tengo palabras de tanta admiración —se confiesa él tomándole una mano.

—Fueron doce años torturada por la señorita Du Maurier frente al teclado de su estudio bajo amenazas y castigos. Parece que no todo lo malo carece de sentido.

—No puedo estar más de acuerdo. Pero la tal señorita Du Maurier solo te enseñó habilidad. Ese *ethos* en la forma de interpretar no se enseña ni se aprende.

—Ni tampoco se aprende a escuchar, ni a sentir.

Martín tarda un poco en reaccionar.

—El mundo se desangra, Roma está ocupada por los bárbaros, todo se hunde a nuestro alrededor, y nosotros escogemos este momento para arrobarnos.

—Sí, el mundo se derrumba y nosotros nos enamoramos. Pero en este momento... nada de eso me importa. Mañana volverá la pesadilla, la angustia. Pero ahora quiero disfrutar lo que estoy viviendo contigo.

***

```
                    SECRETO


                                 17 agosto 1944


      De:               Saint
      Para:             HQ / X-2
      Informante:       BG-01
      Objeto:           Orion
      Fuente:           AKAK / HOHO
      Fecha información:  17 agosto 1944


              *  *  *  *  *  *  *


    Se ha tenido conocimiento del paradero de
    los cuadros traídos a España por W. Bauer
    así como del destino que este piensa darles.
```

En estos momentos los cuadros se hallan depositados en un almacén de Madrid gestionado por el consejero de la embajada alemana Erich Gardemann, cuya dirección concreta se desconoce, a quien Bauer ha acudido como último recurso para expatriar sus bienes. Al parecer, Gardemann lo puso en conocimiento de Hans Lazar, y este, a su vez, lo comunicó a los súbditos belgas Charles Georges Koninckx y Adrien Otlet (este último residente en San Sebastián y vecino de Bernardo Aracama), exsocios del alemán. La intención de Bauer es enviar sus cuadros y otros valores a un país sudamericano, probablemente Argentina.

A través de los contactos de la embajada alemana se le ha remitido a la empresa consignataria Naviera Bilbaína, y se le ha asignado un buque que partirá desde el puerto de Santander en una fecha próxima aunque todavía pendiente de señalar.

Se recomienda la máxima atención a la menor información al respecto, habida

cuenta de los movimientos evasivos realizados por el alemán con anterioridad.

(Distribución urgente)

***

18 de agosto

Martín se ha ausentado de casa bastante temprano con el pretexto de poner gasolina al J12 para el viaje que van a emprender mañana. Pero, mientras ha dejado repostando y poniendo a punto su automóvil, ha ido hasta el domicilio de Arthur Dyer en el barrio de Las Arenas.

—Iba a desayunar precisamente ahora. ¿Un té? ¿Una tostada?

—No, nada, muchas gracias —declina el ofrecimiento Martín—. Me esperan para desayunar en casa.

—Oh, claro.

—Borra esa expresión, si no te importa. Seré breve. Tengo que pedirte un favor.

—No me lo pidas, exígemelo.

—Hay un individuo llamado Juan Gil Bazán que trabaja en el Gobierno Civil y que se mueve bajo el paraguas protector del Movimiento, con el que tuve un intercambio de pareceres algo incómodo. Y desde entonces parece que quiere imponer su opinión a toda costa, incluso por encima de mi pellejo.

—Ya veo. ¿Hasta qué punto quiere imponer su ley?

—Hasta el punto de haber movilizado a la policía secreta española para seguirme los pasos y husmear en mis negocios.

—Vaya, vaya. ¿No te advirtieron en su día tus padres contra las malas compañías?

—No es una compañía, es un parásito.

—Bien, ¿y qué sugieres?

—Creo que no estaría mal que le dieras un toque a uno de esos conocimientos tuyos para que le den un paseíllo.

—¡Cielo santo! Sí que debió de ser incómodo el intercambio.

—No, no pienses mal. Se trataría solo de un paseíllo de advertencia por su bien. Para que sepa y no se le olvide con quién está tratando. Porque no lo debe de tener claro.

—Entiendo. Veremos lo que se puede hacer. Te mantendré al corriente.

—No, en este caso será mejor que esté completamente al margen. Confío en tu criterio y en tu buen hacer.

—Gracias. Pero que conste que también sé repartir otras cosas además de bondad y excelencia.

—Me consta, amigo mío, me consta.

***

19 de agosto

En Maison Hélène, un *hôtel* de Ciboure situado en una pequeña elevación desde la que se domina la bahía de San Juan de Luz, Wendeline y Martín departen con el señor Celet, un capitán de marina mercante retirado, solterón y vividor, que se ocupa de mantener en orden las propiedades de los Inchauspe de Montenegro en la zona.

—¿Es que no se han enterado? ¡Cómo se nota que están ustedes en las nubes! Fue el día de la Asunción. Los nuestros y los americanos desembarcaron en varios puntos entre Tolón y Cannes, y han cogido tan desprevenidos a los alemanes que les están arrollando sin parar. En solo dos días ha desembarcado un ejército enorme y han avanzado muchos kilómetros hacia el norte y por la costa.

—Sí, es una gran noticia. —Se alegra Martín—. Y no teníamos ni idea.

—Aquí mismo se nota que las guarniciones de los alemanes están atacadas de los nervios —añade el francés—. Ellos mismos saben que van a durar bien poco.

Después se despiden de Celet y almuerzan en Relais de la Poste, donde Martín delibera algún negocio con dos hombres. De regreso a Maison Hélène, Martín explica su origen.

—Esta casita, al contrario que la de Cellorigo, es mía. Una donación que hizo mi padre en vida. Supongo que me veía venir, porque aquí es donde organizaba mi abuelo Pierre sus negocios de contrabando antes de convertirse en un honesto banquero.

—No seas cínico conmigo, Martín. No me gusta. En lo que sí me he fijado es que tiene el mismo nombre que vuestro yate.

—En efecto. Cuando mi abuelo mandó edificar la casa, la bautizó con el mismo nombre del cúter, pero nadie sabe a ciencia cierta a qué se debe ese nombre de Hélène, que no era ninguno de los que poseía su esposa, la abuela Blanca Teresa Francisca. Es algo que permite dejar volar la imaginación. En todo caso, este era su refugio predilecto, su bastión frente al resto del mundo.

Ella hace una pausa cabizbaja antes de revelar sus pensamientos:

—¿Sabes? Ahora que hablas de refugio... No puedo dejar de recordar el viaje de regreso desde Madrid. Los escombros, la desolación, el dolor. El sol ciego, como lo llamaste. Lo mismo que vi con Anita cuando visitamos algunos suburbios en Bilbao, con un sol ausente aunque igualmente cegado por la miseria. Pero nosotros estamos en este refugio, aquí o en Villablanca, en una isla de abundancia, de vestidos caros, de fiestas. Me hace sentir mal. ¿A ti no te ha ocurrido nunca? ¿Nunca has pensado en esta diferencia de mundos?

—Cada cual lucha desde la trinchera que le ha tocado en suerte. Unos la tenemos mejor y otros peor. Todos los días le doy gracias a Dios por haber sido de los afortunados, y también le pido entereza para ser merecedor de esta suerte, para utilizar mis talentos con decencia y honor, para encajar con la misma entereza los reveses de la fortuna que puedan llegar.

Nada más entrar en la casa, él se dirige hacia la puerta que conduce al sótano y la invita:

—Ven. Hablando de contrabando, quiero que veas algo interesante.

Descienden al amparo de la mortecina luz que procura una bombilla colgando a mitad de la escalera y llegan a una estancia diáfana tan amplia como toda la planta de la casa. Varios apliques muy simples en las paredes confieren claridad suficiente como para distinguir un amplio conjunto de pinturas fijadas en bastidores y recostadas sobre los pilares que sostienen el edificio. Pinturas antiguas de aire renacentista y barroco a los que Wendeline se acerca y examina con creciente admiración.

—¡Dios mío! Este parece un Vermeer, ¿no es así? Y estos..., estos tienen el monograma de Hals. ¿Son...?

—Vas bien, muy bien, toda una entendida. —Ríe Martín—. Vermeer, Hals, Van Dyck, De Hoogh y varios más. En total hay veintiocho.

—¿Y cómo los has conseguido? —La expresión de Wendeline se oscurece.

—Pagando, naturalmente. Un total de quinientos cincuenta mil florines holandeses por todos ellos. Un precio ridículo, ¿verdad?

Ella frunce el ceño y lo mira con evidente enfado.

—Pero no tan ridículo —prosigue él—, si se tiene en cuenta que todos ellos son falsos. Extraordinarias, admirables, pero meras falsificaciones.

El semblante de Wendeline se torna desconcertado hasta que Martín esclarece el misterio. Hace unos cuantos meses se desplazó hasta Holanda para adquirir de manos de un pintor llamado Han van Meegeren un gran lote de pinturas falsificadas, técnica en la cual es un maestro indiscutible y que practica por despecho y enemistad con el mercado del arte y los críticos. ¿Y con qué finalidad? Para sustituirlos por otros originales que algunos contrabandistas consiguen en territorios ocupados por medios fraudulentos e intentan vender en España.

—La rapacidad de los jerarcas nazis y quienes medran a su sombra en este asunto no tiene límites —alega Martín.

Todo empezó cuando algunos de esos rapiñadores se pusieron en contacto con Bernardo Aracama y con él («supongo que por la mala fama que tenemos») para hacer llegar las obras saqueadas a territorio español o portugués y venderlos al mejor postor. Al principio se negaron, aunque sin cerrar por completo las puertas a esos mismos o a otros posibles vendedores. Como ya entonces colaboraba con la OSS, Martín puso en su conocimiento estos hechos para intentar poner remedio a esa sangría de arte.

En Madrid alguien tenía noticia de la existencia de un pintor holandés experto en falsificar obras de los maestros renacentistas y barrocos flamencos e italianos que trabajaba a través de un intermediario. Lo que se hizo fue investigar a dicho pintor y, habida cuenta de su caótica situación económica y personal, se decidió negociar con él directamente. Con la mínima presión y por una aceptable cantidad de dinero le compraron todas las falsificaciones que había realizado durante años de retiro por placer o por encargos que aún no había entregado. Martín, como empresario acreditado y limpio de cualquier sospecha para el gobierno español, obtuvo un salvoconducto para viajar a la villa holandesa de Laren y cerrar el trato con dinero aportado por el Tío Sam.

—Lo que hacemos desde entonces es tratar de engañar a los traficantes de arte y recuperar obras originales robadas en museos o a coleccionistas particulares —aclara—. Cuando ponen en nuestras manos las obras que quieren vender, nosotros nos quedamos con el cuadro bueno y ponemos a la venta uno falso. Alegando motivos de confidencialidad, procuramos que comprador y vendedor no entren en contacto y descubran el ardid.

—Parece complicado y arriesgado —opina Wendeline—. Hay que hilar muy fino para que no se descubra la maniobra.

—Bueno, hemos tenido suerte. A través de ese método, y de otros aún menos confesables que no vienen al caso, hemos recuperado casi ciento cincuenta cuadros hasta la fecha.

—¡Vaya! Es un éxito entonces.

—Qué va. Solo es una ínfima parte de todo lo que se ha movido y se sigue moviendo ilegalmente. Hacemos lo que podemos.

Wendeline vuelve a contemplar en silencio algunas de esas artísticas imposturas. Hasta que Martín retoma la palabra.

—Veintidós de estos cuadros van a suplantar a los que Wilhelm Bauer trata de sacar de España clandestinamente.

Ella cesa de súbito la contemplación de los cuadros para mirarlo: ojos muy abiertos, de estupor. Él sonríe.

—Subamos —propone—. Voy a preparar un té para tomarlo tranquilamente mientras vemos cómo llueve sobre la bahía. Y te cuento cuál es el plan.

XVIII

22 de agosto

Se acerca el mediodía cuando el SS *Cabo de Hornos*, de la naviera Ybarra y Compañía, S. en C., atraca en el puerto de Santurce. Entre el pasaje viene Ana Eugenia Inchauspe, que desciende por la pasarela bajo un aire calinoso y nimbos que amenazan lluvia. Su ligero vestido azul en organza con falda de vuelo y una boina a juego le confieren un porte afrancesado.

Al pasar el control de documentos sale a recibirla su hermano, que se hace de inmediato con el neceser de viaje. Se abrazan y se alegran por su buen aspecto. Ella le rechaza con fingida molestia para abrazarse sin más demora con su amiga, que espera dos pasos por detrás, con un vestido parecido pero de color beis.

—¡Querida! ¿Cómo estás? Qué buen color.

—Tú estás ideal, como siempre.

—He hablado con Seve para que lleve el equipaje en su taxi —tercia el pragmatismo de Martín—. Ya sabe lo que hay que hacer, así que no tenemos que esperar. Nuestro coche está donde siempre, antes de llegar a las vías. ¿Vamos?

Al llegar al J12, Martín abre las puertas del costado derecho.

—Tú delante, querida —cede Ana Eugenia el asiento, y conmina a su hermano—: Anda, déjate de tanto agasajo conmigo y ponte en marcha.

Él obedece. Ana Eugenia, antes de entrar, fija sus ojos en un hombre que los contempla desde cierta distancia. Es Arthur Dyer. Ella le ofrece un saludo con la mano y una sonrisa amplia, viva, antes de acomodarse en el asiento trasero. Martín descubre a Dyer por el retrovisor y no reprime su propia sonrisa.

—Tengo un hambre canina —comenta Ana Eugenia en tono alegre en cuanto se ponen en marcha.

—La mar le produce siempre ese efecto —revela Martín—. Es un caso de estudio muy interesante según los médicos.

—Tonto —le contesta su hermana.

Por el camino se ponen al corriente de las novedades de la guerra, en lo cual Ana Eugenia les lleva ventaja por las menores restricciones a que está sujeta la prensa portuguesa en ese tema.

—Seguro que sabéis lo último. Los aliados están ya muy cerca de París, y la Resistencia ha organizado un levantamiento de la ciudad para allanarles el terreno.

Luego continúa refiriendo algunos de los trabajos de ocio y las excursiones que han ocupado su tiempo en Estoril y alrededores.

—Por lo demás, ya pudiste comprobar tú mismo que mamá y su hermana están mejor que nunca —termina de contar.

Cruzan en el transbordador desde Portugalete con el vehículo, para regocijo de Wendeline, que solo lo había cruzado a pie. Poco después llegan a Villablanca y, sin mayor dilación, disfrutan de un almuerzo tardío.

Al terminar, con las infusiones sobre la mesa, Martín pregunta a su hermana por la marcha de las actividades del Joint y por el común amigo Sequerra. Ella, desconcertada, responde vagamente que todo va bien.

—No ha vuelto a haber problemas con los visados de entrada en Brasil de los refugiados, supongo —comenta Martín.

Ana Eugenia niega con la cabeza y con un gesto de alarma, pero Martín sonríe con travesura y prosigue:

—No hay nada como hacer bien las cosas. Por cierto, tengo que ponerte al corriente del plan para interceptar el envío de Liesau y hacernos con los cuadros de Bauer, que para eso te hice venir. Hace unos días tuvimos una reunión conjunta en Madrid y ya está formado el equipo de intervención y el dispositivo.

En el semblante de la hermana se acentúa su agitación y mira de soslayo a Wendeline. Transcurren unos segundos en silencio hasta que Martín interviene de nuevo.

—Tranquila. Ella está con nosotros, ¿verdad?

Wendeline afirma con una caída de ojos y su sonrisa.

—¡Cómo! ¿Qué...? —A Ana Eugenia no le salen las palabras.

—Bueno, habrá que empezar por el principio. Aunque ya os conocéis de vista, creo que debo realizar las presentaciones formales. Querida hermana, te presento a la baronesa Wendeline Cornelia d'Oultremont-Corswarem, alias Nénette en operaciones de la red Comète y del Special Operations Executive. Señora baronesa, le presento a Ana Eugenia de Inchauspe y Montenegro, alias Myriam, para los asuntos concernientes al American Jewish Joint Distribution Committee y al Office of Strategic Services.

Las dos mujeres lo miran fijamente con palmaria confusión. Él sigue sonriendo hasta deshacer la expresión de Wendeline, que le corresponde con rubor y no le quita ojo, y tornar el desconcierto de su hermana en curiosidad.

—Vaya, vaya —reacciona al cabo Ana Eugenia con algo de tonillo—. Me da la impresión de que me he perdido cosas muy interesantes.

—El mundo nunca se detiene.

—Cierto. Hay fuerzas que mueven el mundo y que son imparables —replica ella mientras observa el rubor de Wendeline, y añade volviendo la vista a su hermano—: Como el amor.

—O el poder. Bueno, dejemos las filosofías baratas para más tarde. Ahora vamos a comentar las líneas principales del dispositivo. Y os afecta a las dos, porque estáis ambas en el equipo.

Después de ponerse Ana Eugenia al corriente, salen al jardín con tres copitas y una botella de oporto decantado.

—Es la última —indica Martín—. Habrás hecho el encargo en Lisboa, supongo.

—Sí, el que tú no hiciste el mes pasado —aguijonea su hermana, que continúa dirigiéndose a Wendeline—: Porque has de saber que estuvo por allí justo hace un mes y no hizo nada de lo que le pedí.

Las dos mujeres se sientan en la mecedora colgante y Martín en un sillón de mimbre acolchado frente a ellas. Las nubes, cada vez más oscuras, no terminan de descargar, pero las sombras de las plantas recién regadas suavizan el bochorno.

—Dime, querida —pregunta Ana Eugenia—, ¿hasta dónde te ha contado mi hermano?

—No lo sé exactamente, no puedo saberlo. Pero me ha contado muchas cosas, te lo puedo asegurar.

—Tienes que ser una auténtica hechicera para haberlo conseguido, porque es algo impropio de Martín. Las confidencias no son su fuerte. Seguro que yo te hubiera contado más. Y mejor.

Wendeline no responde y baja la vista. Martín mira a su hermana con media sonrisa, pero tampoco abre la boca, así que ella le insta:

—Sabes que no voy a parar hasta enterarme de todo lo que me he perdido.

Él calla un momento antes de responder:

—Me consta. Pero nuestra invitada no es tan embaucadora como dices, y le ha costado más de lo que puedas imaginar.

—Sabes que tengo mucha imaginación.

—Pero no tanta, como verás. De entrada, tuvo que ser secuestrada por agentes de la Gestapo.

—¡Qué tonterías dices! —se indigna Ana Eugenia—. No bromees con esas cosas.

—No bromeo en absoluto. Pero como eso no fue suficiente, se entregó a la Guardia Civil para que la internaran en el campo de Miranda de Ebro. Quería celebrar su aniversario de una forma original.

—¿Qué? Pero... ¿En el campo de concentración? ¿Se puede saber de qué estás hablando? Te repito que no tiene gracia.

Ana Eugenia se vuelve hacia su amiga con ademán de protestar, pero se calla al verla aún cabizbaja y avergonzada. Confusa, mira de nuevo a su hermano, tratando de comprender. Martín, sin embargo, se dirige a Wendeline:

—A mí no me va a creer, así que será mejor que se lo cuentes tú.

***

SECRETO

23 agosto 1944

De: Saint
Para: Madrid-Butch / X-2
Informante: BG-01
Objeto: Black Death. Datos
Fuente: '   BG-01
Fecha información: 23 agosto 1944

* * * * * * *

Confirmada la fecha señalada por Winzer para realizar su transporte: 28 de agosto, a las 10:00 pm.

El embarque se verificará el mismo día 28. El lugar será el embarcadero situado en el término llamado Saltacaballo, en el municipio de Castro Urdiales. Es un antiguo cargadero de mineral que todavía se mantiene en uso. Se evitan así los trámites que habrían de sortear en puertos como Bilbao o Santander.

El barco será el vapor llamado "Baldur", perteneciente a una compañía alemana asociada con Naviera Bilbaína. Desplaza 6.300 toneladas y navega con bandera alemana y tripulación alemana y española. Zarpará solo con media carga para realizar la travesía durante la noche.

Los alemanes intentan realizar su operación con la mayor discreción posible y, al parecer, la carga no supone prácticamente volumen alguno, por lo que probablemente su traslado desde Madrid se realizará en algún vehículo ligero y poco llamativo. En cuanto a los posibles efectivos de escolta, se presume escaso a los mismos efectos de involucrar al menor número de personas en este asunto, según palabras del propio Winzer. El encargado del traslado de esa carga secreta desde Madrid a Saltacaballo será Franz Liesau.

Asimismo, a instancias del oficial alemán, se les ha indicado la ruta más directa y discreta para llegar al lugar de embarque: seguirán el Camino Nacional I hasta el pueblo de Cubo de Bureba, donde se desviarán hacia el camino 629, que lleva directo al pueblo de Colindres en la provincia de Santander, y desde ahí llegarán a Castro Urdiales por el camino 634. Se adjunta un plano anexo con el recorrido marcado y los puntos de intercepción que se consideran más adecuados.

Recomendaciones:

- Vigilancia continua de todos los movimientos de Franz Liesau a partir del día de la fecha.

- Vigilancia de los movimientos de vehículos desde dos días antes de la fecha de embarque.

- Vigilancia y análisis de todos los contactos que mantengan Winzer y Liesau desde el día de la fecha.

Se confirma como punto de partida operativo el día 26 de agosto a partir de las 20:00 horas en el lugar acostumbrado.

El material, incluidos vehículos, deberá estar a punto en el mismo lugar de reunión. Se facilitarán planos de carreteras y uno topográfico de la zona de

```
embarque, así como una carta náutica del
litoral.
```

```
(Distribución urgente)
```

***

24 de agosto

Este caluroso viernes, el salón de té Embassy está abarrotado de burgueses y diplomáticos que, antes del almuerzo, charlan sobre sus vacaciones, sobre la guerra, sobre las últimas medidas de apoyo militar aéreo y marítimo a los norteamericanos o sobre las últimas leyes aprobadas por las Cortes en materia de trabajo y sanidad.

Alrededor de dos Dry Martini y dos copas de madeira, en el velador habitual que da a la calle de Ayala y con buena vista de la entrada, Mr. Thomas, Nemo, Alphonse y Mr. Timothy parecen departir despreocupadamente como el resto de la parroquia. En realidad, están atando los penúltimos cabos de la operación Black Death: vigilancia de movimientos, controles de paso, atuendos, herramientas, vehículos a punto y de reserva, planos, llaves de zonas seguras. Y armas.

—Esperemos no tener que utilizarlas —puntualiza Stephens.

—Amén —apoya Martín.

—De lo contrario, muy mal asunto —opina McLoughlin.

Por último se reorganizan los grupos. Stephens, Martín y Wendeline formarán uno, encargado de interceptar el envío de Winzer en el punto señalado por el propio Martín. Creswell, Ana Eugenia, Dyer y Tom Wren (un agente del SOE «que reúne las condiciones necesarias», sugerido por Dyer) formarán el otro, encargado de hacerse con los cuadros de Bauer.

—¿Seguro que solo tres seréis suficientes para haceros con el paquete de Liesau? —pregunta Creswell.

—Sí, no te preocupes —tranquiliza Martín—. Winzer me aseguró que no necesitaba espacio de bodega. Le interesa solo la discreción y la reserva en todos los sentidos. Ahora relajémonos un poco, al menos durante unas horas. Propongo una nueva ronda.

—Eh, ¿esa no es Butch? —salta Stephens en voz baja—. ¿Quién es ese que la acompaña?

Después de ver claramente al acompañante, Martín les informa:

—Vaya, vaya... Es Luis de Figueroa, conde de Quintanilla y futuro conde de Romanones, todo un Grande de España.

—Muchas fiestas en el Palace, en Puerta de Hierro... —insinúa Creswell—. Es guapa y es normal.

—¿Y tú no eres Grande de España ni nada de eso? —le pincha Stephens.

—No, yo soy vulgar, del montón. Pero os lo presentaré —anuncia Martín con aire divertido antes de acercarse a la pareja en cuestión.

Tras las presentaciones y una breve charla, Figueroa acaba invitándoles a todos a almorzar en Lhardy. Solo Martín se excusa porque tiene una invitación previa de Lazar.

***

25 de agosto

Mientras Martín se encuentra en Madrid atando cabos de la operación Black Death, Ana Eugenia y Wendeline se han vestido como dos gemelas, con chalecos finos a rayas horizontales, pantalones de mahón y zapatos planos con suela de caucho: han decidido pasar el día de pícnic en los alrededores de la villa de Castro Urdiales.

En realidad, ese pequeño viaje tiene varios objetivos: el primero, que Wendeline se familiarice, conduciendo el Citroën 7, con la escabrosidad y el firme defectuoso de las carreteras que discurren junto a la cornisa cantábrica; otro, analizar el terreno circundante y la estrada que conduce al cargadero de Saltacaballo; y el tercero, comprobar el estado de una casona situada en el barrio de Talledo que podría servir de base o punto de encuentro para la operación.

En la zona de Saltacaballo, Ana Eugenia dibuja en una libreta un pequeño plano de la instalación con notas, y Wendeline toma un buen puñado de fotografías que ilustrarán el plano.

Después, aprovechando el raro día soleado, llegan hasta una campa en el término de Urdiales, con vistas a la ensenada, donde despliegan unas mantas para dar buena cuenta del contenido de las cestas que con la habitual profusión ha preparado la cocinera. Terminan con un termo de té y dos tazas de loza, relajando el punto de excitación que han mantenido durante la mañana.

—Moni... Wendeline —se trabuca al inicio Ana Eugenia—. Vaya, es que todavía se me hace raro llamarte así, ¿sabes?

—No me extraña.

—Quiero preguntarte una cosa, aunque no tienes por qué responderme si no quieres. ¿Ha sucedido algo entre vosotros de lo que me tenga que alegrar?

Wendeline tarda unos segundos en responder.

—¿Tanto se nota?

—Verás, querida, a Martín se le ha escapado algún tuteo contigo en mi presencia, y da la casualidad de que él no ha tuteado a una mujer en su vida. Que no sea yo, claro. Y hay otras cosas, quizá menos evidentes, pero llamativas, como las miradas, las sonrisas que se cruzan. Mi hermano está de mejor humor, e incluso menos malicioso que de costumbre.

—Siento no haber...

—No, no tienes nada que sentir, mi querida Wendeline. En absoluto. Has pasado a ser una de mis más queridas amigas, que son bien pocas, te lo aseguro, y es una alegría que Martín se haya fijado en ti, que se sienta atraído por una persona con tantos encantos como tú. Me haría mucha ilusión que llegaras a ser mi hermana, no solo mi amiga.

—Y a mí. También a mí me gustaría, de verdad.

Ana Eugenia parece digerir esas palabras, y lo hace con una gran sonrisa.

—No me esperaba una confesión tan espontánea. Qué alegría. Pero no quería que te vieras obligada... No tenías por qué hacerla.

—Y si no es contigo, ¿con quién? Necesitaba sincerarme, necesito dejarlo escapar de mi pecho. No tenía a nadie con quien poder desahogar mis sentimientos, pero ahora te tengo a ti. Y no sabía cómo empezar.

—¿Y por qué tanta reserva, tanto comedimiento con quien más os quiere?

—No queríamos... Bueno, Martín no quería decirte nada hasta que se calmaran un poco las cosas.

—Como sigas haciéndole caso a mi hermano te harás vieja sin llegar a nada. Al menos en lo que concierne a sus sentimientos, algo en lo que no está acostumbrado a manejarse bien. Bueno, ni bien ni mal, no está acostumbrado sin más. Apuesto a que fuiste tú quien tuvo que dar el primer paso.

—Pues sí, es... Pero en el fondo fue él. No dijo nada, pero fue a rescatarme.

—Lo hubiera hecho con otra persona a quien tuviera un simple afecto.

—Sí, eso también me lo dijo él. Dijo que era su deber. Pero yo creo que no fue cuestión de simple deber moral... Bueno, tú ya me entiendes. Y después estuvo cuidándome en aquel pueblo de una forma tan afectuosa, tan tierna, sin que tuviera obligación de hacerlo.

—Créeme, si hay alguien que pueda ganar el corazón de Martín, esa eres tú. Una versión mejorada de mí misma.

Ambas ríen de buen grado. Ana Eugenia prosigue:

—Anda, toma un trozo de bizcocho.

—Me encantan las tartas que hace Jacinta.

—No es para menos. Creo que nuestra cocinera es la única rival que podrías tener con el tragaldabas de mi hermano. Pero bueno, mientras nos deleitamos con sus dulces, me vas a contar cómo surgió todo. Y no acepto negativas ni reticencias. Todo, con pelos y señales.

Al atardecer, de regreso, se detienen en Talledo. Ana Eugenia abre con una pesada llave la antigua casona de dos plantas enfrente de la cual se han detenido. Entran para comprobar el estado de cada habitación, la cocina, el cuarto de aseo y el ajuar existente. El informe será favorable.

***

26 de agosto

—Me intriga mucho lo de Bauer. He sabido que, a través de intermediarios, ha contactado con Paul Winzer para que le reserven una parte de la bodega del *Baldur* para embarcar los cuadros que quiere sacar del país. Pero si su intención es llevarse los cuadros a un país neutral, no tiene sentido embarcarse en el *Baldur*. La información es fiable, eso me consta. Sabemos incluso hasta el camión que va a utilizar para trasportarlos desde Madrid hasta el cargadero de Castro. Así que solo le encuentro dos posibles explicaciones: o ha planeado una estrategia de distracción porque teme que sigan sus movimientos, o desconoce realmente el destino del buque.

Martín expone gestiones, acuerdos e información que ha realizado y obtenido en Madrid ante Ana Eugenia y Wendeline en el desierto bar del Club de Golf de Neguri. Habían decidido esa mañana hacerse los once hoyos del recorrido para estirar las piernas y hablar tranquilamente de sus nuevos asuntos comunes; pero el sirimiri no ha cesado y, después del séptimo, se han retirado al edificio social para secarse y tomar un aperitivo esperando, probablemente en vano, que la lluvia conceda una tregua.

—Y esta segunda hipótesis, aunque parezca absurda, es la que más me convence —continúa su reflexión—.

Bauer tiene muy mala prensa en las instancias de la embajada porque les ha engañado más de una vez con sus trapicheos. El otro día no conseguí arrancarle a Lazar una sola palabra sobre el asunto, pero nos consta que ha sido él quien le ha facilitado la posibilidad de utilizar el buque.

—¿Crees que se quiere quedar con los cuadros? —pregunta Ana Eugenia.

—No me encaja. No necesita recurrir a embustes tan rebuscados para conseguir un puñado de cuadros. Pero puede haber terceros que también estén interesados en esas pinturas. Como sus antiguos socios, a los que también ha dejado en la estacada.

—¿Y no sería más fácil quitárselos, sin más? —opina Wendeline—. O robarlos del almacén donde están ahora. Esa gente no tiene que tener ningún problema ni escrúpulos para hacerlo.

—Es un tanto complicado —responde Martín—. Hay ya mucha gente que tiene conocimiento de la existencia de esos cuadros, incluido el Ministerio de Exteriores. Les conviene más hacerlos salir del país y, en su caso, traerlos de vuelta por la puerta de atrás con mayor cautela.

—En todo caso, ¿cuál es el problema? —pregunta Ana Eugenia—. Quiero decir, ¿en qué pueden influir las intenciones de Bauer sobre el plan que habéis trazado?

—No lo sé. Lo más probable es que no influya. Seguiremos con lo previsto.

Disfrutan durante unos momentos del silencio, de sus vermuts y del aire que entra por los ventanales. Empiezan a llegar comensales al restaurante, algunos de ellos conocidos de los Inchauspe de Montenegro, que deshacen el silencio y la discreción de sus conversaciones.

—Por cierto, cuando todo esto acabe, espero que dejéis ese juego del escondite que os traéis entre manos —dice Ana Eugenia de improviso—. Es que además se os nota de lejos.

—¿Qué juego? —se extraña Martín.

Ana Eugenia lo mira con sorna y Wendeline se sonroja.

—El de los amantes secretos de folletín que esconden su amor a todo el mundo. Incluyendo a quien más los quiere.

—No... No es eso, querida —salta Wendeline después de unos instantes de indecisión.

—Entonces ¿por qué tanta reserva sabiendo que me podéis hacer muy feliz? —continúa Ana Eugenia mirando a su hermano—. Además, ya va siendo hora de tener una boda en esta familia. Y de tener alrededor un puñado de sobrinitos que me vuelvan loca correteando y gritando.

La turbación de Wendeline se intensifica y baja la mirada. Pero Martín sonríe con cierta picardía al contestar:

—Si de lo que se trata es de tener una boda, tú me llevas la delantera, y no tienes por qué esperarme.

Ella se sobresalta ligeramente, pero Martín se anticipa.

—Ya que has progresado con la práctica del inglés, tanto en cartas como en conversaciones, lo tienes más fácil.

Ahora es Ana Eugenia quien no puede contener el rubor, aunque tan indignada que se olvida del francés y musita:

—Ese tonto se ha ido de la lengua. Le voy a sacar los ojos.

—No, nada de eso —le interrumpe Martín retomando el francés—. Arthur es un hombre decente y leal. Pero hay cosas que son evidentes, al menos para quien te conozca un poco.

Wendeline deja escapar una etérea risa.

—Perdón —se disculpa y hace una pausa—. Es que es lo mismo que me dijiste tú de Martín. Cómo se nota que sois hermanos bien avenidos.

—¿Y desde cuándo lo sabes? No me habías dicho nada —le echa en cara Ana Eugenia a su hermano.

—Porque no tenía nada que decir. Eres adulta y tienes criterio —arguye Martín—. Y buen criterio, porque no me parece una mala elección. —Se pone de pie ágilmente y continúa—: Y ahora, señoritas, este servidor de ustedes se muere de hambre y desea volver a su humilde morada para devorar el almuerzo que nuestra cocinera haya podido preparar con los restos de las cartillas de este mes. Me voy a hacer con unos paraguas y las escoltaré de buena gana en el camino de regreso, si me lo permiten.

—Eres un sinvergüenza —protesta Ana Eugenia con un mohín forzado.

—De todo punto, sí —conviene Martín; y cuando regresa portando dos grandes paraguas remata—: Lástima que sientas debilidad por los sinvergüenzas.

De regreso a Villablanca, Regino le entrega una nota a Martín antes de servir el almuerzo.

—De don Ramón —se limita a expresar el mayordomo.

W. B. en Bilbao.
Se puso ayer en contacto para requerir los servicios de aduana en caso de una posible entrada de mercancías por el puerto de Santander o de otro punto del litoral.
Ha pedido que se le entregue la información mañana sin falta, ya que tiene previsto marcharse al día siguiente.

—Pobre diablo. No tienes ni idea de dónde te has metido —susurra para sí Martín. Después le pide a Regino que traiga de la bodega una botella de Château Margaux del 28, que es debidamente decantada, reposada y servida como aperitivo previo.

—Traiga una copa más, y únase a nosotros, Reggie.

El mayordomo obedece, algo extrañado. Martín escancia una medida corta en cada copa, levanta la suya y entona un brindis:

—Señoras, caballero, felicitémonos por la liberación de París. Ayer entraron en la ciudad una división blindada francesa y una división de infantería norteamericana. No hay duda de que pronto será liberada toda Francia, Bélgica y el resto de Europa. Brindemos por la libertad, que pronto recuperaremos.

—Chisss, más bajo —impele Ana Eugenia.

—Que también llegará aquí, tarde o temprano —prosigue él en el mismo tono.

—Nos vas a buscar la ruina.

Wendeline eleva su copa y sentencia con una sonrisa:

—¡Por la libertad!

XIX

27 de agosto

Han ido llegando de uno en uno o en parejas al Hotel Norte y Londres de Burgos hasta completar el total del equipo. Vienen vestidos como si fueran auténticos peregrinos del Camino de Santiago, con bastones, calabazas huecas y conchas de vieira. Cinco se acreditan como franceses y dos como norteamericanos. Ocupan tres habitaciones, una doble para las dos mujeres y dos triples para los seis hombres. Cenan por grupos separados en el propio hotel.

Uno de los americanos sale a la calle después de cenar y da un paseo casual hasta el Espolón. No ha anochecido todavía y hace calor. Luego emboca la calle Vitoria y entra con llave en uno de los primeros edificios de la calle.

Cuando regresa al hotel, ya de noche, da unos toques a las puertas de las otras habitaciones antes de entrar en la suya, donde se reúnen todos con sigilo.

—He confirmado que todavía no ha salido nadie. Hay una camioneta Mercedes... —consulta sus notas— Mercedes Lo2000, estacionada junto al almacén de los cuadros, pero ningún movimiento. El nombre en clave será «Donatello». En cuanto a Liesau, esta tarde ha salido de su casa con una pequeña maleta de viaje y ha entrado en el hospital, pero no ha salido. Lo más probable es que tanto unos como otros se pongan en camino mañana.

Mr. Thomas da así noticia de la situación al resto del grupo.

—¿Sabremos si por una casualidad se deciden a salir de noche? —pregunta Crook.

—No. Ahora bien, es muy improbable que lo hagan, dada la información que manejamos. Quieren reducir al máximo el tiempo entre la llegada al lugar de embarque y la partida del buque. Pero, en cualquier caso, lo sabríamos mañana a las cinco, que es cuando volveré a contactar con Madrid, y aún tendríamos algún tiempo de maniobra. Bien, si no hay contraorden, a las seis en punto todos preparados. Después de atiborraros con el desayuno, vais a buscar los vehículos y cada grupo a su punto de interceptación. Yo me quedaré en el piso franco de la calle Vitoria coordinando la información de Madrid y de los distintos controles que hemos dispuesto por el camino, y transmitiéndola por el radioteléfono de campaña. El último parte será el de Cubo de Bureba. ¿Alguna duda? Entonces, cada mochuelo a su olivo.

Al salir, Nénette le pregunta algo a Myriam entre susurros; esta cabecea y le pregunta a Alphonse:

—¿Qué quiere decir *«stuff your face»*?

—Atiborrarse —responde en el mismo tono.

Ellas hacen una mueca de disgusto y se encierran en su habitación.

Crook, Alphonse y Wren entran en la suya.

***

28 de agosto

El grupo A, compuesto por Nénette, Nemo y Alphonse, está llegando al lugar elegido para interceptar el Adler Diplomat en el que a las ocho de la mañana han partido Franz Liesau, un sujeto identificado como suboficial de Allgemeine SS y uno de los chóferes de la embajada alemana. Liesau ha salido con una especie de maletín metálico y con la maleta de cuero que le vieron el día anterior. Según las instrucciones, ambos objetos constituyen el objetivo de la operación.

Después de coronar el puerto de Los Tornos, Alphonse da indicaciones a la conductora para ocultar el Lincoln Zephyr al amparo de un grupo de castaños bajos en un recoveco de la carretera abierto tras una curva. Ahí establecen su base.

Se apean todos del automóvil. Nénette extrae el radioteléfono y lo conecta. Nemo y Alphonse buscan dos piedras de buen tamaño, que llevan entre ambos hasta un costado de la carretera, justo al final de la curva.

—Es más que suficiente —opina el americano—. Y el lugar es perfecto. Con la curva por detrás no podrían maniobrar aunque quisieran.

Regresan junto al vehículo.

—La conexión es buena —informa Nénette después de un contacto de prueba con Mr. Thomas.

Cambian sus atuendos campestres por unos chalecos y pantalones negros de comando.

—Bien, ahora a esperar.

Alphonse consulta su reloj de bolsillo. Son las dos y media de la tarde. Extrae del maletero una bolsa y un imponente cuchillo de caza. Se sienta a la sombra y va sacando de la bolsa una hogaza de pan, medio queso y una botella de vino que ha tenido la precaución de procurarse cuando han pasado por Medina de Pomar.

—Supongo que ahora no protestáis por el tiempo perdido a causa de los caprichos del comilón, ¿verdad? —dice Alphonse con sorna—. Nuestra conductora beberá con la taza del termo, y tú, espero que no tengas muchos escrúpulos. Todavía tenemos unas dos o tres horas por delante —añade mientras empieza a rebanar la hogaza.

—¿Y ese cuchillo de matar osos? —pregunta Nemo.

—Vendrá bien para reventar algunos neumáticos, llegado el caso. Además de para cortar pan y queso.

***

A poco menos de un kilómetro de Cubo de Bureba, donde el Camino Nacional I se desvía hacia vías peores pero más directas hacia Castro Urdiales, el grupo B (Myriam, Mr. Timothy, Crook y Wren) espera a la sombra de unos árboles que, junto a un abrevadero, forman una especie de oasis en el manto árido de la planicie burgalesa. Mitigan la espesura del calor meridiano con dos botijos, de los que beben por turnos, y alivian la espera con una cajetilla de Lucky y un zippo que pasan de mano en mano.

—Teníamos que haber traído algo para matar el hambre —se queja Wren.

—Os dije que teníamos que haber parado en Briviesca para comprar algo —reprocha Myriam—. Seguro que mi..., que Alphonse lo ha hecho.

—No nos podemos comparar con el señor perfecto —bromea Crook.

—Desde luego que no.

—Un momento —reclama atención Mr. Timothy desde su puesto en el radioteléfono.

Mr. Thomas les informa de que Black Death (nombre en clave del vehículo en el que viaja Liesau) está atravesando Briviesca. Eso quiere decir que en menos de media hora pasarán junto a su posición.

—Vaya, sí que van rápidos —comenta Wren al terminar la conexión—. Han salido una hora más tarde que los otros y ahora les llevan una hora de adelanto, o más.

Retiran el Packard 115 por detrás de unas matas de arbustos y depositan algunas ramas cortadas sobre la carrocería hasta ocultarlo. Todos se agachan a cubierto del vehículo y preparan sus armas excepto Crook, que controla la carretera con unos anteojos prismáticos para prevenir el paso del Adler. En cuanto se produzca, lo comunicarán a Burgos y esperarán la llegada de Donatello (el camión con los cuadros de Bauer): su turno para actuar.

**

La sombra de los castaños se alarga cada vez más. Alphonse deja de otear la cima del puerto con los prismáticos y vuelve a comprobar la hora. Son casi las cinco, pero no han recibido noticia alguna desde las tres, en que Mr. Thomas les comunicó que los de Black Death se habían detenido en Burgos para almorzar y tomar un descanso. De los puntos de información siguientes, ninguna noticia. Desciende el pequeño terraplén desde el que vigilan la carretera por turnos.

—¿Nada? —pregunta Nemo.

—Nada, y tenían que haber llegado —asiente Alphonse, que acto seguido pide a Nénette—: Comunica de nuevo con Burgos para saber qué sucede y por qué no nos informan de nada.

Ella obedece y transmite la clave en tres ocasiones. No recibe señal. Regula ligeramente el sintonizador y vuelve a requerir el contacto. Realiza otros dos intentos de transmisión que resultan infructuosos.

—¿Qué ocurre? —pregunta Nemo.

—No puedo contactar, no hay señal de respuesta.

—Ya sé que en Comète también eras especialista en transmisiones, pero déjame intentarlo —requiere aquel.

Ante la mirada expectante de Alphonse y Nénette, el americano repite las mismas operaciones, intenta regular el sintonizador en varias ocasiones pero tampoco consigue contactar.

—Probaré con el grupo B —dice al cabo.

También resultan vanos los intentos de contactar con el grupo apostado en Cubo de Bureba.

—Debe de haberse estropeado —concluye Nemo.

—¿Estropeado? —exclama Alphonse—. ¿Así, de repente? Antes ha funcionado perfectamente.

—No lo sé. Quizá se haya fundido alguna válvula, o falla la batería. A veces estos aparatos dan problemas.

—Pero ¡qué mierda de material usáis! —se indigna Alphonse—. ¿De cuándo es esto? ¿De la guerra de Secesión?

—El material nos lo suministraba el que acabó siendo un topo. Desde que lo descubrimos, no hemos encontrado un sustituto fiable y tenemos problemas logísticos de este tipo.

—¿Y por qué no me lo habéis dicho? Podría haber buscado otra fuente de suministros. Quizá ahora no estaríamos así.

—Bueno, esta discusión no nos lleva a nada —tercia Nénette—. Ahora hay que pensar qué hacemos.

—El problema es que no sabemos la causa —repara Nemo—. Ni sabemos ni podemos averiguar por qué no vienen todavía para poder obrar en consecuencia.

—Pero sí sabemos que algo no ha salido como estaba previsto —afirma Nénette.

—A ver, calma y cabeza fría —propone Alphonse—. Tenemos dos opciones, o esperar o movernos. Si nos movemos, no sabríamos hacia dónde tirar. ¿Regresar a Burgos? ¿Ir a Bilbao? ¿O al lugar de embarque? Yo creo que lo mejor será esperar por si vienen retrasados. Y porque, al menos, los demás saben dónde estamos para venir a ayudarnos, o a pedirnos ayuda, o simplemente a contarnos lo que ha sucedido. Si pasa el tiempo y no ocurre nada habrá que ir al punto de encuentro en Talledo.

Los otros meditan sobre lo planteado. Finalmente, Nemo acepta:

—Sí, creo que será lo mejor.

—¿De acuerdo? —pregunta Alphonse dirigiéndose a Nénette.

—Sí, también estoy de acuerdo.

—Entonces, paciencia. Enredad un poco en ese trasto, a ver si podéis arreglar algo por casualidad. Yo volveré a la guardia.

El tiempo transcurre, inerte y pesado. La carretera desierta. El calor decaído.

Cinco minutos antes de las seis Nemo releva a Alphonse en el puesto de vigía y este desciende hasta el recoveco que les sirve de base.

—Es curioso, pero da la impresión de que todo está bien —le dice Nénette mientras encaja la tapa del transmisor—. Si sigo enredando acabaré por romperla totalmente.

—No importa. Nos las apañaremos —responde él posando con delicadeza una mano sobre la de ella.

Sus ojos se enredan durante unos instantes eternos; eternidad que desaparece al oír un silbido.

Nemo baja corriendo por el talud, y al llegar les informa:

—Un Mercedes. Viene un camión Mercedes. Y creo que es el mismo que iban a utilizar para los cuadros.

—Pero ¿qué demonios está pasando? —se pregunta Alphonse, que inmediatamente reacciona—. ¡Vamos!

Los dos hombres colocan las piedras en medio de la carretera. Después, Alphonse desenfunda su Star. Nemo se cuelga por delante la correa de un subfusil Thompson. Los tres se agazapan en el recoveco bajo los árboles. Y esperan.

***

Un Adler Diplomat avanza todo lo veloz que le permite el pavimento, no pocas veces irregular, del Camino Nacional I. Sus ocupantes, después de almorzar en Casa Ojeda y echar una pequeña siesta para evitar las horas de más calor, han proseguido su camino.

—Oiga, ¿dónde se toma la desviación hacia Santander? ¿No estamos tardando demasiado? —pregunta Liesau al chófer después de atravesar el desfiladero de Pancorbo.

—¿A Santander? ¿Qué desviación? —se extraña el aludido.

—Mierda, se me olvidó decírtelo, Hans —salta un suboficial de las SS de paisano que va en el asiento del copiloto, al tiempo que sale de un sopor continuo.

—¿Decirme el qué? —replica el chófer.

—¿Hemos dejado atrás un pueblo que se llama... —consulta unas notas— Bureba, o algo así?

—Fuentebureba.

—No. Es no sé qué de Bureba.

—Cubo de Bureba.

—Sí, eso es.

—¡Mierda, es verdad! ¡Era la desviación! Hace ya un buen rato que lo hemos pasado.

—Menos mal —respira el otro—. No, aunque por suerte, no lo has hecho mal. Si te hubieras desviado tendríamos que dar la vuelta y retroceder.

—¿Qué es lo que pasa? —se extraña Liesau desde atrás—. ¿Es que no saben la ruta?

—Nada, no pasa nada —tranquiliza el acompañante—. Vamos bien.

—A ver, vamos a un embarcadero que está en Santander, ¿no es así? —pregunta el chófer.

—No exactamente. Los planes han cambiado.

—¡Esta es la carretera de Francia!

—En efecto, por esta carretera tenemos que ir. Son las instrucciones de última hora del comandante Winzer.

—Ah, si es así, me fiaré de su criterio —concluye Liesau.

***

—Insisto en que no han pasado por aquí —asegura Mr. Timothy elevando la voz y acercando más la boca al auricular—. De hecho, durante horas no ha pasado un solo vehículo en este culo del mundo.

—No lo entiendo —expresa Mr. Thomas desde el otro lado de la línea—. Me han confirmado desde el control de Briviesca que han pasado por allí hace más de una hora.

—Entonces ¿qué demonios ocurre? ¿Se habrán parado por el camino?

—No lo creo. La parada la han hecho en Burgos.

—¿Puede que sea un pinchazo o una avería?

—Esos nunca tienen averías.

Silencio. Mr. Timothy se vuelve hacia los demás con gesto preocupado.

Wren sigue avizorando la carretera con los prismáticos. En vano.

—¡Joder! —exclama de repente Crook—. Eso es que han sido más listos que nosotros. —Se hace con el auricular y pregunta—: Eh, Tío Tom, ¿hay alguna otra ruta que hayan podido seguir desde ese pueblo?

Mr. Thomas consulta el mapa y responde:

—No. Salvo que hayan seguido por la carretera de Irún, pero eso no tiene mucho sentido.

—¿Cómo que no? Por ahí se va también a Bilbao. Y de Bilbao a Castro Urdiales no hay excesiva distancia.

—No, no la hay —confirma Mr. Thomas en el mapa—. Lo cierto es que podría ser una alternativa.

—¡Pues claro! Nos han dado esquinazo y van por otro camino. Ese Winzer debe de ser más listo de lo que os creéis.

—¿Y cómo va a...?

—¡Espera! —avisa Wren, que sigue mirando con los anteojos—. Viene un camión. Y creo que es alemán.

—Escondeos todos —advierte Mr. Timothy.

—¿Qué está ocurriendo ahí? —pregunta Mr. Thomas, y Crook desciende el volumen hasta apagarlo.

Todos obedecen. Wren se demora algo más en hacerlo para comprobar la clase de vehículo, y según se esconde detrás del Packard confirma:

—Es una camioneta Mercedes con la caja de carga tapada por una lona rígida. Y esos idiotas del control no nos han avisado.

Al poco, pasa junto a ellos y prosigue a buen ritmo.

—Me temo que vamos a tener que cambiar de planes —dice Mr. Timothy.

—Es evidente —confirma Crook—. Myriam, ponte al volante y saca de ahí el coche. Échale una mano, Wren. Y tú dile al Tío Tom que vamos a intentar alcanzar a Liesau. Que avise a Alphonse del cambio de planes y que lo tiene fácil, porque los del camión son españoles y van sin escolta.

Mr. Thomas recibe el mensaje, además de la bronca por no estar atento al paso del camión de los cuadros, y se muestra conforme. Pero no consigue contactar con el grupo de Alphonse, aunque lo intenta repetidas veces. Así que, después de pensarlo, toma el mapa, su automática M1911 y las llaves de su vehículo para salir detrás del camión, no vaya a ser que les pille desprevenidos. Toda la operación se está yendo al garete.

***

Un camión ligero Mercedes Lo2000 comienza a descender el puerto de Los Tornos. Con las ventanillas abiertas, los dos ocupantes disfrutan del aire más fresco que la altitud y la media tarde ofrecen como compensación al calor sufrido durante el resto del viaje.

—Ten cuidado ahora, que esta parte es más puñetera que la otra —avisa el acompañante al tiempo que observa un mapa—. Ya va quedando menos.

—Desde luego, no han podido buscar un sitio más enrevesado para ir esta vez —comenta el conductor.

—Tú calla y obedece, que nos vienen muy bien estos encargos bajo cuerda de los cabezas cuadradas. Y a ver si duran. Mientras tengamos...

—¡Coño! —exclama el conductor, y pega un frenazo al encontrarse con dos pedruscos en mitad de la carretera a la salida de una curva.

El vehículo se detiene casi en seco. Atónitos, los ocupantes ven salir de la nada a un sujeto vestido de negro y con la cara tapada hasta los ojos por una braga militar que les apunta con una pistola a través del parabrisas.

—¡Fuera! —les ordena moviendo el arma—. Y las manos bien arriba. Un movimiento en falso y disparo.

Otros dos sujetos ataviados del mismo modo salen por detrás. Mientras uno destapa con cuidado una parte de la lona rígida que cubre la caja, el otro apunta al interior con un subfusil. Comprueban que solo hay tres embalajes de madera. El que ha abierto la lona sube, observa la carga y levanta un puño con el pulgar hacia arriba. El de la pistola contempla al otro hacer el mismo gesto y se dirige a los transportistas:

—Venga, ahí, en la cuneta. Y las manos en la nuca, ¿entendido?

Los otros dos se reúnen con el de la pistola, que pasa el arma a uno de ellos y ordena:

—*Surveille-les.*

El otro obedece y los transportistas, con expresión de pánico, ven cómo les encañona con una Star, sobre cuyo metal oscuro refulgen unos ojos de intenso azul.

—¡No nos maten, por favor! No sabemos lo que llevamos ni por qué. No nos...

—¡Silencio! —ordena el que los encañona con acento extranjero y voz algo meliflua, al cual se le escapan unos mechones rubios que brillan con el sol poniente sobre la prenda negra que oculta su rostro.

—Tiene el gatillo fácil, así que háganle caso —les dice el que tenía la pistola antes de retirarse a conferenciar con el otro en un idioma extranjero.

***

—Algo ha salido mal, me temo —concluye Stephens.

—Todo está saliendo jodidamente mal —remacha Martín.

—No tengo mucha imaginación, y tampoco te llego ni a la altura de los talones improvisando, así que el mando es tuyo.

Martín no contesta. La mirada perdida al fondo, hacia el norte. Wendeline los mira expectante pero serena, sin dejar de encañonar a los dos transportistas con la Star. Stephens rompe el silencio con una propuesta.

—¿Abortamos la operación?

Martín tarda algo en responder.

—No, nada de eso. Seguiremos adelante, aunque con algún cambio. ¿Tenemos cuerdas?

—¿Cuerdas? No. Espera, sí, las que envuelven las herramientas.

—Perfecto. Hay que atar a esos dos de pies y manos. —Se dirige hacia ellos y les habla en castellano—: No les vamos a matar, no les va a ocurrir nada si obedecen. Pero si intentan hacer algo extraño o no nos hacen caso cambiaremos de idea. Usted, suba conmigo al camión, por favor. —Y habla de nuevo en inglés—: Empieza por ese.

Martín sube a la cabina y se pone a los mandos. El que venía conduciendo sube al otro asiento.

—En su día conduje uno parecido, pero de eso hace ya unos años y no recuerdo bien. Dígame cómo van el estárter y los cambios. Los niveles ya los veo.

Practica brevemente según las explicaciones que recibe. Cuando termina, Stephens y Wendeline están terminando de atar al otro.

—Ahora déjese hacer y todo irá bien, le doy mi palabra.

Entre los otros atan al segundo. Les vendan los ojos con unos pañuelos. Uno de ellos empieza a susurrar un padrenuestro, pero Martín le interrumpe.

—¡Cállese! —Le da una palmada en la cabeza—. He dicho que quietos y calladitos. —Se dirige al automóvil y extrae del maletero abierto dos grandes ganzúas de barra—. Stephens, ayúdame. Wendeline, toma los prismáticos y echa de vez en cuando un vistazo a la carretera, por si viene alguien.

Al verla, Stephens propone:

—Quizá sea mejor quitar ya esas rocas y dejar el camino libre, ¿no?

—Tienes razón.

Empujan los pedruscos hacia la cuneta que da al monte, junto a los dos maniatados. Después suben a la caja de la camioneta. Martín toma una de las barras y la aplica a una de las tapas laterales de la caja más grande.

—Vamos, tú dale fuerte a esa, pero no rompas la tapa ni la abras del todo para poder reponerla como si estuviera intacta.

Con cierto esfuerzo consiguen abrir parcialmente los tres embalajes; lo suficiente como para extraer las pinturas que vienen en su interior, enrolladas y protegidas con paños y fieltros. Luego las introducen en el automóvil; algunas grandes en el asiento posterior y las demás en el maletero.

Cuando terminan de reponer los embalajes se reúnen los tres.

—Os diré lo que he pensado —dice Martín—. Wendeline, vas a ir con el automóvil y las pinturas a la casa de Talledo. Por supuesto, antes de entrar asegúrate de que sigue franca. En la cochera hay bidones de gasolina para repostar, porque será necesario. Luego nos esperas —despliega un mapa— aquí, en este recodo sobre una pequeña rada. Si ves que tardamos demasiado en llegar, regresas a Talledo y esperas allí hasta que se reúna el resto del equipo.

—Pero...

—No protestes y hazme caso. Toma las llaves de la casa y la cochera.

—¿Y vosotros? —insiste Wendeline.

—Will y yo iremos a entregar la carga, tal y como estaba previsto.

—¿Perdón? —se alarma ella.

—¡Estarás de broma! —exclama Stephens—. ¿Qué es eso de «tal y como estaba previsto»?

—No es broma. Iremos a Saltacaballos y entregaremos la carga, que es lo que esperan los alemanes. Si no, puede que cambien de planes y no sepamos a qué atenernos. Nos pondremos la otra ropa y nos haremos pasar por dos camioneros.

—Eso es una locura —opina Wendeline.

—No, en absoluto. Nadie nos conoce y nadie nos va a pedir nada que no tenga que ver con la entrega. Habrá alemanes que poco sabrán de español y nosotros somos unos palurdos que no hablamos alemán. Les dejamos las cajas, firmamos la entrega y nos vamos. Y entretanto podríamos actuar desde dentro, llegado el caso.

—Pero puede reconocernos alguien, sobre todo a ti —objeta Stephens—. Alguien con quien no contemos. O con el propio Liesau, si es que llega.

—En tal caso, la adrenalina y las Star que llevaremos al cinto nos ayudarán a salir del paso. Y recemos por que

Crook tenga un plan de contingencias para poner en marcha.

—En buena hora te pedí que colaborases con nosotros.

—¿Es que no lo hago bien?

—Demasiado bien.

—No hablará en serio, Will —tercia Wendeline—. ¿Es que piensa hacerle caso? ¿No le va a impedir que cometa ese disparate?

—No puedo. Sería capaz de ir él solo, así que moderaré su temeridad acompañándole. O al menos lo intentaré.

—¡Están locos!

—O demasiado cuerdos —replica Martín.

—¿Y qué vamos a hacer con esos dos? —duda Stephens.

—Nos los llevamos en el camión y los dejamos en algún lugar en el que les puedan encontrar fácil pero no rápidamente. Ya veremos dónde. Ahora, en marcha. No hay un minuto que perder.

***

A pesar del apremio sometido al acelerador por Ana Eugenia, el Packard no ha conseguido alcanzar al Adler.

—Llevamos demasiado peso y su coche es demasiado rápido. Esto no era lo previsto —la ha disculpado Dyer.

Al filo de la media tarde han entrado en Bilbao. El
vehículo se detiene frente a un portal en la Alameda de
Urquijo. Dyer sube a su apartamento bilbaíno, desde el
que comunica telefónicamente con el cónsul Graham William y con su contacto en la División de Inteligencia Naval británica. Después se ponen de nuevo en marcha por
el Camino Nacional 634, en dirección a Santander. Con
el sol encendiéndose y empezando a caer por detrás de las
montañas que bordean la costa llegan a la cima del puerto
de Saltacaballos. En la primera curva de descenso la conductora maniobra para dejar el automóvil en un amplio
costado de la carretera, orientado en dirección a Bilbao.
Todos se apean. Dyer, Creswell y Wren se cuelgan a la
espalda sendos subfusiles Sten y se despliegan en dirección
a la punta donde se ubica el embarcadero.

Se asoman despacio y descubren el vapor *Baldur*
atracado junto al cargadero y a numerosas personas ata-
readas. También se distinguen algunas vagonetas en el
brazo voladizo del cargadero descargando mineral. Lo que
no se aprecia desde esa zona es un grupo de automóviles
con varios agentes alemanes a su alrededor, y un camión
del que dos hombres extraen un voluminoso embalaje de
madera que los marineros tratan con cuidado al estibarlo
en la bodega cercana a popa.

Ana Eugenia, que se ha quedado cerca del coche,
contempla con un destello de nostalgia en sus iris el refle-
jo áureo que traza el crepúsculo sobre la mar hacia el acan-
tilado de Punta Galea, hacia su hogar, hacia otro tiempo.

—¡No me lo puedo creer! —oye exclamar en voz baja a Dyer, que vigila con unos prismáticos el embarcadero y sus alrededores desde el punto más avanzado—. Pero ¿qué están haciendo ahí ese par de insensatos? Vamos, tenemos que echarles una mano —insta dirigiéndose a Wren y Creswell.

En ese instante, en los ojos miel de Ana Eugenia la evocación cede ante la extrañeza: una especie de estela rectilínea parece surgir de la nada avanzando rápidamente hacia el punto donde se sitúa el embarcadero.

**

Son casi las siete cuando Stephens y Martín han alcanzado la desviación que conduce al embarcadero de Saltacaballos.

Nada más llegar, un par de sujetos les han ordenado parar y les han preguntado por el motivo de su llegada. Martín, simulando ser un palurdo, se lo explica toscamente y le facilita la documentación y el visado de la agregaduría policial de la embajada. Los agentes alemanes examinan la documentación y confirman lo indicado antes de franquearles el paso. Siguen hasta una explanada, el límite al que se puede llegar conduciendo, donde hay varios automóviles estacionados. Allí les ordenan dejar el Mercedes Lo2000 junto a un Adler Diplomat. Descienden del vehículo. Martín se cala una parpusa para ocultar algo más su aspecto y mira hacia todas partes como si estuviera asombrado: hay un buen número de personas, todas ellas hablando en alemán, que forman un ajetreo comedido y silencioso subiendo y bajando por un camino estrecho y empinado que parece descender hacia el mar rodeando el saliente terrestre. Pero desde ahí no se divisa ni el *Baldur* ni el punto de embarque.

Nadie parece hacerles caso hasta que, al poco, se presenta Volker Bohnsack, el capitán del buque; chapurreando en castellano confirma el cargamento que han traído y les ordena llevar las cajas hasta el muelle de carga.

Stephens y Martín obedecen. Entre los dos trasladan trabajosamente las tres cajas, una a una, por el camino que, atravesando antiguas instalaciones mineras y un pequeño túnel al final, lleva hasta el muelle de carga. Según las llevan, los operarios del cargadero las depositan en el puente voladizo y desde allí las hacen descender hasta la cubierta. El capitán ordena su estiba en la bodega anterior a la de popa.

Cuando termina la estiba de la tercera caja se quedan contemplando durante unos minutos cómo proceden a la carga de mineral de hierro en la bodega de proa desde vagonetas que vienen por unos raíles a través del puente voladizo; y también cómo un sujeto entra en la zona del puente con un maletín metálico («Eh, mira eso»). Hasta que les ordenan apartarse de allí.

Se dan media vuelta, dispuestos a marcharse, cuando ven acercarse por el camino a un práctico de la oficina de

Portugalete llamado Manuel Zulaica acompañado por el cónsul alemán Friedhelm Burbach.

***

Wendeline permanece a la espera dentro del Lincoln en un ancho arcén cerca de la punta de Lamie, en la refulgente ensenada de Tejilla, el lugar indicado para esperar a Martín y Will. Aunque todavía queda bastante tiempo para la hora límite de espera acordada, se aprecian ostensibles muestras de nervios e intranquilidad en su actitud.

Sale del vehículo. Intenta otear en la luz decreciente la situación del embarcadero, y apenas distingue la silueta del *Baldur*, pero nada más. Pasea de un lado para otro alrededor del automóvil; vuelve a comprobar la hora en su reloj de pulsera; pone una mano sobre los ojos a modo de visera para mirar hacia el embarcadero; deja caer la vista al suelo, pensativa. No sabe si están en peligro o dominan la situación.

Después se pone de nuevo al volante y arranca el motor. Permanece quieta durante unos segundos hasta que engrana la primera marcha, entra en la carretera y avanza muy lentamente hacia Castro Urdiales. Está incumpliendo lo acordado con Martín, aunque posiblemente él ya cuenta con su rebeldía. Avanza con lentitud y precaución, mirando por los retrovisores y tratando de lanzar la vista hacia delante en las curvas para evitar sorpresas desagradables.

Pero no podrá evitar las sorpresas. La primera, una fuerte explosión que casi le hace salirse de la carretera. En el costado de babor del buque, todavía amarrado al embarcadero, surgen algunas llamas y una columna de humo. Su expresión de alarma se acentúa. Y acelera. Poco antes de llegar a la altura de la pista que lleva al embarcadero vuelve a sobresaltarse: a la salida de la última curva encuentra la carretera obstruida por un vehículo y, detrás de este, una figura embozada apuntándola con una pistola. Frena en seco y se queda mirando como hipnotizada a la figura amenazante.

—¡Fuera del coche! ¡Y con las manos en alto! —le dice en castellano una voz femenina.

Ella obedece, y nada más salir escucha de nuevo esa voz, pero en francés.

—¿Tú? Pero, querida, ¿qué estás haciendo aquí?

***

—Espabila —sugiere Martín, al que ambos sujetos conocen, mientras baja más la visera de su gorra.

Ajustan el paso de modo que se cruzan con los recién llegados en el pequeño túnel que da acceso al muelle de carga. En el momento de llegar a su altura, el cónsul alemán afloja la marcha y contempla detenidamente a Martín, quien a su vez lo mira de reojo.

Apenas han recorrido un pequeño tramo de la abrupta subida hasta la camioneta cuando el estruendo de una fortísima explosión anega el ambiente. Todas las cabezas se vuelven hacia el origen del ruido. De la zona del cargadero, que acaban de perder de vista, se eleva una columna de humo negro. Suenan gritos y se producen carreras descendentes.

—Ha sido en el barco —advierte Stephens—. Ha estallado.

—No te detengas, tú sigue adelante.

Menguados por el cansancio, ascienden ambos con esfuerzo hacia la carretera sin volver la vista atrás. Pero llama la atención que todos se centren en el barco y solo ellos vayan en dirección contraria y aceleradamente. Oyen gritos en alemán que pretenden ignorar, aunque saben que están dirigidos a ellos. Aprietan más el paso. Suenan disparos de pistolas y dos balas impactan en el suelo cerca de su posición. Se esconden tras unas rocas salientes al borde del camino junto a las que providencialmente estaban pasando. Los disparos les acorralan en ese pequeño refugio.

—¿Crees que esta la contamos? —dice Stephens como para sí.

—No me obligues a decirte la verdad —contesta Martín.

Pero, al poco, suenan ráfagas que parecen surcar el aire en dirección contraria.

—¡Subfusiles! Bendito seas, Arthur —susurra Martín antes de gritar—: ¡Vamos!

Aprovechan para seguir ascendiendo con el cuerpo agachado, casi a gatas en la zona más empinada. Desde lo alto se oye un grito en inglés: «¡Rápido, os cubrimos!», y se forma un pandemónium de disparos cruzados.

Al llegar a la altura de la carretera no prosiguen por ella: van por debajo y se lanzan corriendo a campo travie-sa bordeando la costa. Dejan atrás los disparos, y también gradualmente dejan de sonar los subfusiles.

Detona otra explosión idéntica a la anterior y de la misma procedencia. Aunque cesa el tiroteo, Martín y Ste-phens siguen corriendo para salir del campo de visión de los alemanes. Hasta que alguien los llama desde la carretera:

—¡Eh, por aquí, rápido!

Ahí, apenas a unos metros, el Lincoln y el Packard, por ese orden, esperan con los motores en marcha. Se di-rigen corriendo al primero y entran en la parte trasera. Aún sin cerrar la puerta, el automóvil sale disparado y derrapando.

***

Poco después de la llamada de Arthur Dyer a su enlace en el Almirantazgo, el comandante McIntosh, al mando del submarino *HMS Spectre*, que realiza labores de patrulla cerca de Cabo Villano, dispone zafarrancho de combate al recibir la orden de dirigirse hacia Punta de Sal-tacaballos.

Llegando a la altura de Punta Galea ordena disminuir la marcha y levanta el periscopio. En dirección oeste divisa el cargadero de Saltacaballos, en el que un buque realiza labores de carga. Sin tardar identifica el buque: un vapor, de nombre *Baldur*, con bandera alemana. Es el objetivo y en el lugar señalado.

Unos segundos más tarde, acercándose milla y media más al objetivo, con Punta Lucero a unos pocos cables de distancia, ordena fuego por babor. La estela de un torpedo se va difuminando hasta que impacta a la altura de la tercera bodega del vapor. McIntosh comprueba visualmente los daños. El impacto ha sido certero: ha abierto una amplia brecha en el casco, ha inutilizado los cañones defensivos que llevaba instalados en esa zona y ha destrozado los botes salvavidas.

Cinco minutos más tarde, con las máquinas ya casi paradas, el comandante ordena fuego por estribor: esta vez el impacto se produce a la altura del puente de mando. El buque se parte en dos y finalmente queda hundido, aunque con parte del casco a la vista, habida cuenta del escaso calado de esa zona aún en pleamar.

Se transmite el resultado de la misión: el vapor alemán *Baldur* ha sido destruido y el embarcadero de Saltacaballos, que venía siendo utilizado por buques alemanes y españoles dedicados al contrabando de mineral de hierro y de wolframio, ha quedado bloqueado y sin posibilidad de uso en lo sucesivo.

El comandante McIntosh ordena anotar en el cuaderno de bitácora del *Spectre* los datos del buque hundido: hora, 7:50 p.m.; posición, 43°21'50"N, 3°11'4"W.

***

Friedhelm Burbach maldice por lo bajo. Todo estaba saliendo a la perfección, conforme a las instrucciones del comandante Winzer. Pero, a última hora, se ha malogrado.

—Sí, era un submarino. He visto claramente la estela del segundo torpedo acercándose al barco —ha relatado uno de los marineros.

Ese maldito submarino inglés ha venido a frustrar la operación hundiendo el vapor. Además, ha inutilizado el cargadero durante mucho tiempo, y no se podrán repetir los envíos de mineral que se realizaban de forma subrepticia desde allí. Y, por si fuera poco, el ataque ha producido bajas: hay varios muertos y numerosos heridos.

Llegan más agentes alemanes empuñando pistolas y fusiles. Desconfían de los españoles que colaboraban en la estiba y les interrogan de malos modos, hasta que se convencen de que no ha sido un sabotaje. Poco después se acercan varias embarcaciones desde el puerto de Castro Urdiales para evacuar a supervivientes y heridos.

En la superficie de la ensenada se pueden ver restos de embalajes, maletas, ropas, maderas y otros enseres. Durante un instante, no lejos del casco hundido del buque brilla un maletín metálico abierto y quebrantado. Más allá, un trozo de madera aún mantiene la inscripción «W. Bauer-Bayonne».

El capitán Bohnsack, el único que permanece en los restos del *Baldur* encaramado a un pasamanos de proa, imparte instrucciones a las lanchas que llegan de Castro Urdiales sobre el traslado de los heridos y la recuperación de los cadáveres, mientras sostiene una carpeta con los documentos que ha podido rescatar *in extremis*. Cuando termina, consigue llegar al muelle de carga gracias a una de las lanchas.

—Esto se va a pique, señor Burbach —dice Bohnsack, al ver acercarse al cónsul.

—Ya se ha ido, capitán —responde el otro—. Y sin remedio.

—No me refiero al *Baldur*, señor.

—Yo tampoco.

—Ya, claro. ¿Quién va a dar cuenta de este desastre?

—No se refiere a la naviera, ¿verdad?

—No, el trato con Haeger und Schmidt me corresponde a mí.

—Seré yo. A mí me corresponde darles cuenta a ellos.

—Que le sea leve, señor. Espero que entiendan que esto no ha sido culpa de ninguno de nosotros.

—Gracias. Pero ya no son tiempos de esperar nada de nadie.

XX

A pesar de que está oscureciendo y van con las luces apagadas, los dos vehículos toman una desviación a la derecha; dejan el camino nacional para tomar una carretera local que conduce al barrio de Talledo. El Packard abre la marcha a buen ritmo y el Lincoln sigue sus pasos sin problemas.

Atraviesan el pequeño valle de Baltezana.

—¿Es aquí?

—Qué va, todavía queda un buen trecho.

Luego el camino se convierte en una pista bacheada y muy tortuosa que asciende a cubierto de un frondoso bosque atlántico en el que empiezan ya a caer las primeras hojas. Pero los automóviles apenas aminoran la marcha. Son solo cinco kilómetros que la tensión y la difícil ruta parecen multiplicar.

—Era imposible encontrar algo más lejos, ¿no?

—Cierto, muy difícil.

Por fin, llegan al caserío de Talledo. Cerca de la ermita, junto a la amplia cochera aneja a una casona de piedra de dos alturas, se encuentra estacionado un Chevrolet de color ocre.

—Thomas ya ha llegado.

—Pero no se ve luz.

—Simple precaución.

—Se ve que no tenía llave del garaje.

—Da igual, no caben tres coches de este tamaño. Ese se quedará fuera, porque está limpio.

—¿Crees que los habrán identificado?

—No lo sé. No creo, pero toda precaución es poca.

Se abre la puerta de la casa y aparece McLoughlin, que les invita a pasar. Después retira el Chevrolet del garaje para que las conductoras puedan guardar dentro del cobertizo los otros dos automóviles.

La casona, sencilla y grande, tiene espacio suficiente para albergar a todo el grupo. Poco después se acomodan en varias habitaciones, se asean y dan cuenta entre todos de una olla de sopa y una cazuela de pollo guisado que ha traído esa tarde la dueña de la casa vecina.

Durante la cena, un silencio tenso planea por la enorme y robusta mesa del comedor. La sensación dulce de haber cumplido con los objetivos se mezcla con la sensación agria de haberlo conseguido de una manera turbia y comprometida.

Después de la cena viene el momento de las explicaciones.

—¿Os dais cuenta de que prácticamente no sabemos cómo hemos llegado hasta aquí cada uno de nosotros? —empieza McLoughlin—. O eso se deduce de lo poco que habéis contado y que yo sé. Me temo que a partir de mañana tendremos que aclarar muchas cosas. Así pues, vamos a ver qué ha ocurrido paso a paso para poder hacer un informe coherente.

—Si es posible —afina Martín.

Todo empezó cuando el grupo A perdió el contacto con los demás; no sabían que el vehículo de Liesau había variado la ruta, ni que el grupo B iba a perseguirlo, cambiando los objetivos. Sin embargo, con un vehículo más lento y más cargado no pudieron alcanzar al alemán.

—No teníamos tiempo ni fuerza suficiente para entrar a saco en ese maldito embarcadero y llevarnos el maletín —confirma Dyer.

En consecuencia, activó el plan B, que muy acertadamente había trazado con sus contactos del Almirantazgo.

—¿Y cuál era ese plan? —pregunta Stephens, tras un breve silencio, aunque por todos se intuye la respuesta.

—Algo muy sencillo. Hundir el *Baldur* —explica Dyer.

Un submarino de la Royal Navy que suele patrullar por la zona oriental del Cantábrico había sido alertado para interceptar la salida del vapor alemán en caso necesario, como así ha sido. No sabían dónde estaba y qué había hecho Liesau, así que el plan alternativo era impedir a toda costa que el envío llegara a su destino.

—Pero ¿por qué atacaron en el mismo embarcadero y no en ruta? —pregunta Stephens.

—No lo sé muy bien, pero sospecho que, de paso, han querido inutilizar ese cargadero de manera definitiva —explica Dyer—. Se emplea para contrabando de mineral con destino a Alemania, burlando los límites que ha establecido el gobierno español.

—Matar dos pájaros de un tiro —concluye Creswell.

—Pero eso va a causar un incidente diplomático muy grave —replica Stephens.

—No lo creas —interviene McLoughlin—. El gobierno de Franco no está en condiciones de ir más allá de una protesta formal.

Martín, Creswell y McLoughlin, con la mirada atenta de Stephens, Dyer y Wren, discuten durante algunos minutos acerca de la política del gobierno con el nuevo ministro de Asuntos Exteriores y sobre las decisiones tomadas en otros incidentes menores.

Ana Eugenia, sin embargo, está más pendiente de su amiga, que muestra una expresión sombría, incluso apesadumbrada.

—¿Era necesario? —pregunta Wendeline de pronto.

—No teníamos otra forma de impedir que se salieran con la suya —alega Dyer.

—¿Y cuántas muertes se han causado? —vuelve a preguntar ella.

—No podemos saberlo. Por desgracia habrá habido bajas, pero ha sido inevitable. Mire, señorita D'Oultremont, me parece que pasa demasiado tiempo con Martín. En esta guerra, tal como actúan los nazis, no se puede andar con miramientos. No podemos consentir que esas toxinas lleguen a manos de su industria y que fabriquen bombas o artefactos capaces de matar a miles de personas o que puedan cambiar el curso de la guerra de nuevo a su favor.

Ella parece que va a replicar, pero antes interviene Ana Eugenia.

—Creo que estamos todos muy cansados y nerviosos —dice algo molesta y mirando a Dyer mientras se levanta—. Vamos a dejarlo reposar y mañana veremos el asunto con mayor y mejor perspectiva. ¿De acuerdo?

Se dirige a su amiga, a quien invita a levantarse con un gesto, y se retiran a sus habitaciones en medio del silencio general.

—Hay una casa con teléfono operativo aquí cerca —rompe el silencio Martín, que se pone en pie—. Voy a ver si ha habido alguna novedad en estos días. No tardaré —añade antes de abrir la puerta de la calle.

Sale tomando precauciones y recorre el trayecto hasta la casa del teléfono (como habitualmente la llaman en el pueblo). Después de presentarse y departir unos momentos con sus propietarios, Martín accede al aparato.

—Buenas noches, Reggie.

—Buenas noches, señor. Me alegro mucho de oírle. ¿Todo bien?

—Digamos que no muy mal. O muy bien, para lo que podía haber sido. Y yo pregunto lo mismo. ¿Todo bien?

—Sí, señor. Solo ha habido una novedad. El comandante Escobar se ha presentado esta mañana para hablar con usted.

—No ha dicho lo que quería, claro.

—No. Solo ha dicho que cuando le sea posible se ponga en contacto con él por un asunto importante, aunque no urgente.

—Muy bien. ¿Nada más? ¿Algún rondador?

—No, señor. He realizado algunas comprobaciones y han sido negativas. Solo una pareja de la Guardia Civil de ronda, ya sabe.

—Perfecto. Muchas gracias. Impecable, como siempre.

—Como dice alguien que conozco, solo cumplo con mi deber, señor.

Martín ríe discretamente antes de contestar:

—Mañana estaremos de nuevo por allí. Los tres.

—Perfecto, señor. Cuando gusten.

***

29 de agosto

Muy de mañana, Martín, Dyer y McLoughlin se desplazan en el Chevrolet a la oficina de prácticos de Portugalete atravesando nubes muy bajas y en medio de una obstinada llovizna. Allí se entrevistan con Manolo Zulaica para tener noticias de primera mano de lo ocurrido el día anterior en Saltacaballos. El práctico, que se vio obligado a quedarse allí casi hasta el final, les indica el balance de daños ocasionados por el ataque.

El *Baldur* quedó destrozado y absolutamente irrecuperable, aunque una parte del casco y el puente han quedado en la superficie por haberse ido a pique sobre un fondo rocoso algo elevado. El embarcadero también ha quedado fuera de uso, porque será muy difícil y costoso retirar los restos del buque hundido a causa de su mal estado. Por otra parte, hubo varias víctimas. Un agente alemán resultó muerto y otro herido durante un tiroteo. Dos marineros alemanes murieron por efecto del impacto de los torpedos. Un marinero francés murió de una forma un tanto extraña: después del segundo impacto se lanzó por la borda intentando recuperar un maletín, o algo por el estilo, pero no sabía nadar y acabó ahogándose. También fallecieron dos amarradores españoles durante las explosiones. Y otras quince personas resultaron heridas, alguna de ellas muy grave.

Los alemanes estaban histéricos y las autoridades españolas que se presentaron tampoco tenían insultos suficientes en su vocabulario para condenar a los atacantes.

—Les consta que ha sido un submarino inglés que ya ha atacado a otros mercantes alemanes hace poco. Así que ándese con cuidado en estos días, mister, que no está el horno para bollos —se despide Zulaica dirigiéndose a Dyer.

De regreso a Talledo se encuentran con todo organizado y dispuesto para dividirse y volver cada cual a sus residencias habituales.

—Bien, los objetivos se han cumplido, pero tendremos que estar prevenidos para las consecuencias que pueda traer este desastre —ha advertido McLoughlin durante el regreso.

Martín, Ana Eugenia, Wendeline y Arthur Dyer se desplazan con el Lincoln hasta Villablanca cruzando el puente transbordador, y luego el inglés prosigue solo el viaje a Bilbao, adonde se ha dirigido el resto del equipo. Tom Wren se queda en el consulado británico; los dos americanos y Creswell van a pernoctar en el piso franco de la Alameda de Mazarredo antes de regresar a Madrid al día siguiente con las pinturas de Bauer a buen recaudo, y el envío de Black Death destruido.

En la residencia de los Inchauspe, después de acomodarse y adecentarse, las dos mujeres esperan que Martín les confíe lo revelado por Zulaica, si bien el semblante serio que este mantiene desde su visita al práctico no indica nada bueno.

Por alguna razón, el piano, el té, la lectura, la charla, ni siquiera el haber regresado todos con éxito de su misión, consiguen vencer la languidez provocada por el fresco sirimiri gris que envuelve espacio y tiempo. Y menos cuando él se decide a desvelar los daños causados a tantas personas.

A media tarde Martín recibe la visita del comandante Escobar, con quien había concertado la cita por la mañana.

—Regino me dio ayer el recado —le indica el anfitrión sirviendo dos pequeñas copas de madeira—. Veamos qué es eso importante pero no urgente.

Escobar parece elegir las palabras.

—¿Recuerdas que te hablé de un tal Bazán, un falangista con el que tuviste algunas palabras en la recepción al caudillo?

—Sí, el tarado que me buscó las vueltas sin que nadie supiera por qué.

—Bueno, sí, algo parecido.

—¿Y qué, sigue en las mismas?

—No, no se trata de eso. El caso es que ha desaparecido.

—¿Desaparecido? ¿Se ha marchado, ha cambiado de cargo? Me alegro.

—No, no precisamente. Ha desaparecido literalmente. Desde hace varios días nadie le ha visto y nadie sabe dónde está.

Martín da un sorbo a su catavinos antes de responder.

—Posiblemente se haya fugado con todo lo que ha trincado en el cargo que tuviera.

Ahora es el comandante quien prueba el madeira y asiente moviendo la cabeza antes de preguntar:

—Martín, ¿tú sabes algo de eso?

—¿Yo? Ni idea. Por suerte, no me he vuelto a topar con ese desgraciado desde aquel día.

—Espero que así sea, por tu bien. Te recuerdo que es secretario del jefe provincial del Movimiento y tiene buenas aldabas. Todavía no se ha abierto una investigación oficial, pero si se llega a abrir estarás implicado precisamente por ese incidente.

—Será una defensa demasiado fácil, entonces.

—No te fíes. No te fíes de esos desgraciados con pistola al cinto mal llevada. Y, de todos modos, si conoces a algún amigo de un amigo que pueda saber algo al respecto, será mejor que lo dejen.

—Muy bien. Lo tendré en cuenta.

Ambos saborean el Sercial con fruición hasta que Escobar retoma la conversación.

—Por cierto, ¿te has enterado del ataque a Saltacaballos? ¡Están locos!

—Es una guerra, Antonio. Y, como bien sabes, en las guerras pasan esas cosas y otras mucho peores.

—Ya, pero no es nuestra guerra, y han muerto dos de los nuestros. Y unos cuantos más están en el hospital, ¿lo sabías?

—Algo he oído. Y la verdad es que es lamentable.

—Lamentable —repite Escobar en tono burlón—. No me seas redicho. Es algo infame. Bastante nos hemos matado entre nosotros como para que vengan de fuera a darnos por el saco.

Martín calla, con expresión cariacontecida.

—De eso tampoco sabrás nada, claro —prosigue el comandante.

—Hombre, no me fastidies, Antonio.

***

30 de agosto

Martín está teniendo un día muy ajetreado. Intenta ponerse al corriente de algunos asuntos mercantiles en los que se había embarcado hace meses; ha pasado por las oficinas de Naviera Bilbaína para interesarse por los contratos realizados últimamente con ciertos clientes alemanes y, de paso, saber si están al día con los pagos; también ha asistido a una sesión de la Junta de la Cámara de Comercio, en cuyas últimas sesiones ha brillado por su ausencia. No ha podido ir a almorzar a su casa, así que lo ha hecho en la Sociedad Bilbaína con algunos conocidos y correligionarios a los que tampoco veía desde hace tiempo. Quiere normalizar algo su vida, últimamente un tanto caótica, siquiera para no dar que hablar. No dar que hablar: la consigna máxima.

Al regresar a Villablanca, a media tarde, no ha encontrado a su hermana ni a Wendeline, que han decidido salir sin mencionar su paradero. Y el teléfono le ha requerido más de una vez. Empiezan a conocerse las consecuencias de la operación Black Death.

Como preveían, el escándalo diplomático ha sido considerable, aunque la prensa y la radio han recibido una terminante prohibición de publicar nada al respecto. El embajador Samuel Hoare ha sido llamado por los ministros de Asuntos Exteriores y de la Marina para exponerle su protesta formal por llevar a cabo actos de guerra en las aguas jurisdiccionales españolas y por poner en peligro su neutralidad. El gobierno español también ha exigido una compensación económica muy elevada por los daños causados en el embarcadero y una indemnización para las viudas y huérfanos de los ciudadanos españoles que han resultado muertos.

Además, gente de ambos bandos le han pedido que vaya a Madrid. El teniente coronel Solborg, que está en la capital española, quiere examinar con él los cuadros de Bauer, su autenticidad y los posibles orígenes de los mismos. El proyecto Orion ha recibido el primer y decisivo visto bueno y empieza a ser plenamente operativo: desde la Comisión Roberts se ha conseguido crear una unidad de investigación con el nombre de ALIU, para reunir y difundir información relativa a los saqueos, la confiscación y la transferencia por el enemigo de propiedades de arte en Europa, y sobre las personas o las organizaciones que participan en este tipo de operaciones o transacciones. Solborg cuenta con él para facilitar la labor de esta nueva unidad.

Pero también el agregado de prensa alemán Hans Lazar ha requerido su presencia «cuando le sea posible, señor marqués».

—Tengo compradores para esos cuadros de que me habló. Y también liquidez... dorada, ya me entiende —le ha explicado—. Si los tiene en su poder, sería una ocasión perfecta para redondear el negocio.

A ambos les ha emplazado para el viernes siguiente, en dos días. El tiempo que necesita para arreglar sus asuntos y viajar a Madrid.

Cuando Ana Eugenia y Wendeline regresan es casi la hora de la cena. Después de acomodarse, se reúnen en el *living* y comentan sin mucho entusiasmo las gestiones de él y las visitas de ellas.

—El padre Mere me ha dado recuerdos para ti —le dice su hermana con tono algo burlón—, y me ha dicho que hace siglos que no te ve el pelo. No sabe si ya eres definitivamente ateo o si los designios de la Providencia te llevan por otros templos. Pero se ha convencido de esto último, gracias a tu abogada defensora —añade mirando a Wendeline, que baja la mirada.

—Habéis estado en misa, deduzco.

—También —repone Ana Eugenia—. Pero más que nada teníamos necesidad de confesarnos. Quizá no más que otros que tienen los pies bien firmes en el siglo, pero al menos ahora nos sentimos mejor.

—¿Y cómo has hecho para entenderte con el padre? —pregunta él a Wendeline—. No tiene un francés excesivamente fluido.

—No es necesario que me entienda el sacerdote, sino que Dios me entienda y me perdone.

—Sí..., claro.

Advierten la entrada de Regino en la estancia, anunciando sin palabras que la cena está dispuesta.

—Gracias, Reggie —agradece Martín—. Cuando queráis.

**

Tres comensales ocupan una mesa en el salón Recepción del restaurante Horcher dando cuenta metódica y silenciosa de sus arenques con *Kartoffelpuffer*, sus stroganoff y varias porciones de *Baumkuchen*. Son Paul Winzer, Erich Gardemann y Franz Liesau. Tan solo profieren algunas trivialidades y alabanzas a la cocina entre plato y plato. Pero con los últimos trozos del postre empiezan a dar rienda suelta a la conversación.

—Como le he dicho, me atendieron muy bien tanto en Hendaya como en San Sebastián —comenta Liesau—. En todos los sentidos.

—Es que Pock se jugaba mucho con su cometido —señala Winzer elocuente.

—¿Pock? ¿Anton Pock? —pregunta Gardemann.

—Sí, supongo que sabes quién es.

—Por supuesto. Hace algún tiempo estuvimos en la misma unidad. Un tipo sin duda muy eficiente.

—Ahora está de agregado en San Sebastián. Y se hará cargo de toda la zona norte, porque otros no han dado la talla —explica Winzer.

—Por eso ha sido tan esquivo con las instrucciones, ¿no, comandante? —deduce Liesau—. Solo uno de los tres sabía con certeza adónde nos dirigíamos. Al principio pensaba que iba con dos mastuerzos, pero cuando llegamos a la frontera empecé a comprender.

—Cuando algo es de vital importancia solo debe saberlo el menor número de personas. Y si, además, hay otras que lo saben al revés, mejor.

—¿Sabía o sospechaba que iban a atacar el cargadero?

—No, en absoluto —niega Winzer—. Pero era posible, y la prudencia obliga a tener en cuenta todas las posibilidades.

—Creo que hay otras personas que no estarán tan contentas con esa prudencia —interviene Gardemann.

—Que se joda ese mercachifle de Bauer —exclama el agregado—. Engaña a diestro y siniestro. Ha sido capaz de estafar al mismísimo mariscal Göring.

—No me diga que sí iban sus pinturas en el barco —se asombra de nuevo Liesau.

Winzer sonríe y Gardemann enarca una ceja. Un camarero se acerca con un carrito de licores y escancia generosas medidas de calvados en tres grandes copas.

—Brindemos por el éxito de esta empresa y por el Führer, que conducirá al Reich a la victoria final.

—Por el Führer y por el Reich —brinda Gardemann.

—Por el Führer y por el Reich —repite Liesau.

Los tres beben de sus copas y permanecen silenciosos por unos instantes. Winzer saca una caja de cigarros Grenzmark y ofrece a los demás, que aceptan.

—En verdad que necesita un impulso. Las cosas ya no son como al principio —confiesa Gardemann.

—No sea derrotista, y confíe en nuestro líder —le recrimina con suave firmeza Winzer—. Aún no ha dicho la última palabra.

—Espero que nuestro envío pueda llegar a Nordhausen sin mayores contratiempos —dice como para sí Gardemann—. Parece que en Francia hay cada vez más problemas. Escasea el combustible, y los ferrocarriles están sometidos continuamente a sabotajes y bombardeos.

—Yo noté un ambiente de nerviosismo y confusión a causa de las noticias que venían de París y del sudeste —advierte Liesau.

Winzer da un par de bocanadas a su cigarro en el desaliento silencioso que ha caído sobre la mesa. Al final, concluye:

—Amigos, eso no es de su incumbencia.

Los otros dos lo miran desconcertados.

***

31 de agosto

Poco antes de salir, ya completado el equipaje en su dormitorio, Ana Eugenia aparece en la puerta de la estancia y rompe una calma tensa que ha llenado la casa desde el día anterior.

—¿A quién vas a ver en Madrid?

—Ya lo sabes —responde él con calma—. Solborg me pidió ayuda para clasificar y esclarecer algunos datos de las obras interceptadas. Y también estaré con Lazar.

—¿Y con nadie más? —insiste ella.

Él calla, sosteniendo la mirada de su hermana.

—Sí, también con ella —reconoce al cabo—. Quiero dejar las cosas aclaradas, de forma digna, no retirarme a la francesa.

—¡A la francesa! —se indigna Ana Eugenia—. Es que pareces bobo. Sobre todo cuando se trata de esa mujer. ¿No te das cuenta de que te sigue enredando, de que te ha enredado desde el principio?

—No tienes razón. No me he portado con ella como es debido, sobre todo...

—¿Como es debido?

—Sobre todo después de cómo me ha tratado a mí —se impacienta él—. A ella le gusto y ya no puedo corresponderla, eso es todo.

—¿Ya no?

—No. Y creo que sabes por qué.

—Entonces ¿por qué te empeñas en seguir viéndola?

—No voy a verla en el sentido que insinúas, solo quiero dar la cara y dejar bien las cosas.

—Pero no es necesario.

—No te parece necesario porque te resulta antipática, pero ¿si no fuera así?

—¿Y qué pasa con ella? —pregunta Ana Eugenia señalando hacia el otro extremo de la casa—. ¿Cómo crees que se sentiría si supiera que estás tonteando con esa...? Mejor me callo.

—Sí, mejor te callas.

Su hermana da media vuelta con ademán furioso y se marcha. Pero según avanza por el corredor, él alza la voz:

—No tonteo con nadie. Y, precisamente por ella, no quiero dejar atrás nada inadecuado.

Pero Ana Eugenia ya no le escucha. O no quiere escucharle.

Antes de bajar, dispuesto para el viaje, Martín acude al gabinete de su hermana donde están ambas dedicadas a la lectura en silencio, sentadas a la luz de las nubes grises que dejan entrar las ventanas en dos sillones contiguos. Al verlo detenido en el umbral, Ana Eugenia se levanta dispuesta a marcharse.

—No es... —comienza a decir Wendeline, pero su amiga la interrumpe con un gesto de confianza y sale por la puerta con aire disgustado.

—Solo venía a despedirme —comienza él.

—Te lo agradezco —asiente ella con una sonrisa lánguida.

—La verdad es que no me apetece mucho hacer este viaje, en este momento. Regresaré lo antes que pueda.

—Haz lo que debas, Martín.

—Sí, pero no siempre es fácil saber qué es lo debido.

Ambos callan, con aire indeciso.

—Verás, yo... —se arranca ella—. No he podido evitar escucharos. No os he entendido, claro, pero es la primera vez que veo a tu hermana tan enfadada.

—Enfadada conmigo.

—Sí, eso es. No os había visto pelearos hasta hoy, y aunque no conozco el motivo, no puedo evitar pensar que tiene relación conmigo.

—De ningún modo —niega él, aunque se corrige poco después—. Bueno, solo de manera indirecta, pero no eres en absoluto la causa de esta discusión.

Wendeline tarda un poco en retomar la palabra.

—Ya te lo he dicho. Haz lo que debas, ¿de acuerdo? Sin tener en cuenta más que a tu conciencia y a tu corazón. Eres bueno y honesto, y lo que hagas bien hecho estará.

—No te entiendo muy bien. ¿A qué te refieres?

—A nada en concreto. —Se le apaga la voz.

—Mi querida Wendeline, tú estás ahora por encima de muchas cosas, por encima de todo lo...

—No, no, por favor. —A ella se le escapa una lágrima con su hilo de voz.

Él se sienta en el sillón contiguo.

—¿Qué es lo que ocurre? —pregunta al tiempo que hace ademán de coger su mano, pero ella lo esquiva.

—Tengo la sensación de haberme encontrado contigo solo para complicarte la vida.

—Eso no es...

—No, déjame seguir. Tenías tu modo de vida con tu hermana, tus amigos, tus negocios, tu novia, tus..., ya sabes, tus actividades. Y ha sido llegar yo y ponerse todo patas arriba.

—De lo cual no sabes cómo me alegro.

—No digas eso. Además, no debería haber dado rienda suelta a mis sentimientos como una cría en esta situación. ¿Recuerdas lo que dijiste? Todo está arruinado a nuestro alrededor, pero a nosotros no se nos ocurre otra cosa que enamorarnos.

—Pero no es algo malo, y tú dijiste que poco te importaba en ese momento.

—En ese momento. Ahora me siento confusa, no sé qué pensar, no hago más que crear problemas, a ti, a tu hermana y a mí misma. A veces pienso que tú no estás enamorado, sino solo fascinado por el cúmulo de situaciones que se te han presentado conmigo. Ni yo misma estoy segura de haberme enamorado realmente de ti, sino de tus actos. De algunos de tus actos.

Martín, consternado, no puede disimular su desconcierto, aunque reacciona con serenidad.

—Me da pena que sea así. Yo estoy seguro de lo que siento realmente. Y por mi parte, no me arrepiento de nada.

El silencio se torna casi palpable.

—Todo el mundo tiene algo de lo que arrepentirse —razona ella.

—Cuando las cosas ya no tienen vuelta atrás de nada sirve arrepentirse. Y cuando se ha hecho lo justo, tampoco tiene sentido.

—¿Lo justo? ¿Acaso tú sabes siempre qué es lo justo?

—No siempre.

—¿Crees que haber provocado la muerte de esas personas es justo?

—En una guerra no hay justicia. O al menos en las guerras que nos ha tocado vivir.

—Eso no es motivo para obrar sin conciencia, sin tratar de hacer el menor daño posible.

—Lo es para intentar que sea el enemigo quien caiga y no el amigo.

—Pero también caen inocentes.

—Es cierto.

—¿Y eso no es motivo para arrepentirse, para pedir perdón?

—¿A quién? ¿A los muertos?

—A Dios. Y también a los muertos, si es preciso.

Martín tarda algo en responder esta vez.

—En todo caso, yo no tengo perdón. Ya no tengo la oportunidad de pedir perdón.

—Pero ¿qué dices? Todos tenemos la posibilidad de ser perdonados, si el arrepentimiento es sincero, si...

—Yo tengo el infierno ganado a punta de bayoneta. En Brunete, en el Mazuco, en Teruel. Ya he estado en el infierno, sé cómo es, he participado en sus penas y desgracias, y las llevo conmigo.

—No digas eso.

—Cuando ves morir a un hombre al que tú mismo has matado, cuando lo miras cara a cara y sabes que eres tú quien le ha quitado la vida, ya has cruzado la línea del infierno. Yo he cruzado esa línea más de una vez, y lo hice voluntariamente. Y ahí acabaré. No hay vuelta atrás.

—Sí que la hay, porque te arrepientes, porque te duele haber cometido esos..., esas acciones. Dios te perdona siempre que se lo pidas de corazón. Eras un soldado en medio de una guerra. Tienes el perdón de no haber tenido dónde elegir en esas condiciones.

—Quizá Dios me pueda perdonar, pero yo no me perdono a mí mismo. Yo sí tuve dónde elegir, y lo hice.

Martín repara en las lágrimas que se escapan del azul, brillan en la palidez de su rostro, pero no atenúan la amargura de sus palabras:

—Y he tenido que venir yo para que revivas esa culpa, para culparte, para revivir tu infierno sin pensar en todo el bien que haces, en todo lo bueno que has hecho. ¿Ves a lo que me refiero?

—Tú no tienes nada que ver —replica él con un punto de exasperación, que rectifica de inmediato—. Lo siento, no tengo por qué hablarte así.

El silencio vuelve a caer a plomo entre ambos. Mirándose fijamente.

—Creo que no es un buen momento para decir esto, o al menos yo hubiera preferido que fuera de otra manera —continúa él—, pero me ilusiona pensar en un futuro a tu lado. Me ilusiona pensar en ti como mi redención por amor. *Omnia vincit amor, et nos cedamus amori.* Pero es algo que no está al alcance de los condenados.

Ella no contesta. Sus lágrimas se multiplican.

—De todos modos —concluye él—, lo mejor será dejar que pasen unos días para ver las cosas mejor, con más equilibrio, sean como sean. Quizá... —Se detiene y cambia de tono—. No, no tienes motivos para cambiar de opinión.

Wendeline solloza, sin poder hablar. Ana Eugenia aparece en el umbral, con expresión desconcertada, y acude a enlazar el brazo de su amiga y a sentarse en un sillón junto a ella. Martín se dirige hacia la puerta, y antes de salir afirma, sereno y quedo:

—No pienso despedirme.

Poco después arranca el motor de su automóvil. Bajo una inacabable cortina de fina lluvia va dejando atrás los Tilos, el Paseo del Puerto, la Avenida de Lejona, las calles de su pasado y su presente, se diría que como una premonición.

XXI

1 de septiembre

Martín tarda en levantarse, aunque lleva un buen rato despierto. Quizá se deba al infortunado día que sufrió ayer, traducido en una astenia emocional y una indolencia física infrecuentes. A los disgustos que tuvo con Ana Eugenia y Wendeline, se sumó un viaje pesado y lento, al ritmo de la lluvia monótona y del limpiaparabrisas que le acompañó hasta el final del viaje.

Cuando por fin baja para desayunar y con la intención de ocupar su mente con otras cuestiones, recibe un mensaje de Josef Hans Lazar en forma de nota: lamenta enormemente no poder asistir a la reunión concertada para el día de hoy y le ruega posponerla para el día siguiente a la misma hora. Envía de vuelta otra nota aceptando la nueva cita, aunque por su semblante no parece hacerlo de buena gana.

Quizá por tener la mañana libre se demora bastante más de lo habitual en su obligada visita de acción de gracias a las Calatravas, al igual que lo hace después en un callejeo lento por las calles del barrio de Maravillas. El día, nublado y bochornoso, no ayuda a levantar ánimos ni a moverse con ligereza. Pasea sin aparente rumbo fijo, reparando más que nunca en los destrozos todavía visibles de la guerra, sobre todo cuando se adentra en el devastado barrio de las Pozas en Argüelles, si bien el paseo termina en la calle de Galileo. Cuando llega a la altura del número 14 se detiene a pensar y, al final, acciona el llamador. Nadie responde. Repite la maniobra y obtiene el mismo resultado.

Vuelve a deambular, esta vez sin destino consciente o inconsciente, hasta que decide ponerse delante de un par de vermuts chamberileros en la bodega de La Ardosa. El tiempo justo para que llegue la hora de descender por Santa Engracia y doblar hacia la calle de Alcalá Galiano. En el piso del número 4, el teniente coronel Solborg está esperándole.

Le reciben H. D. McLoughlin, Robert Solborg y Walter Kirstein. Intercambian algunas frases de cortesía e información de primera mano sobre la guerra que siempre demanda Martín. McLoughlin excusa su marcha: le ha requerido el embajador para apoyar a los británicos en el asunto del ataque a Saltacaballos durante una entrevista con el ministro Lequerica. Los otros, con la ayuda de dos cafeteras y un paquete de Lucky, empiezan a examinar los cuadros sustraídos a Bauer y a contrastarlos con la documentación disponible.

«El número 5 cambiado por W. A. Hofer, domiciliado en Augsburger Strasse 68, Berlín. No se especifica el objeto de cambio ni el valor». «Los números 14 y 15 comprados a un tal señor Brack a través del comercio de objetos de arte Hoogendyk, de Ámsterdam. Tampoco tiene referencia ni acreditación alguna». «El número 8 comprado a un tal doctor Van Wynmalen, Ámsterdam. Se ha comprobado que estuvo expuesto durante cuarenta años en el Rijksmuseum de Ámsterdam, como préstamo de los herederos de la familia Schöffer, y así está inscrito en el catálogo del museo. A través de este caso partió la denuncia de traer cuadros que pertenecen al Rijksmuseum y otras entidades culturales». «Los números 2 y 3 comprados a M. van Valkenburg, Laren, en Gelderland, Holanda. El señor A. A. ten Broek, presente en la entrega, atestiguó que Van Valkenburg había vendido bajo coacción». «Número 16...».

Uno a uno desgranan, por orden de fácil a difícil, el título, la descripción, el valor teórico de cada cuadro y especialmente el origen, ya que su destino será la restitución a las personas y entidades a quienes se hayan sustraído. Y tardan menos de lo previsto, o menos de lo que han empleado —y emplearán— en otras remesas.

Terminan a la hora de la cena. Kirstein se despide porque ha de salir de madrugada para Lisboa.

—Es una lástima. Espero que podamos encontrarnos de nuevo en otras circunstancias —dice Martín mientras le estrecha la mano—. ¿Y tiene usted algún plan, teniente coronel?

—Estoy invitado a un bufé informal con miembros de la embajada y ejecutivos de la American Oil —manifiesta Solborg sin entusiasmo alguno.

—Ni se le ocurra ir. Podría sufrir una crisis nerviosa a causa del tedio. Véngase con Will y conmigo. Cenaremos tranquilamente en el restaurante del Palace, que es territorio aliado, y conversaremos con unos niveles de inteligencia tolerables —le persuade Martín.

Solborg no se hace de rogar mucho y salen del piso franco en dirección al hotel después de avisar telefónicamente a Will Stephens.

Una vez en la calle, el americano intenta avisar a un taxi, pero Martín le exhorta a ver la ciudad a pie de calle, porque el trayecto no es largo.

No pasa ni un minuto de paseo cuando Martín se arranca con una duda.

—Tengo una curiosidad con todo esto.

—Dígame, y veremos si se puede satisfacer.

—Me extraña que nunca se hayan cuestionado la autenticidad de las piezas que les presento. Sabiendo que a los alemanes les doy gato por liebre, ¿no se han planteado que podría hacer lo mismo con ustedes? En un principio pensé que sería ingenuidad de Mr. Thomas y los demás agentes de Madrid, pero ahora veo que tampoco usted me pide explicaciones al respecto.

Solborg se queda pensativo durante unos instantes, y al cabo sonríe.

—El negocio sería redondo por mi parte —termina Martín.

—Bueno, el hecho de que nos plantee esa pregunta es ya una respuesta suficiente, ¿no le parece? —contesta el americano—. A ningún estafador se le ocurriría preguntar nada parecido.

—Podría tratarse de una maniobra por mi parte para librarme de sospechas.

—Una maniobra arriesgada.

—Todo negocio tiene su riesgo. Cuanto mayor el negocio, mayor el riesgo.

—Demasiado retorcido —sentencia Solborg.

—Así son estos tiempos.

—Entonces lo diré de otro modo: demasiado sutil para un contrabandista, por muy aristócrata que sea.

—*Touché* —concede Martín—, *et blessé*.

Solborg vuelve a retardar sus palabras y a sonreír:

—Además, ¿quién le ha dicho que no hemos hecho nuestras comprobaciones?

Por primera vez en el día, Martín deja escapar una sonrisa amplia.

—Al final las cosas son como tienen que ser.

—No hay otra —concluye el americano—. ¿Queda mucho? Tengo un hambre de lobo porque apenas he probado bocado en todo el día.

—Ya somos dos.

***

2 de septiembre

Hans Lazar se ha vuelto a maravillar con la partida de cuadros que le ha mostrado Martín de Inchauspe. «¡Qué joyas conseguía ese canalla!», ha exclamado el agregado de prensa antes de que Eckhardt Kramer, su único hombre de confianza, se haya hecho cargo de los certificados de origen y autenticidad. El trato está cerrado: nadie conocerá el paradero de los veintidós cuadros que Wilhelm Bauer trajo consigo a España.

—Y no me olvido de que tengo un pago atrasado —observa Lazar limpiando su monóculo con una pequeña gamuza que siempre lleva al efecto—. En total serán doscientos veinticinco kilos entre este pago y el anterior. Estos son de a cinco kilos y también sin cuño.

Los lienzos han quedado a buen recaudo en un sótano del palacete del número 3 de la calle Hermanos Bécquer, residencia del embajador alemán y del propio Lazar, donde se han reunido. De la cochera instalada en la parte trasera del edificio sale una camioneta Vomag Lkw con su caja de carga tapada, y Martín le indica la dirección y la hora al conductor: a las tres y media de la tarde en el piso de la calle de Jordán.

—No creo que me acostumbre a prescindir de estos negocios tan apasionantes como provechosos, señor marqués —afirma Lazar.

—Ya sabe, nada dura eternamente —filosofa Martín.

—Es una lástima que vayan tan mal las cosas. En breve, ni siquiera tendremos contacto directo con Francia.

—¿Tan grave es?

—Es *publicum secretum*, como dicen los sabios, que se está preparando el repliegue de todas las guarniciones de la zona del golfo de Vizcaya para defender la zona oriental y la frontera.

—No lo sabía. Lo cierto es que en esta época me atrae más la vela y el sol que los periódicos.

—Dichosos ustedes, *bon vivants*.

Se han despedido con un apretón de manos, aunque solo por unas horas.

—No le consentiré faltar a la cena —advierte el agregado—. Y menos mi señora esposa, a la que tiene usted encandilada.

—No será para tanto. Pero allí estaré.

A la hora fijada, Martín recibe a los dos hombretones que han llegado con la Vomag. Entre ambos suben nueve cajones de madera no muy voluminosos aunque pesados; todos con el escudo del águila mirando a su derecha y sosteniendo la esvástica a modo de sello en un costado. Los depositan en una habitación previamente abierta con llave por Martín que contiene otras cajas muy parecidas y que vuelve a cerrar cuando el último bulto es depositado.

De vuelta en el hotel, descansa y se prepara para retornar a la residencia de los Lazar-Petrino, aunque esta vez en los salones de la primera planta, su zona noble.

La baronesa Petrino Borkowska le recibe con gran efusión, como es habitual con todos aquellos que poseen un título de nobleza o un importante cargo diplomático, y le introduce en el cóctel previo. Se encuentra con caras conocidas, casi todos medradores del nuevo régimen como Giménez-Arnau, Quintanilla, Rodezno y varios más, amén de unos cuantos alemanes; y le choca toparse con Carmen de Icaza y Mercedes Sanz-Bachiller.

—¡Qué sorpresa, querido Martín! —le asalta Carmen, con dos besos—. Cuánto tiempo desde la última vez que te dejaste ver.

Le informa de la invitación que ha cursado la baronesa a varias delegadas y colaboradoras de Auxilio Social, institución a la que Lazar está homenajeando, a su modo, últimamente.

—Es todo un filántropo, el bueno de Lazar —observa Martín.

—Sí, como algunas de sus invitadas —repone aquella con cierto retintín.

Durante la cena se libra sin contemplaciones del asedio al que sabe va a someterle la De Icaza, pagando el precio de sentarse entre el matrimonio anfitrión. Foie, palomas torcaces, salmones, dulces, vinos franceses, champán, y una larga lista de entrantes y platos se suceden como es habitual. Intenta no participar demasiado en el despilfarro de comida y bebida propio de estas fiestas, tan diferentes de las organizadas en su casa. Y en el café empieza a preparar una huida discreta, que se ve retardada por el empeño de Lazar en probar unos nuevos aguardientes que le han traído de algún lugar que ni se molesta en escuchar.

—Además, ya sabe que después de la cena se incorporan siempre nuevos amigos —le recuerda el agregado ajustándose su ceñido traje negro.

Después del segundo vasito de licor, Martín se levanta y reparte un puñado de amables despedidas y pretextos. Está a punto de concluir las formalidades y escapar escaleras abajo cuando se da de bruces con un pequeño grupo que, conducido por el anfitrión, sube hacia la *orangerie* donde se celebra la fiesta. No se fija en quiénes son, porque su atención se reconcentra en la mujer alta y rubia que luce un vestido largo de seda con flores estampadas sobre fondo negro y que viene cerrando el grupo. Clara Stauffer frena su ascenso y clava sus ojos en los de él.

—Hola, Clara. ¿Cómo estás? —la saluda cuando se sitúa a su lado.

—Muy bien, gracias. ¿Y tú? —responde ella en un tono neutral.

—He tratado de verte o hablar contigo varias veces.

—Será que no has puesto mucho empeño, porque no es tan difícil.

—¡Clarita! Qué ilusión me hace verte de nuevo en mi casa —irrumpe la baronesa abalanzándose sobre ella para besarla—. Ya veo que tus amigos han conseguido arrastrarte. Pero bueno, estás con mi querido marqués y no quiero entorpecer tan admirable conjunto.

—No entorpece nada, baronesa. Nos estábamos... —repone Clara, aunque la anfitriona ya se dirige al grupo de sus amigos para saludarlos.

—Me gustaría hablar contigo —continúa Martín—, pero creo que este no es un buen momento.

—No, no lo es.

—Dime entonces cuándo puede ser.

—No lo sé. Ahora no puedo, me esperan —se excusa ella aludiendo con un gesto a sus amigos.

Martín calla unos momentos y se resigna.

—De acuerdo. Si cambias de idea sabes dónde encontrarme.

—Sí. De acuerdo.

Ambos inician un gesto indeciso de separarse, ella con su grupo y él escaleras abajo. Pero, antes de hacerlo definitivamente, Clara concede:

—Mañana iré a misa en la capilla donde solíamos ir, donde fuimos juntos por primera vez. Quizá a la salida.

Él asiente con un gesto. Ella da media vuelta y alcanza a sus amigos sin volver la vista atrás.

**

SECRETO

2 septiembre 1944

De: Saint
Para: HQ / Lisboa
Informante: BG-01 (Alphonse)
Objeto: Orion
Fuente: Madrid
Fecha información: 1 septiembre 1944

* * * * * * *

Según se ha sabido de fuentes directas del Ministerio de Asuntos Exteriores, la Dirección General de Política Económica ha dado luz verde al desbloqueo de los bienes del súbdito alemán Wilhelm M. Bauer. Se adjunta como anexo una relación detallada de tales bienes, consistentes en resumen en cinco millones de pesetas en valores de diversas compañías españolas, holandesas y alemanas, títulos de deuda de varios países, un automóvil Opel y veintidós cuadros (cuya descripción no se detalla en el informe del ministerio).

Habida cuenta de que el gobierno español no se ha adherido todavía a la Resolución VI de los acuerdos adoptados el pasado mes de julio en Bretton-Woods, la Dirección General ha decidido levantar el bloqueo de los bienes relacionados, actualmente depositados en el Instituto Español de Moneda Extranjera.

Por otra parte, se desconoce el paradero actual de Wilhelm Bauer, aunque se sospecha que viajó a la ciudad francesa de Bayona en fechas pasadas por algún asunto relacionado con los cuadros de su propiedad. No obstante, se seguirá informando acerca de sus movimientos así como de las actuaciones o solicitudes que realice en el ministerio en torno a la recuperación de sus bienes, que probablemente realizará lo antes que pueda.

Para información más concreta sobre el particular, este agente se remite al coordinador del grupo operativo de la citada operación.

(Distribución especial)

***

3 de septiembre

A la salida de la misa dominical, la mañana fresca deja filtrar los rayos del renacido sol entre las hojas de los árboles alineados en ese tramo de la calle de Fortuny.

Martín, dos bancos por detrás durante la celebración del sacramento en el oratorio de Nuestra Señora de Lourdes, ha salido antes que Clara y la espera a unos pasos de la salida. Ella se acerca, el rostro mohíno, al igual que su saludo.

—Supongo que vienes a despedirte.

Martín, probablemente sin esperar ese choque tan anticipado, no reacciona. Clara vuelve un momento la vista a la fachada de la capilla y murmura:

—Aquí vinimos por primera vez y aquí nos decimos adiós.

Ella camina calle abajo y él la sigue. Pasean juntos en silencio y a buen paso hacia Zurbarán; cruzan Santa Engracia para seguir luego por Bilbao y San Bernardo. Clara marca el camino, sin duda en dirección a su casa.

—No tenías que haberte marchado de esa manera tan atropellada, tan confusa, y no dar señales de vida durante tanto tiempo —dice ella de improviso al tiempo que refrena la marcha—. Estaba tan engañada, pensando que eras feliz, que el disgusto de comprobar lo contrario me hirió. Y aún me duele.

—Durante varios días no tuve posibilidad de contactar contigo. Y cuando por fin pude hacerlo, ya no quisiste saber nada.

—¿Dónde estabas? ¿Qué podía ser tan importante que arruinara nuestra felicidad? ¿Qué era tan grave como para huir de mí de aquella manera? —Hace una pausa fugaz y añade—: No, no me digas nada. No quiero saberlo.

Martín, que había hecho amago de hablar, calla ante esa petición, pero Clara continúa:

—Mejor dicho, lo sé. Pero no quiero que me mientas.

—No creo que lo sepas —opone él tras una pausa.

—¿No crees? Las cosas se saben, tarde o temprano. Tenemos demasiada relación como para poder enterarnos de lo que hace el otro a poco que se intente. —Ella efectúa otra pausa como si quisiera contenerse—. Sé que vives en tu casa con una mujer que nadie sabe de dónde ha salido. También sé que vas con ella a todas partes. Sé ...

Ella se estremece, calla y baja la cabeza, pero no detiene el paso, cada vez más lento.

—Me creas o no, quiero que sepas que no hay nada indecoroso en tener una invitada en nuestra casa. Sabes que no vivo solo, que es la casa familiar y...

—Pero ¿qué me dices de ella? ¿Qué supone o qué es para ti?

Él tarda en responder; ella se adelanta.

—Bien, ya me lo has dicho todo. No hace falta que te esfuerces en buscar palabras. Con eso me basta.

Siguen avanzando en silencio, cruzan un tramo de Alberto Aguilera en plena reconstrucción hasta llegar a la calle Galileo. Antes de entrar en su casa, Clara abandona la sombra de la calle hasta una placita abierta al sol, recién limpia de escombros y convertida en jardín, desde la que deja perder su mirada al otro extremo, hacia el perfil en construcción de la iglesia del Santo Cristo de la Victoria. Pero su pensamiento está más acá:

—Por lo menos has tenido la decencia de venir a dar la cara, a decírmelo aunque sea sin palabras —rompe el silencio.

—La verdad es que todo lo has tenido que decir tú. Yo no he sabido.

—Así ha ocurrido en toda nuestra relación, yo he llevado siempre el peso. Pero con gran placer. Sé que, al menos, no has jugado conmigo, que no me has mentido.

Solo que tus sentimientos no eran tan firmes como creía, o quizá como tú mismo creías que eran.

—Hubiera querido que las cosas fueran de otro modo. Pero nunca he pretendido engañarte.

Clara se vuelve hacia él con una expresión dulcificada.

—Lo sé.

Antes de proseguir, le coge de las manos y le da un fugaz beso en la mejilla.

—Nadie, nadie más que yo desearía que todo hubiera sido de otro modo entre nosotros. Y ahora no me sigas, por favor. —Lo suelta de las manos y, antes de volverse para entrar en su casa, se despide—: Podría haberte querido más que nadie, Martín, como nadie te ha querido ni te querrá nunca, pero tu corazón ha vencido. No entendemos el amor de la misma manera.

Él se queda en medio de la pequeña plaza bajo el sol, que ciega su vista impidiendo ver cómo la figura de Clara Stauffer se aleja de su vida.

***

4 de septiembre

Al menos, las noticias sobre la marcha de la guerra que viene recibiendo Martín son favorables día a día. Los alemanes iniciaron en el día de ayer el repliegue general de tropas de toda la costa del golfo de Vizcaya, tal como le anticipó Lazar; los aliados han tomado Dieppe, Lyon, Pisa y otras ciudades importantes en Francia e Italia; los soviéticos arrollan en tierras polacas, rumanas y búlgaras.

Hoy se ha desayunado con nuevas noticias: Amberes se encuentra ya en poder de las tropas británicas, estando a punto de caer Gante y Lieja; Bruselas fue liberada ayer y el gobierno de Hubert Pierlot está haciendo los preparativos para regresar a la capital en los próximos días. Wendeline se alegrará con la noticia, sin duda. Ha querido comunicárselo por teléfono, pero en los primeros intentos la línea no funcionaba y, cuando por fin ha contactado, Regino le ha dicho que las dos amigas habían salido sin saber muy bien a qué hora regresarían.

Antes de irse, un botones de recepción le comunica que pregunta por él un tal Bernardo Aracama. Si desea hablar con él, le pasarán la llamada al cuartito del teléfono.

—Hola, Bernar. ¿Cómo así? —le saluda Martín.

—Tengo algunas informaciones que me parecen interesantes, o cuando menos bastante raras. Pero prefiero contártelas en persona. ¿Cuándo vendrás por aquí? Me refiero a tu casa.

—Tenía pensado regresar mañana.

—Perfecto. Estaré un par de días en Bilbao a partir de mañana.

—Pero tendrá que ser por la noche, porque no pienso madrugar mucho. ¿Te parece que cenemos en la Bilbaína?

—Me parece bien.

—Entonces pásate por allí y pregunta por mí a partir de las siete.

El almuerzo que ha conseguido concertar con Emilio de Navasqüés en el salón Tamberlick de Lhardy ha sido apacible y sabe que resultará provechoso para ambos, especialmente para su amigo.

—Vengo en son de paz. No voy a pedirte ni a exigirte nada —le ha explicado Martín de primeras.

—Bueno, eso es nuevo. ¿Seguro?

—Seguro. Es más, esta vez vengo a ofrecerte algo a cambio de nada.

—Eso ya es más difícil de creer. Salvo que me ofrezcas disgustos, de los que tengo más que suficientes.

—No, nada de eso. Dime, si tuviera que entregarte algo muy importante y valioso, ¿dónde sería más conveniente hacerlo? ¿Cuál sería el lugar más seguro? Me refiero a algo material, y muy voluminoso, por cierto.

—No tengo ni idea de qué puedes estar hablando, pero supongo que el lugar más seguro es mi despacho en el ministerio.

—Ah, no es mala idea. Estará bien protegido, supongo.

—Sí, claro. Pero ¿se puede saber de qué estás hablando?

—Ahora no, pero pronto lo verás. Creo que te puedes fiar de mí, ¿no? Aunque me tengas por un simple pedigüeño.

—Además de ser un pedigüeño sinvergüenza, eres

un conspirador, un contrabandista y un embaucador, pero aparte de eso no te encuentro mayores bellaquerías.

—Me halagas demasiado. Pero no lo tendré en cuenta, y mañana te haré llegar a tu despacho un regalo que estoy seguro te hará cambiar de opinión sobre este servidor.

—Mañana no estaré. Tengo varias reuniones con colegas de otros ministerios. Pero no importa, avisaré a mi secretaria y a los ordenanzas. Con hacer constar que viene de tu parte, dejarán que se deposite en mi despacho. Mira que eres intrigante. ¿No me vas a decir de qué se trata?

—Joder, Emilio, me recuerdas a mi hermana cuando llega su cumpleaños. Ah, por fin viene el cocido —advierte viendo al camarero, y añade dirigiéndose a este—: Menos mal, Cipri, porque estaba desfalleciendo. A Emilio primero, y echa sin miedo, que el pobre está perdiendo lustre con tanto trabajo.

XXII

5 de septiembre

El ciego sol se estrella
en las duras aristas de las armas,
llaga de luz los petos y espaldares
y flamea en las puntas de las lanzas.
El ciego sol, la sed y la fatiga ...

Heridas de luz reverberante, cegadora; luz de un sol que rompe, que no ve dónde hiere; luz oscura, densa, de sol ciego. Martín recorre una vez más la estepa castellana. Tras los cristales ahumados con que intenta mitigar las molestias del sol aparece una expresión amarga que musita los versos de Machado como si fuera el personaje desterrado a que alude el poema. Un desterrado de su propia alma que con su luz no hace sino cegar y herir a quienes lo rodean.

Hay una niña
muy débil y muy blanca
en el umbral. Es toda
ojos azules, y en los ojos, lágrimas.
Calla la niña y llora sin gemido...

El disgusto se aferra a su semblante. Posiblemente el tramo del poema le arroja a su memoria la imagen de las lágrimas de Wendeline resbalando por sus mejillas seguidas de un opresivo sollozo. La última imagen que guarda de ella.

La pausa que realiza en Burgos para repostar cuerpo y vehículo es más larga de lo habitual. Solo se pone de nuevo en ruta cuando vence el cansancio emocional reflejado en su actitud. Y no es sino a media tarde cuando entra en la calle de Navarra para estacionar frente al edificio de la Sociedad Bilbaína. Unos empleados descargan parte del equipaje y lo suben a una habitación que ha reservado para esa noche mientras él guarda el J12 en un garaje cercano, en la calle de Bailén.

Está terminando de asearse y de ataviarse con el único traje decentemente planchado que le queda cuando le avisan de que un señor llamado Bernardo Aracama le está esperando en el Bar Inglés. No tarda en bajar y encontrarse con él; departen sobre algunos negocios comunes mientras disfrutan de un tranquilo aperitivo espiritoso antes de cenar.

Ya en la mesa, en una esquina despejada del restaurante con vistas al Arenal y al reconstruido puente de Isabel II (que ahora llaman «de la Victoria»), y después de recibir el primer plato, Martín le exhorta:

—Ahora veamos esas novedades que tienes guardadas.

Aracama empieza tras una rápida cata del vino:

—Sé de buena tinta que nuestro amigo Bauer está en Bayona esperando un cargamento de cuadros.

—¿Sí? Pues ya puede esperar por los siglos de los siglos. Los cuadros que estaba esperando —continúa Martín ante la expresión interrogante del otro— embarcaron en el cargadero de Saltacaballos hace unos días.

—Virgen santa. ¿Iban en ese barco que han hundido?

—Cómo corren las noticias. Sí, en ese mismo.

Después de un sorbo meditabundo, Aracama se pregunta en voz alta:

—¿Y para qué querría volver a Francia con los cuadros, tal y como están las cosas?

—Seguramente estaba tratando de esconderlos en algún lugar secreto. O quizá pretendía ir a Suiza, donde tiene unos cuantos contactos —especula Martín—. Pero no estoy seguro. Menudo pájaro es, como para saberlo.

Se abre una pausa silenciosa antes de que les cambien el plato, que Aracama rompe de nuevo.

—Bien. Pero, además de lo de Bauer, hay otro asunto al que me parece importante seguir la pista. Un conocido que tengo en Hendaya me ha hablado de un considerable movimiento de alemanes en la sede de la Gestapo y en la estación. Al parecer, vinieron unos sujetos desde Madrid para tratar de algo que se llevó con más secretismo del habitual. La pieza en la que se centraba el secreto..., ¿cómo lo llamas tú? Eso tan raro que no sé de dónde lo habrás...

—¿El MacGuffin?

—Eso. El MacGuffin ese debía de ser un maletín metálico, o algo por el estilo, que portaba un solo sujeto con gran cuidado al que rodeaba una escolta muy considerable. Dicho objeto lo llevaron después a la estación y lo introdujeron en un tren que salía para... —consulta una pequeña libreta— Clermot-Ferrand.

—¿Cómo sabes todo eso?

—Los edificios de los alemanes están vigilados desde hace tiempo por gente de la Resistencia. Cuando detectan alguna actividad sospechosa toman notas de todos los detalles. Además, ocurrió algo igualmente extraño, y es que dejaron el maletín en un vagón de equipajes sin ninguna vigilancia. Naturalmente, lo sustrajeron.

—Y me dirás lo que contenía, espero.

—Unos frascos de cristal con etiquetas de nombres en latín, o griego, o algo parecido. Lo llevaron para que unos médicos examinaran el contenido, y resultó que no eran más que frascos de alcohol.

—¿Alcohol? ¿Nada más?

—Seguro. Y lo comprobaron por lo menos dos médicos. Yo hablé con uno de ellos. Por cierto, no sé si te lo he dicho, pero si algún día necesitas medicinas difíciles de conseguir no tienes más que decírmelo.

Martín se queda pensativo mientras termina su plato, hasta que pregunta de repente:

—¿Y cuándo dices que fue eso?

—Creo que el día 28 —indica el otro después de limpiarse con la servilleta para consultar de nuevo sus notas—. Sí, el 28 de agosto.

Nuevo silencio.

—¿Qué te parece todo esto? —consulta Aracama—. Como sé que conoces gente que se dedica a seguir a los alemanes, pensé que podría serles útil la información. Es un asunto un tanto extraño, ¿verdad?

—Lo es, sin duda.

Antes de guardar la libreta, Aracama la hojea brevemente y prosigue:

—Ah, se me olvidaba. También tengo nombres de los que vinieron, no sé si todos, y si son fiables los datos.

—Déjame un papel para apuntar —insta Martín.

Después de entregarle lo solicitado, empieza por el primer nombre de la lista.

—Franz Liesau.

—¿Qué?

—Liesau, Franz Liesau. Anton Pock, a este le conozco, es el jefe de las SS en San Sebastián. Y... el otro no lo sé bien. ¿No apuntas?

—Creo que no me hace falta —contesta turbado.

—¿Qué pasa?

—Que soy más tonto que Abundio.

Llega el camarero para retirar el servicio y ofrecer postres. Después de pedir solo un café, Martín se excusa unos momentos y acude a la cabina de teléfono.

—Quería hablar con el señor Dyer, por favor —contesta a la voz grave y masculina que le atiende—. Del señor Inchauspe. Cómo no.

—¿Martín?

—Buenas noches, Arthur. ¿Tendrías inconveniente en reservarme unos minutos de amena e interesante charla? A primera hora de la mañana, a ser posible. ¿Tan tarde? Bueno, está bien.

***

—¿Adónde vais con esas mantas? —exclama María Elisa Bertrán y Pons, que no comprende por qué su marido, Emilio de Navasqüés, y su amigo José Saro deshacen las camas de los dormitorios del piso del número 7 de la calle de Eduardo Dato, y se llevan varias mantas bajo el brazo. Es de noche y parece improbable que esos dos altos cargos del Ministerio de Exteriores y diplomáticos de carrera, impecablemente trajeados, se vayan de campamento.

Se dirigen ambos a la esquina de las calles de Serrano y Ayala, donde se encuentran las oficinas en que trabajan. No hay ningún funcionario, y el personal de guardia les franquea el paso sin atreverse a preguntar el cometido de esos cobertores. Abren la puerta del despacho de Navasqüés y se desvela el misterio: un buen puñado de cajas marcadas con el escudo del Reich yacen apiladas en el suelo, algunas de ellas abiertas y mostrando lingotes de oro de distintos tamaños; lingotes que dejan de brillar cuando los diplomáticos los cubren con las mantas.

—¿Me vas a decir de una vez cómo demonios ha llegado hasta aquí todo esto? —pregunta Saro cuando terminan de tapar las cajas.

—Esta mañana, cuando estábamos con el ministro, han aparecido unos transportistas o algo parecido con un camión en el que traían estas cajas a mi nombre. Al ver el escudo y comprobar la procedencia, han decidido dejarlas pasar y las han traído todas aquí.

—¿Quién te las ha enviado?

—Un amigo. Creo que le conoces, pero si te lo dijera, no lo creerías. Ni tú ni nadie.

—Pero ¿de dónde ha salido esto? ¿Y por qué te lo ha enviado a ti?

—Ha dejado una nota —explica Navasqüés al tiempo que entrega un papel al otro.

Muy estimado Emilio:
Como puedes ver, no mentía cuando te dije que esta vez tenía algo que dar y no que pedir. Lo que tienes ahora en tu despacho son trescientos cincuenta kilos de oro sin cuño y sin inventariar en listado alguno de instituciones públicas o privadas. Nadie conoce la

existencia de este oro más que yo y, aunque esté de más, te recomiendo que no se llegue a reflejar en documento oficial alguno.

Como funcionario honrado y leal que eres, no dudo que sabrás darle el mejor destino posible dentro del erario público.

Con afecto,

M.

P.S.: He de confesar que hay sesenta y cinco kilos que no están en tu despacho, y que contribuirán a satisfacer necesidades de refugiados de guerra y de instituciones benéficas. Y otros diez se mantendrán bajo mi custodia en atención al devenir resbaladizo de estos tiempos turbios.

—¡Santo Dios! ¿Qué piensas hacer?

—Hacer, de momento, nada. Pensar, mucho. Esto se queda aquí, y ya veremos. Ahora nos vamos a nuestras casas y, por supuesto, ni una sola palabra a nadie. Mañana será otro día.

***

6 de septiembre

Nueve y media de la mañana, plaza del Generalísimo de Las Arenas, junto al Hotel Antolín. Dos hombres trajeados, uno en azul oscuro y el otro en *glen plaid*. El día, fresco y nublado.

—Y tú con paraguas. Sin duda, se nota de dónde procedes —ironiza Martín.

—¿Has mirado hacia arriba, por casualidad? —replica Dyer.

—Sí. Nubes. Pero es posible que no caiga una gota, o que solo llovizne a ratos, pero como para llevar paraguas no sé.

—Como decía mi abuelo, los continentales sois gente que salís a la calle sin paraguas con el absurdo pretexto de que no llueve.

—En fin. ¿Damos un paseo, entonces?

—De acuerdo. ¿Por dónde?

—Por la calle del tranvía. Este muelle, saliendo a la derecha, quiero decir. A estas horas hay poca gente.

Comienzan a caminar y miran ambos al cielo. Las nubes parecen querer descargar sirimiri, pero no se deciden. Dyer, sí.

—Aún no me has dicho por qué no has ido a tu casa directamente.

—Ni te lo diré. Creo que no te concierne.

—Está bien, entendido. ¿Y me dirás lo que sí me concierne?

Martín mira hacia los lados y hacia atrás con recato antes de hablar.

—Liesau no fue a Saltacaballos. Y el maletín que vimos no era el que llevaba consigo.

—¿Es cierto eso? ¿Cómo lo sabes?

—Tengo amigos bien informados. No fue al cargadero. No es que hubiera ido por Bilbao, como supusimos, sino que siguió hasta Irún, cruzó la frontera y acabó en Hendaya primero, y en Bayona después.

—Con razón no le alcanzamos, a pesar de que Anita se empleó a fondo.

—¿Tú sabes algo de todo eso? ¿A qué se puede deber?

—Ni idea. Te doy mi palabra. Pero con algún dato más seguro que podré hilar la historia. Porque supongo que ahí no acaban las revelaciones.

Martín tarda unos segundos en continuar mientras Dyer lo observa.

—En el famoso maletín no llevaba nada. Nada de importancia. Unos frascos de alcohol medicinal, rotulados de forma engañosa. Nada de toxinas, ni de botulinas. Nada de muerte negra, nada parecido. Era todo un engaño, o una trampa.

—Ya veo. Encaja.

—¿Qué es lo que encaja?

Ahora es Dyer quien realiza una pausa, hasta que vence una aparente indecisión.

—Te voy a contar algo solamente porque te considero mi amigo.

—Y porque quieres ganar puntos como futuro cuñado.

—¿Qué?

—Nada. Tú cuenta. Me conoces y sabes que soy discreto.

—Bien. Y quiero que sepas que de esto me enteré hace dos días, a través de conversaciones que no debía haber escuchado.

—Entendido. Te escucho.

—Los alemanes han estado investigando durante mucho tiempo sobre la utilización de armas biológicas, que llamamos armas B en nuestra jerga. Y seguramente tendrán muy avanzada esa investigación. De una fuente suiza, clasificada como fiable, había partido la información de que Hitler emplearía la toxina botulina contra Inglaterra en el caso de seguir retrocediendo en el frente de batalla. Ciertamente, nos resultaba increíble que Hitler, de quien puede esperarse lo peor, renunciase a unas armas tan poderosas, sobre todo en la situación en que se encuentra. Hasta ahí me sigues.

—Sí, todo eso ya lo sabía.

—Pero el que tengan avanzada la investigación en las armas B no implica que hayan conseguido encontrar un método eficaz para utilizarlas. Esas malditas bombas volantes podrían ser las portadoras, sin descartar el sistema de nebulizadores del que ya te informaron.

—Lo recuerdo.

—Pero no debe de ser tan fácil. Y ahora vamos a lo que no sabes, o no sabes tanto. Los alemanes han averiguado que nosotros estamos investigando en el mismo campo. Con ántrax y otras bacterias, que también podrían cargarse en bombas potentes. Según dicen, un par de bombas con ántrax lanzadas sobre Berlín significaría la pérdida de toda la ciudad, que incluso sería inhabitable durante muchos años después.

—Dios santo.

—Nuestro servicio de inteligencia ha dejado que los alemanes sepan que nosotros también estamos absolutamente preparados para una guerra B. ¿Vas hilando?

—No del todo.

—El temor a las tremendas represalias que sufrirían en el caso de que se decidieran a utilizar la botulina contra Inglaterra o sobre el frente seguramente detuvo a los nazis. Los perjuicios que traería consigo la utilización de armas B serían mucho peores que las posibles ventajas.

—Es decir, se ha entablado una lucha de apariencias, de *bluffs*.

—Esperando que ninguno de los bandos utilice esas armas.

—Y el asunto de Liesau y Black Death ha sido un farol por su parte.

—Teniendo en cuenta lo que has averiguado, eso parece.

Martín, con la vista perdida más allá de la bahía, en el infinito, concluye:

—Se siente uno como un simple peón de ajedrez.

—Bueno, considérate al menos un caballo. O tú, más bien, un alfil.

—Todas las piezas son prescindibles. Y si la jugada no está bien medida se hacen sacrificios inútiles. ¿Te das cuenta? El otro día se sacrificaron cinco peones de forma inútil.

—Te repito que a veces parece que no te das cuenta de que esto es una guerra.

—Díselo a las viudas y a los huérfanos que han quedado en Castro. A ver qué dicen de esta guerra, que no es la suya.

—Dirán que incluso han tenido suerte. Después de las ayudas de tu hermana y sus amigas, más lo que les pueda caer del gobierno, saldrán mejor paradas que el resto de la gente a su alrededor.

—No seas tan cínico. ¿Quién les devuelve a sus padres o maridos? ¿Quién les devuelve la vida?

—A veces pienso que eres demasiado bueno para esto. ¿Cómo pudiste apañártelas durante la guerra?

—Precisamente porque estuve en la guerra, sé lo que es.

Dyer lo mira y su actitud se agrava. Siguen caminando hasta llegar a la altura del Club Marítimo del Abra. Martín le propone:

—Empieza a chispear. ¿Entras? Todavía no he desayunado y tengo hambre.

—No, gracias. Tengo unos cuantos asuntos que resolver hoy. Burocracia, otra de mis facultades. ¿Y por qué no vas a casa? Anita lo está deseando. Está muy triste por la forma en que os despedisteis el otro día.

—Vaya, mi casa no tiene secretos para ti, ¿no es cierto?

—Lo sabes desde hace tiempo.

—¿Y a qué esperáis para hacerlo saber?

—Anita no está segura de tu reacción. En todo caso, creemos que mientras dure esta maldita guerra y yo siga a las órdenes de Baker Street no es nada conveniente.

—Sois muy sensatos. Tenéis temperamentos parecidos. Y aunque sois muy generosos, no os engañarán los criados ni gastaréis más de lo que ganéis.

—¿Qué?

—Nada, cosas mías.

—Insisto, ¿por qué no vas a casa?

—Más tarde.

Dyer se encoge de hombros. Martín sonríe levemente y estrecha la mano del inglés a modo de despedida y agradecimiento; después entra en el edificio del Marítimo, mientras su amigo abre el paraguas y se aleja desandando el camino por la calle del tranvía.

***

Es casi mediodía cuando Ana Eugenia, que se encuentra disponiendo vestidos con Wendeline en el dormitorio de esta, oye un ruido conocido y se asoma a la gran ventana que da a los Tilos. En efecto, es el J12 que conduce su hermano. Su rostro pierde tristeza.

—¡Es Martín! —exclama antes de dirigirse aprisa hacia las escaleras y bajarlas con cuidado pero vivamente.

Wendeline se asoma despacio y permanece pegada al cristal con una expresión melancólica. Contempla a

Martín salir despacio y sin la determinación que le caracteriza; a su hermana abalanzarse sobre él y abrazarle; y también ve llegar a Regino después de acabado el largo abrazo entre los hermanos para hacerse cargo del equipaje. Solo se aparta de la ventana cuando Martín y Ana Eugenia entran en la casa, sin que ella le suelte de sus brazos. Pero no ha podido escuchar su conversación.

—No quiero que se te vuelva a ocurrir venir de viaje y no entrar en casa, ¿me oyes? —ha sido el saludo de ella—. Nadie, ni yo ni nadie, tiene derecho a impedir que vengas a tu casa, a tu hogar, a la casa de tu familia. Soy una estúpida y una indigna por haber provocado este disparate. Espero que con tu enorme corazón me perdones, y te prometo que nunca más volverá a suceder.

—Por partes —replica él en cuanto acaba el arrollamiento—. ¿Cómo te has enterado de...?

—¿Cómo no me voy a enterar? ¿Crees que hay algo que te concierna y que yo no acabe por saber?

—Vale, vale —concede él—. También te prometo que no volverá a suceder.

—No tenía derecho a tratarte como lo hice, a inmiscuirme de esa manera tan necia en tu vida, en tus sentimientos. Tú me respetas en todo, incluso en lo que sabes y no me dices.

—Pero lo haces con la mejor de las intenciones.

—Se han cometido grandes crímenes con la mejor de las intenciones —suspira ella—. Pero hagamos las paces y vamos a lo importante. Hay cosas que debes saber de inmediato.

Ella le empuja hacia la casa.

—Primero déjame decirte algo —templa él antes de entrar en el hall—. Quiero que sepas que he cumplido lo que prometí. Fui a hablar con Clara, como te dije. Y ha sido por última vez.

—Siempre imaginé que daría saltos de alegría si llegaba a escuchar esas palabras. Pero no ha sido como yo quería. No tenía que haber dudado de ti.

—Vamos, no pasa nada.

Los dos hermanos se abrazan de nuevo. Pero, al poco, ella se zafa con suavidad y lo mira fijamente antes de exhortarle:

—¿Y no vas a preguntar por ella?

—No me has dejado ni respirar. ¿Cómo está?

—Mal. Y tienes que hacer algo, te toca a ti hacer lo que sea, porque...

Martín permanece quieto, extrañado.

—Se va —dice ella en voz baja—. Wendeline se marcha. Ahora estaba ayudándola a hacer un pequeño equipaje para regresar a su casa. Tienes que hacer algo.

***

Sabe que Martín querrá hablar con ella, y ella quiere hablar con él. Por eso Wendeline sale de su dormitorio y le espera en el estudio de Ana Eugenia. Él no tarda en entrar. La ve sentada en uno de los sillones. La expresión taciturna y unos ojos apagados, que destellan fugazmente al percatarse del semblante que muestra él, la apartan de un saludo convencional:

—Martín, nunca te había visto con tan mala cara.

—Sinceridad ante todo. Tienes razón, digamos que no está siendo un buen día.

—Lo siento mucho.

Él se limita a asentir levemente con la cabeza. Y ella prosigue:

—Lo siento sobre todo por la parte que me toca.

—No, en absoluto. Estoy recogiendo lo que he sembrado, nada más —se explica, y prosigue al poco—: Anita me ha dicho que te marchas.

Ella asiente del mismo modo.

—Supongo… Ahora sí que debo suponer que tus sentimientos han cambiado a causa de mis actos —dice apesadumbrado Martín.

—No, por favor, no es eso. He reflexionado sobre todo lo que me ha ocurrido en estos meses, y creo que los sentimientos de dos pequeños seres no cuentan nada en este tiempo enloquecido. Nos hemos conocido de forma inusual, en condiciones excepcionales, viviendo situaciones extremas. Yo te debo la vida, pero ¿lo que llevo dentro es amor de verdad o solo una especie de agradecimiento? Conozco a Alphonse, le admiro porque es bueno, generoso, es un héroe, y creo que incluso me he enamorado de él.

Pero no sé si conozco a Martín. No sé cuáles son mis sentimientos. Y en estas condiciones no puedo saberlo. *Pugna quin percutias*, ¿recuerdas? Luchar, pero sin herir, sin matar.

—Puedes intentarlo.

—Ahora no. Todavía no. Lo que ocurrió el otro día fue un mazazo para mí. Nunca había participado en una acción de guerra, y menos con civiles muertos. No soy una ingenua, sé que la guerra es así, e incluso mucho peor. Lo he visto y sufrido, y me he rebelado contra ello. Por eso me uní a Comète, porque es una forma de luchar sin armas, la única forma de luchar para la que valgo.

—Pero no deja de ser una lucha. Y muy arriesgada, como también has podido comprobar.

—No me importa arriesgar mi vida, luchar por lo que creo justo, pero me asusta matar. No quiero matar.

—¿Y cómo crees que se puede parar o derrotar a los nazis? ¿Con ruegos?

—No hablo de los nazis, ni de la guerra. Hablo de mí. Y de ti. Me has confesado que estuviste en el infierno, matando a otros hombres, que crees estar condenado por haber hecho lo que hiciste. Y así es como me sentiría yo en tu lugar, y así me sentí el otro día al saber lo que ocurrió. A pesar de arrepentirme, de haber pedido perdón, de haberme confesado ante Dios, no termino de quitarme esa espina, ese dolor.

—Que se ha clavado en tu alma por mi causa, por haberte implicado en una acción temeraria en la que no tenías nada que ver.

Martín hace una pausa antes de concluir:

—Necesitamos la paz, entonces. Para conocernos, para querernos.

—Puede que así sea.

Martín se acerca hasta una de las ventanas. Contempla las gotas de lluvia que resbalan por el cristal. Sin volverse, revela:

—Es curioso, yo me siento mucho más en paz después de haberme confesado esta mañana con el padre Mere. No sé por qué, pero así ha sido. —Y, casi sin interrupción, pregunta de golpe—: Pero bueno, ¿has pensado cómo vas a viajar?

Ella lo mira algo sorprendida, pero contesta vacilante:

—El cónsul de San Sebastián me va a facilitar un pasaporte provisional. Y tomaré un tren en Hendaya. Tendré que ir a París y allí enlazar con el que pueda hasta Bruselas.

—La verdad es que eres admirable. No te faltan recursos. —Y aún sin volverse, propone—: Si me concedes un solo un día de plazo, me gustaría arreglar lo de tu viaje. La guerra no ha terminado. En Francia y en tu país todavía hay muchas cosas en el aire, y me gustaría..., a Anita y a mí nos gustaría saber que no vas a tener problemas. Nos quedaríamos más tranquilos. Pero solo si no te importa, no quiero condicionarte.

Wendeline tarda en responder. Sus ojos se humedecen. Carraspea y acepta con un hilo de voz:

—De acuerdo. Sé que harás lo mejor para mí.

Martín se vuelve por fin, la mira a los ojos, pero esta vez no puede sostener la mirada; sonríe débilmente y confirma antes de salir de la estancia:

—Te dije que tipos como Alphonse no traen más que problemas y desgracias. ¿Me entiendes ahora?

Ella no dice nada; las lágrimas y el sollozo que pugnan en su interior por escapar se lo impiden.

En el distribuidor, Ana Eugenia le espera desanimada. Ha estado escuchando.

—Eres un tonto —le dice en tono dulce y en voz baja—. Un tonto de remate, y no tienes remedio. Pero, no sé por qué, estoy muy orgullosa de ti.

Sin esperar respuesta, ella vuelve a la habitación con su amiga.

Martín baja las escaleras. Con paso vacilante, se decide y entra a su estudio. Se sienta tras el escritorio, pero no hace nada más que entregarse al silencio y a sus cavilaciones. Cavilaciones que se rompen cuando descuelga el auricular del teléfono y realiza un par de llamadas. Poco después de finalizar la última, escucha la caja de resonancia del viejo Érard que expande por toda la casa el sonido del *Estudio Op. 10, nº 3* de Chopin. *Tristesse*. En la arrolladora variación central de la pieza, acometida casi con fiereza y mezclada con la suave y elegante melodía principal, se revela un alma fuerte y desgarrada, un temple riguroso y tierno. Un genio indomable de aspecto delicado.

***

8 de septiembre

Aunque la pista de cemento del aeródromo de Sondica está en malas condiciones (fue adaptada provisionalmente durante la guerra y han empezado las obras de construcción de un moderno aeropuerto), un De Havilland 89A ha aterrizado sin problemas esa mañana. Llega desde Gibraltar con valijas de documentación y dos funcionarios del Ministerio de Economía de Guerra custodiándolas. Ha sido abastecido de combustible encargado y pagado por el consulado británico, y la tripulación ha terminado de ponerlo a punto. Para despegar de nuevo solo espera la llegada de Wendeline d'Oultremont, que se integrará como pasaje.

Con la inestimable ayuda de Arthur Dyer, uno de los vuelos que salen del Peñón con destino a Londres ha cambiado su ruta; después de este alto en Bilbao hará otra escala en el aeródromo belga de Nivelles, situado a solo veinte kilómetros de la localidad de Soignies, donde se halla la casa solar de los D'Oultremont y que ha sido liberada hace tres días. A su llegada, una agente de la Brigade Blanche se hará cargo de ella y la trasladará a su casa.

En el reloj de bolsillo del capitán Charles William Henry Bebb faltan cinco minutos para las nueve de la mañana, la hora de salida fijada en el plan de vuelo, y da la orden de realizar la prueba de motores previa al despegue. En ese momento un Hispano-Suiza J12 de color granate llega a toda velocidad frente al pequeño y vetusto inmueble que hace las veces de edificio de control, en tanto se construye la nueva terminal y una moderna torre de control. Se apean Martín, Ana Eugenia y Wendeline. El primero extrae del maletero un pequeño baúl y se dirigen todos en dirección al avión, aunque Martín se entretiene brevemente con el comandante Escobar, que espera paciente junto a la puerta del edificio, para enseñarle la documentación (legal, esta vez sí) de la pasajera.

Un tripulante del DH se acerca a ellos para hacerse cargo del equipaje y les indica en inglés que todo está dispuesto para el despegue.

—¡Ya era hora! —reconviene Arthur Dyer, que está esperando junto al capitán Bebb a unos cien metros de la aeronave.

Ana Eugenia y Wendeline se abrazan envueltas en lágrimas.

—Lo siento, pero tenemos que salir ya —informa el capitán, que estrecha la mano de Martín y Dyer, y se dirige a encargarse de los mandos.

Wendeline se desprende con mala gana del abrazo de su amiga. El vicecónsul inglés se despide con un besamanos.

—Un verdadero placer, señorita D'Oultremont. —Se retira con Ana Eugenia casi hasta el edificio de control, cerca del comandante Escobar.

Ella, que es toda ojos, solo le ha podido devolver un asenso con la cabeza. Después se vuelve frente a frente con Martín.

—Ya lo dije el otro día, no pienso despedirme —avisa él con palabras que traslucen desánimo.

—Martín —vacila un instante—, no quiero subir a ese avión.

—Tienes que hacerlo. No querría que algún día te lamentaras de no haberlo hecho.

—¿Y por qué habría de lamentarme?

—Porque todavía tienes que conocerme, y solo entonces confirmar tus sentimientos.

Ella sigue vacilante.

—Tengo la sensación de que si me voy, no volveré a verte.

—Si tú quieres, eso no ocurrirá. Yo me encargaré de que no sea así. Pero ahora tienes que encontrar a tu familia, ayudar a tu país, recomponer la parte perdida de tu vida.

El tripulante que se había hecho cargo del equipaje insiste:

—Por favor, tenemos que despegar ahora mismo. Dense prisa.

Dos viejos furgones Chevrolet de la Guardia Civil llegan al edificio de control, parando junto al J12. Un oficial y varios números se apean de los vehículos y se dirigen a la pista.

—Vamos, date prisa o tendremos problemas —requiere él.

—Que Dios te bendiga, Martín.

El tripulante conduce a Wendeline hasta el biplano, que se pone en marcha con la portezuela abierta.

Mientras, Escobar discute con un teniente del mismo cuerpo enseñando una copia del salvoconducto de la pasajera y asegurando que el avión tenía permiso expreso del mismísimo Ministerio del Aire para aterrizar y aprovisionarse. «¿Saben que el capitán de ese avión es el mismo que llevó al Generalísimo de Canarias a Marruecos en el día del alzamiento? ¿No? Y en un avión exactamente igual». Arthur Dyer y Ana Eugenia, dos pasos por detrás del comandante, están atentos tanto a la conversación como al despegue de la aeronave.

Martín ha dado media vuelta y, sin mirar atrás, se dirige lentamente hacia el grupo formado en torno a Escobar al tiempo que el DH avanza por la pista a toda velocidad y se eleva. Cuando se reúne con sus amigos, ya se están retirando los efectivos militares y retornando a sus vehículos.

—Otra más como esta y me tendrás que visitar en la cárcel —le advierte el comandante.

—O en el cementerio —repone Martín.

Escobar lo mira atónito. Los demás sonríen abiertamente ante la broma.

—Antonio, deja de ser tan pesimista. Si Dios quiere, todavía tenemos que tragar muchos disgustos y pasar algunos buenos momentos. Tenemos mucha vida por delante.

—Me alegra oír eso —interviene Dyer—. Precisamente hay algunas cosas por hacer que quería comentarte.

—Lamentándolo mucho, querido amigo, no sé si va a ser posible —repone Martín—. Me parece que he forzado mucho a nuestra amiga la fortuna y tendré que estar algunos meses fuera de servicio. Hasta que se calmen las cosas. De hecho, haré como George Sand y me iré a pasar un invierno a Mallorca.

Epílogo

3 de junio de 1945

La estación de Hendaya está desierta al anochecer de ese lunes macilento, salvo por los escasos viajeros que suben a los vagones del único tren listo para entrar en servicio.

La locomotora BB del Sud-Express ya está puesta a punto para devorar los cientos de kilómetros que tiene por delante hasta París-Austerlitz; el revisor ha advertido que dentro de cinco minutos hará su salida. En los andenes centrales ya solo quedan dos personas, de pie junto a un vagón *pulmann* de primera clase. Dos personas en medio de la melancolía causada por la soledad nocturna.

Dos personas, una despedida.

—¿Seguro que sabes dónde tienes que recoger los billetes del enlace? No hagas esas locuras a las que estás acostumbrado, ¿eh? Ya no es tiempo de andar así, y aunque se haya acabado la guerra, sabes que todavía está todo muy mal. Llevas la imagen de la Virgen que te dio ayer el padre Mere, supongo. A ver, enséñamela. No te separes de ella.

La joven, vestida con un traje sastre muy entallado de lana gris jaspeada y ribeteada en terciopelo negro, colma de recomendaciones a un hombre menos joven, elegantemente trajeado, al que trata de hermano, y este asiente a todo sin palabras y con una sonrisa apacible.

—Quiero que me llames sin falta en cuanto llegues. Primero desde París, ¿de acuerdo? Y luego cuando por fin la hayas encontrado. Búscate la vida, que sabes muy bien, y hazlo. ¿Cuándo me dijiste que sale el Nord-Express para Bruselas?

—El miércoles, a las ocho en punto de la mañana.

—Entonces ese mismo día podrías llegar a Soignies, ¿no?

—Depende del estado en que se encuentre la línea de Bruselas a Mons. Si no funciona, tendré que buscar un medio de transporte distinto.

—Bien. Lo encontrarás sin problemas —asegura ella, y después de una pausa añade—: No te olvides de darle un abrazo enorme de mi parte, y dile que la echo de menos, que me acuerdo de ella cada día con mucho cariño, con el cariño de una hermana.

—Lo haré.

—Y, por favor, no lo estropees con remilgos y moralinas. Quiero que seas feliz, y que ella lo sea contigo, así que solamente sé como tú eres, y todo acabará bien. Rezaré por vosotros desde hoy mismo.

El silbato del *chef de gare* anuncia la inminente salida del expreso. Los dos hermanos se abrazan con fuerza, y ella le da un intenso beso en la mejilla, dejándole una huella de carmín. Al verla, se ríe traviesa.

—Le he hecho un favor. Así sabrán que no estás libre para nadie, solo para ella.

Él, a instancias de los gestos del revisor, sube al vagón, pero se queda en la pequeña plataforma de acceso; se vuelve para despedirse con la mano al tiempo que el tren se pone en movimiento.

—Ten mucho cuidado, por favor —se despide la hermana.

—Eso mismo me decía ella.

Se despiden con la mano hasta perderse de vista.

El Sud-Express se aleja de la estación. Poco a poco va ganando velocidad camino del norte. Camino de una Europa devastada, al borde de la autodestrucción; adentrándose en un mundo conocido hasta entonces que desaparece día a día. En un mundo desvariado.

Terminado de revisar
el día de Navidad de 2017.